LUGAR FELIZ

EMILY HENRY

LUGAR FELIZ

Tradução
Ana Rodrigues

5ª edição
Rio de Janeiro-RJ / São Paulo-SP, 2024

VERUS
EDITORA

Título original
Happy Place

ISBN: 978-65-5924-189-7

Copyright © Emily Henry, 2023
Todos os direitos reservados.
Publicado mediante acordo com a autora, a/c Baror International, Inc., Armonk, NY, EUA.

Tradução © Verus Editora, 2023
Direitos reservados em língua portuguesa, no Brasil, por Verus Editora. Nenhuma parte desta obra pode ser reproduzida ou transmitida por qualquer forma e/ou quaisquer meios (eletrônico ou mecânico, incluindo fotocópia e gravação) ou arquivada em qualquer sistema ou banco de dados sem permissão escrita da editora.

Verus Editora Ltda.
Rua Argentina, 171, São Cristóvão, Rio de Janeiro/RJ, 20921-380
www.veruseditora.com.br

CIP-BRASIL. CATALOGAÇÃO NA PUBLICAÇÃO
SINDICATO NACIONAL DOS EDITORES DE LIVROS, RJ

I1451L	
Henry, Emily	
Lugar feliz / Emily Henry ; tradução Ana Rodrigues. — 5. ed. — Rio de Janeiro : Verus, 2024.	
Tradução de: Happy place	
ISBN 978-65-5924-189-7	
1. Romance americano. I. Rodrigues, Ana. II. Título.	
23-84536	CDD: 813
	CDU: 82-31(73)

Meri Gleice Rodrigues de Souza – Bibliotecária – CRB-7/6439

Revisado conforme o novo acordo ortográfico.

Seja um leitor preferencial Record.
Cadastre-se no site www.record.com.br e receba informações sobre nossos lançamentos e nossas promoções.

Atendimento e venda direta ao leitor:
sac@record.com.br

*Para Noosha, que tornou seguro ser eu,
e que sempre responde à pergunta "Por que não?" com
"Porque eu não quero". Amo você, sempre.*

1

Lugar feliz

PORTO DE KNOTT, MAINE

UM CHALÉ NO litoral rochoso, com piso de tábuas de pinho nodosas e janelas que estão quase sempre abertas. O cheiro de sempre-vivas e do mar, trazido pela brisa, e cortinas brancas oscilando em uma dança preguiçosa. O borbulhar de uma cafeteira e aquele primeiro impacto do ar frio do oceano quando saímos para o pátio com piso de cerâmica, canecas de café fumegante nas mãos.

Minhas amigas: Sabrina, a esguia e charmosa Sabrina, de cabelos cor de mel; e Cleo, pequena e magra, com seu minúsculo piercing de prata no septo nasal e o cabelo em tranças com as pontas descoloridas. Minhas pessoas favoritas no planeta desde o nosso primeiro ano na Universidade Mattingly.

Ainda me espanta o fato de não termos nos conhecido antes disso, de um comitê antiquado de alojamento em Vermont ter sido o responsável por reunir nós três. As amizades mais importantes da minha vida foram resultado de uma decisão tomada por estranhos, ao acaso. Nós gostávamos de brincar que o nosso esquema de moradia devia ser algum experimento patrocinado pelo governo. Teoricamente, não fazíamos sentido nenhum.

Sabrina era uma herdeira nascida e criada em Manhattan, com um guarda-roupa digno de Audrey Hepburn e estantes cheias de livros do Stephen King. Cleo era a filha pintora de um produtor musical mais ou menos famoso e uma escritora inegavelmente famosa. Ela cresceu em New Orleans e apareceu na Mattingly usando um macacão todo respingado de tinta e botas Doc Martens vintage.

E eu, uma garota do sul de Indiana, filha de um professor de escola e de uma recepcionista de consultório odontológico, fui parar na Mattingly porque a pequena e renomada faculdade me deu uma excelente ajuda financeira, o que era importante para uma aluna que iria fazer medicina e planejava passar toda a década seguinte na universidade.

No fim da nossa primeira noite morando juntas, Sabrina já tinha nos acomodado em sua cama para assistir a *As patricinhas de Beverly Hills* no notebook dela, comendo uma mistura muito bem equilibrada de pipoca e minhocas de goma. No fim da semana seguinte, ela já tinha mandado fazer camisetas personalizadas, baseadas em uma fala do filme que acabou se tornando a nossa primeira piada interna.

Na de Sabrina se lia: *Virgem que não sabe dirigir.*

Na minha: *Virgem que SABE dirigir.*

E na de Cleo: *Não é virgem, mas dirige bem pra caramba.*

Nós usávamos essas camisetas o tempo todo, só que nunca fora do dormitório. Eu adorava o nosso quarto cheirando a mofo, no prédio amplo de madeira branca. Amava passear nos parques e no bosque ao redor do campus com Sabrina e Cleo, e amei aquele primeiro dia de outono quando pudemos fazer nossos trabalhos com as janelas abertas, bebendo chai com muitas especiarias ou café descafeinado adoçado com xarope de bordo, sentindo o aroma das folhas secas que caíam dos galhos. Amava o nu que Cleo pintou de Sabrina e de mim para o projeto final da aula de desenho de figura humana, que ela pendurou acima da nossa porta, então era a última coisa que víamos ao sair para as aulas, e os instantâneos que colamos ao lado desse quadro, de nós três em festas, piqueniques e cafés na cidade.

Eu amava o fato de saber que Cleo estava absorta no trabalho só de ver suas tranças presas com o elástico verde-neon e suas roupas cheirando a terebintina. Amava o jeito como Sabrina jogava a cabeça para trás com uma risada estridente quando lia alguma coisa particularmente assustadora e batia com os mocassins ao estilo Grace Kelly no pé da cama. Amava me debruçar sobre os meus livros de biologia, acabando com a tinta das canetas marca-texto porque achava que *tudo* parecia importante, e parar para limpar o quarto de cima a baixo quando empacava em algum trabalho da faculdade.

No fim, o silêncio sempre era interrompido e acabávamos rindo ao ler as mensagens da nova futura namorada da Cleo, ou dando gritinhos de pavor e tampando os olhos com os dedos por causa do filme de terror que Sabrina colocava para vermos. Éramos *barulhentas*. Eu nunca tinha sido barulhenta antes. Cresci em uma casa silenciosa, onde só se ouviam gritos quando a minha irmã chegava em casa com um novo piercing questionável, ou um novo interesse amoroso, ou ambos. E os gritos sempre davam lugar a um silêncio ainda mais profundo depois — por isso eu fazia o possível para impedir a gritaria já de início, porque *odiava* o silêncio, cada segundo dele me apavorava.

Minhas melhores amigas me ensinaram um novo tipo de silêncio, a quietude pacífica de nos conhecermos tão bem que não precisávamos preencher o espaço. E também um novo tipo de barulho: o barulho como celebração, como uma alegria transbordante por estar viva, ali, naquele momento.

Eu não conseguia me imaginar sendo mais feliz, amando tanto um lugar.

Pelo menos até Sabrina nos trazer para cá, para a casa de verão da família dela na costa do Maine. Até eu conhecer Wyn.

2

Vida real

SEGUNDA-FEIRA

Pense no seu *lugar feliz*, orienta a voz tranquila no meu ouvido.

Visualize esse lugar. O azul cintilante invade o fundo dos meus olhos.

Qual é o cheiro desse lugar? Rochas úmidas, maresia, manteiga chiando na frigideira, um travo de limão na ponta da língua.

O que você ouve? Risadas, a água batendo contra os penhascos, o sussurro da maré recuando sobre a areia e as pedras.

O que você está sentindo? A luz do sol, por toda parte. Não só nos meus ombros nus, ou no alto da cabeça, mas também *dentro* de mim, o aconchego irresistível que só sentimos quando estamos no lugar certo com as pessoas certas.

Já se preparando para aterrissar, o avião sacoleja novamente.

Contenho um gritinho e cravo as unhas nos braços da poltrona. Geralmente não tenho medo de voar. Mas, toda vez que venho para *esse* aeroporto em particular, é dentro de um avião minúsculo, que parece feito de sucata e fita adesiva.

Meu aplicativo de meditação chegou a um trecho inconveniente de silêncio, por isso repito para mim mesma: *Pense no seu lugar feliz, Harriet.*

Levanto a persiana da janela ao meu lado. A vasta e cintilante expansão de céu já deixa meu coração feliz, sem que eu precise recorrer à imaginação. Há um punhado de lugares e lembranças a que recorro sempre que preciso me acalmar, mas *este* lugar está no topo da lista.

Sei que é psicossomático, mas de repente *consigo* sentir o cheiro de lá. *Ouço* ecoarem os gritos das gaivotas que voam em círculos no céu, e *sinto* a brisa desarrumar meu cabelo. Chego a sentir o gosto da cerveja estupidamente gelada, dos mirtilos maduros.

Em poucos minutos, depois do ano mais longo da minha vida, vou estar reunida mais uma vez com as minhas pessoas favoritas, no nosso lugar favorito.

As rodas do avião tocam a pista fazendo barulho. Alguns passageiros no fundo da aeronave irrompem em aplausos, e eu arranco os fones do ouvido, sentindo a ansiedade voar para longe, como sementes de dente-de-leão. Ao meu lado, o passageiro grisalho, que roncou durante toda a nossa experiência de quase morte, acorda devagar.

Ele olha para mim sob as sobrancelhas cheias e brancas e pergunta, em um grunhido:

— Está aqui para o Festival da Lagosta?

— Minhas melhores amigas e eu vamos todo ano — respondo.

Ele assente.

— Não nos vemos desde o verão passado — acrescento.

O homem responde com um murmúrio.

— Fizemos faculdade juntas, mas agora moramos em cidades diferentes, por isso é difícil conciliar as agendas.

O olhar nada impressionado que ele me lança parece dizer: *Eu esperava um mero sim ou não como resposta.*

Normalmente eu me considero uma companheira de voo fantástica. É mais provável que eu tenha uma infecção urinária do que peça para alguém levantar para eu ir ao banheiro. Em geral não acordo a pessoa ao meu lado nem se ela estiver dormindo no meu ombro, babando no meu peito.

Já dei colo para bebês de estranhos e cuidei de cachorros flatulentos que estavam ali para garantir apoio emocional a algum passageiro. Já tirei meus fones de ouvido para dar atenção a homens de meia-idade que morreriam se não pudessem compartilhar sua história de vida, e acionei comissários de bordo para pedir saquinhos de vômito quando o adolescente ao meu lado, claramente voltando da semana do saco cheio, começou a parecer meio esverdeado.

Portanto, estou perfeitamente ciente de que esse homem não está com a menor vontade de ouvir sobre a semana mágica que me aguarda com as minhas amigas, mas estou tão empolgada que é difícil parar. Preciso morder o lábio para me impedir de começar a cantar "Vacation", das Go-Go's, na cara desse homem rabugento, enquanto começamos o processo dolorosamente lento de desembarque.

Pego minha mala na pequena esteira de bagagem do aeroporto e saio pelas portas da frente, me sentindo como uma mulher em uma propaganda de absorvente: transbordando de alegria, linda e absurdamente confortável — pronta para qualquer atividade física, incluindo (mas não limitada a) boliche com os amigos ou uma carona agarrada nas costas de um cara moderadamente bonito contratado pela equipe de elenco para fazer o papel do meu namorado.

Tudo isso para dizer que estou *feliz*.

Foi *este* momento que me sustentou ao longo dos plantões ingratos no hospital e das noites insones que costumam vir na sequência.

Pela próxima semana, a vida será feita de vinho branco gelado, sanduíches cremosos de lagosta e gargalhadas com as minhas amigas até estarmos chorando de rir.

Escuto o som rápido de uma buzina no estacionamento. Antes mesmo de vê-la, já estou sorrindo.

— Oh, Harriet, minha Harriet — grita Sabrina, quase caindo para fora do velho Jaguar vermelho-cereja do pai dela.

Como sempre, Sabrina parece uma Jackie O platinada, com seus braços bronzeados e tonificados e a calça corsário que é sua marca, sem mencionar a echarpe de seda vintage ao redor do cabelo brilhante em um corte chanel. A beleza de Sabrina ainda me impacta como no dia em que nos conhecemos, como se ela fosse uma estrela de cinema chique sem esforço, trazida de outra década.

O efeito é temperado pelo modo como ela está dando pulinhos com um cartaz nas mãos, no qual escreveu, com sua letra horrorosa de assassina em série: DIGA QUE É UM CORO DE NATAL, uma referência a *Simplesmente amor* que não poderia fazer menos sentido neste contexto.

Saio em disparada pelo estacionamento ensolarado. Sabrina dá um gritinho e joga o cartaz dentro do carro pela janela aberta, mas ele bate na moldura e cai no chão, enquanto ela também sai correndo para me encontrar.

Colidimos em um abraço desconfortável. Sabrina é da altura exata para que seu ombro sempre arrume um jeito de me deixar sem ar, mas não há outro lugar onde eu preferisse estar.

Ela me balança para a frente e para trás enquanto diz:

— Você chegooooou.

— Chegueeeeei!

— Deixa eu dar uma olhada em você. — Ela recua e me examina de cima a baixo com um olhar severo. — O que está diferente?

— Cara nova — respondo.

Ela estala os dedos.

— Eu sabia. — Sabrina passa um braço ao redor do meu ombro e me vira na direção do carro, uma nuvem de Chanel Nº 5 nos seguindo. O perfume é a assinatura dela desde que tínhamos dezoito anos e eu ainda usava uma colônia de uma marca popular que tinha cheiro de algodão-doce mergulhado em vodca. — Seu médico fez um trabalho incrível — ela comenta, sem expressão. — Você parece trinta anos mais nova. Nem um dia além de uma recém-nascida.

— Ah, não, não foi um procedimento cirúrgico — digo. — Foi um feitiço que eu comprei pela internet.

— Bom, seja como for, você está ótima.

— Você também — retribuo em uma voz aguda, o braço passado com força ao redor da cintura dela.

— Não consigo acreditar que isso é de verdade — fala Sabrina.

— Faz tempo demais — concordo.

Caímos naquele tipo de silêncio extremamente confortável, a quietude entre duas pessoas que moraram juntas por quase cinco anos e que, mesmo depois de tanto tempo, ainda guardam a memória muscular de como compartilhar o espaço.

— Estou tão feliz por você ter conseguido vir — comenta ela quando chegamos ao carro. — Sei como anda ocupada no hospital. Hospitais? Você está atendendo em mais de um, né?

— Hospitais — confirmo —, e nada teria me impedido.

— Com isso você quer dizer que saiu correndo no meio de uma cirurgia cerebral — brinca Sabrina.

— É claro que não — retruco. — Eu *fugi* no meio de uma cirurgia cerebral. Ainda estou com o bisturi no bolso.

Sabrina dá uma risada estridente, um som tão oposto ao seu exterior sofisticado que, na primeira semana em que moramos juntas, eu levava um susto toda vez que ela ria. Agora, as bordas ásperas são as minhas partes favoritas dela.

Sabrina abre a porta de trás do carro e joga minha mala ali com uma facilidade que desafia seu corpo esguio, então aproveita para enfiar o cartaz por cima dela.

— Como foi o voo?

— O mesmo piloto da última vez — conto.

Sabrina ergue as sobrancelhas.

— O Ray? De novo?

Confirmo com um aceno de cabeça.

— A celebridade com óculos de sol atrás da cabeça.

— Nunca foi visto sem eles — resmunga ela.

— Ele deve ter um segundo par de olhos na nuca — digo.

— É a única explicação — concorda Sabrina. — Deus que me perdoe... Desde que o Ray ficou sóbrio, ele voa como uma abelha moribunda.

— Como ele voava quando bebia? — pergunto.

— Ah, do mesmo jeito. — Ela se acomoda atrás do volante, e eu ocupo o banco do passageiro ao seu lado. — Mas as conversas dele pelo sistema de comunicação interna do avião eram impagáveis.

Sabrina pega uma echarpe extra no console do carro e joga para mim, um gesto atencioso, embora inútil, já que os meus caóticos cachos escuros estão além de qualquer salvação, depois de três conexões e uma corrida enlouquecida através dos aeroportos de Denver e de Boston.

— Bom — digo —, não rolou nem uma piadinha no céu hoje.

— Trágico — lamenta Sabrina.

O motor do carro é ligado. Ela deixa escapar um gritinho de comemoração, sai do estacionamento e nos leva para leste, na direção do mar, das janelas abertas e da luz do sol banhando a nossa pele. Mesmo aqui, a uma hora da praia, os quintais das casas já exibem armadilhas para lagostas, com pirâmides delas na borda dos terrenos.

Sabrina grita acima do rugido do vento:

— COMO VOCÊ ESTÁ?

Meu estômago faz um movimento de gangorra, indo da absoluta felicidade por estar no carro com a minha amiga para o horror de saber que estou prestes a estragar os planos dela.

Ainda não, penso. *Vamos aproveitar o momento por um segundo antes de eu arruinar tudo.*

— ÓTIMA — grito de volta.

— E COMO ESTÁ INDO A RESIDÊNCIA? — pergunta ela.

— ÓTIMA — digo mais uma vez.

Ela me lança um olhar de lado, mechas de cabelo loiro escapando da echarpe e batendo em sua testa.

— A GENTE MAL SE FALA HÁ SEMANAS E É SÓ ISSO QUE VOCÊ TEM A ME DIZER?

— SANGRENTA? — adiciono.

Exaustiva. Aterrorizante. Eletrizante, embora não necessariamente de um jeito bom. Algumas vezes nauseante. Ocasionalmente devastadora.

Não que eu tenha participado de muitas cirurgias. Já são dois anos de residência e ainda estou fazendo muito trabalho rotineiro, tedioso, que não requer nenhuma especialização. Mas o pouco tempo que passo com algum cirurgião e o paciente é tudo que consigo pensar quando saio do hospital, como se aqueles minutos tivessem mais peso que todo o resto.

O trabalho rotineiro, por outro lado, passa num instante. A maior parte dos meus colegas tem pavor dele, mas eu meio que gosto das atividades cotidianas. Mesmo quando ainda era criança, já gostava de limpar, organizar e resolver todas as pendências da lista de tarefas que eu mesma me atribuía — aquilo me dava uma sensação de paz e controle.

Um paciente está no hospital e é meu dever lhe dar alta. Alguém precisa de uma coleta de sangue e estou à disposição para isso. É preciso inserir dados no sistema e eu pego a tarefa para mim. Há um antes e um depois, com uma linha bem definida entre eles, o que prova que há milhões de pequenas coisas que se pode fazer para tornar a vida um pouco melhor.

— E COMO ESTÁ O WYN? — pergunta Sabrina.

A gangorra dentro de mim volta a oscilar. Olhos cinza penetrantes atravessam minha mente em um relance, e quase posso sentir o aroma de pinho e cravo me envolvendo.

Ainda não, penso.

— O QUÊ? — grito de volta, fingindo não ter escutado.

Essa conversa é inevitável, mas o ideal é que não aconteça enquanto estamos a quase cento e trinta por hora em um carro dos anos 60 que parece uma latinha de refrigerante. Além disso, prefiro falar a respeito quando Cleo, Parth e Kimmy estiverem com a gente, assim não vou precisar arrancar o band-aid mais de uma vez.

Já esperei até agora. Que diferença vão fazer mais alguns minutos?

Sem se deixar deter pelo vento forte chicoteando o carro, Sabrina repete:

— WYN. COMO ESTÁ O WYN?

Eletrizante, embora não necessariamente de um jeito bom? Algumas vezes nauseante? Ocasionalmente devastador.

— BEM, EU ACHO. — A parte do *eu acho* faz parecer menos mentira. Ele provavelmente *está* bem. Na última vez que o vi, ele parecia quase iluminado por dentro. Melhor do que esteve em meses.

Sabrina assente e aumenta o volume do rádio.

Ela compartilha o chalé, e os carros que ficam nele, com uns vinte e cinco primos e irmãos Armas, mas há uma regra estrita sobre deixar o rádio do carro nas estações predeterminadas pelo pai dela no fim de cada estadia, por isso nossas viagens sempre começam com uma explosão de Ella Fitzgerald, Sammy Davis Jr. ou um de seus contemporâneos. Hoje, "Summer Wind", na voz de Frank Sinatra, se eleva acima de nós pela estrada ladeada de pinheiros, até avistarmos o chalé, no alto de um penhasco escarpado.

A imagem nunca fica menos impressionante.

Não a água cintilante. Nem os penhascos. E certamente não o chalé.

Na verdade, é mais como se uma mansão tivesse *engolido* um chalé, depois usado seu chapéu e imitado sua voz em um falsete nada convincente, no estilo do Lobo Mau. Em algum momento, provavelmente mais perto de 1900 que de agora, o lugar foi o lar de uma família. Essa parte ainda está de pé. Mas atrás dela e de cada um dos lados, se estendem as novas alas, cujo exterior combina perfeitamente com a construção original.

De um lado há uma garagem para quatro carros, e, atravessando o riacho, do outro lado, se ergue uma casa de hóspedes, em meio ao musgo, samambaias e árvores retorcidas, os troncos marcados pelo ar marinho.

O carro passa direto pela garagem, e Sabrina desliga o motor quando para diante da porta da frente.

Sou dominada pela nostalgia, felicidade e um quentinho no coração.

— Lembra da primeira vez que você trouxe a gente pra cá, a Cleo e eu? — pergunto. — Aquele Brayden, com quem eu estava saindo, tinha sumido do mapa, e você e a Cleo fizeram um PowerPoint com as piores características dele.

— Brayden? — Sabrina solta o cinto de segurança e sai do carro. — Está falando do *Bryant*?

Descolo as coxas do couro quente do banco e desço também.

— O nome dele era *Bryant*?

— Você tinha certeza que ia *casar* com o Bryant — Sabrina diz, divertida. — Agora nem lembra direito o nome do coitado.

— Aquele PowerPoint foi poderoso — retruco, enquanto pego a minha mala no banco de trás.

— Sim, ou talvez isso tenha alguma coisa a ver com a terapia gratuita que a srta. Cleo James nos garantiu aquela semana. O meu pai tinha acabado de ficar noivo da Esposa Número Três antes de a gente fazer aquela viagem, lembra?

— Ah, é verdade — digo. — Era aquela com um monte de cachorros.

— Essa era a Número Dois — corrige Sabrina. — E, para ser justa, ela não teve todos os cachorros ao mesmo tempo. Era mais como se a mulher tivesse uma porta giratória que despejasse magicamente novos filhotes de raça enquanto levava os cachorros adultos direto para um abrigo.

— Sinistro. — Estremeço.

— Era mesmo, mas pelo menos naquele ano eu ganhei o bolão de apostas dos primos sobre quando ela e o meu pai iriam se divorciar. Foi assim que consegui reservar o chalé durante o Festival da Lagosta. O primo Frankie se ferrou, mas a gente se deu bem.

Junto as mãos em uma prece silenciosa.

— Primo Frankie, onde quer que você esteja, agradecemos o seu sacrifício.

— Não desperdice a sua gratidão. Acho que ele está morando em um catamarã em Ibiza. — Sabrina puxa a bolsa que pendurei no braço, pega a minha mão e me leva na direção da porta da frente. — Vamos. Já está todo mundo esperando.

— Fui a última a chegar? — pergunto.

— O Parth e eu chegamos ontem à noite — diz ela. — A Cleo e a Kimmy hoje de manhã. Todo mundo estava ansioso, praticamente sentado em cima das mãos, vibrando, à sua espera.

— Uau — comento —, as coisas chegaram rápido ao território da orgia.

Outra Risada Característica de Sabrina. Ela gira a maçaneta.

— Acho que eu devia ter especificado que cada um estava sentado em cima da *própria* mão.

— Ah, isso altera consideravelmente a cena.

Ela abre a porta e sorri para mim.

— Por que essa cara de expectativa? — pergunto.

— Não estou com cara nenhuma.

Estreito os olhos.

— Advogadas não deveriam ser boas mentirosas?

— Objeção! — diz ela. — Especulação.

— Por que a gente não entra, Sabrina?

Sem dizer nada, ela abre mais a porta e faz um gesto para que eu entre.

— Tá ceeerto.

Passo por ela e logo sou atingida pelo cheiro de verão no saguão arejado: estantes empoeiradas, verbena quente de sol, protetor solar, o tipo de umidade salina que se agarra aos ossos das velhas casas do Maine e nunca seca totalmente.

Do fim do corredor no primeiro andar, onde fica o cômodo que reúne sala de estar e cozinha (e que é parte de uma das reformas da mansão, é claro), escuto a voz suave de Cleo, acompanhada pela risada baixa de Parth.

Sabrina chuta os sapatos para longe, deixa a chave sobre o aparador e grita:

— Chegamos!

Kimmy, a namorada da Cleo, é a primeira a chegar ao saguão, aos pulos, em um borrão de curvas e cabelos loiro-avermelhados.

— Harryyyy! — grita, e seus dedos tatuados seguram meu rosto enquanto ela me cumprimenta com dois beijos nas bochechas. — É *você* mesmo? — Ela me sacode pelos ombros. — Ou meus olhos estão me enganando?

— Você provavelmente está confusa porque ela comprou uma cara nova pela internet — explica Sabrina.

— Hum — diz Kimmy. — Eu estava mesmo me perguntando o que o Danny DeVito está fazendo aqui.

— Aí já é culpa do brownie de maconha — brinco.

Kimmy não ri, ela gargalha. Como se cada uma das suas risadas fosse resultado de uma manobra de Heimlich. Como se ela estivesse sempre sendo pega de surpresa pela própria alegria. Kimmy é a mais nova da turma, mas é fácil esquecer que não está com a gente desde o início.

— Estava com tanta saudade de você — digo a ela e aperto seus pulsos com carinho.

— Eu estava mais! — Ela junta as mãos, o coque do cabelo vermelho--dourado balançando como um pompom agitado. — Você já *sabe*?

— Sei o quê?

Kimmy olha de relance para Sabrina.

— Ela sabe?

— Ela não sabe.
— Sei *o quê?* — repito.
Sabrina enrosca o braço no meu.
— Sobre a sua surpresa.
À minha direita, Kimmy pega meu outro braço e, juntas, elas praticamente me arrastam pelo corredor.
— Que surpre...
Paro tão rápido e tão de repente que meu cotovelo acerta as costelas de Kimmy. Mal registro seu grunhido de dor. Meus sentidos estão totalmente concentrados no cara se levantando da bancada de mármore da cozinha.
Cabelo loiro-escuro, ombros largos, uma boca supreendentemente macia quando comparada com as linhas duras que formam o restante das feições, e olhos que, de longe, parecem cintilar com a cor do aço, mas sei por experiência própria que têm a borda verde-musgo quando vistos de perto.
Por exemplo, quando se está embolada com ele embaixo de um lençol cor-de-rosa, o brilho difuso da luminária na cabeceira deixando a pele dele dourada e dando textura aos murmúrios que escapam de sua garganta.
Os ombros dele estão relaxados, o rosto totalmente calmo, como se estar no mesmo ambiente que eu *não* fosse a pior coisa que poderia ter nos acontecido.
Enquanto isso, sou basicamente uma garrafa de refrigerante ambulante, dentro da qual jogaram uma pastilha de Mentos, com o pânico borbulhando, ameaçando se derramar entre as minhas células.
Vá para o seu lugar feliz, Harriet, penso, desesperada, para só então me dar conta de que estou *literalmente* no meu lugar feliz. E ele. Está. *Aqui.*
A última pessoa que eu esperava ver.
A última pessoa que eu *queria* ver.
Wyn Connor.
Meu noivo.

3

Vida real

SEGUNDA-FEIRA

Bom, ele não é *mais* o meu noivo, mas (1) nossos amigos ainda não sabem disso, e (2) quando você foi noiva de uma pessoa por tanto tempo como *eu* fui de Wyn Connor, não deixa de pensar nele como noivo da noite para o dia.

Ou, ao que parece, nem depois de meses.

Que é o tempo que já está durando essa farsa.

Uma farsa que supostamente terminaria esta semana, enquanto eu estivesse aqui. Sem ele.

Nós organizamos os detalhes em uma troca de e-mails em que parecíamos competir para ver quem seria mais educado com o outro. Definimos que nos revezaríamos nas viagens, como se os nossos amigos fossem filhos no meio do nosso divórcio.

Wyn *insistiu* que eu fizesse a primeira viagem. Então *por que* ele está aqui, parado entre Parth e Cleo na cozinha, como o grande prêmio em algum jogo de mau gosto?

— Sur-*preeeeesa*! — cantarola Sabrina.

Eu arquejo. Engasgo. Fico paralisada enquanto a gangorra no meu peito sobe e desce com a força de uma catapulta.

O cabelo dele cresceu o bastante para ser colocado atrás das orelhas, sinal de que a empresa de conserto de móveis da família está lotada de trabalho, e ele também deixou crescer uma barba, que não suaviza em nada a linha firme do maxilar, ou o modo como a metade direita do arco do cupido dele é mais alta que a metade esquerda. Pelo menos as covinhas estão razoavelmente escondidas.

— Oi, *meu bem*. — Sua voz quente e aveludada parece uma deixa em uma peça erótica.

Esse homem nunca me chamou de *meu bem*. Ele nunca me chamou nem de Harry, como nossos amigos chamam. Uma vez, quando peguei uma gripe terrível, Wyn me chamou de *baby* em uma voz tão terna que meu cérebro febril decidiu que aquele era um bom momento para eu explodir em lágrimas. A não ser por isso, sempre foi apenas Harriet — estivesse ele rindo, frustrado, me despindo ou terminando nosso relacionamento em um telefonema de quatro minutos.

Como em: *Harriet, acho que nós dois sabemos o rumo que isso está tomando.*

— Oww! — diz Kimmy, em uma vozinha aguda. — Olha só pra ela! Está sem fala!

É mais como se o meu sistema frontoparietal estivesse em curto-circuito.

— Eu...

Antes que eu consiga atinar a palavra número dois, Wyn atravessa a cozinha, passa um braço ao redor da minha cintura e me puxa para perto.

Barriga com barriga, costelas com costelas, nariz com nariz. Boca com boca.

Agora o meu cérebro parece estar pegando fogo, e dados aleatórios voam ao meu redor como pássaros hitchcockianos: o sabor da pasta de dente de canela. As batidas rápidas do coração dele. A fricção da barba por fazer. O roçar suave dos lábios, que já foram tão impetuosos.

ELE ESTÁ ME BEIJANDO, percebo, vários segundos depois de o beijo terminar. Meus joelhos estão bambos, todas as minhas juntas parecem ter desaparecido misteriosamente. O braço de Wyn me apoia com mais força enquanto ele recua, e esse braço parece ser a única coisa que me impede de cair de cara no chão de pinho nodoso da família Armas.

— Surpresa.

Os olhos cinza comunicam algo mais parecido com: *Bem-vinda ao inferno. Serei seu anfitrião, o diabo.*

Estão todos olhando para nós dois, esperando que eu diga alguma coisa mais efusiva que *Eu...*

Consigo grasnar:

— Achei que você não ia conseguir vir.

— As coisas mudaram. — Os olhos de Wyn cintilam, e sua boca se contorce em uma expressão nada satisfeita.

— Ele está querendo dizer que a Sabrina o obrigou a vir — Parth interrompe e me ergue do chão em um abraço tão apertado que me faz tossir.

Sabrina joga a minha bolsa no chão.

— Prefiro pensar nisso como capacidade de solucionar problemas. A gente precisava que o Wyn viesse. Temos ele aqui.

As pessoas gostam de pensar que os opostos se atraem, e sem dúvida é verdade — Wyn é o filho inquieto e durão de dois ex-rancheiros, e eu sou uma residente em cirurgia cuja fantasia mais tórrida nos últimos tempos é passar pano na casa, sozinha, no escuro.

Mas Parth e Sabrina são um desses casais feitos do mesmo tecido estranhamente específico. Assim como a namorada, Parth é bonito como se tivesse sido retocado no Photoshop (cabelo ondulado, cheio e escuro, maxilar forte, sorriso perfeito de dentes muito brancos), e é um advogado de primeira linha que usa o mesmo perfume há muito tempo (Tuscan

Leather, de Tom Ford). Apesar de todas as semelhanças, os dois levaram um tempo absurdamente longo para aceitar que estavam apaixonados.

— Você não liga, não escreve! — reclama Parth.

— Eu sei, desculpa — digo. — É que tem sido tudo tão frenético...

— Bom, você está aqui agora. — Ele bagunça o meu cabelo. — E parece...

— Cansada? — sugiro.

— É só a cara nova dela — diz Kimmy, se encarapitando em um banco alto e enfiando a mão em um saco de chips de tortilha apimentados em cima da bancada.

— Você está *linda*. — Cleo se espreme para passar por Parth e me abraçar, e sinto seu perfume discreto de lavanda me envolver enquanto ela encaixa a cabeça embaixo do meu queixo. Até a diferença de altura entre mim, Cleo e Sabrina sempre pareceu uma prova de que somos perfeitas juntas, uma equilibrando a outra.

— Linda, *é claro* — diz Parth —, mas eu ia dizer *com fome*. Quer um sanduíche ou alguma coisa, Har?

— Chips de tortilha? — Kimmy me estende o saco de um roxo cintilante.

— Estou bem! — diz a minha boca.

Na verdade, você está MUITO mal, argumenta o meu cérebro.

Cleo franze o cenho.

— Tem certeza? Você está parecendo um pouco pálida.

Sabrina abaixa a cabeça.

— Eles estão certos, Har. Você está com uma cor meio... leitosa. Está bem de verdade?

Não, para ser sincera estou com a sensação de que vou vomitar e desmaiar, não tenho certeza em que ordem, e ter a atenção de todos concentrada em mim, ter todos *preocupados* comigo, torna tudo cem vezes pior, enquanto a sensação de ter a atenção *dele* concentrada em mim é uma tortura.

— Estou bem! — repito.

Só desejando desesperadamente ter colocado um sutiã antes do voo, ou ter arrumado o cabelo, ou talvez até ter derramado um pouco menos de mostarda nos meus peitos enquanto comia aquele cachorro-quente no aeroporto.

Ai, meu Deus. Não era para ele estar aqui!

Quando voltasse a ver Wyn, eu deveria estar usando um vestido sexy e caro, muito bem maquiada e com um novo namorado gato. (Nessa fantasia, eu também teria aprendido a me maquiar.) E, mais importante, eu não deveria ter nenhuma reação perceptível a ele.

Merda, merda, merda. Por mais que eu tenha desejado evitar estragar as coisas com o nosso grupo de amigos ao longo dos últimos meses, desde o rompimento, agora sei com a mesma certeza que preciso falar a verdade para poder me *afastar* dele.

— Tem uma coisa que eu preciso...

— *Meu bem*. — Wyn está de volta ao meu lado, as mãos ao redor da minha cintura, como se estivesse se preparando para me jogar por cima do ombro e sair correndo, se necessário. — A Sabrina e o Parth têm uma coisa pra te contar — diz ele, em um tom significativo. — Pra contar pra todo mundo.

Minha pele vibra com o toque dele. Subitamente tenho a sensação de não estar usando shorts, mas não é isso... É só que eu consigo sentir magicamente os dedos calejados dele através do jeans.

Quando tento me desvencilhar, Wyn crava a ponta dos dedos na curva do meu quadril. *Não se mova*, alertam seus olhos.

Vai à merda, tento fazer os meus responderem.

O lado direito do arco do cupido dele se contrai de irritação.

Sabrina está pegando uma garrafa de champanhe na geladeira de inox e vidro, mas sua vibe não é de comemoração. Ela parece absolutamente melancólica.

Parth se coloca atrás dela e pousa as mãos em seus ombros.

— Nós temos alguns anúncios pra fazer — diz ele. — E o Wyn já sabe o que é porque, bom, nós tivemos que contar antes pra que ele compreendesse por que era tão essencial que estivesse aqui esta semana. Que todos nós estivéssemos.

— Ai, meu Deus! — Kimmy meio que grita, imediatamente extasiada. — Vocês vão ter um...

— Ah, não! — Sabrina se apressa a dizer. — Não. *Não!* Definitivamente não. É... É a casa. — Ela faz uma pausa para respirar, então engole em seco e levanta o queixo. — O meu pai vai vender a casa. No mês que vem.

A cozinha cai em um silêncio absoluto. Não do tipo confortável, mas do tipo chocado.

Cleo se senta em uma banqueta diante da bancada. Wyn tira as mãos de mim e, na mesma hora, coloca vários metros de distância entre nós — ao que parece, não vê mais risco de eu confessar tudo.

Fico parada onde estou, como uma astronauta desligada da nave, vagando no meio do nada.

Já perdi a pessoa com quem eu esperava me casar. Já me mudei para o outro lado do país, longe de todos os meus melhores amigos. E agora esta casa — a *nossa casa*, este pequeno universo a que sempre pertencemos, onde, não importa o que aconteça, estamos felizes e seguros... também vou perder isso.

O pânico que senti ao me descobrir presa aqui com Wyn é instantaneamente eclipsado por esse novo terror.

A nossa casa.

O lugar onde, no verão depois do segundo ano de faculdade, Cleo, Sabrina e eu dormimos em uma fileira de colchões que arrastamos para o meio da sala de estar e apelidamos de "supercama". E foi ali que passamos a maior parte das noites, conversando e rindo, até os primeiros raios de sol entrarem pelas portas do pátio.

Onde Cleo sussurrou, como se fosse um segredo ou uma prece: *Nunca tive amigas assim*, e Sabrina e eu assentimos solenemente. Então nós nos demos as mãos e ficamos desse jeito até adormecer.

A fogueira do lado de fora, onde, em vez de fazermos um pacto de sangue (o que me parece perigosamente anti-higiênico), nós três queimamos o mesmo ponto do dedo indicador no metal quente, então choramos de rir, inventando cenários cada vez mais absurdos nos quais poderíamos usar a cicatriz na ponta dos nossos dedos para incriminar umas às outras por vários delitos.

A escada de madeira onde Parth uma vez organizou uma elaborada disputa em um tobogã de papelão; ou a pequena biblioteca de paredes forradas com painéis de madeira, onde Cleo parou diante da lareira e nos contou sobre uma garota chamada Kimmy. O prego que se projetava no píer, onde um ano mais tarde Kimmy cortou o pé, e a escada frágil em que Wyn subiu com ela no colo logo depois, enquanto Kimmy exigia que o restante de nós colocasse uvas em sua boca e a abanasse com folhas de palmeira invisíveis.

E *Wyn*.

A primeira vez que o beijei.

A primeira vez que o toquei, ponto. *Aqui*.

Esta casa é tudo o que restou de nós.

— Esta vai ser a nossa última viagem. — Sabrina tira a echarpe que ainda estava ao redor de sua cabeça e deixa a peça de seda deslizar pela bancada da cozinha. — A nossa última viagem pra cá, pelo menos.

As palavras pairam no ar. Eu me pergunto se os outros também estão se esforçando para encontrar uma solução, como se pudéssemos passar um chapéu, juntar nossos trocados e conseguir seis milhões de dólares para comprar uma casa de férias.

— Você não pode... — Kimmy começa a dizer.

— Não — interrompe Sabrina. — A Esposa Número Seis não quer que o meu pai fique com a casa porque ele comprou o lugar com a minha mãe. Como se ele não tivesse quatro ex-mulheres mais recentes pra ela concentrar o ciúme... — Ela revira os olhos. — O papai já tem até um comprador. É negócio fechado.

Parth massageia os ombros de Sabrina, tentando afastar seu humor sombrio.

Meus olhos procuram Wyn, como se o meu subconsciente ainda esperasse que a mera visão dele fosse capaz de levar embora o estresse.

Em vez disso, no instante em que nossos olhares se encontram, meu coração dispara. Desvio os olhos.

— Mas não tem só más notícias — diz Parth. — A gente também tem uma novidade boa. Incrível, na verdade.

Sabrina ergue os olhos da garrafa de champanhe — ela estava abrindo o papel-alumínio ao redor do gargalo.

— Isso. Tem outra coisa.

— *Ah, isso, tem outra coisa* — Parth imita, brincando com ela. — Não trate o nosso noivado como um detalhe sem importância!

— O *que* de vocês?

A princípio não me dou conta de quem fez essa pergunta em uma voz esganiçada.

Fui eu. Eu fiz a pergunta.

Bom, eu *e* Cleo. Ela levanta tão rápido que derruba a banqueta onde estava sentada e precisa usar o quadril para impedir que caia no chão.

A risada de Sabrina fica entre animada e incrédula.

— O *que* de vocês? — repito.

— Gente, eu sei — diz ela. — Estou tão surpresa quanto vocês.

Kimmy agarra a mão de Sab e arqueja ao ver a esmeralda gigante cintilando em seu dedo anelar.

E é mais ou menos neste momento que me dou conta de que alguém logo vai notar que não estou usando o *meu* anel de noivado.

Enfio as mãos nos bolsos. De um jeito muito natural. Só uma garota com os punhos enfiados nos bolsos curtos, minúsculos e inúteis de um shorts.

— Você disse que *nunca* ia se casar — Cleo aponta, com uma ruga bem marcada entre as sobrancelhas, observando a esmeralda na aliança de ouro branco. — Em nenhuma circunstância. Você disse "nem com uma arma na cabeça".

E quem poderia culpá-la? Mesmo se deixasse de lado a fila de ex-mulheres do pai, Sabrina é uma advogada especializada em divórcios. Ela passa no mínimo oito horas por dia cercada de motivos para *não* se casar.

— Queremos saber a história — pede Kimmy, enquanto Cleo continua:

— Uma vez você me disse que preferia passar cinco anos na prisão a passar um ano casada.

— Meu amor! — Kimmy cutuca as costelas de Cleo. — Nós estamos *comemorando*. A Sabrina mudou de ideia. As pessoas fazem isso, você sabe.

As pessoas fazem isso; Sabrina Armas, não.

Às vezes eu demoro tanto para decidir o que vou comer no café da manhã que quando me dou conta já é quase hora do almoço. Sabrina come a mesma tigela de iogurte com granola todo dia, a única variação são as frutas que ela acrescenta de acordo com a estação.

Sabrina passa o braço ao redor da cintura de Parth.

— Pois é, bom... Saber que a gente vai ter que se despedir do chalé clareou algumas ideias. — A voz dela vacila um pouco antes de se firmar de novo. — Não importa se o Parth e eu somos casados ou não, o fato é que estou comprometida a longo prazo com essa relação, e estou cansada de tentar bancar a esperta às custas da minha felicidade. Eu quero ficar com ele pra sempre, e não quero mais fingir que não.

Kimmy leva uma das mãos ao peito.

— Que lindo.

Parth sorri para Sabrina e passa a mão com carinho no ombro dela. Os olhos de Sab encontram os meus e um sorriso curva os lábios pintados com seu clássico batom vermelho.

— E, para ser sincera, nós meio que nos inspiramos...

Parece um daqueles momentos antes de um acidente de carro, quando os pneus começam a derrapar e sabemos que alguma coisa terrível está prestes a acontecer, mas ainda há uma chance de eles voltarem a aderir à pista e de você nunca conhecer a agonia evitada por um triz.

Então, Sabrina continua:

— Quer dizer, olha só a Harry e o Wyn. Eles estão juntos há uns dez anos e estão fazendo dar certo, mesmo a distância. Claramente o amor vence tudo.

— Oito anos — corrige Wyn, em voz baixa.

Kimmy aperta o braço dele.

— Oito *anos*, e vocês nunca ficam a mais de um metro de distância um do outro.

Pela minha estimativa, Wyn está a aproximadamente noventa e nove centímetros e sete milímetros de distância de mim quando ela fala, mas diante do comentário ele passa o braço pelo meu pescoço e diz:

— Sim, mesmo depois de todos esses anos, a Harriet tem um jeito que me faz sentir que a gente acabou de se conhecer.

Kimmy leva a mão ao peito novamente, sem perceber a ironia que foi dirigida só a mim.

Um grito de comemoração se ergue quando Sabrina finalmente abre o champanhe. Tenho a sensação de pairar acima do meu próprio corpo. A adrenalina está fazendo coisas *muito* esquisitas comigo.

Normalmente eu preferiria descer rolando pela encosta de uma montanha coberta de cacos de vidro a criar algum conflito. Só que, quanto mais tempo essa situação durar, mais difícil vai ser sair dessa mentira.

— Que incrível. — Minha voz se ergue duas oitavas e meia. — Mas eu preciso contar pra vocês...

— Harriet.

E aqui está ele de novo, com os braços me envolvendo por trás e o queixo apoiado no topo da minha cabeça. E agora, quando a frase *Pense na p**** do seu lugar feliz* surge na minha mente, só o que consigo pensar é: *Se pelo menos eu ainda estivesse presa no avião assassino do piloto agora sóbrio!*

— Eles ainda não terminaram o anúncio — continua Wyn.

Kimmy junta as mãos novamente e arqueja em expectativa.

— Repito que não estou grávida — diz Sabrina.

Kimmy suspira.

Parth exibe seu sorriso muito característico que diz: *Tenho uma surpresa incrível pra vocês.* O mesmo que precedeu a festa de aniversário com tema de New Orleans que ele organizou para Cleo, ou de quando me presenteou com o estetoscópio que mandou gravar como presente de formatura na faculdade.

Ele e Sabrina trocam um sorriso travesso.

— Ah, fala logo — exige Cleo.

Kimmy joga dois chips de tortilha na cabeça de Sabrina.

Ela os afasta com um tapa.

— Tá bom, tá bom! Conte a eles.

— Vamos nos casar — diz Parth.

Todos ao redor da cozinha trocam olhares confusos.

— Isso... é o que costuma acontecer depois de um noivado — lembra Cleo.

— Vai ser sábado agora — esclarece ele. — Vamos nos casar aqui, nós seis juntos. Nada sofisticado. Vai ser uma cerimônia pequena no píer, com os nossos melhores amigos.

Todo o meu corpo fica gelado em um primeiro momento, depois assustadoramente quente. Meu rosto e minhas mãos estão entorpecidos.

Wyn me solta *de novo*, e, quando ergo os olhos para ele, vejo meu desespero refletido em seu rosto.

Estamos presos aqui.

Meus ouvidos estão zumbindo, e as vozes dos meus amigos se tornam um som abafado. Uma taça de champanhe azul-clara é enfiada nos meus dedos formigantes para fazermos um brinde, e meus ouvidos clareiam o bastante para eu conseguir ouvir Parth bradando:

— Ao amor eterno!

Ao que Sabrina acrescenta:

— E aos nossos melhores amigos pra sempre! Não tem jeito melhor de a gente passar esta última semana aqui no chalé.

VÁ PARA A MERDA DO SEU LUGAR FELIZ, HARRIET, penso, seguido por: NÃO, ESSE NÃO.

Tarde demais.

4

Lugar feliz

MATTINGLY, VERMONT

Uma rua no centro da cidade, com prédios antigos de tijolinhos vermelhos em ambos os lados. Um apartamento acima do Maple Bar, nosso café favorito, durante o penúltimo ano da faculdade. Cleo e eu só tínhamos visto uma vez o nosso novo colega de república, Parth, mas Sabrina tinha feito direito internacional com ele na primavera anterior, e, quando Parth disse a ela que estavam vagando alguns quartos no apartamento dele, nos interessamos na hora.

Ele está um ano à nossa frente, no último período da faculdade, e dois dos seus colegas de república já se formaram, enquanto o terceiro, estudante de administração, está passando o outono na Austrália. Estou no quarto *desse* cara, porque na primavera vou passar um semestre em Londres. Ele e eu podemos facilmente fazer a mudança durante as férias de inverno.

A Mattingly é uma universidade pequena, por isso, embora não *conhecêssemos* Parth Nayak, conhecíamos a reputação dele: o Rei da Festa da Paxton Avenue. Ele é chamado assim em parte porque organiza festas temáticas incríveis, mas também porque tem o hábito de aparecer nas festas de *outras* pessoas com bebidas caras, uma dúzia de amigos lindos e uma playlist fantástica. O cara é uma lenda na Mattingly.

E morar com Parth é ótimo. Embora ele e Sabrina — ambos líderes natos — de vez em quando se estranhem. O verdadeiro Path é ainda melhor que o mito. E não é só por ele ser divertido. O cara *adora* gente. Adora organizar aniversários para as pessoas, escolher o presente perfeito, apresentar quem ele acha que deveria se conhecer, descobrir a pessoa mais isolada em uma festa e enturmá-la. O mundo nunca pareceu tão gentil, tão positivo, quanto nessas ocasiões. Como se todo mundo fosse um amigo em potencial, com alguma coisa brilhante, fascinante, a oferecer.

Quando viajo para Londres, estou quase desejando ficar.

A cidade é linda, claro, todas aquelas construções antigas e as heras se combinando organicamente com aço e vidro. E, graças ao último semestre, estou mais preparada do que nunca para socializar com estranhos. Na maior parte das noites, um grupo de estudantes do programa de intercâmbio sai para tomar cerveja em um dos muitos pubs de Westminster, ou para comprar o clássico fish-and-chips — peixe e batata frita enrolados em jornal — para comer enquanto caminhamos às margens do rio Tâmisa. Nos fins de semana, há piqueniques regados a champanhe nos parques, visitas a galerias de arte e horas conhecendo o máximo possível de livrarias icônicas de Londres — Foyles, Daunt Books e uma quantidade enorme delas em Cecil Court.

Conforme o tempo passa, começamos a nos dividir em duplas de amigos, ou em casais. E é assim que escapo da saudade constante dos meus amigos e do nosso apartamento de esquina com vista para os prédios de tijolos vermelhos no centro de Mattingly: começo a passar cada vez mais tempo com outro americano, chamado Hudson, e nas horas que estamos estudando — ou *não* estudando — paro, mesmo que por pouco tempo, de imaginar as estações se sucedendo do lado de fora da janela saliente de Parth, Cleo, Sabrina e do Colega de Apartamento Misterioso, os montes de neve se dissolvendo para revelar a colcha de retalhos de brotos de um verde pálido, a explosão de lírios-amarelos, gerânios silvestres e mitras.

No entanto, quanto mais o verão se aproxima, menos me divirto com Hudson. Em parte porque nós dois estamos estudando obsessivamente para as provas finais, em parte porque essa coisa entre nós — esse romance por necessidade — está se aproximando da data de validade, e ambos sabemos disso.

Meus pais me mandam umas quinhentas vezes mais mensagens que o normal à medida que a data da minha volta para casa se aproxima.

Não vejo a hora de saber tudo sobre o intercâmbio em Londres nas próximas semanas, diz o meu pai.

Já a minha mãe escreve: As mulheres no consultório do dr. Sherburg querem levar você para almoçar quando estiver aqui. O filho da Cindy está pensando em entrar na Mattingly.

O meu pai diz: Gravei um documentário em dez episódios sobre dinossauros.

E mamãe: Você acha que vai ter tempo de me ajudar a limpar o quintal? Está um desastre, e eu tenho andado tão ocupada...

Eu tinha esperança de fazer só uma viagem rápida para ver os dois antes de voar de volta para Vermont, mas eles estão tão empolgados. Acabo passando dois meses em Indiana, contando os segundos, então voo direto para o Maine para encontrar os meus amigos para o Festival da Lagosta.

Meu voo chega tarde. Já está escuro e o calor do longo dia foi substituído por um vento frio e úmido. Há poucos carros no estacionamento, com os faróis apagados, e demoro um instante para encontrar o esportivo vermelho-cereja. Sabrina tirou a habilitação especificamente para que pudéssemos passear de carro neste verão.

Mas não é Sabrina que vejo com o corpo encostado no capô, o rosto iluminado pelo brilho da tela do celular. O cara levanta a cabeça. Maxilar quadrado, cintura estreita, cabelo dourado bagunçado e jogado para trás — a não ser por uma única mecha, que cai na testa no instante em que nossos olhos se encontram.

— Harriet? — A voz dele parece veludo. E faz um arrepio de surpresa descer pela minha coluna... como um zíper sendo aberto.

Eu já tinha visto fotos dele com os meus amigos ao longo do último semestre e, antes disso, o cara ao vivo no campus da universidade, mas sempre de certa distância, sempre em movimento. Perto como estamos agora, algo nele parece diferente. É menos bonito talvez, mas mais impactante. Seus olhos parecem mais pálidos por causa do brilho da tela do celular. Há ruguinhas prematuras no canto dos olhos. Ele parece basicamente feito de granito, a não ser pela boca, que é pura areia movediça. Macia, cheia, um dos lados do arco do cupido claramente mais alto.

— Depois de um semestre inteiro — digo —, você não mudou nada, Sabrina.

Covinhas simétricas aparecem de cada lado de sua boca.

— É mesmo? Porque eu cortei o cabelo, coloquei lentes coloridas e cresci dez centímetros.

Estreito os olhos.

— Hum... Não estou vendo nada disso.

— A Sabrina e a Cleo tomaram vinho demais — diz ele.

— Ah. — Estremeço quando a brisa entra pela gola da minha blusa. — Desculpa por ter sobrado pra você vir me buscar. Eu poderia ter chamado um táxi.

Ele dá de ombros.

— Eu não ligo. Estava louco pra ver se a famosa Harriet Kilpatrick está à altura da propaganda que fazem dela.

Ser alvo da total concentração dele me faz sentir como um cervo diante dos faróis de um carro.

Ou talvez um cervo sendo emboscado por um coiote. Se ele fosse um animal, com certeza seria um coiote, com esses olhos cintilantes estranhos e os movimentos fluidos do corpo. O tipo de autoconfiança reservado àquelas pessoas que pularam totalmente as fases constrangedoras da vida.

Enquanto, por outro lado, qualquer autoconfiança que *eu* possa ter foi conquistada a duras penas, depois de passar a maior parte da infância com aparelho nos dentes e o corte de cabelo de um poodle sem sorte.

— A Sabrina tem mania de exagerar — digo.

Estranhamente, porém, as descrições *dele* não chegam nem perto de capturar a realidade do homem. Ou talvez seja porque, como eu sabia que Sabrina tinha uma queda por ele, acabei esperando alguém diferente. Alguém mais suave, refinado. Alguém mais como Parth, o melhor amigo dele.

Os cantos dos lábios do cara se curvam em um leve sorriso enquanto ele se inclina para a frente. Meu coração dá uma cambalhota quando vejo sua mão estendida, como se planejasse pegar meu queixo e virá-lo de um lado para o outro em uma inspeção, comprovando que meus méritos tinham sido exagerados.

Mas ele só tira a bolsa de viagem do meu ombro.

— Elas disseram que você era morena.

A mistura de risada com ronco que sai da minha garganta me surpreende.

— Estou feliz por terem falado tão bem de mim.

— Falaram mesmo — confirma ele —, mas a única coisa que eu consegui conferir até agora é se você tem o cabelo castanho, como elas disseram. E você não tem.

— Eu definitivamente sou morena.

Ele joga a minha bolsa no assento traseiro, então volta a me encarar, o quadril apoiado na porta. E inclina a cabeça com uma expressão pensativa.

— Seu cabelo é quase preto. Na luz da lua parece azul.

— Azul? Você acha que o meu cabelo é *azul?*

— Não um azul Smurf — explica ele. — É mais um preto-azulado. Não dá pra notar nas fotos. Você parece diferente.

— É verdade — retruco. — Na vida real eu tenho três dimensões.

— O quadro — diz ele, mais uma vez pensativo. — Nele você está parecida com você.

Na mesma hora sei de que quadro ele está falando. O que mostra Sabrina e a mim como Adão e Deus, o trabalho final da Cleo para a aula de desenho. O quadro ficou pendurado no prédio de artes da Mattingly por semanas, com dezenas de estranhos passando por ele diariamente, e não me senti tão exposta na época como me sinto agora.

— Esse é um jeito muito sutil de você me falar que já viu os meus peitos — digo.

— Merda. — Ele desvia os olhos e esfrega a nuca. — Eu meio que esqueci que era um nu.

— Palavras que a maior parte das mulheres sempre sonhou ouvir.

— De jeito nenhum eu ia esquecer que você estava nua naquele quadro — esclarece ele. — Só esqueci que talvez fosse estranho dizer a alguém que ela parece exatamente do mesmo jeito que no quadro onde está sem roupa.

— Essa conversa está evoluindo bem — comento.

Ele geme e passa a mão pelo rosto.

— Juro que costumo ser melhor que isso.

E *eu* costumo me esforçar para deixar as pessoas à vontade, mas há algo muito recompensador em deixar esse cara constrangido. Recompensador e delicioso.

— Melhor em quê? — pergunto no meio de uma risada.

Ele agora passa a mão pelo cabelo.

— Em passar uma boa primeira impressão.

— Você devia tentar mandar um quadro bem grande com um nu seu antes de conhecer uma pessoa nova — sugiro. — Sempre funcionou pra mim.

— Vou pensar na ideia — responde ele.

— Você não parece um Wyndham Connor.

Ele arqueia as sobrancelhas.

— Como eu deveria parecer?

— Não sei — digo. — Blazer azul-marinho com botões dourados. Quepe. Uma grande barba branca e um charuto enorme?

— Ou seja, Papai Noel em um iate — conclui ele.

— Sr. Banco Imobiliário de férias — digo.

— Para sua informação, você também não corresponde ao estereótipo de uma Harry Kilpatrick.

— Eu sei — falo. — Não sou uma órfã dickensiana usando uma boina de entregador de jornal.

A risada dele faz seus olhos cintilarem de novo. E esses olhos agora parecem mais de um verde-pálido que cinza. Mais como água sob a névoa que a névoa em si.

Ele dá a volta pela frente do carro e abre a porta do passageiro para mim.

— Então, Harriet. — Ergue os olhos e meu coração dá um salto de surpresa por ter sua atenção concentrada em mim de novo. — Está pronta?

Por algum motivo, parece mentira quando digo:

— Sim.

Wyn faz o ato de dirigir o Jaguar por aquelas ruas escuras e sinuosas parecer um tipo de esporte ou uma forma de arte. Um braço musculoso é passado por cima do volante, enquanto ele mantém a mão direita relaxada sobre o câmbio e o joelho balançando em um ritmo inquieto que em nenhum momento abala o controle do pé no acelerador. Quando nos aproximamos do mar, abro o vidro da janela e respiro o ar salgado familiar. Wyn faz o mesmo e o vento joga seu cabelo contra o perfil, que parece cinzelado. Aquela mecha caótica em particular sempre encontra um jeito de voltar para a lateral direita da testa, como se conectada por um fio invisível ao pico do seu arco do cupido.

Quando ele me pega observando-o, a sobrancelha se ergue com os lábios.

Areia movediça, penso de novo. Um instinto ancestral de predador-presa parece concordar, e meu sistema límbico está bradando ordens para os músculos: *Prepare-se para fugir. Se ele chegar mais perto, você nunca vai conseguir escapar.*

— Você está me encarando — diz ele. — Com uma expressão desconfiada.

— Estou só avaliando a possibilidade de, em vez de ser mesmo o colega de apartamento dos meus amigos, você ser um assassino que rouba o carro das vítimas — respondo.

— E depois esse assassino pegaria pontualmente a amiga das vítimas no aeroporto? — pergunta ele.

— Tenho certeza de que muitos assassinos são pontuais.

— Por que você acha que a nossa geração imagina que todo mundo pode ser um assassino? — pergunta ele, com uma risada. — Até onde eu sei, nunca conheci nenhum.

— Isso quer dizer simplesmente que você nunca conheceu um assassino ruim — retruco.

Ele olha de relance para mim no momento em que um raio de luar o ilumina.

— Então, pelo que eu ouvi dizer, você é uma espécie de gênio, Harriet Kilpatrick.

— O que eu falei sobre a Sabrina e a tendência a exagerar?

— Então você *não* é aspirante a neurocirurgiã?

— *Aspirante* é a palavra-chave — digo. — E você? O que está estudando?

Wyn ignora a minha pergunta.

— Eu teria presumido que *cirurgiã* era a palavra-chave.

Isso provoca outra risada esquisita da minha parte. Ele volta a fixar os olhos na estrada, sorrindo para si mesmo, e meus ossos parecem estar cheios de gás hélio.

Olho pela janela.

— E você?

Depois de vários segundos de silêncio, ele devolve a pergunta:

— Eu o quê? — E não parece muito satisfeito com ela.

— O que me disseram a *seu* respeito corresponde à realidade?

Wyn checa o retrovisor de novo e morde o lábio inferior.

— Depende do que te disseram.

— O que você acha que me disseram?

— Prefiro não tentar adivinhar, Harriet.

Ele usa muito o meu nome. E toda vez é como se a sua voz tocasse uma corda apertada demais em um piano no fundo do meu estômago.

O que realmente está acontecendo é que o meu sistema nervoso simpático decidiu mudar a rota que o meu sangue faz através dos músculos. Não sinto borboletas no estômago. São apenas meus vasos sanguíneos se contraindo ao redor dos órgãos.

— Por que não? — pergunto. — Você acha que elas disseram alguma coisa ruim?

O maxilar dele está tenso, e os olhos voltam a se concentrar no caminho iluminado pelos faróis.

— Deixa pra lá. Não quero saber.

Ele volta a balançar o joelho, como se houvesse energia demais em seu corpo e ele precisasse colocá-la para fora.

— Elas me disseram que seria impossível dizer se você estava flertando ou não.

Wyn ri.

— Agora *você* está tentando me deixar constrangido.

— Talvez. — Com certeza. Não sei o que deu em mim. — Mas elas disseram mesmo.

Na verdade, Sabrina lamentou não conseguir dizer, enquanto declarava, inflexível, que de qualquer modo gostava demais de Wyn para fazer uma investida nele. Aquilo perturbaria a rotina na casa onde todos moravam.

— Seja como for — diz Wyn —, sou *muito* melhor no flerte do que isso me faz parecer.

— Você já considerou a hipótese de esse ser o problema? — pergunto e me inclino para entrar em seu campo de visão.

Ele sorri.

— Flertar nunca matou ninguém, Harriet.

— Você claramente desconhece o conceito do duelo no período da Regência — comento.

— Ah, conheço muito bem, mas, como raramente flerto com filhas solteiras de duques poderosos, acho que estou a salvo.

— Você acha que nós vamos passar batido pelo fato de você ser bem versado nos hábitos e costumes do período da Regência britânica?

— Harriet, acho que você não passa batido por *nada* — diz ele.

Solto outra daquelas risadas estranhas e involuntárias, e as covinhas dele ficam mais fundas.

— Por falar em damas da aristocracia — diz Wyn —, vocês aprendem a rir desse jeito na escola de etiqueta?

— Não — respondo —, isso teve que ser aperfeiçoado através dos séculos.

— Tenho certeza disso — diz ele. — A propósito, eu não sou assim.

— Criado pra rir pelo nariz?

Ele ergue o queixo, o olhar astuto.

— Estou falando da impressão que você tem de mim. Eu não brinco com o sentimento das pessoas. Tenho regras.

— Regras? — repito. — Tipo...?

— Tipo, nunca conte as regras para alguém que você acabou de conhecer.

— Ah, que é isso... — falo. — Nós somos amigos por osmose. Pode me contar.

— Bom, em primeiro lugar, o Parth e eu fizemos um pacto de nunca nos envolver com as nossas amigas. Ou com as amigas um do outro. — Ele me lança um olhar de lado. — Quanto a amigas por osmose, não sei bem qual é a política.

— Espera, espera, espera — digo. — Você não se envolve com as suas *amigas*? Com quem você se envolve então, Wyn? Inimigas? Estranhas? Espíritos malévolos que morreram no prédio onde você mora?

— É uma boa regra de conduta — retruca ele. — Impede que as coisas fiquem confusas.

— Nós estamos falando de namoro, Wyn, não de um bufê de restaurante por quilo. Embora, pelo que ouvi falar, talvez para você seja tudo a mesma coisa.

Ele me lança um olhar e estala a língua.

— Você está fazendo slut-shaming comigo, Harriet? Está me chamando de promíscuo?

— De jeito nenhum — replico. — Adoro promiscuidade. Alguns dos meus melhores amigos são promíscuos. Eu mesma já passei por isso.

Outro raio de luar ilumina brevemente os olhos dele, deixando-os de um prata enevoado.

— Não te agradou? — arrisca ele.

— Nunca tive a chance de descobrir — respondo.

— Porque você se apaixonou — conclui ele.

— Porque os homens nunca chegaram a me escolher.

Wyn ri.

— Tá certo...

— Não estou me autodepreciando só pra ser elogiada — falo. — Depois que os homens me conhecem, às vezes até ficam interessados, mas não é pra mim que eles olham primeiro. Já me conformei com isso.

Ele me examina de cima a baixo e volta a olhar nos meus olhos.

— Então você está dizendo que demora pra parecer sexy.

Confirmo com um aceno de cabeça.

— Isso mesmo. Eu demoro pra parecer sexy.

Ele fica me encarando em silêncio por um momento, antes de voltar a falar.

— Você não é o que eu esperava.

— Tridimensional e de cabelo azul — digo.

— Entre outras coisas.

— E eu esperava que você fosse um Parth dois ponto zero — admito.

Ele estreita os olhos.

— Você achou que eu estaria mais bem-vestido.

— Do que jeans e moletom? — digo. — Isso não existe.

Wyn não parece me ouvir e fica me examinando com o cenho franzido.

— Você não demora pra parecer sexy.

Desvio os olhos e mexo no rádio, enquanto sinto o calor aquecer o meu peito.

— Bom — falo —, a maior parte das pessoas não começa me vendo nua antes mesmo de a gente se falar.

— Não tem a ver com isso — afirma Wyn.

Eu *sinto* o momento em que Wyn afasta os olhos de mim e volta a olhar para a frente, mas ele deixa uma marca: de agora em diante, penhascos escuros, vento bagunçando cabelos, um perfume que mistura canela, cravo e pinho — tudo isso vai passar a significar *Wyn Connor* para mim. Uma porta se abriu, e sei que ela nunca mais vai ser fechada.

Regência ou não, ele me arruinou de várias maneiras.

5

Vida real

SEGUNDA-FEIRA

Continuamos presos na cozinha pelo tempo necessário para fazer mais três brindes ao amor eterno, antes que Wyn finalmente peça licença aos nossos amigos e me puxe com ele para "nos acomodarmos".

Kimmy ronrona, e Parth bate com a mão aberta na dela, o que faz Cleo estremecer, porque esse gesto é a versão dela de unhas-arranhando-a-lousa.

Enquanto Wyn e eu subimos a escada quase correndo, disputamos silenciosamente o controle da minha mala.

Com isso quero dizer que eu carrego a mala até Wyn tirá-la com facilidade da minha mão e passá-la para sua mão oposta, de modo que eu não consiga alcançar.

— Deixa comigo — diz ele.

— Para de tentar ser fofo — sussurro, irritada. — Não tem ninguém olhando.

— Não estou fazendo isso.

— Está, sim — insisto.

— Não. — Wyn afasta ainda mais a mala do meu alcance, quando tento pegá-la novamente. — Estou fazendo isso pelo puro prazer de irritar você.

— Se é só esse o motivo — digo —, não precisa se esforçar tanto. A sua mera presença já está dando conta.

— Bom — retruca ele —, você sempre fez eu querer me superar, Harriet.

Estamos quase a salvo quando Sabrina aparece atrás de nós, na base da escada.

— Esqueci de dizer que colocamos vocês dois no quarto grande dessa vez.

Wyn e eu estacamos de repente, como em um desenho animado, e ele pega rapidamente a minha mão, como se, caso não fizesse isso, Sabrina pudesse começar a gritar e deixar a taça de champanhe cair, chocada, ao nos descobrir em um flagrante delito reverso — vestidos e sem nos tocarmos.

Pelo menos ele não agarra o meu traseiro.

— O quarto grande — repete Wyn, a mão agora na base das minhas costas. Eu me apoio nele com tanta força que Wyn precisa encostar o ombro na parede para não cairmos.

Eu me pergunto se estamos conseguindo parecer, um por cento que seja, um casal apaixonado, ou se estamos projetando a imagem perfeita de "rivais se confrontando em um faroeste italiano".

— Mas sempre ficamos no quarto das crianças — digo.

É assim que a família de Sabrina chama o quarto, porque tem duas camas de solteiro, em vez da cama king size dos outros dois quartos.

— A Cleo e a Kimmy se ofereceram pra ficar com ele dessa vez — explica Sabrina. — Vocês só conseguem se ver uma vez por mês, não vamos fazer passarem esse tempo aqui em camas separadas.

Desde que Wyn e eu começamos a namorar, sempre juntamos as camas de solteiro.

— A gente não se importa — insisto.

Sabrina revira os olhos.

— Você nunca se importa. Aliás, você é a rainha do *não me importo*. Mas, nesse caso, a gente se importa. Está resolvido. A Cleo e a Kim até já desfizeram as malas.

— Mas...

Wyn me interrompe:

— Obrigado, Sabrina. Foi muito legal da parte de vocês.

Antes que eu possa protestar mais uma vez, ele me puxa para o quarto grande, como se fosse um cão pastor, e eu, uma ovelha particularmente difícil.

No instante em que fechamos a porta, eu me viro para Wyn, preparada para atacar, mas logo recebo o impacto violento da proximidade dele, a intensidade estranha de estarmos juntos de novo em um quarto fechado.

Consigo sentir meu coração latejar na garganta. Estamos próximos o bastante para que eu veja as pupilas de Wyn se dilatarem. O corpo dele decidiu que eu sou uma ameaça que ele precisa avaliar o mais rápido possível. O sentimento é recíproco.

Foi fácil ficar com raiva de Wyn quando estávamos no andar de baixo, cercados pelos nossos amigos. Agora, tenho a sensação de estar parada nua sob um holofote, para a avaliação dele.

Wyn é o primeiro a recuperar a capacidade de falar, e sua voz sai áspera e baixa:

— Eu sei que isso não é o ideal.

O absurdo da declaração faz o meu cérebro pegar no tranco.

— Sim, Wyn. Passar uma semana trancada em um quarto com o meu ex-namorado *não é o ideal*.

— Ex-noivo — corrige ele.

Eu o encaro.

Wyn desvia os olhos e coça a testa.

— Desculpa. Eu não sabia o que fazer. — Os olhos dele encontram os meus, suaves demais agora, familiares demais. — A Sabrina me ligou e fez um discurso. Disse que era o fim de uma era. Que ela nunca tinha me pedido nada e que nunca mais voltaria a pedir. Eu tentei ligar pra você. Só tocou uma vez, mas eu deixei uma mensagem.

Há uma boa razão para eu não ter recebido o recado.

— Eu bloqueei o seu número — falo.

Tinha cansado de ficar acordada até tarde, com o polegar pairando sobre o número do telefone dele, ardendo de vontade de receber uma ligação de Wyn, de que ele me dissesse que tudo tinha sido um erro. Precisava afastar de vez aquela possibilidade, me libertar daquela espera.

Os olhos de Wyn ficam tempestuosos. Ele entreabre os lábios. Então, se vira na direção da sacada, as sobrancelhas franzidas. Lembro a mim mesma que ele tem um desses rostos vagamente torturados.

Wyn não consegue evitar, e com certeza não precisa que eu o conforte.

Foi ele que arruinou a nossa vida juntos em uma ligação de quatro minutos.

Os músculos do maxilar dele saltam, enquanto seus olhos de névoa se fixam novamente em mim.

— O que eu devia ter feito, Harriet?

Encontrado uma desculpa.

Simplesmente ter dito não a ela.

Não ter partido o meu coração, como se fosse um jantar combinado em cima da hora.

Não ter feito eu me apaixonar, antes de mais nada.

Balanço a cabeça.

Ele se aproxima mais, até sua postura parecer um ponto de interrogação, pairando acima de mim.

— Não é uma pergunta retórica.

Suspiro, abaixo os olhos e massageio as têmporas.

— Não sei. Mas agora não tem nada que a gente possa fazer. Não se pode terminar um relacionamento *durante* um casamento. Ainda mais quando a lista de convidados é composta de quatro pessoas.

— Talvez a gente possa dar esta noite a eles — sugere Wyn. — Comemorar tudo o que tem pra ser comemorado e contar a verdade amanhã.

Ergo os olhos para o teto, para ganhar algum tempo. Talvez nos próximos quatro segundos o mundo acabe e isso nos poupe de tomar essa decisão.

— Harriet — pressiona ele.

— Tudo bem — retruco. — Tenho certeza que a gente consegue tolerar um ao outro por mais uma noite.

Os olhos de Wyn se estreitam, limitando a entrada de luz e deixando o foco mais preciso, para que ele consiga interpretar melhor a minha expressão.

— Tem certeza?

Não.

— Eu estou bem — digo. — Tá tudo bem. — E me deixo cair sentada na beira da cama.

Depois de um instante, Wyn parece se forçar a voltar à realidade.

— Fico feliz por estarmos na mesma sintonia.

— Claro.

Ele assente.

— Ótimo.

— Ótimo. — Levanto da cama.

Wyn recua um passo, mantendo o espaço entre nós.

— A gente pode dizer que as coisas entre nós já andavam instáveis há algum tempo, e que depois de ver os dois tão felizes percebemos que nos afastamos.

Sinto uma pontada no peito. Não exatamente por causa do jeito como Wyn fala, mas por ser parecido demais com o que ele me disse meses atrás: *Nós éramos duas crianças quando ficamos juntos, e as coisas são diferentes agora. Está na hora de aceitarmos isso.*

— Você acha sinceramente que eles não vão desconfiar de nada?

— Harriet. — Os olhos dele cintilam. — Eles não desconfiaram nem que a gente estava *junto* já fazia um ano.

Recuo um passo e acabo esbarrando com tanta força na cama que meu corpo se projeta de volta na direção dele.

Nos afastamos muito rápido, como se cada um estivesse convencido de que o outro está cheio de vespas, mas o leve perfume de especiarias dele já chegou à minha corrente sanguínea.

— Acho que dessa vez vai ser mais difícil — retruco, o tom rígido.

Wyn passa a mão pelo cabelo e sua camiseta levanta, expondo de um jeito tão sensual uma parte do abdome que quase dá para imaginar que tem um diretor de arte escondido em um canto bradando ordens.

Eu me forço a voltar os olhos para o rosto dele.

— A gente consegue aguentar uma noite.

Ele está tentando fazer *uma noite* soar como um mero acúmulo de minutos. Sei que não é bem assim. Quando estamos juntos, o tempo nunca se move em um ritmo normal.

Esfrego os olhos com as costas das mãos.

— A gente devia ter contado pra todo mundo meses atrás.

— Mas não contou — diz ele.

A princípio não foi intencional. Eu estava surpresa e magoada demais, e — sim — em negação. Então, poucos dias depois do rompimento, uma caixa com as minhas coisas apareceu na minha porta. Sem um bilhete sequer, de forma tão abrupta que cheguei a me perguntar se ele teria terminado comigo já a caminho do correio mais próximo.

Aí, fiquei furiosa. E devolvi as coisas *dele* no mesmo dia. Cheguei até a jogar o anel de noivado no meio de tudo quando me dei conta de que não ia conseguir encontrar o estojo de veludo azul em que ele viera.

Três dias depois disso, recebi um segundo pacote, agora pequeno, embrulhado em papel pardo. Wyn tinha mandado o anel de noivado de volta. Eu o conhecia bem o bastante para saber que ele estava *tentando* fazer a coisa certa, o que só serviu para me deixar mais brava, por isso enviei de volta para ele na mesma hora. Quando Wyn recebeu o anel, me mandou uma mensagem pela primeira vez em duas semanas: Você tem que ficar com o anel. É seu.

Não quero, respondi. Mas a verdade é que eu não conseguiria suportar ficar com aquilo.

Você pode vender, sugeriu ele.

Você também, retruquei.

Cinco minutos se passaram antes que ele mandasse outra mensagem, perguntando se eu já tinha contado para Cleo e Sabrina. A mera ideia me deixava enjoada. Contar a elas iria destruir o nosso grupo de amigos, dez anos de história descendo pelo ralo.

Estou esperando até conseguir falar com as duas ao mesmo tempo, respondi. Era só uma meia mentira.

Eu tinha contado para uns dois colegas de trabalho no hospital, mas trocava poucas mensagens com Cleo e Sabrina. Estávamos todas ocupadas demais.

Sabrina e Parth trabalham até tarde em seus respectivos escritórios de advocacia na maior parte dos dias, e, como tomar conta de uma fazenda muitas vezes significa ter que acordar às quatro da manhã, Cleo e Kimmy dormem cedo.

Em Montana, Wyn administra o negócio da família Connor, de conserto de móveis, e precisa ajudar a mãe.

E então há os meus horários, no fuso de San Francisco, cursando há dois anos a formação na Universidade da Califórnia. Na maior parte dos dias funciono em um nível de cansaço que vai além dos bocejos e da coceira nos olhos para chegar direto ao âmago do meu ser. Meus *órgãos* ficam cansados. Meus *ossos* parecem exaustos.

Meu tempo de folga normalmente é passado no estúdio de cerâmica no fim do quarteirão ou assistindo a episódios antigos de *Assassinato por escrito*, enquanto limpo o apartamento que Wyn e eu escolhemos juntos dois anos atrás, antes de as coisas se complicarem com o diagnóstico de Parkinson da mãe dele e sua consequente volta para Montana.

O relacionamento a distância era para ter sido temporário, só pelo tempo que a irmã mais nova de Wyn levasse para terminar a pós-graduação e voltar para tomar conta de Gloria. Assim, Wyn se mudou e nós fizemos as coisas funcionarem... até não conseguirmos mais.

Não precisei perguntar a Wyn se ele tinha contado para Parth sobre o rompimento. Se isso tivesse acontecido, todo mundo já teria entrado em contato comigo. Por isso, perguntei sobre a mãe dele. A Gloria sabe?

Não é o momento certo, respondeu ele. E acrescentou depois de um minuto: Ela vem tentando me convencer a voltar pra San Francisco. Já está se sentindo culpada por eu estar aqui. Tentou se internar em uma casa de repouso sem eu saber. Se eu contar agora que terminamos, ela vai dizer que a culpa é dela.

Eu amava Gloria e *odiava* a ideia de chateá-la. Ainda assim, pensei em sugerir que Wyn contasse a verdade a ela. Afinal, segundo ele, era tudo culpa *minha*.

Wyn mandou outra mensagem: Podemos esperar pra contar pra todo mundo? Só um pouquinho?

E eu não apenas concordei como me senti imensamente grata por adiar aquelas conversas, por relegá-las ao âmbito dos Problemas para a Harriet do Futuro. Quando uma noite, depois de dois meses, me peguei perigosamente perto de ligar para Wyn, enfim bloqueei o número dele. Embora o desbloqueasse de vez em quando, apenas pelo tempo necessário para interagir no nosso grupo de mensagens dos amigos — minha participação no grupo sempre tinha sido esporádica, por isso achei que os outros não iriam perceber. Um mês depois disso, comecei uma conversa por e-mail sobre como devíamos lidar com a nossa viagem anual, e organizamos um plano. O mesmo plano que no momento jaz arruinado em algum lugar na cozinha.

Isso tudo foi dois meses atrás, e agora a Harriet do Futuro tem algumas palavras fortes a dizer para a Harriet do Passado a respeito das suas habilidades de merda para tomar decisões.

Ela é a razão para estarmos nessa situação.

Me concentro no aro verde fino ao redor das íris de Wyn, em vez de na totalidade dele, que é avassaladora demais para mim.

— Como é que isso vai funcionar?

Ele dá de ombros.

— Nós fingimos um pouco mais que ainda estamos juntos, depois abrimos o jogo.

Começo a cruzar os braços, mas Wyn está parado perto demais, por isso, em vez de arriscar encostar nele, deixo que caiam novamente ao lado do corpo, desajeitada.

— Sim, isso eu já entendi. Estou falando das regras. — Respiro fundo para conseguir dizer em um tom quase normal: — Vamos nos tocar? Nos beijar?

Ele desvia os olhos, parecendo um pouco constrangido, culpado até.

— Eles sabem como eu sou com você.

Uma maneira muito diplomática de dizer que vão esperar que ele me toque o tempo todo. Que me puxe para o seu colo, passe o braço pelo meu ombro, enrole o meu cabelo na mão e me beije na mesa de jantar como se estivéssemos só nós dois ali, que enfie o rosto no meu pescoço quando estou falando ou trace o contorno do meu lábio inferior quando estou calada e...

A questão é que algumas pessoas vivem a maior parte da vida dentro da própria mente (eu), e outras são seres altamente físicos (Wyn).

Considero brevemente a possibilidade de me jogar pela janela, por cima dos penhascos, no oceano, e sair nadando até chegar à Europa. Também aceitaria feliz a Nova Escócia, no Canadá.

Mas, como alguém que *não* é um ser altamente físico, eu com certeza bateria em algum lugar, cairia inconsciente no mar e seria ressuscitada por um Wyn sem camisa me fazendo respiração boca a boca.

— Sem toques quando não tiver ninguém por perto pra ver — me apresso a dizer. — E, quando estivermos com os outros, vamos... fazer o que sempre fazemos.

Wyn inclina a cabeça.

— Vou precisar de regras mais específicas que essa.

— Você sabe o que eu quero dizer — falo.

Ele me encara e espera. Eu o encaro de volta.

— Andar de mãos dadas? — pergunta Wyn.

Não sei bem por que *isso*, entre todas as coisas, faz o meu coração parecer que está batendo no esôfago.

— Aceitável.

Ele abaixa o queixo, confirmando.

— O que eu posso tocar? Costas, quadril, braços?

— Você quer que eu faça um diagrama? — É minha vez de perguntar.

— Desesperadamente.

— Eu estava brincando — digo.

— Eu sei — retruca Wyn. — Mas isso não me deixa menos curioso.

— Costas, quadril, braços e barriga estão liberados — falo e sinto meu estômago se aquecer alguns graus a cada palavra.

— Boca? — pergunta ele.

Desvio os olhos para a mesa de cabeceira. Há uma pastinha de couro preto ali, como a conta de um restaurante esperando para ser recolhida.

— Está falando de *tocar* a minha boca ou de beijar?

— As duas coisas.

Seguro a pasta, abro e finjo ler, enquanto espero que as minhas sinapses parem de gritar.

— É um roteiro — diz ele.

Diante da minha evidente confusão, Wyn simplesmente indica com o queixo os papéis que eu estava "lendo".

— Nós recebemos roteiros personalizados.

— Mas... a gente faz a mesma coisa todo ano — argumento.

— Acho que esse é o ponto — fala Wyn. — É uma recordação. Além do mais, a Sabrina planejou surpresas individuais para nós no sábado, pra que ela e o Parth possam ter um tempo sozinhos antes do casamento.

— Ai, meu Deus. — Examino o roteiro, ansiosa. — Ela acrescentou *pausas para ir ao banheiro* aqui, Wyn.

Quando ergo os olhos, o pego desarmado.

Uma lembrança vívida surge no fundo da minha mente e se insinua até dominá-la por completo: Wyn e eu pulando de uma pedra molhada para a outra, na base dos penhascos atrás da casa. Nós dois gritando e nos afastando enquanto os dedos gelados da maré tentam nos alcançar. Na praia, o som das risadas dos nossos amigos sobe pelo céu noturno, levado pela fumaça da fogueira que acendemos.

Eu me ofereci para subir até a cozinha e pegar mais cerveja, e Wyn, que nunca fica sentado se pode ajudar, foi junto. Apostamos corrida para subir os degraus bambos que levam ao pátio nos fundos da casa, engasgando de tanto rir.

Você é um bloco de músculos de um metro e oitenta, Wyn. Como vou conseguir ganhar de você?

Ele pegou a minha mão quando chegamos ao pátio, o piso de cerâmica cintilando com a estranha luz verde da piscina de água salgada aquecida. Aquela foi a primeira vez que ele tocou os meus dedos. Nós nos conhecíamos fazia poucos dias, era a nossa primeira viagem em grupo para a casa, e todo o meu corpo vibrou com esse simples contato. Wyn murmurou: *Você quase nunca diz o meu nome.*

Eu devo ter estremecido, porque ele franziu o cenho e tirou o moletom da Mattingly que estava ao redor dos seus ombros, o que tinha o rasgo na gola.

Eu disse que não precisava, mas meus dentes batiam. Wyn chegou mais perto, lentamente, e passou o moletom pela minha cabeça, prendendo meus braços ao lado do corpo e deixando meu cabelo cheio de estática.

Melhor assim?, perguntou ele. Fiquei fascinada e ao mesmo tempo aterrorizada com o fato de que, só com aquelas palavras ditas em voz baixa, ele conseguiu me fazer chacoalhar por dentro, como se eu fosse um globo de neve.

Quando voltamos para junto dos outros, eu mal conseguia olhar para ele.

Como Wyn e eu tínhamos sido os últimos a chegar, ou talvez porque os outros tivessem decidido que a nossa amizade deveria começar com um teste de fogo, fomos colocados para dividir o quarto das crianças a semana inteira, e toda noite, quando apagávamos a luz, ficávamos conversando por horas das nossas camas em lados opostos do cômodo.

Mas eu raramente dizia o nome dele. Parecia demais com um feitiço. Como se aquilo fosse me iluminar por dentro, permitindo que Wyn visse quanto eu o desejava, quanto eu passava o dia pensando nele, como um disco arranhado. Como, sem nem sequer tentar, eu sabia exatamente onde ele estava o tempo todo — poderia cobrir os olhos, girar e ainda assim o apontaria na primeira tentativa.

E eu não podia me interessar por ele. Porque a minha melhor amiga já estava interessada. Porque Wyn havia se tornado uma parte importante da vida da Sabrina e da Cleo, e eu não iria estragar aquilo.

Além do mais, disse a mim mesma, a minha reação a ele não significava nada. Era só um imperativo biológico para procriar que estava fazendo fogos de artifício dispararem pelo meu sistema nervoso. Não era o tipo de coisa em cima da qual se poderia construir um relacionamento duradouro. Eu disse a mim mesma que era inteligente demais para achar que estava me apaixonando por Wyn. Porque eu não podia **estar**. Não estava.

Se pelo menos eu estivesse certa naquela época...

Agora, Wyn pega o roteiro da minha mão, e seus olhos correm pela página.

— Eu realmente adoro o jeito como a Sabrina é organizada — digo. — Mas *existe* um limite para uma virtude. E, quando você menciona movimentos intestinais na agenda de férias do seu grupo de amigos, acho que esse limite foi atingido.

Ele volta a deixar a pasta na mesa de cabeceira.

— Você está achando isso ruim, mas não é nada comparado à lista de coisas que o Parth me mandou colocar na mala. Ele me disse quantas cuecas trazer. Por isso, ou a minha "surpresa personalizada" no sábado vai terminar mal, ou o Parth acha que eu sou incapaz de contar as minhas próprias cuecas.

— Não se subestime — digo. — Tenho certeza de que é um pouco de cada.

Quando ele ri, as covinhas se destacam no rosto com a barba por fazer. Por um segundo, é como se tivéssemos nos descolado da linha do tempo e voltado um ano atrás.

Então, Wyn se afasta de mim.

— Os próximos quinze minutos estão marcados como *tempo para relaxar* antes do almoço — diz ele —, portanto vou deixar você fazer isso.

Assinto.

Ele faz o mesmo.

Wyn caminha na direção da porta e hesita por um segundo antes de sair.

Mas então se vai, e eu continuo paralisada onde ele me deixou. E *não* relaxo.

6

Vida real

SEGUNDA-FEIRA

O "QUARTO GRANDE" é um desastre. Um lindo, incrível desastre. Digno de um pesadelo. O quarto das crianças fica no começo do corredor, portanto é parte da casa original. Esse outro fica nos fundos, na extensão colossal. Aqui não há portas empenadas que travam, ou janelas que precisam ser escoradas com livros, ou tábuas no piso que estalam e gemem sem que alguém esteja sequer pisando nelas.

Este quarto é puro luxo. A cama king size é coberta por lençóis de quatro zilhões de fios. Portas duplas se abrem para uma sacada que dá tanto para a piscina de água salgada quanto para os penhascos mais além, e o banheiro anexo conta com uma enorme banheira de pedra, além de um chuveiro para duas pessoas num nicho feito de vidro e ardósia escura.

No entanto, se eu pudesse fazer uma sugestãozinha de decoração, seria colocar a banheira ou o chuveiro (ou ambos) atrás de uma porta. Do jeito que está, os dois ficam à vista para quem olha do quarto.

O vaso sanitário obviamente fica escondido em um cubículo, mas, se eu estiver pretendendo trocar de roupa em algum momento durante essa semana, minhas opções são: (1) aceitar que vou fazer isso com a plateia de uma pessoa, no caso meu ex-noivo; (2) me enfiar no closet estreito e rezar para conseguir manter o equilíbrio; ou (3) descobrir um jeito discreto de me esgueirar para dentro do chuveiro externo, perto da casa de hóspedes.

Tudo isso para dizer que passei os meus quinze minutos de "relaxamento" tomando um banho *privado* enquanto posso. Então, visto um jeans e uma camiseta branca limpa — uma das poucas características que Wyn e eu temos em comum é a completa ausência de estilo pessoal.

O trabalho de Wyn sempre exigiu que ele se vestisse com praticidade, e a maior parte das suas roupas logo fica batida, por isso já de início nem adianta ter nada elegante demais.

Para mim, contudo, a dependência excessiva de jeans Levi's e camisetas tem mais a ver com o fato de que eu detesto tomar decisões. Levei anos para descobrir de que tipo de roupa eu gosto no meu corpo, e agora me aferro a essas peças.

Outra lembrança vívida explode na minha mente: Wyn e eu estamos deitados na cama, a luz do abajur na cabeceira se derramando sobre nós, o cabelo dele uma bagunça, ainda com a mecha teimosa na testa. A boca de Wyn pressiona a curva da minha cintura, depois a dobra do meu quadril. Ele sussurra contra todas as minha partes mais macias: *Perfeita*.

Um arrepio desce pela minha coluna.

Já chega *disso*.

Prendo o cabelo em um coque no alto da cabeça e desço correndo a escada.

Todos passaram para a mesa de madeira no pátio dos fundos. Há mais de um metro de frios servidos no centro, e, como Sabrina é Sabrina, também há cartões de identificação de lugar, garantindo que Cleo e Kimmy estejam acomodadas diante das opções veganas, enquanto eu estou cara a cara com um queijo brie tão grande que poderia servir de estepe para um carro se fosse preciso.

Wyn ergue os olhos do celular quando entro no pátio. Não consigo dizer se a expressão momentânea de ansiedade que passa pelo seu rosto é apenas um desejo da minha imaginação, porque, assim que a registro, ele deixa o celular na mesa, abre um sorriso e se levanta para abraçar minha cintura e me puxar para o seu lado.

Fico rígida e me deixo cair na cadeira ao lado da dele, e Wyn rearruma o braço, largando-o frouxamente ao redor dos meus ombros.

Sabrina se levanta do seu lugar na cabeceira da mesa.

— Não sei se vocês já tiveram a chance de dar uma olhada nos seus roteiros...

— Ah, então era isso aquela pastinha de couro? — diz Cleo. — Estava usando como peso de porta.

Kimmy, que está com dois pepinos em conserva se projetando da boca, como as presas de uma morsa, acrescenta:

— Tinha tanta coisa censurada que eu presumi que fosse um depoimento jurídico.

— Os itens riscados pra vocês não lerem são algumas surpresinhas — diz Sabrina. — No resto da semana vão ser as atividades de sempre.

Wyn morde um pedaço duro de cenoura, e a força com que faz isso me agita por dentro. Não consigo respirar direito com centenas de terminações nervosas ao longo das minhas costelas e do meu peito pressionadas contra ele, o que significa que meu corpo mal está recebendo oxigênio.

— Gladiadores da Mercearia? — pergunta Kimmy, com um gritinho agudo, enquanto Cleo arrisca, esperançosa:

— Crime, Leu Ela?

— Sim e sim — responde Sabrina.

Aquilo confirma que vamos fazer duas das nossas atividades costumeiras no Maine — e diametralmente opostas: uma ida à Crime, Leu Ela, a livraria local (um programa favorito meu e da Cleo), e um jeito muito absurdo de fazer compras de mercado, que é a grande paixão de Parth e Kimmy desde que eles se uniram em uma equipe, três anos atrás, e começaram uma "sequência vitoriosa", até onde alguém pode "vencer" no que se refere a compras de mercado.

Wyn e eu sempre debatíamos se Sabrina tinha inventado o jogo dos Gladiadores da Mercearia porque já estava cansada de passarmos tanto tempo comprando comida. Havia uma confeitaria divina no mercado, com uma seção inteira dedicada a guloseimas locais, e entre nós seis isso era como fazer compras com crianças muito mimadas e um pouco bêbadas — um de nós sempre se desgarrava em busca de uma novidade toda vez que o restante da turma estava pronto para ir embora.

— Mas hoje à noite pensei em nadarmos, prepararmos o jantar aqui fora e tudo o mais, como sempre — diz Sabrina. — Só quero aproveitar o fato de estarmos todos juntos.

— A nós, juntos — brada Parth, dando início ao quinto brinde do dia.

Assim que Wyn recolhe o braço que estava ao redor dos meus ombros, afasto a cadeira para o lado, sob o pretexto de pegar o prosecco aberto para reabastecer a minha taça.

— Aos Gladiadores da Mercearia — diz Kimmy, se juntando ao brinde.

A beber vinho até cair e torcer para, quando acordar, descobrir que foi tudo um sonho, penso.

Do outro lado da mesa, Cleo está me fitando com uma expressão pensativa, o cenho ligeiramente franzido. Forço um sorriso e ergo a taça na sua direção.

— Àquele cara da Crime, Leu Ela que ainda nos dá desconto de estudante.

Cleo curva um pouco os lábios, como se não estivesse totalmente convencida da minha encenação, mas assim mesmo encosta o copo (com água) no meu — ela desistiu do álcool anos atrás porque ficava com o estômago ruim sempre que bebia.

— Que sejamos sempre tão sortudas, e tão jovens.

— Droga, a garrafa está vazia — diz Sabrina da outra ponta da mesa.

Eu me levanto rápido, antes que Wyn possa se oferecer para pegar outra. Ele começa a se erguer mesmo assim, e eu o empurro de volta na cadeira.

— Você fique aqui e relaxe, *meu bem* — digo, o tom acidamente doce. — *Eu* pego o vinho.

— Obrigada, Har — grita Sab enquanto sigo em direção às portas dos fundos. — A porta deve estar aberta!

Outro detalhe da renovação que o sr. Armas fez no chalé: ele converteu o antigo porão de pedra em uma adega moderníssima para sua imensa e imensamente cara coleção de vinhos. A entrada é protegida por senha e tudo o mais, embora Sabrina sempre deixe aberta, para que qualquer um de nós possa descer até lá e pegar alguma coisa para beber.

Encontro rápido demais uma garrafa com o rótulo igual ao da que estava na mesa. Acho que aquele *não* é um prosecco de mil dólares, mas com Sabrina nunca se sabe. Ela pode muito bem ter liberado tudo para nós, mesmo que os nossos palatos pouco refinados não sejam capazes de apreciar o que a adega tem de melhor.

Meu coração aperta quando penso nessa última semana perfeita que ela planejou para nós e na minha absoluta incapacidade de aproveitá-la.

Só um dia. Deixe que eles tenham um dia perfeito, e amanhã a gente conta a verdade.

Quando volto a subir a escada, estão todos rindo. É a imagem exata de uma viagem descontraída com seus melhores amigos. O olhar de Wyn encontra o meu e ele mantém o sorriso de covinhas no rosto, sem vacilar nem por um instante.

Ele está ótimo! Não se importa nem um pouco com a presença da ex-noiva, ou com o fato de que basicamente estamos na suíte de lua de mel, que exala a seguinte vibe: "cada superfície neste lugar foi projetada com sexo em mente".

Nenhuma reação discernível à minha presença.

Dessa vez, o arrepio que desce pela minha coluna se parece menos com um zíper sendo aberto e mais com a chama raivosa de um rastro de gasolina.

Não é justo que Wyn esteja bem. Não é justo que estar aqui comigo não faça o coração dele parecer estar girando em um espeto, como acontece comigo.

Você consegue, Harriet. Se ele está bem, você também pode ficar. Pelos seus amigos.

Pouso a garrafa de vinho na mesa, dou a volta e paro atrás de Wyn. Então, deixo a mão deslizar pelos ombros dele até o peito, até o meu rosto estar ao lado do dele e eu poder sentir as batidas do seu coração — calmas, inalteradas.

Não basta. Se vou me sentir atormentada, ele também vai.

Enfio o nariz na lateral do pescoço dele e mergulho naquele perfume de pinho e cravo.

— Então — digo —, quem está a fim de nadar?

A pele de Wyn se arrepia. E, dessa vez, o arrepio que *eu* sinto é de vitória.

— Estou começando a desconfiar — diz Kimmy — que a gente talvez esteja um pouco em-*brie*-agado.

— Quem? A gente? — digo, tentando me colocar de pé no tapete inflável escorregadio enquanto Kimmy se agacha na outra ponta. A Esposa Número Cinco comprou os tapetes para fazer aqua ioga uns dois anos atrás, e eu tinha esquecido completamente deles até esta noite.

Kimmy grita e Parth mergulha para fora do nosso caminho quando o tapete vira, nos jogando de volta na piscina pela sexta vez, pelo menos.

Nós três emergimos e Kimmy joga a cabeça para trás para tirar o cabelo vermelho-dourado do rosto.

— Nós — confirma ela. — Todos nós.

— Bom — digo, indicando com a cabeça a mesa do pátio, onde Cleo, Sabrina e Wyn estão concentrados em um jogo de pôquer —, talvez não eles.

— Ah, não — retruca Parth. — A Sabrina está bêbada sim. Mas a competição a deixa sóbria, e o grande objetivo dela esta semana é finalmente ganhar da Cleo.

— E se casar — lembro.

— Isso também — concorda Parth, e nada até a lateral da piscina cintilante.

Kimmy já está tentando subir de novo no tapete, mas saio nadando para me juntar a Parth.

— Como aconteceu? — pergunto.

— Não quer saber por ela? — Parth responde com outra pergunta.

— Não, quero ouvir a versão detalhada — digo. — A Sabrina é péssima em contar histórias.

— Eu ouvi isso! — grita ela da mesa, então abaixa sua mão de cartas. — Não sou péssima. Sou sucinta. Straight flush.

Ao lado dela, Cleo faz uma careta e diz, quase culpada:

— Royal flush.

Sabrina geme e encosta a testa na mesa. Atrás de nós, ouvimos o som inequívoco de Kimmy caindo de barriga na piscina mais uma vez.

Parth diz então, em tom conspiratório:

— Eu pedi a Sabrina em casamento há um ano.

Fico tão surpresa que bato nele sem querer.

— Um ano? — falo em voz alta. — Você estão noivos há um ano?

Ele balança a cabeça, negando.

— Na época ela ainda falava que jamais ia querer se casar! Não aceitou nem o anel de noivado. Então, poucas semanas atrás, a Sabrina descobriu sobre a casa e... — Parth desvia os olhos para a mesa de jogo, onde Sabrina está concentrada em embaralhar as cartas. — Ela me pediu em casamento.

— *O quê?*

Ele faz uma careta e esfrega a nuca.

— E eu disse não. Porque achei que era, sei lá, uma reação impensada à notícia. Você sabe o que este lugar representa para a Sabrina. Esta casa foi o último lugar onde ela sentiu que tinha uma família, antes de os pais se separarem. Então, depois que ela trouxe você e a Cleo aqui... e aí o resto de nós... o chalé passou a significar lar para ela. Por isso, quando o pai avisou que ia vender a casa, achei que a Sabrina estava desesperada para jogar a âncora de algum jeito. E essa não era uma boa razão para eu aceitar me casar com ela.

— Ou seja, você pediu a Sab em casamento e ela disse não — resumo —, depois *ela* te pediu em casamento e *você* disse não?

Ele assente.

— Mas isso faz um mês e meio, e eu achei que a Sabrina estava brava comigo. Até umas duas semanas atrás. Ela me pediu em casamento de novo, e dessa vez foi um pedido de verdade. Tipo, planejou uma caça ao tesouro e tudo.

— Uau. Bem no estilo Parth.

— Não é? Pois bem, no fim a Sabrina se ajoelhou no meio do Central Park, como uma autêntica romântica, e disse que sempre soube que queria ficar comigo pra sempre, mas tinha tanto medo de ser impossível que nunca se permitiu falar a respeito. Por causa dos pais dela, sabe? E dos pais da Cleo. — Parth me olha com uma expressão contrita antes de acrescentar: — E dos seus.

Isso foi algo que solidificou a nossa amizade já no início: o pai da Sabrina, que passava de um casamento a outro como se cada um fosse uma minissérie; e os meus pais, que haviam permanecido juntos, mas raramente pareciam felizes.

Sabrina nunca quis se casar, com medo de ter que passar por um divórcio horrível. Eu tinha mais medo de me casar com alguém que não conseguisse se forçar a me deixar, ou a continuar me amando.

Por isso eu não me permiti chorar quando Wyn terminou comigo, nem fiz perguntas ou pedi uma segunda chance. Eu sabia que a única coisa mais dolorosa que ficar sem ele seria ficar juntos sabendo que eu já não o tinha mais de verdade.

Parth, Wyn e Kimmy eram todos frutos de casamentos longos e cheios de amor; e os pais da Cleo se separaram quando ela era pequena, mas continuam a se relacionar numa boa. Eles ainda moram a uma quadra de distância em New Orleans e saem para jantar de tempos em tempos, com os respectivos novos cônjuges.

— Enfim — diz Parth. — A Sabrina chegou à conclusão de que tinha deixado o pai ter impacto demais na vida dela. E não queria tomar mais nenhuma decisão baseada em *não* fazer o que ele faria. Então eu disse sim e planejei o meu próprio pedido de casamento.

— Ah, é óbvio — digo. — Você é o Rei da Festa da Paxton Avenue.

Ele ri e joga o cabelo molhado para trás.

— Eu precisava que ela soubesse que eu também queria casar com ela, sabe? Talvez seja estranho combinar o casamento com uma viagem de despedida, mas sei lá... Eu só preciso que esta semana seja absolutamente perfeita pra ela.

Meu peito dói. A palma das minhas mãos coça.

— Estou muito, muito feliz por vocês — digo a ele.

Parth dá um sorrisinho de lado e planta um beijo estalado no alto da minha cabeça.

— Obrigado, Har. Nós com certeza não teríamos conseguido nos acertar sem você e o Wyn. Espero que você saiba disso.

— Ah, que é isso.

— Estou falando sério — diz ele. — Vocês foram os primeiros a cruzar o limite da amizade e provaram que era possível dar certo. A Sab fala o tempo todo que passou tempo demais se preocupando com a possibilidade de, caso fosse atrás do que realmente queria, isso estragar o que nós seis já tínhamos, e ver vocês dois ainda apaixonados um pelo outro, mesmo depois de todos esses anos, a ajudou a acreditar que a gente podia fazer dar certo.

Sinto a garganta apertada, e meus olhos se desviam para a mesa de pôquer. Wyn não está olhando, está concentrado no celular, mas ainda assim sinto o calor se espalhar pelo meu rosto até o colo.

Atrás de nós, Kimmy comemora:

— Eu consegui! Sou uma deusa! — E logo cai de novo.

— Acho que preciso fazer xixi — digo a Parth e saio da piscina. — Ou beber água. Um dos dois.

— Se você não consegue saber a diferença entre essas duas coisas, Harry — diz Parth quando já estou me afastando —, acho que precisa de um médico.

— Parth — retruco, parando na porta. — Eu sou médica.

— Parece conflito de interesses. — Ele impulsiona o corpo para trás, se afastando da borda, e nada na direção da Kimmy.

Eu me enxugo com uma toalha e atravesso a casa fresca e silenciosa. A cozinha está uma bagunça, por isso limpo as bancadas, junto as garrafas vazias para reciclagem e vou até o lavabo ao lado da lavanderia. Ninguém usa esse, porque ele está de pé, de algum jeito, desde o início do século 20 e por esse motivo tem mais ou menos meio metro de largura.

Seguro na pia enquanto tento recuperar o fôlego. Vejo no espelho que o meu rosto já está queimado de sol e meu cabelo está embaraçado e cheio de sal. Aquele banho não adiantou nada. Talvez eu possa escapar e lavar o cabelo rapidamente enquanto ainda estão todos nos fundos.

Talvez eu possa jogar todas as minhas roupas de volta na mala e sair correndo e assim, sei lá, *não* estrague o casamento dos meus melhores amigos. Ah, meu *Deus*. Isso é um desastre.

Faço xixi, lavo as mãos com o sabonete sofisticado com aroma de toranja que o sr. Armas distribui por todos os seus hotéis, respiro fundo uma última vez e abro a porta.

Meu primeiro instinto quando vejo Wyn esperando no corredor estreito é bater a porta do lavabo na cara dele. Como se isso fosse um sonho ruim e, se eu fechasse e abrisse a porta de novo, ele acabasse desaparecendo.

Porém, como sempre, meu corpo está dois passos e meio atrás do meu cérebro, portanto, quando finalmente registro a presença dele *e* o som das vozes na cozinha, Wyn já está me empurrando de volta para dentro do lavabo e fechando a porta com nós dois lá dentro.

Meu coração está disparado. Sinto os membros quentes e instáveis. Eu já havia apagado a luz e, por algum motivo, Wyn não acende de novo, por isso ficamos ali, sob a luz do sensor de movimento ao lado do espelho, mortiça como a de uma vela.

— O que você está fazendo? — pergunto.

— Relaxa. — A escuridão faz a voz dele parecer próxima demais. Ou talvez sejam os meros quinze centímetros que nos separam.

— Você não pode empurrar uma mulher pra dentro de um cômodo escuro e dizer pra ela relaxar! — sussurro, irritada.

— Eu não consegui pensar em outro jeito de ficar sozinho com você — explica ele.

— Já pensou que isso pode ter sido proposital?

Wyn bufa, irritado.

— Nosso plano não vai dar certo.

— Eu sei — digo.

Ele ergue as sobrancelhas.

— Sabe?

— Acho que acabei de mencionar isso.

Ele se encosta na porta, o queixo erguido, e respira fundo, enchendo os pulmões até seu peito roçar no meu. Tento recuar e esbarro no suporte de toalha.

— Vamos ter que manter as aparências por mais cinco dias — digo.

Ele se afasta da porta. Nossos peitos estão colados agora, e é como se uma corrente elétrica raivosa passasse da pele dele para a minha, ou talvez seja o contrário.

— Você *acabou* de concordar que não vamos conseguir fazer isso.

— Não, eu disse que não podemos seguir adiante com o nosso plano. Eles precisam que esta semana seja perfeita, Wyn. A Sabrina já está uma pilha de nervos. A gente pode acabar estragando tudo.

— Ah, a gente vai estragar *alguma coisa* — fala ele, em um grunhido.

— Converse com o Parth — sugiro. — Se *você* sair da conversa achando que não vai ter problema se a gente ferrar com tudo, então não posso te impedir. Mas você não vai querer fazer isso.

Wyn suspira.

— Isso virou uma confusão tão inacreditável.

— Com certeza *não é o ideal* — digo, parodiando a frase que ele disse mais cedo.

Os olhos dele cintilam.

— Muito engraçado.

— Foi o que eu achei.

Levanto o queixo, como se não estivesse nem um pouco intimidada com tanta proximidade. Como se *não* houvesse centenas de marimbondos se agitando no meu peito, tentando chegar a ele.

Ficamos nos encarando, irritados, por vários segundos. Não sei se Wyn alguma vez já tinha me olhado com irritação. Como uma pessoa categoricamente avessa a conflitos, estou surpresa com a sensação de poder que esse olhar irritado me dá. Finalmente estou conseguindo atingi-lo, estou conseguindo ir além da fachada de granito que Wyn sempre usou para me bloquear.

— Muito bem — diz ele. — Então acho que vamos ter que fazer *isso*.

Ele pega a minha mão. Todo o meu corpo parece feito de fios desencapados, mesmo antes de eu registrar o anel de ouro branco frio começando a deslizar pelo meu dedo anelar.

Recuo antes que ele consiga colocar o anel. Wyn me libera, mas o suporte de toalha me impede mais uma vez.

— Alguém vai acabar percebendo se você não estiver usando o anel — diz ele.

— Até agora não perceberam — retruco.

— Só estamos aqui há algumas horas — insiste Wyn. — E a maior parte do tempo a Kimmy ficou dançando e cantando aquela música do Crash Test Dummies usando uma colher de pau como microfone. As pessoas estavam ocupadas.

— Então vamos assumir o controle da playlist — sugiro. — Posso pensar com facilidade em pelo menos vinte e seis músicas que vão deixar a Kimmy no modo show.

Wyn arqueia a sobrancelha. Isso curva seus lábios, revelando um breve sorriso que brilha no escuro. Aquela sensação de globo de neve me atinge, o que está em cima desce e o que está embaixo sobe, e tudo é glitter ou xarope de milho.

— E por que você ainda tem o anel? — pergunto, irritada.

— Porque eu sabia que ia ver você, e ele é seu — responde Wyn.

— Eu devolvi — lembro a ele.

— Sei muito bem disso. Agora, você vai colocar o anel no dedo ou vamos contar logo que terminamos?

Estendo a mão com a palma para cima. De jeito nenhum vou deixar que ele coloque o antigo anel de noivado no meu dedo.

Wyn hesita, como se estivesse se debatendo sobre se deve ou não dizer alguma coisa, então me entrega o anel. Eu o coloco no dedo e levanto a mão.

— Feliz?

Ele ri, balança a cabeça e dá as costas para sair do lavabo. Então se apoia na porta e diz:

— Caso alguém pergunte, há quanto tempo a gente não se via?

— Não vão perguntar.

Minha visão já se ajustou o bastante à escuridão para que eu consiga ver em detalhes as linhas no canto dos seus olhos se aprofundando.

— Por que não?

— Porque é uma pergunta sem graça.

— Não acho uma pergunta sem graça — replica ele. — Estou louco pra saber a resposta. Mal consigo me conter, Harriet.

Reviro os olhos.

— Um mês.

Wyn fecha os dele por um momento. Se eu tivesse certeza de que permaneceriam fechados, não teria conseguido me segurar: passaria o dedo acima do nariz dele, ao redor da curva da boca, sem tocá-lo, mas me deleitando com o *quase*. Odeio o fato de ainda me sentir entrelaçada a ele em um nível quântico. Como se o meu corpo nunca mais fosse parar de tentar encontrar o caminho de volta para o dele.

Wyn volta a abrir os olhos.

— Eu fui para San Francisco, ou você para Montana?

Eu bufo.

Os olhos dele cintilam.

— Eu não tive tempo nem de lavar roupa no último mês — digo. — Com certeza não voei para Montana e fiquei passeando em um rancho com um chapéu de boiadeiro.

Ele me pergunta, muito sério:

— Quantas calcinhas e sutiãs você tem?

— Ei, *isso* eu tenho certeza que ninguém vai te perguntar — retruco.

— Você ficou um mês sem lavar roupa — argumenta ele. — Estou só fazendo as contas, Harriet.

— Se as minhas calcinhas acabarem, pelo menos a lista de coisas que o Parth fez pra você colocar na mala vai me ajudar.

— E, se tivesse sido você a me visitar — diz Wyn —, eu não teria feito você andar pelo rancho usando um chapéu de boiadeiro. O que exatamente você acha que eu faço o dia todo?

— Conserta móveis — digo, dando de ombros. — Se veste de palhaço em rodeios. Talvez faça aquela aula de hidroginástica da terceira idade que a Gloria estava sempre tentando nos convencer a experimentar.

Também acho que você sai com mulheres lindas, respira o ar puro de Montana e sente um alívio enorme por ter deixado San Francisco, e a mim, para trás.

— E como *está* a Gloria? — pergunto

Wyn encosta a cabeça na porta.

— Bem. — Ele não continua.

Isso também me dói, o lembrete de que não tenho direito a nenhuma outra informação sobre a mãe dele, a família dele, a não ser essa única palavra como resposta.

Então, o rosto dele se suaviza e um sorrisinho curva seus lábios.

— Eu acabei experimentando a aula de hidroginástica com ela.

— Ah, tá bom.

Ele pousa a mão no peito, na altura do coração.

— Eu juro.

Aquela minha risada esquisita, que sai como um ronco, me pega desprevenida. E o mais estranho é que não paro depois de uma. Em vez disso, solto uma sequência delas, até estarem explodindo como pipoca do meu peito, até eu — *quase* — sentir que estou prestes a chorar em vez de rir.

Durante todo o tempo que passo rindo, Wyn continua parado onde está, apoiado na porta, me observando, perplexo.

— Já terminou, Harriet?

— Por enquanto sim.

Ele assente.

— Bom, *eu* visitei *você* em San Francisco. No mês passado. — Qualquer traço de humor evapora. — Essa é a história.

Ele me examina por um tempo longo demais. Sinto o rosto formigando. O sangue vibrando.

Nós dois nos sobressaltamos ao ouvir um som súbito e agudo soando no corredor.

Wyn suspira.

— O Parth baixou um aplicativo de buzina.

— Socorro, Deus — digo.

— Ele já usou umas quinze vezes antes de você chegar. E, como você pode ver, ainda não cansou.

Mordo o lábio antes que qualquer vestígio de sorriso chegue a ele. Eu me recuso a me deixar seduzir pelo charme de Wyn. De novo não.

— Bom. — Ele se afasta da porta. — Vou deixar você...

Wyn acena com a mão na minha direção, como se dissesse: *parada sozinha neste banheiro escuro*.

— Seria ótimo — falo, então ele se vai.

Conto até vinte e também saio do banheiro, o coração ainda disparado. Depois de parar na cozinha pelo tempo necessário para reabastecer até a borda a minha taça de vinho abandonada, volto para o ar fresco da noite. Todos estão juntos agora, ao redor da fogueira acesa, enrolados em uma confusão de toalhas, moletons e mantas. Eu me sento ao lado de Cleo, que me puxa para um abraço e rearruma a manta de flanela para cobrir minhas pernas nuas também.

— Está tudo bem? — pergunta ela.

— É claro — insisto e me aconchego mais a ela. — Estou no meu lugar feliz.

7

Lugar feliz

PORTO DE KNOTT, MAINE

O QUARTO DAS CRIANÇAS. Piso de tábuas empenado e janelas tortas, cortinas creme e duas camas de solteiro com colchas de retalho combinando, em tons de azul e cinza, uma encostada em cada parede. É a minha primeira semana com os meus amigos depois de voltar de Londres, e estou dividindo o quarto com um cara que é praticamente um estranho.

Um cheiro agradável de umidade, temperado por verbena e limão do lustra-móveis.

E pasta de dente de canela. E também pinho, cravo, lenha queimando e estranhos olhos pálidos que piscam e cintilam como os de um animal noturno. Não que eu esteja olhando para ele.

Eu *não consigo* olhar para ele. Mas, poucas horas depois de conhecer Wyn Connor, já ficou claro que ele parece ter uma força de gravidade própria. Não consigo me obrigar a encará-lo diretamente em plena luz do dia, e sempre começo a colocar pratos na lava-louça ou a passar a peneira para limpar a piscina quando ele está perto demais.

Das manhãs enevoadas até tarde da noite, meu subconsciente fica monitorando Wyn.

Estou vivendo duas semanas separadas. Uma na mais absoluta alegria, a outra uma tortura. Às vezes as sensações são indistinguíveis.

Fico na piscina com Cleo enquanto ela lê a biografia de algum artista ou uma enciclopédia sobre cogumelos. Entro e saio de várias lojas no centro da cidade com Sabrina: antiguidades, quinquilharias, doces. Vou com Parth até o café e o quiosque que vende sanduíches de lagosta, sempre com uma hora de espera na fila.

Disputamos na piscina para ver quem é o mais corajoso, brincamos de Eu Nunca ao redor da fogueira. Passamos garrafas de sauvignon blanc, rosé e chardonnay de um para o outro.

— O seu pai não vai achar ruim a gente estar bebendo o vinho dele? — pergunta Wyn.

Eu me pergunto se ele está preocupado — como eu fiquei na primeira vez que Sabrina trouxe Cleo e eu aqui. Se está se dando conta de que ela teria todo o direito de nos apresentar uma conta no fim da semana, uma conta que o resto de nós não teria como pagar.

— É claro que ele acharia ruim — responde Sabrina —, se percebesse. Mas o meu pai é incapaz de perceber qualquer coisa que não esteja na conta de um banco suíço.

— Ele não tem ideia do que está perdendo — comenta Cleo.

— Todas as minhas coisas favoritas acontecem fora de contas de bancos suíços.

— Todas as minhas coisas favoritas estão aqui — afirmo.

Nas horas mais quentes do dia, nos revezamos pulando do píer que fica na base do penhasco, fazendo toda uma cena para fingir que *não* somos afetados pelo choque gelado do Atlântico, então nos deitamos na plataforma aquecida pelo sol e ficamos vendo as nuvens passarem.

Sabrina planeja os nossos drinques e refeições à perfeição. Parth encontra maneiras de transformar tudo em um jogo ou competição elaborados, como na disputa de saltos do píer, que batizamos de NÃO GRITA, PORRA. E Cleo, quase do nada, faz perguntas como: "Tem algum lugar para onde vocês voltam várias vezes nos sonhos?" ou "Vocês fariam o ensino médio de novo, se pudessem?" Parth responde que faria, porque o ensino médio dele foi uma experiência fantástica; Cleo também diz que faria, porque foi uma época *terrível* e ela gostaria de corrigi-la; e o restante de nós concorda que seria preciso uma recompensa polpuda em dinheiro para fazer com que nos sentíssemos tentados a reviver nossas próprias experiências medíocres.

Depois disso, Cleo pergunta:

— Se vocês pudessem viver uma vida inteiramente diferente, qual seria?

Parth responde na mesma hora que entraria em uma banda. Sabrina demora um instante para decidir que seria chef de cozinha.

— Na época em que os meus pais ainda estavam juntos — diz ela —, quando a gente vinha pra cá no verão, a minha mãe e eu preparávamos pratos elaborados. Era um negócio que durava o dia inteiro. Como se não tivéssemos mais nenhum lugar pra ir, mais nada pra fazer a não ser ficar juntos.

Por mais que ela sempre compartilhe observações duras e comentários entre irreverentes e constrangidos sobre a família e o passado deles — como *Desculpem se isso saiu forte demais, é o meu complexo de filha-de-narcisistas. Ainda acho que tenho trinta segundos pra defender o meu ponto de vista antes que todo mundo morra de tédio* —, é raro que ela divida lembranças felizes com a gente.

É um presente esse fragmento de ternura com que ela resolveu nos brindar. Uma honra ser testemunha de algo tão raro e sagrado como a suavidade de Sabrina.

Cleo nos diz que, em sua vida extra, ela seria fazendeira, o que nos faz rir tanto que o píer de madeira treme sob o nosso peso.

— Estou falando sério! — ela insiste. — Acho que seria divertido.

— Ah, tá — diz Sabrina. — Você vai ser uma pintora famosa, com telas penduradas nas mansões de todas as celebridades de Los Angeles.

Quando ela me faz a mesma pergunta, minha mente fica em branco. Quero ser cirurgiã desde que tinha catorze anos. Nunca pensei em nenhuma outra possibilidade.

— Você pode fazer *qualquer coisa*, Harry — pressiona Sabrina. — Não pense demais.

— Mas pensar demais é o meu melhor traço — digo.

Ela ri.

— Talvez na sua outra vida você descubra como monetizar isso.

— Ou talvez — diz Cleo —, na nossa outra vida, a gente não *tenha* que descobrir como monetizar nada. Podemos apenas ser.

Sem levantar o corpo, Parth estende a mão aberta para bater na dela.

— Eu te amo — declara Cleo —, mas não comemoro nada batendo na mão de ninguém.

Ele volta a pousar a mão no abdome, sem se abalar. E pergunta a Wyn o que ele faria com uma segunda vida. Não me viro na direção dele, mas sinto Wyn esticar o corpo sob o sol à minha esquerda — uma segunda estrela, com sua própria gravidade, sua própria luz, seu próprio calor.

Ele deixa escapar um suspiro sonolento.

— Eu moraria em Montana.

— Você já fez isso — lembra Parth. — Você devia dizer que iria para o polo Sul para trabalhar com reabilitação de pinguins ou algo parecido.

— Tá certo, Parth — diz Wyn. — Eu iria para o polo Sul cuidar dos pinguins.

— Não tem resposta certa — fala Cleo. — Por que você se mudaria novamente para Montana, Wyn?

— Porque nesta vida eu decidi não ficar lá — diz ele. — Decidi fazer alguma coisa diferente do que os meus pais fizeram, ser alguém diferente. Mas, se eu tivesse outra vida, ia querer que fosse uma em que eu também ficasse lá.

Arrisco um olhar para ele. Wyn apoia a lateral do rosto no píer de madeira, e nossos olhares se encontram pelo tempo de quatro inspirações, seu braço úmido e o meu mal se tocando.

Uma conversa silenciosa acontece entre nós: *Oi* e *Oi pra você também* e *Você está sorrindo pra mim* e *Não, é você que está sorrindo pra mim*.

Volto os olhos para o céu e fecho-os com força.

Quando nos enfiamos nas nossas camas em lados opostos do quarto das crianças, a vibração nas minhas veias continua.

Wyn, no entanto, está tão imóvel que desconfio de que ele adormeceu assim que deitou. Mas, depois de algum tempo, sua voz rompe o silêncio.

— Por que você sempre começa a limpar alguma coisa quando eu entro em um cômodo?

A risada que eu solto é em parte de surpresa e em parte de constrangimento.

— O quê?

— Se todo mundo está do lado de fora e você está na cozinha, no segundo em que eu entro você pega uma esponja.

— Eu não faço isso — nego.

— Faz, sim. — Escuto o farfalhar da coberta quando ele se vira de lado.

— Ah, se eu faço, é coincidência — falo. — Adoro fazer limpeza.

— Foi o que me disseram.

Dou risada.

— Como foi que o assunto surgiu? Você perguntou qual era a coisa menos interessante a meu respeito?

— Algumas semanas depois que eu me mudei, o apartamento estava um nojo — explica Wyn. — E eu nem sou um cara tão ligado em limpeza. Acabei perguntando para a Sabrina a respeito, e ela disse que eles provavelmente tinham se acostumado com você sempre limpando e esfregando tudo. Acho que eu sou a única pessoa que levou o lixo pra fora nos últimos seis meses. A Cleo arruma as coisas dela, mas não encosta na bagunça da Sabrina.

Sorrio para o teto escuro, sentindo o coração pleno de afeto pelas duas.

— A Cleo é fantástica em estabelecer limites. Ela provavelmente acha que, se deixar os respingos de pasta de dente da Sabrina se acumularem por tempo suficiente, a nossa amiga vai acabar percebendo.

— Bom, se eu não fizesse alguma coisa, a pia teria mais pasta de dente que porcelana a essa altura.

— Você não está sendo realista — digo. — O apartamento inteiro seria pasta de dente.

— Você não parece se importar que a nossa amiga seja uma porcalhona.

— Eu sempre gostei de fazer limpeza — repito. — Desde pequena.

— É mesmo?

— Sim. Os meus pais trabalhavam muito e estavam sempre preocupados com dinheiro, mas também garantiam que a minha irmã e eu tivéssemos tudo que precisássemos. Não tinha muito que eu pudesse fazer pra ajudar que não fosse limpar a casa. E eu gosto do jeito como a gente consegue ver na mesma hora que está fazendo a diferença quando limpa alguma coisa. É uma atividade mensurável. Sempre que fico ansiosa, eu limpo a casa, e isso me relaxa.

Segue-se um longo silêncio.

— Eu deixo você ansiosa?

— O quê? É claro que não — respondo.

Escuto a coberta dele farfalhar de novo.

— Quando eu entrei no quarto agora há pouco, você começou a rearrumar as gavetas.

— Coincidência — insisto.

— Então você não está ansiosa — diz ele.

— Nunca fico ansiosa aqui — declaro.

Outra pausa.

— Como eles são?

— Quem?

— A sua família — diz Wyn. — Você não fala muito deles. São como você?

Apoio a cabeça na mão e estreito os olhos na escuridão.

— E como eu sou?

— Não sei explicar — diz ele. — Não sou bom com as palavras.

— Se você preferir, pode encenar — brinco.

Ele se deita de costas de novo e corre os braços em um círculo.

— Uma esfera gigante — arrisco.

Wyn ri.

— Acho que também não sou bom com charadas. Estou falando de um jeito positivo.

— Uma esfera gigante de um jeito positivo — digo.

— Então. — Ele se vira mais uma vez na minha direção. É mais fácil encontrar os olhos dele na escuridão. — Eles também são esferas gigantes?

— É impossível dizer, porque ainda não tenho ideia do que isso significa. Mas meus pais são legais. O meu pai é professor de ciências, e a minha mãe trabalha no consultório de um dentista. Eles sempre fizeram questão de que a minha irmã e eu tivéssemos tudo que a gente precisasse.

— Você já disse isso — lembra Wyn.

Ao perceber a minha hesitação, ele volta a falar:

— Desculpa. Você não precisa me contar sobre eles.

— Não tem muito o que dizer. — Ficamos em silêncio de novo, mas, depois de algum tempo, as palavras acabam escapando: — Eles não se amam.

As palavras pairam no ar. Wyn espera, e não importa que eu tivesse decidido não falar sobre o assunto. Falo assim mesmo:

— Eles mal se conheciam quando se casaram. Ainda estavam na faculdade, e a minha mãe engravidou da minha irmã. A minha mãe queria fazer medicina, e o meu pai queria ser astrofísico... mas eles precisavam de dinheiro, por isso ela abandonou os estudos pra cuidar da Eloise e ele conseguiu um emprego de professor substituto. Quando eu nasci, aquele casamento de conveniência esquisito do fim do século 20 já estava estabelecido.

— Eles brigam? — pergunta Wyn.

— Não exatamente — respondo. — A minha irmã é seis anos mais velha que eu e foi uma criança meio rebelde, por isso eles brigavam muito com ela, mas não um com o outro.

Sobre ela abandonar as aulas avançadas na escola sem falar com eles, ou por ter voltado para casa com um piercing no umbigo, ou quando anunciou seus planos de tirar um ano sabático para fazer um mochilão.

Meus pais nunca gritavam, mas Eloise sim, e, quando eles a mandavam para o quarto ou ela saía de casa pisando duro, tudo sempre parecia ainda mais silencioso do que antes. Era um silêncio perigoso, como se um pio pudesse ampliar as rachaduras e fazer a casa desmoronar.

Meus pais não eram cruéis, mas eram rígidos e estavam sempre cansados. Às vezes um deles, ou os dois, tinha que arrumar algum trabalho de fim de semana para tapar o buraco nas contas — se a minivan desse defeito, ou se Eloise quebrasse um dente, ou se eu pegasse um vírus que levasse a uma pneumonia, o que acabava exigindo radiografias do pulmão. Quando eu tinha nove anos, talvez não soubesse o que queria dizer *dedutível*, mas sabia que era uma daquelas palavras que seriam repetidas várias vezes conforme a mamãe e o papai se debruçavam sobre documentos e recibos diante da mesa da cozinha, esfregando as sobrancelhas e suspirando para si mesmos.

Eu também sabia que o meu pai detestava quando a minha mãe suspirava. E que, por sua vez, a minha *mãe* detestava quando o meu *pai* suspirava. Como se ambos esperassem que o outro ficasse bem, que não precisasse ser confortado.

Todo aquele silêncio me deixava permanentemente em busca de pistas sobre o humor dos meus pais, até me tornar especialista no tema. Eloise já tinha saído de casa fazia muito tempo, desde a briga feia quando ela disse a eles que não iria para a universidade, e as coisas agora estavam melhores, embora eles nunca a tivessem perdoado totalmente — e eu achava que ela também não havia perdoado os dois.

— São bons pais — digo. — Sempre fizeram questão de estar presentes em tudo que eu participava. No quinto ano, me inscrevi em um show de talentos e fiz uma série de "truques de mágica", que na verdade eram pequenos experimentos científicos. Pela reação deles, parecia que tinham acabado de assistir a uma palestra minha na NASA.

Fiz uma pausa, lembrando.

— Só comíamos fora em ocasiões especiais, mas naquela noite eles me levaram pra tomar sorvete na Big Pauly's.

Conversar com Wyn desse jeito me dá a sensação de estar sussurrando os meus segredos dentro de uma caixa bem fechada.

Vejo o sorriso dele cintilando no escuro.

— Então você sempre foi uma formiguinha, sempre gostou de doce.

— Todos nós gostamos. Pedimos *várias* rodadas de sorvete — conto. — Como se estivéssemos tomando shots em uma festa de aniversário.

Ficamos na sorveteria até fechar, bem depois do meu horário de dormir. Uma das minhas lembranças mais vívidas é de adormecer no banco de trás do carro, me sentindo feliz demais, cintilando com o orgulho deles.

Eu vivia para aquelas noites raras, quando tudo se encaixava e éramos felizes juntos, quando os meus pais não estavam preocupados com nada e podiam apenas se divertir.

Como quando venci a feira de ciências do ensino médio, no segundo ano, e o meu pai e eu passamos a noite derretendo marshmallow na boca do fogão para juntar com chocolate e biscoito e fazer s'mores improvisados e maratonando um documentário sobre águas-vivas. Ou quando me formei como a segunda melhor aluna da escola inteira e o pessoal que trabalhava com a minha mãe na clínica odontológica do dr. Sherburg organizou uma festinha para mim, incluindo um bolo horrível em forma de cérebro feito pela mamãe. Ou ainda quando recebi a carta sobre a bolsa de estudos para a Mattingly, e nós três ficamos acordados até tarde, debruçados sobre o catálogo de cursos que pegamos na internet.

Você, minha menina, lembro a minha mãe dizendo, *vai longe*.

Nós sempre soubemos disso, concordou o meu pai.

— E os seus pais? — pergunto a Wyn. — Eles são de famílias de rancheiros, certo? E como acabaram com um negócio de conserto de móveis? Como eles são?

— Barulhentos. — Ele não elabora.

Minha primeira impressão se provou verdadeira: Wyn não gosta de falar de si mesmo.

Mas eu anseio por saber mais dele, do Wyn de verdade, das partes que se escondem sob os olhos mormacentos.

— Barulhentos felizes — pergunto de novo — ou barulhentos bravos?

O sorriso dele ilumina a escuridão.

— Barulhentos felizes. — Ele faz uma pausa. — Além do mais, o meu pai é surdo de um ouvido, mas insiste em fazer perguntas de um cômodo para o outro, por isso às vezes é só *barulhentos* barulhentos mesmo. E eu tenho uma irmã mais velha e uma mais nova. Michael e Lou. Elas também são barulhentas barulhentas. Iam adorar você.

— Porque eu sou barulhenta?

— Porque elas são geniais como você — responde Wyn. — E também porque você ri como um helicóptero.

Infelizmente, ouvir isso me faz reforçar o que ele acabou de dizer.

— Uau. Para de dar em cima de mim.

— É fofo — acrescenta ele.

Meu corpo todo enrubesce de novo.

— Tudo bem, agora você precisa *mesmo* parar de flertar comigo.

— Você faz isso parecer tão fácil — fala Wyn.

— Eu acredito em você.

— E não tem ideia de quanto isso significa pra mim — retruca ele.

Eu me viro, enfio o rosto no travesseiro e murmuro através de um sorriso:

— Boa *noite*, Wyn.

— Durma bem, Harriet.

A noite seguinte obedece ao mesmo padrão: deitamos cada um em sua cama. Passamos algum tempo em silêncio. Então, Wyn se vira de lado e pergunta:

— Por que neurocirurgia, especificamente?

E eu respondo:

— Talvez eu achasse que soa mais impactante. Agora toda hora eu posso falar: *Ah, não é difícil como neurocirurgia.*

— Você não precisa ser mais impactante — diz ele. — Você já é... — Pelo canto do olho, vejo-o fazer aquele enorme círculo com os braços de novo.

— Uma melancia assustadoramente grande — completo.

Wyn solta uma risada baixa e sua voz sai rouca:

— Então foi isso? Você escolheu a coisa mais difícil e impactante em que conseguiu pensar?

— Você faz um monte de perguntas, mas não gosta de responder nenhuma — observo.

Ele se senta na cama e apoia as costas na parede, os cantos da boca se curvando em um sorriso, as covinhas à mostra.

— O que você quer saber?

Eu também me sento.

— Por que você não quis tentar adivinhar o que os nossos amigos me falaram sobre você?

Ele fica imóvel. Nada de mão no cabelo ou joelho balançando. Wyn Connor imóvel é algo quase obscenamente lindo.

— Porque — diz ele por fim — o meu palpite seria que eles te falaram que eu sou um cara legal, mas que quase não consegui entrar na Mattingly, que não consegui os créditos necessários a tempo para me formar... e, para ser honesto, talvez nunca consiga.

— Eles te amam — falo. — Nunca diriam nada parecido com isso.

— É a verdade. O Parth vai começar a faculdade de direito no ano que vem e eu ia para Nova York com ele, mas me dei mal pela segunda vez em matemática. Estou por um fio.

— Quem precisa de matemática?

— Os matemáticos, provavelmente — responde ele.

— E você está planejando ser um matemático? — pergunto.

— Não.

— Isso é bom, porque vão todos ficar desempregados conforme o uso da calculadora se ampliar. Quem se importa se você vai mal em matemática, Wyn?

Ele ergue os olhos.

— Talvez eu tivesse esperança de passar uma primeira impressão melhor que essa.

— Nenhuma parte de mim acredita que você se preocupa com primeiras impressões — declaro.

Wyn afasta os cabelos cheios da testa e coloca para trás, a não ser por aquela única mecha, é claro, determinada a cair sensualmente na altura da sobrancelha dele.

— Talvez você me deixe um pouco nervoso.

— Até parece... — digo e sinto um arrepio subindo pela coluna.

— Só porque você não me vê pegando um esfregão toda vez que entra em um cômodo, não quer dizer que eu não percebo que você está lá.

É como se uma bola de boliche tivesse aterrissado no meu estômago em um movimento súbito. Então, chegam as borboletas.

Redirecionamento de sangue, vasos se contraindo, explico a mim mesma. *Não é nada de mais.*
— Por quê?
— Não sei como explicar — diz ele —, e por favor não me peça pra encenar.
— Você também me deixa um pouco nervosa — admito.

Wyn está esperando que eu diga mais alguma coisa, e eu sinto o peso do seu olhar fixo em mim. Então, sinto uma dor atrás das costelas. Como se ter aquela pequena porção dele tivesse transformado todas as partes que eu *nunca* vou poder ter em uma espécie de membro fantasma. Uma dor onde deveria haver mais Wyn.

— Por quê? — pergunta ele, por fim.
— Você é bonito demais — digo.

Uma expressão estranha passa pelo rosto dele, algo como decepção. E Wyn desvia os olhos.

— Bom... Isso não tem nada a ver comigo.
— Eu sei disso — volto a falar. — Essa é a questão. Pessoas anormalmente bonitas não deveriam ser também tão...
— Tão...? — Ele arqueia a sobrancelha.

Faço um círculo amplo com os braços.

Wyn dá um sorriso.

— Esféricas?

Eu me agarro à palavra mais próxima que consigo encontrar.

— Vastas.
— Vastas — repete ele.
— Divertidas — continuo. — Interessantes. É tipo... escolhe uma coisa só, camarada.

Wyn ri e joga um travesseiro em cima de mim, do outro lado do quarto.

— Eu jamais teria considerado você esnobe, Harriet.
— Muito esnobe. *Muito.*

Jogo o travesseiro de volta com outro aceno amplo dos braços. Mas aterrissa a cerca de um metro da cama dele.

— O que foi isso?

— O travesseiro que você jogou em mim — respondo —, talvez você ainda se lembre.

— Eu sei que é um travesseiro — retruca ele. — Estou falando do arremesso.

— Agora quem é o esnobe aqui? — digo. — Só porque eu não sou uma atleta...

— É um travesseiro, Harriet — insiste Wyn —, não um lançamento olímpico de martelo, e nós estamos a menos de um metro e meio de distância.

— Estamos a uns três metros de distância — contesto.

— De jeito nenhum.

Ele se levanta e começa a atravessar o quarto, contando cada passo. Eu me pego catalogando os braços e o abdome dele, as saliências do quadril projetadas acima da bermuda de ginástica.

— Trinta centímetros.... sessenta... noventa...

— Você está dando passadas *enormes*.

Também saio da cama para medir a distância. Nossos cotovelos roçam quando passamos um pelo outro, e todos os pelos do meu braço se arrepiam.

— Trinta centímetros, cinquenta, setenta, noventa, um metro e dez, um e trinta, um e meio... dois metros...

Quando me viro, ele está parado bem atrás de mim. A escuridão parece estremecer entre nós. Meus mamilos ficam rígidos, e morro de medo de que ele perceba, embora ao mesmo tempo esteja louca para que ele perceba, para sentir seus olhos deslizando por todo o meu corpo.

Wyn pigarreia.

— Amanhã.

Minha voz sai em um sussurro:

— Amanhã o quê?

— Vamos medir a distância — diz ele. — Quem tiver dado o palpite mais próximo ganha.

— Ganha o quê?

Os lábios dele se curvam e um daqueles ombros perfeitos se ergue.

— Eu não sei, Harriet. O que você quer?

— Você diz muito o meu nome — comento.

— E você raramente diz o meu — retruca ele. — É por isso que eu queria ouvir você perguntar *Ganha o quê, Wyn?*

Abaixo os olhos, sorrindo, o que me faz perceber mais agudamente como estamos próximos.

— Ganha o quê, *Wyn*?

Quando volto a levantar a cabeça, os lábios dele estão cerrados com força, as covinhas totalmente à mostra.

— Sinceramente, esqueci do que estávamos falando.

Outra vertigem. Mais borboletas no estômago. Sinais de alerta disparando por todo o meu sistema nervoso.

— Estávamos falando que nós dois precisamos muito dormir — digo. Ele finge acreditar em mim, e voltamos para as nossas respectivas camas.

Conversamos durante a noite seguinte também. Eu conto a ele que ainda não estou acostumada com todas as demonstrações físicas de afeto entre os nossos amigos. Com o jeito como Cleo se aconchega ao meu lado feito um gato se acomodando entre toalhas recém-saídas da secadora, ou como Sabrina me abraça para dar oi e para dar tchau, ou ainda como Parth desarruma o meu cabelo quando passa por mim em algum cômodo.

— Você prefere que eu não te toque? — pergunta Wyn, baixinho.

Respondo, também muito baixo:

— Você nunca me toca.

— Porque não sabia se você queria — diz ele.

Tudo em mim parece se contorcer e ficar tenso.

Wyn ajeita o travesseiro embaixo da cabeça e se vira de lado, o peito nu e o torso longo e esguio iluminados pelos primeiros raios de luz da manhã, as sardas nos ombros esculpidos visíveis sob a claridade ainda fraca.

Perco o rumo dos pensamentos e me vejo sozinha diante de um Wyn Connor seminu, até que ele diz:

— Só pra deixar claro, pode ficar à vontade pra me tocar.

Eu me torno extremamente consciente de todos os lugares em que os lençóis frescos e macios encostam nas minhas pernas. E afasto a manta que me cobre.

— Que oferta generosa.

— Não tem nada de generoso nisso — explica ele. — Sou voraz por contato físico. Não consigo me saciar.

— Percebi — digo. — Se um dia eu encontrar alguém carente de tocar outra pessoa, vou dar o seu cartão.

Os cantos dos lábios dele se curvam para baixo.

— Lembra do que você me disse sobre a Sabrina?

— Não, o quê?

— Que ela exagera — diz ele. — Pois o Parth também.

Eu levanto o corpo, apoiada no cotovelo.

— E quais foram os exageros, Wyn? A professora-assistente que deixou o telefone dela no seu último trabalho do semestre? A comissária de bordo que pagou todos os seus drinques? As trigêmeas russas acrobatas?

— As trigêmeas — diz ele — eram só umas garotas que eu conheci num bar e com quem conversei por meia hora. E, só pra registrar, elas eram ginastas, não acrobatas, e eram muito legais.

— Não tenho como não reparar que você não protestou sobre a professora-assistente e a comissária de bordo.

Ele se senta com as costas apoiadas na parede. O homem não consegue ficar na mesma posição por mais de quarenta segundos.

— Que tal a gente discutir as *suas* histórias românticas?

— Que histórias? — pergunto.

— A Sabrina comentou que você saía com um americano enquanto estava em Londres.

— O Hudson — digo.

— Você nunca falou dele — comenta Wyn.

Não falo dele porque Hudson e eu combinamos desde o início que o nosso relacionamento seria temporário. A gente sabia que, quando voltasse para casa, ficaríamos ocupados demais, concentrados demais em outras coisas, para termos tempo um para o outro. *Concentração* era a segunda maior coisa que Hudson e eu tínhamos em comum. A primeira era o gosto pela mesma lanchonete de peixe e fritas de Londres. Não foi nada que rendesse um grande romance, mas funcionou bem e ninguém saiu magoado.

— Sou um livro aberto — digo. — O que você quer saber?

Wyn roça os dentes no lábio inferior.

— Ele é um gênio como você?

— Não sou um gênio — retruco.

— Tudo bem — fala Wyn —, ele é brilhante como você? Vai ser cirurgião também?

Brilhante. A palavra atravessa o meu corpo, efervescente.

— O Hudson quer ser cirurgião torácico — digo. — Ele estuda em Harvard.

Wyn dá uma risadinha debochada.

— Está com tosse? — pergunto.

— Como ele é? — continua Wyn. Enquanto paro para pensar, o sorriso dele se alarga. — Não consegue lembrar?

— Cabelo escuro e olhos azuis — respondo.

— Como você — afirma ele.

— Idêntico. — Também me sento. — Quando estávamos um do lado do outro, era difícil dizer quem era quem.

Wyn deixa os olhos correrem pelo meu corpo, então volta a se concentrar no meu rosto.

— Você é uma mulher de muita sorte.

— A mais sortuda — retruco. — Uma vez eu fiquei doente e ele foi à aula no meu lugar.

— Posso ver uma foto dele? — pede Wyn.

— Está falando sério?

— Estou curioso.

Eu me inclino por cima da cama e tateio até achar o meu celular no chão, então levo até ele enquanto procuro nas minhas fotos.

Escolho uma foto de Hudson que destaca seus malares altos, o queixo marcante e o cabelo escuro e brilhante. Quando estendo o celular para Wyn, ele segura o meu pulso para mantê-lo parado e examina a imagem com os olhos semicerrados. Então, tira o aparelho da minha mão e leva mais para perto do rosto.

— Por que ele não está sorrindo?

— Ele está — digo. — É assim que ele sorri. De um jeito sutil.

— *Esse* cara — declara Wyn — só sorri quando está se olhando no espelho. E também é assim que ele se masturba. E usando um moletom de Harvard.

— Ai, meu Deus, Wyn. *Você* é oficialmente o esnobe aqui.

Estendo a mão para pegar o celular, mas ele vira de bruços e leva o aparelho junto.

Wyn começa a passar lentamente pelas minhas fotos, examinando cada uma antes de ir para a próxima. Eu me agacho perto dele e olho por cima do seu ombro, enquanto ele para em uma foto minha na biblioteca, debruçada em cima de um caderno, com várias torres de livros se erguendo à minha frente.

— Que fofa. — Wyn olha para mim, então volta a se concentrar no celular, antes que eu possa reagir.

Ele aumenta a imagem, usando o polegar e o indicador, para ampliar o meu rosto. Fico olhando para o perfil dele, o rosto sorridente, as covinhas destacadas.

— Fofa demais, cacete — repete baixinho.

Sinto cada canto, cada fresta do meu corpo quente. Dessa vez, quando estendo a mão para o celular, Wyn me deixa pegá-lo. Ele se senta então. Uns poucos centímetros separam meu rosto do dele. Consigo sentir o aroma de cravo do desodorante dele. Seus olhos estão concentrados na minha boca.

— Eu já disse que você precisa parar de flertar comigo — consigo falar com dificuldade.

Wyn ergue os olhos.

— Por quê?

Porque a minha melhor amiga tem uma queda por você.

Porque o nosso grupo de amigos é importante demais para eu me arriscar a arruiná-lo.

Porque não gosto do jeito como pareço perder o controle quando estou perto de você, do jeito como sempre que você está no meu campo de visão passa a ser a única coisa em que consigo me concentrar.

Digo apenas:

— Você não se envolve com as suas amigas.

— Você não é minha amiga, Harriet — retruca Wyn, baixinho.

— O que eu sou, então? — pergunto.

— Não sei — diz ele. — Mas não é minha amiga.

Nossos olhares se encontram, e uma pressão inebriante cresce entre nós — o desejo dele e o meu começaram a se sobrepor, como duas metades de um diagrama de Venn se unindo na cama de solteiro.

— Não podemos — murmuro.

— Por causa da Sabrina?

Sinto uma pontada no peito.

— Não. — A palavra sai fraca, nada convincente.

— Eu não olho pra ela desse jeito.

— Você olha pra todo mundo desse jeito — retruco.

— Não olho, não — insiste Wyn, a voz firme. — Não mesmo.

— Wyn — digo baixinho. — Isso é... — Qual foi a palavra que ele usou no início da semana? — Confuso.

— Eu sei — diz ele. — Pode acreditar em mim, estou tentando não... me sentir assim.

— Se esforça mais. — Quero soar leve e brincalhona. Em vez disso, minha voz sai tão angustiada quanto me sinto.

— É isso que você quer?

Não consigo me forçar a mentir, por isso fico só parada ali.

— A gente devia dormir pelo menos um pouco.

Depois de vários segundos, ele diz:

— Boa noite, Harriet.

8

Vida real

TERÇA-FEIRA

A PRIMEIRA COISA QUE eu registro é um peso em cima da barriga, alguma coisa me pressionando com delicadeza, como uma manta densa, mas concentrada só naquela região. Uma brisa fria se insinua pelo meio dos lençóis. Eu me aconchego de novo ao calor delicioso atrás de mim. Minha cabeça gira com o movimento. Meu estômago revira. Alguma coisa rígida oscila contra a parte de trás das minhas coxas, e sinto uma onda de calor, de desejo, me atingir com violência.

Que merda é essa?

Ergo o corpo com esforço e abro os olhos para a luz cinzenta da manhã, com as cobertas enroladas nas minhas pernas. Estou no chão.

Por que estou no chão?

Por que estou no chão com *ele*?

Olho ao redor em busca de alguma pista.

A cama king size. A janela aberta acima, deixando entrar um vento úmido. Pernas nuas, arrepiadas. E a camiseta que eu estou usando... *Não!*

Merda. Merda. Merda.

Fina como papel. Tão usada que está quase transparente. Longa o bastante na frente para cobrir um terço das minhas coxas, mas, por algum motivo, tão curta atrás que não cobre o meu traseiro todo. Na frente, a estampa de um cavalo de desenho animado com um caubói de desenho animado montado nele, e as letras amarelas em uma fonte com serifa acima: ESTE NÃO É O MEU PRIMEIRO RODEIO.

Não, não, não, de jeito nenhum. Essa camiseta não é minha.

Tá certo, essa *já foi* a minha camiseta de dormir favorita, mas, depois que aquela caixa com as minhas coisas apareceu na minha casa (dois dias inteiros após o nosso rompimento), enfiei essa camiseta — e qualquer outro vestígio de Wyn que consegui encontrar — na caixa onde tinham vindo os primeiros pratos que compramos juntos e mandei tudo para ele.

Por que estou tão fixada na camiseta?

Eu devia era estar entrando em pânico com o fato de o meu ex-noivo estar deitado no chão ao meu lado, sem camisa, parte do rosto enfiada no travesseiro, o braço ainda um peso morto em cima de mim e a ereção pressionada contra a minha coxa.

— Psssiu! — Eu o empurro.

O corpo de Wyn balança e volta para a mesma posição. Eu sempre dormi muito mal, enquanto ele — que *nunca* para de se mexer quando está acordado — tem um sono tão pesado que eu costumava checar seu pulso no meio da noite.

— *Levanta!* — Empurro o ombro dele com mais força.

Wyn abre os olhos de repente e os estreita com a luz mortiça da manhã.

— Que foi? — murmura, um dos olhos fechado para focar melhor em mim. — O que aconteceu?

— O que aconteceu? — sussurro de volta, furiosa. — *Como* isso aconteceu? Como eu pude deixar isso acontecer? Como *você* pôde deixar isso acontecer?

— Espera. — Ele se levanta e coloca o cabelo para trás. — Me diz o que aconteceu.

— O que aconteceu? — Meu sussurro agora parece o apito de uma chaleira. — Nós dormimos juntos, Wyn!

Ele arregala os olhos.

— Dormimos juntos? — E dá uma risada rouca. — Quando nós teríamos dormido juntos, Harriet? No espaço de tempo entre você e a Kimmy tomarem body shots de tequila, uma lambendo o sal do corpo da outra, pegando o limão da boca da outra, e eu literalmente carregar você escada acima?

— Mas... — Olho ao redor, para todas as evidências que cataloguei. — Estou usando a sua camiseta.

— Porque você vomitou na sua — informa Wyn. — E, quando fui pegar outra, você exigiu com bastante veemência a camiseta *Já estive em rodeios pra cacete*.

Olho embasbacada para ele, tentando me lembrar da noite que está descrevendo.

— Não parece comigo.

— Tá de brincadeira? — fala Wyn. — Uma vez você me disse que queria ser enterrada com essa camiseta. Depois falou que não queria ser enterrada, por isso eu teria que cremar você com ela.

— Eu não *exijo* nada — digo.

— Sim — concorda ele. — Essa parte foi uma agradável surpresa.

— Espera. — A frente da minha cabeça está latejando. Aperto a testa com força. — Por que eu estou no chão?

— Porque você não quis ficar na cama — esclarece Wyn.

— E por que *você* está no chão?

— Porque eu fui o primeiro a não querer ficar na cama — diz ele. — Acho que você estava tentando marcar posição, mas acabou apagando rápido, então eu fiquei preocupado que pudesse passar mal e engasgar com seu próprio vômito.

— Ah. — Sinto como se tivesse um prego no ponto acima do meu olho direito. Meu estômago faz um barulho que parece um gambá morrendo, ou no cio.

Lembro de ter reabastecido a taça de vinho na cozinha e voltado para o pátio.

Lembro do Parth colocando uma das suas famosas playlists de festa para tocar, e a música saindo pelos alto-falantes sofisticados escondidos em pedras falsas do lado de fora, e de todo mundo dançando, a não ser pela Cleo e pelo Wyn, que ficaram parados perto do fogo, envolvidos em uma conversa, e lembro que ele parecia insuportavelmente lindo iluminado pelas chamas da fogueira. Então Parth puxou os dois para se juntarem ao resto de nós, e lembro de dizer ao Wyn que ele parecia o demônio sentado perto do fogo, e dele dizendo *Para de flertar comigo, Harriet*, o que me deixou furiosa... e mais alguma coisa completamente diferente. As coisas ficam confusas na minha cabeça depois disso. Acho que é melhor assim, considerando esse último lampejo de memória.

— Por que você não está se sentindo um desastre completo agora? — pergunto.

— Provavelmente porque eu bebi metade da quantidade de vinho que você bebeu — responde Wyn —, e cem por cento menos shots do que você tomou na barriga da Kimmy.

— Isso é *mesmo* verdade? — digo. — Eu tomei um body shot?

— Não, você não tomou um body shot — responde ele.

Meus ombros relaxam.

— Tomou *quatro*.

— Por que ninguém mandou a gente parar? — pergunto.

— Provavelmente porque a Cleo foi dormir cedo, a Sabrina e o Parth estão em uma bolha de felicidade só deles, e toda vez que *eu* chegava perto você esfregava a bunda no meu pau até eu desistir.

Eu me afasto abruptamente dele.

— Não tem a menor possibilidade de eu ter feito uma coisa dessas.

— Não se preocupe — fala Wyn. — Era claramente uma rebolada de vingança.

Passo a base da mão com força pelas sobrancelhas.

Wyn pega o copo na mesa de cabeceira atrás de nós.

— Beba um pouco de água.

— Não preciso de água — digo. — Preciso de uma máquina do tempo.

— Não tenho dinheiro pra te dar isso, Harriet. No momento, só posso te dar água.

Pego o copo da mão dele. Assim que bebo tudo, Wyn tira o copo da minha mão, se levanta, entra no banheiro deste nosso maldito palácio e liga a torneira. Eu me arrasto na direção da sacada e fico de joelhos para abrir a porta. Então saio, arrastando a manta comigo, e respiro fundo o ar fresco com cheiro de maresia.

O sol mal nasceu. Tem neblina demais para conseguir ver alguma coisa. Está tudo de um cinza cintilante.

— Toma.

Eu me encolho ao ouvir o som da voz dele. Wyn está parado ao meu lado, o copo novamente cheio na mão, com dois comprimidos de analgésico. Tomo o remédio, relutante.

— Não preciso que você cuide de mim — digo.

— Você sempre deixou isso bem claro. — Ele se senta ao meu lado na madeira úmida da sacada, os braços ao redor dos joelhos, o olhar perdido no mar. Ou onde o mar deve estar, escondido atrás da cortina prateada de névoa. — Desde quando você bebe desse jeito?

— Não bebo. — Ao ver o olhar dele, acrescento: — Em circunstâncias normais. Mas, como você deve lembrar, *estas* circunstâncias são *bem abaixo do ideal.*

Wyn afasta o cabelo do rosto.

— Posso te perguntar uma coisa?

— Não — digo.

Ele assente, o olhar firme no horizonte invisível.

Minha curiosidade borbulha até eu não conseguir mais ignorá-la.

— Tá bom. O que é?

— Você está feliz, não está? — Wyn me olha de lado, os cantos da boca tensos, as sobrancelhas franzidas de preocupação.

Aquela sensação exagerada de gangorra me atravessa de novo, só que agora com o adicional de que também há um oceano turbulento de álcool no meu estômago.

Não existe resposta correta. Se eu disser que ele fez a coisa certa, Wyn vai se sentir absolvido. Se disser que não estou feliz, vou estar admitindo que, ainda hoje, uma parte de mim o quer. Que ele voltou a ser o meu membro fantasma, uma dor que não cessa onde algo está faltando.

Sou salva pelo gongo. Só que o gongo é o aplicativo de buzina em volume máximo, berrando através do corredor, seguido por um gritinho abafado — da Kimmy:

— GLADIADORES. DA. MERCEARIA. CACETE!

Parth toca a buzina de novo.

Wyn fica de pé, a pergunta esquecida, minha resposta evitada.

— Pelo menos *alguém* lembrou de se hidratar antes de dormir.

9

Vida real

TERÇA-FEIRA

— **N**UNCA AMEI TANTO um mercado — digo — quanto amo este. — Eu adoro todos os mercados. — Sabrina empurra o nosso carrinho de compras ao redor de um mostruário na direção do setor de frutas e verduras, coloridas como lápis de cor.

— Sinceramente, não ando vendo muita graça em mercados atualmente — diz Cleo. — Quando a gente começa a cultivar nossas próprias frutas e vegetais, todo o resto perde um pouco a graça.

— É mesmo? — Sabrina para e apalpa algumas mangas. — Eu não tenho como saber.

Algo no modo como ela fala deixa claro que isso é uma alfinetada. Ou pelo menos parece ser — e a expressão alerta da Cleo, mas sem revirar os olhos, só confirma a minha impressão.

— Eu já te disse — responde Cleo. — Você pode visitar a gente no inverno. As coisas estão agitadas demais agora. — Ela me lança um olhar também. — O convite se estende a você, Harry. Se você e o Wyn também quiserem aparecer na fazenda no inverno, vamos adorar receber os dois.

Eu me concentro em examinar uma caixa de morangos para ver se encontro algum mofado. Como esse mercado costeiro tão fofo foi abençoado pelos anjos, não encontro nada de mofo. Checo mais três caixas, todas limpinhas.

— Sinceramente — declaro. — Este é o melhor mercado do planeta.

— Você gosta daqui só porque não precisa tomar decisão nenhuma, já que está sempre com a gente e eu sou boa em fazer listas de mercado — acusa Sabrina. — E você detesta os outros mercados porque não estou lá para planejar as suas refeições. Se voltasse a morar com a gente, nós poderíamos resolver isso. — Ela se vira para Cleo. — E, a propósito, o Parth e eu somos hóspedes incríveis. Sempre compramos pão de chocolate do Zabar's.

Ela diz isso em um tom tranquilo, com seu jeito despreocupado de ser, mas percebo pela expressão de Cleo que as alfinetadas estão atingindo o alvo com força.

— Nós não cancelamos a visita de vocês porque achamos que são hóspedes ruins — diz ela. — As coisas só ficaram agitadas demais.

Antes que Sabrina possa responder, eu me adianto:

— Nossa, estou tão feliz por você e a Kim terem conseguido vir pra cá mesmo assim. É muito importante vocês estarem aqui.

A boca da Cleo se suaviza em um sorriso.

— Também estou feliz. — Ela passa a mão pelo cotovelo de Sabrina. — Não é sempre que dois dos seus melhores amigos se casam, não é mesmo?

Sabrina agora também está sorrindo, a irritação aparentemente esquecida.

— Ah, nesse caso vão ser pelo menos duas vezes, já que ainda vamos ter que fazer uma festona de casamento pra família no ano que vem.

E se depender do Parth provavelmente ainda vão acontecer mais umas três ou quatro cerimônias em algum lugar.

— Ah, é claro — digo. — Vocês precisam garantir que aconteça.

Da outra ponta da loja, escuto Kimmy bradando ordens para Wyn e Parth, como se fosse a condutora daqueles trenós puxados por cães. A estratégia deles nesse pseudojogo é sempre ir o mais rápido possível, o que significa que vão acabar fazendo a volta completa em toda a loja três vezes, enquanto Cleo, Sabrina e eu passeamos sem pressa, apalpando frutas e examinando a variedade *impressionante* na geladeira de queijos importados. A gente costuma encontrar até alguns dos queijos de castanhas favoritos da Cleo.

O jogo foi ficando mais elaborado ao longo dos anos. Agora estamos no ponto em que Sabrina faz a lista com itens aleatórios de mercado e recorta, deixando cada item em uma tira de papel, dobra as tirinhas, coloca tudo em uma tigela e faz cada um de nós pegar um, até as duas "equipes" terem um número idêntico de papeizinhos.

Outro motivo para eu saber que isso não é um jogo de verdade: Sabrina claramente não dá a menor importância para ganhar, e ela é *sempre* hipercompetitiva.

— Espera um instante. — Cleo desce pela fileira de freezers e volta com três águas de coco grandes. Ela coloca duas no nosso carrinho e empurra uma na minha mão. — Você está verde.

Sabrina me examina.

— É mais um amarelo-esverdeado.

Um lampejo de lembrança: Parth enfiando drinques verdes, enfeitados com sombrinhas de papel, nas nossas mãos suadas enquanto dançávamos ao redor do pátio.

Eu me encolho.

— Não diga essa palavra.

Sabrina dá uma risada.

— Que tal cor de vômito?

— Ou vermelho-escuro — Cleo tenta ajudar.

— Como vômito de vinho tinto? — pergunta Sabrina.

Pego um mirtilo e jogo em cima dela. Na frente da loja, alguém solta um grito de comemoração. "We Are the Champions" começa a tocar, saindo do alto-falante de um celular.

— Uau — diz Sabrina, colocando alguns mirtilos na boca. — Eles ganharam de novo. Quem teria imaginado?

— Como a Kimmy ainda está viva — pergunto —, ainda mais gritando e comemorando?

— Não sei, cara. Ela é sobre-humana — diz Cleo. — E ela me acordou pra contar dos body shots, então eu aproveitei a oportunidade pra derramar três galões de água dentro da boca dela. — Ela arqueia a sobrancelha. — Fico meio surpresa de o Wyn não ter pensado em fazer isso por você. Ele estava totalmente sóbrio quando eu fui dormir.

Eu me ocupo com outra embalagem de mirtilos.

— Arrá! — Eu me viro de volta. — Estão vendo isso? Mofo.

— Toda rosa tem seus espinhos — comenta Sabrina, virando nosso carrinho de compras na direção da frente da loja. — Assim como todo caubói canta uma canção de amor triste.

Outro lampejo de lembrança: eu ajoelhada no chão, em cima do edredom que Wyn tinha arrastado para lá. *Levanta os braços, baby*, diz ele gentilmente. Ele tira a camiseta branca imunda pela minha cabeça e passa um pano molhado e fresco pelo meu colo, para limpar o vômito. Mal consigo manter os olhos abertos. *Você pegou a camiseta dos rodeios? A que diz* Já estive em rodeios pra cacete?

Peguei, diz ele. *Levanta os braços*. Não devo ter levantado alto o bastante, porque suas mãos ásperas seguram meus braços para erguê-los mais acima da cabeça. Então, o tecido muito macio me envolve e desce até o alto das minhas coxas.

Eu amo essa camiseta, murmuro.

Eu sei, diz ele, enquanto tira meu cabelo de dentro da gola. *Por isso eu trouxe. Agora vai dormir.*

— Har? — Cleo me arranca das lembranças. — Você está mesmo cor de vômito agora.

— Essa palavra. — Levo a mão à boca e saio correndo para o banheiro.

No momento em que passo por baixo dos sininhos e entro na Crime, Leu Ela, me sinto mil vezes melhor.

Quer dizer, ainda me sinto uma merda, mas agora uma merda protegida por livros e janelas por onde entra o sol. Merda com café com leite gelado e cheio de açúcar correndo pelas veias.

Nunca terminei um capítulo de um livro em uma dessas viagens, menos ainda um livro inteiro, mas sempre adorei vir aqui para escolher a minha próxima leitura.

Wyn e Cleo partem para a seção de não ficção, e Kimmy vai para a de romances. Parth segue para a de ficção geral, e Sabrina para a de terror. Eu vou sozinha na direção do caixão preto pendurado na parede, com a porta aberta, à espera, e *Suspense* pintado em letras douradas na tampa.

Passo por ele e entro no salão mais além, um espaço quase tão grande quanto o de todos os outros gêneros combinados.

Nunca tinha sido uma grande leitora até o verão antes de começar na Mattingly, quando todas as minhas matérias extracurriculares do ensino médio e as provas de preparação para a faculdade terminaram abruptamente. Minha inscrição (e os fundos para isso!) na faculdade dos meus sonhos estava garantida, e eu me senti entediada pela primeira vez na vida.

Encontrei os livros baratinhos de suspense no antigo quarto da Eloise, que tinha sido transformado em escritório da família, quando entrei para procurar fita adesiva para fechar caixas. Sentei no peitoril da janela para ler a primeira página e não ergui os olhos até terminar o livro. Depois, fui direto para a biblioteca pegar outro. Naquele verão, provavelmente li uns vinte livros de suspense — daquele tipo que não tem muita violência, ambientado em cenários charmosos e aconchegantes.

Passo os dedos pelas lombadas, cada título um trocadilho pior que o outro. Quando estou pegando um, Cleo aparece ao meu lado.

— Achei que você já tinha lido esse.

— Esse? — Levanto o livro. — Talvez você esteja lembrando de *Lance de matar*. Que é sobre o assassinato de um leiloeiro em um evento beneficente. Esse aqui é *Peneira de matar*, sobre uma confeiteira que encontra um corpo dentro de um saco de farinha.

— Um corpo inteiro? — pergunta ela.

— É um saco *bem* grande de farinha — concordo. — Ou um corpo muito pequeno, não sei, mas é tão barato que vale a pena descobrir. Você já encontrou alguma coisa?

Ela levanta um livro do tamanho de um dicionário, com uma ilustração gigante de um cogumelo na capa verde-pálida.

— *Você* já leu *esse*, não? — é minha vez de perguntar.

Cleo sorri.

— Você está lembrando do *Fungos fabulosos*. Este é *Cogumelos milagrosos*.

— Nossa, não sei onde eu estava com a cabeça.

Ela se afasta de mim para espiar pela porta e checar o restante da loja.

— Então, o que você acha de tudo isso?

— Tudo isso o quê?

— A Sabrina e o Parth — explica Cleo. — O casamento dos dois. Em quatro dias.

— Acho que, quando a gente sabe que é pra valer, simplesmente sabe. — Coloco o livro de volta na prateleira e continuo a examinar as estantes.

— É. — Um instante depois, ela volta a falar. — Só acho que ela tem andado um pouco instável.

— É mesmo?

Não notei nada, mas a verdade é que também não tenho sido muito presente nos últimos meses. Afinal eu sabia que na vez seguinte que conversássemos — *realmente* conversássemos — eu teria que contar sobre o rompimento.

— Talvez eu esteja vendo problema onde não tem — diz Cleo, girando seu chá gelado de framboesa no copo. — Mas no mês passado a Sabrina me mandou uma mensagem do nada dizendo que ela e o Parth iam nos visitar. E eu concordei, porque ela parecia muito determinada. Só mais tarde me dei conta de que estávamos sobrecarregadas demais, por isso pedi pra remarcar a visita, e mal tive notícia dela desde então. Quando a gente chegou aqui ontem, tentei conversar com a Sabrina a respeito, mas ela cortou o assunto, e hoje está parecendo brava de novo.

Paro com os dedos sobre a lombada de *Assassinato na maternidade*.

— Acho que a venda do chalé está sendo muito difícil pra ela — digo. — Não acho que é pessoal com você.

Cleo torce os lábios.

— Talvez. — Ela levanta as tranças do ombro e sacode para abanar o pescoço. Não está correndo ar aqui dentro, e a umidade é densa. — Acho que vou tentar conversar de novo com a Sabrina hoje à noite. Só queria saber se você tinha percebido alguma coisa... diferente com ela.

— Não! — respondo, um pouco animada demais. — Estou achando tudo bem normal.

Cleo inclina a cabeça. Fico esperando que me acuse — *Você e o Wyn terminaram, né?* — a qualquer segundo. Em vez disso, ela enrosca o braço no meu e apoia a cabeça no meu ombro.

— Eu provavelmente só estou cansada — confessa. — Sempre fico mais preocupada quando estou cansada.

Franzo o cenho. Tenho andado tão autocentrada (e/ou bêbada) que acabei não percebendo que o rosto dela está mais fino e que há olheiras sob seus olhos.

— Ei — falo. — *Você* está bem?

— Por que eu não estaria? — Essa é uma resposta estranhamente evasiva para os padrões da Cleo.

— Porque você administra uma fazenda inteira — lembro. — E é uma mulher delicada de menos de um metro e sessenta.

O sorriso dela se torna mais largo e ilumina o rosto todo.

— Sim, mas você está esquecendo que a minha namorada é uma deusa de origem escandinava de quase um metro e oitenta, que consegue beber quatro barris de tequila e ainda vencer uma corrida de compras no mercado.

— Cleo — digo.

Ela olha por cima do ombro e volta a falar, a voz mais baixa agora.

— Tudo bem, sim, eu estou estressada — diz. — A verdade é que a Kimmy e eu passamos as últimas três semanas sem saber se a gente viria pra cá este ano ou não. Quando eu disse pra Sabrina que talvez a gente não pudesse vir, ela não aceitou *nada* bem a ideia, por isso decidimos que viríamos só por uns dois dias. Só que agora não podemos voltar mais cedo de jeito nenhum, por isso estamos tendo que dar um jeito de pedir aos vizinhos para cuidarem das coisas pra gente.

— Que chato — digo. — Posso ajudar de algum jeito?

— Está tudo bem. É só uma semana de estresse. Bom, e mais a semana que vamos levar pra pôr tudo em dia depois.

— Ei!

Por algum motivo — muito provavelmente por causa da farsa em que estou envolvida no momento —, dou um pulo de susto quando Sabrina enfia a cabeça no meio de nós duas.

Cleo faz o mesmo.

— Não chega desse jeito, Sabrina!

— Hum... Eu literalmente só entrei aqui — diz Sabrina. — Peguei vocês duas no meio de uma venda de drogas ou coisa parecida? — Ela enfia a mão entre nós e pega o livro que está com Cleo para examinar a capa. — Cogumelos? De novo?

Cleo cerra os lábios.

— Eles são fascinantes.

— E você, Sab? — interrompo. — Encontrou alguma coisa?

— Ah, meu Deus, sim — diz ela. — Este livro é uma abordagem ficcional da Caravana Donner.

— Que... legal — falo.

Sabrina ri e pega o livro que está na minha mão. Nem tinha me dado conta de que estava segurando um — provavelmente peguei sem pensar na estante quando ela nos surpreendeu.

— Harry — diz Sabrina, lendo a quarta capa. — Esse livro é tão ruim quanto o meu.

— Garanto que não é — digo.

— Uma designer de interiores descobre uma mão atrás de uma parede — lê ela.

— Sim, mas é *charmoso*. — Pego o livro de volta.

— Como isso pode ser charmoso? — pergunta Sabrina.

— É um suspense charmoso, aconchegante — digo. — É difícil explicar.

— Tá certo... — A voz dela se eleva em um gritinho de surpresa quando Kimmy aparece junto ao seu ombro. Ao meu lado, Cleo segura a beira da estante, como se para se apoiar.

— Por que está todo mundo tão nervoso? — pergunta Kim.

— A Sabrina está lendo sobre os Donner de novo — diz Cleo.

— É ficção — esclarece Sabrina.

— Onde estão o Parth e o Wyn? — pergunta Cleo. — Eles já terminaram?

Kimmy dá de ombros.

— Passei pelo Parth perto dos livros chiques.

— O que são livros chiques? — É minha vez de perguntar.

— Ela está querendo dizer que o Parth está procurando alguma coisa que o *New York Times* descreveu como "revelador" — explica Sabrina.

— Na verdade... — Parth se aproxima com uma sacola de papel já na mão. — Eu escolhi este porque o *Wall Street Journal* fez uma crítica tão mal-humorada a respeito que eu precisava conferir. É escrito por um homem e uma mulher, casados, que costumam publicar separadamente. O cara escreve obras literárias de muitas páginas, e ela escreve livros românticos.

— O quê?! — Kimmy pega o livro da mão dele. — Eu conheço os dois!

— Jura? — pergunta Parth.

— Eles estudavam na Universidade do Michigan na mesma época que eu — fala ela. — Mas ainda não estavam juntos. Os livros dela são *beeem* tesudos. Esse é tesudo?

— A crítica do *Wall Street Journal* não menciona o nível de tesão — diz Parth.

— O Wyn já terminou? — pergunta Sabrina.

— Está pagando — confirma Parth.

— O que ele escolheu, um romance do Steinbeck? — volta a perguntar ela.

Parth encolhe os ombros.

— Não sei.

Não há a menor possibilidade de Wyn escolher um romance do Steinbeck. Estou surpresa por ele estar comprando um livro, não importa qual seja, já que nunca temos tempo de ler nessas viagens e ele é muito cauteloso em relação a qualquer gasto. Mas, se ele *estava* comprando um livro, não seria sobre o Oeste Americano. Wyn teria considerado isso uma caricatura.

Parth e Sabrina nos conduzem até o caixa. Cleo leva seu livro sobre cogumelos e eu compro *Projeto de morte*, então saímos para a rua de paralelepípedos. O sol está alto no céu, já sem nenhum traço de neblina, apenas um azul estontente. Kimmy vê um carrinho de flores do outro lado da rua, na frente da floricultura, solta um gritinho de prazer e puxa Cleo até lá com ela.

— O Parth e eu vamos comprar mais café.

Sabrina indica com a cabeça a Warm Cup, a cafeteria ao lado, com um balcão que dá para a rua, coberto por um toldo. Já estivemos lá duas vezes só esta manhã. Uma antes do mercado e a outra depois.

— Quer alguma coisa? — pergunta.

— Não, obrigada — digo.

— Wyn?

Ele balança a cabeça. Quando os dois se afastam, ficamos parados ali, em silêncio, evitando olhar um para o outro.

— Estava querendo mesmo falar com você — diz ele depois de algum tempo. — Conversei com o Parth ontem à noite.

— E...?

Ele pigarreia baixinho.

— Você está certa. Só vamos conseguir contar a eles depois desta semana.

Não sei bem por que sou invadida por uma onda de alívio. Isso só confirma que o resto da minha semana vai ser mesmo uma tortura. Mas pelo menos Parth e Sabrina vão ter o dia perfeito deles.

Wyn recebe uma mensagem de texto. Ele não costuma prestar tanta atenção ao celular. Enquanto está checando a mensagem, eu me inclino um pouco na sua direção, tentando espiar o que está na sacola da Crime, Leu Ela.

Wyn enfia de novo o celular no bolso.

— Você pode só perguntar.

— Perguntar o quê?

Ele ergue as sobrancelhas. Eu o encaro de volta, impassível. Wyn tira lentamente o livro da sacola e estende para mim. É enorme.

O caminho da Eames: a vida e o amor por trás da icônica cadeira.

— Isso é um livro de mesa de centro — digo.

— É mesmo? — Ele se inclina para checar. — Merda. Achei que era um avião.

— Desde quando você compra esse tipo de livro? — pergunto.

— Essa pergunta é alguma espécie de pegadinha, Harriet? — diz ele. — Você sabe que não é exigida nenhuma licença especial pra comprar esse tipo de livro, né?

— Sim, mas geralmente a pessoa precisa ter uma mesa de centro para exibir o livro — retruco. — E a Gloria não tem espaço pra isso.

A mãe de Wyn é uma acumuladora. Não de um jeito doentio, só sentimental mesmo. Ou o pai dele era e Gloria não mudou muita coisa na casa deles desde que o marido morreu.

A última vez que estive lá, mal havia dois centímetros de espaço livre na porta da geladeira. Ela havia imprimido uma foto do nosso grupo de amigos, que tiramos no chalé na nossa primeira viagem para cá, e prendeu ali, ao lado do convite de casamento de um primo do Wyn, que já se casou, se separou e voltou a se casar desde então. O diploma de engenharia da irmã mais velha dele, a Michael, estava em cima do console da lareira, ao lado de um conto de uma página, emoldurado, que a irmã mais nova dele, a Lou, escreveu as nove anos. E do outro lado havia uma foto emoldurada do Wyn no time de futebol do ensino médio.

Além de não ter espaço para aquele livro na casa da família de Wyn, ele provavelmente custou uns sessenta dólares, e Wyn nunca foi muito fã de gastar dinheiro. Nem com ele mesmo, nem com nada cujo valor seja primordialmente estético. No primeiro apartamento em que moramos juntos, ele usava uma torre de caixas de sapato como mesa de cabeceira, até encontrar uma mesinha quebrada na rua, que ele mesmo consertou.

Wyn pega o livro da minha mão e volta a guardar na sacola. Continuo a olhar para ele, confusa, tentando compreender as pequenas diferenças entre o Wyn de cinco meses atrás e esse que está na minha frente agora, mas ele já voltou a checar o celular.

Kimmy se aproxima saltitando com um buquê de girassóis.

— Onde estão o Parth e a Sabrina? — pergunta, protegendo os olhos do sol.

— A Sabrina precisava de mais café — diz Wyn. — E o Parth precisava de mais Sabrina.

— Ahhh. — Ela leva a mão ao peito. — Eles são tão fofos. Apavorantes, mas fofos.

Pego Wyn espiando dentro da sacola de novo, meio que sorrindo para si mesmo.

No meu peito, uma tonelada cai em cima da proverbial gangorra.

Ai, meu Deus.

A barba, o corpo ligeiramente mais macio, o livro de mesa de sessenta dólares. *Todas essas mensagens de texto.*

Wyn está... *namorando?*

Ele está... *com alguém?*

A gangorra volta a descer. Uma rajada fria de ar-condicionado e o aroma de grãos tostados de café espresso chegam até nós quando Sabrina e Parth saem do interior menos procurado do café.

— Não sei vocês — declara Sabrina depois de sugar o canudo de papel com barulho —, mas eu comeria um popover.

Normalmente, a mera ideia me deixaria com água na boca.

Neste momento, a ideia de um bolinho frito com geleia no meu estômago nauseado é pior que ouvir *cor de vômito* mil vezes em rápida sucessão.

O sorriso sai tão rígido que meus dentes rangem.

— Acho uma ótima ideia.

— Ahhh. Girassóis. A Sabrina adora. — Parth se inclina para cheirar as flores.

Kimmy coloca o buquê na mão dele.

— São pra você e a Sabrina.

— São só uma amostra — explica Cleo. — Nos adiantamos e encomendamos alguns buquês pra sábado. Eu sei que vocês querem que seja uma cerimônia simples, mas um casamento sem flores não é um casamento.

Sabrina primeiro olha para o buquê como se ele fosse alguma espécie de cavalo de Troia, estrategicamente cheio de minúsculas enciclopédias sobre cogumelos, então junta as mãos e solta um arquejo emocionado.

— Cleo! Não precisava. — Ela passa um braço ao redor da cabeça da Cleo, puxando-a para um abraço. — São lindos.

— *Você* é linda — diz Cleo, já começando a descer a rua, enquanto o resto de nós a segue, como patinhos filhotes.

— Não, meninas — fala Parth. — *Eu* sou lindo.

Wyn se coloca do meu lado e pergunta em voz baixa:

— O que acabou de acontecer aí?

— Onde? — pergunto.

— No seu cérebro.

— Body shots — respondo. — O meu cérebro está cheio de body shots.

— É uma anomalia ao mesmo tempo médica e cirúrgica — diz ele.

— O que eu posso dizer? — respondo calmamente. — Eu sou...

— Eu sei. — Ele forma um círculo com o braço. — *Vasta*.

Meu estômago se aperta quando escuto a piada interna de tantos anos.

— Eu ia dizer *uma ressaca ambulante*.

10

Lugar feliz

MATTINGLY, VERMONT

UM NOVO APARTAMENTO para o nosso último ano na faculdade, no andar térreo de um prédio vitoriano branco com a pintura descascada. As janelas chacoalham sempre que o vento sopra forte, e há uma varanda meio desmoronada onde Sabrina e eu pretendemos passar o outono bebericando sidra quente temperada com conhaque, e um pátio na lateral onde prometi ajudar Cleo a plantar uma horta: brócolis, couve-flor, couve-rábano — vegetais capazes de suportar o frio que vai chegar em poucos meses.

Wyn deveria estar em Nova York neste momento, dividindo um loft com Parth, tentando encontrar seu rumo em uma nova cidade enquanto o melhor amigo estuda direito na Fordham. Se ele não tivesse sido reprovado em matemática uma segunda vez, ou ignorado o requerimento da aula de história, tudo poderia ser diferente.

Em vez disso, Wyn está morando com a gente. Para economizar, Cleo e eu dividimos o maior quarto. Sabrina está no segundo maior. E Wyn ficou com o quartinho minúsculo que originariamente seria meu.

Na manhã depois da mudança, Parth mandou entregar donuts para nós. O bilhete que acompanhava os donuts dizia: *Se vocês não vierem estudar em Nova York no ano que vem, vou processar todo mundo.*

Sendo realista, vou ter que ir para qualquer faculdade de medicina que me aceitar. Da mesma forma, Sabrina vai ter que escolher a próxima cidade para morar com base na faculdade de direito em que será aprovada, e Cleo vai fazer igual com a escola de belas-artes. Mas a ideia é atraente — nós todos juntos em uma nova cidade —, mesmo que eu não saiba muito bem como sobreviver a *um ano* morando com Wyn Connor.

Durante toda a primeira semana aqui, conseguimos não ficar sozinhos. Mas finalmente nos esbarramos uma manhã, bem cedo, na cozinha abafada. O sol já está nascendo e Wyn está fazendo café. Ele serve uma caneca com a bandeira do estado de Montana gravada em um dos lados e passa para mim.

— Quero que você saiba que eu entendi o que você disse — murmura Wyn. — Quando a gente estava no Maine.

A voz dele, ainda rouca de sono, faz todos os cabelinhos na minha nuca se arrepiarem de expectativa. A proximidade dele aqui, na quietude da manhã, é quase mais do que consigo dar conta.

— Não quero que você se preocupe com este ano — continua Wyn. — Não vou deixar a situação constrangedora.

Consigo articular alguma coisa que soa como "Ah... ótimo", e as palavras saem como se tivessem sido ditas por alguém que está com medo de palco e também com a garganta inflamada tentando cantar à tirolesa.

Então, Wyn assente brevemente, sai pela porta dos fundos para cortar a grama, antes que o dia fique quente demais, e sou deixada mais uma vez à espera de que o feitiço se quebre.

Wyn é fiel a sua palavra durante o ano inteiro. Umas duas vezes por semana, ele sai com mulheres que o resto de nós nunca vê. Então, no inverno, começa a sair regularmente com a mesma mulher, uma dançarina chamada Alison. Ela é linda. É legal. Mas nunca passa muito tempo no apartamento antes de os dois saírem para a noite. Tento ficar feliz por ele. É o que uma amiga faria.

Você não é minha amiga, Harriet passa algumas vezes pela minha mente.

Ele tem dificuldade com a aula de matemática, e eu me ofereço para ajudar. Às terças-feiras, estudamos até tarde na biblioteca dourada e empoeirada da Mattingly. Ele geme, resmunga, diz que seu cérebro não foi feito para esse tipo de coisa.

— Para que ele foi feito, então? — pergunto.

E ele responde:

— Feno. Ele gosta de passar rolando.

Já percebi que Wyn costuma fazer isso, se diminuir, se autodepreciar, e faz isso como uma piada consigo mesmo, mas acho que está falando sério, e detesto isso.

Enquanto estamos estudando para as provas finais, ele compra café para mim na máquina de venda automática, além de minimuffins com gotas de chocolate, Snickers e Skittles, e, mesmo com toda a cafeína e o açúcar e a agitação de estar perto dele, eu cochilo de cara no livro e acordo com Wyn cutucando o meu ombro do outro lado da mesa.

Quando ergo o rosto, ele sorri e limpa a tinta de caneta na minha bochecha.

— Obrigada — digo, sonolenta.

— Para que servem os amigos? — fala Wyn.

Você não é minha amiga, Harriet.

Nós quatro preparamos jantares elaborados na nossa cozinha apertada, Sabrina atuando como sous-chef. Sentamos na varanda da frente enquanto Cleo nos desenha em centenas de poses diferentes e, quando neva, Wyn e eu damos longas caminhadas pela cidade, para comprar chocolate quente e café com leite adoçado com xarope de bordo, apesar de ele raramente comer doce.

Quando um de nós vai a Hannaford para fazer compras de mercado, sempre checa se o outro precisa de alguma coisa. E, mesmo que eu diga que não preciso de nada, na volta Wyn deixa um pote de sorvete de mirtilo na mesa à minha frente, sem dizer uma palavra.

E, quando Sabrina e eu recebemos nossos respectivos e-mails de aprovação da Columbia — ela da faculdade de direito e eu da escola de medicina — e, em uma mudança radical nos planos, Cleo anuncia que vai trabalhar em uma fazenda urbana em Nova York em vez de ir para a escola de belas-artes, não resisto à ideia de nós quatro encontrarmos um novo lugar para morar na cidade grande, com Parth, e de compartilhar mais uma moradia com Wyn Connor.

Ele se torna o meu melhor amigo da mesma forma que os outros: de pouquinho em pouquinho, a areia passando tão devagar pela ampulheta que é impossível determinar o momento em que acontece. Quando, de repente, a maior parte do meu coração pertence a Wyn, sei que nunca mais vou ter um único grão de areia de volta.

Wyn é um garoto dourado. E eu sou uma garota cuja vida foi escrita em tons de cinza.

Eu tento não amá-lo.

Tento de verdade.

11

Vida real

TERÇA-FEIRA

NA TERÇA-FEIRA, NÓS normalmente fazemos uma viagem de bate-volta até o Parque Nacional de Acadia, o lugar mais lindo que já vi e, o que talvez seja mais importante, onde fica o nosso restaurante favorito para comprar popovers.

Venho sonhando há semanas com os bolinhos fofos, recheados com geleia de morango, mas agora tudo o que eu quero é me enfiar em um buraco escuro e frio, com um barril cheio de antiácido e uma garrafa de dois litros de ginger ale.

Depois de uma rápida parada em casa para trocar de roupa, beber água e fazer xixi, rearrumamos os carros com o necessário para um piquenique. O processo de tirar tudo e todos pela porta é como pastorear gatos drogados. Como se os gatos estivessem em uma viagem de ácido, e o pastor também.

No momento em que Parth retorna do banheiro, Kimmy percebe que esqueceu os óculos de sol e volta para dentro da casa.

Sabrina diz:

— Vocês acham que as primeiras horas do dia dessas duas na fazenda são passadas com a Cleo mandando a Kimmy voltar em casa pra pegar cada peça de roupa que ela esqueceu de vestir?

— E ela precisa voltar mais uma vez quando veste sem querer a calça na cabeça — grita Cleo, que está mais abaixo, perto dos carros.

— Aquilo não foi um acidente, meu amor — retruca Kimmy, saindo da casa. — Estou só esperando o dia em que você finalmente vai reconhecer a minha abordagem pioneira da moda.

— Use o que quiser — diz Cleo. — Estou mais preocupada com o que está por baixo.

— Ahhh! — Kimmy beija a lateral do pescoço da Cleo. — Não sei se você está sendo tarada ou sentimental, mas, seja como for, eu aceito.

Sabrina dá um tapa na testa.

— O vinho. Você pode correr até a adega pra pegar?

— Escolho qualquer um rosé ou branco? — adivinho.

Mas ela balança a cabeça.

— Pega o Didier Dagueneau Silex 2018. Você se importa?

— Não é que eu me importe — digo. — É que reconheci poucas palavras do que você disse.

— Silex — repete Sabrina, enquanto pendura nos ombros as várias sacolas que está levando. — Está escrito na etiqueta, seguido por Didier Dagueneau, e você vai procurar a garrafa de 2018. É um vinho branco.

Deixo a minha sacola no hall antes de descer. A porta da adega está aberta, as luzes acesas. Supostamente há garrafas que valem vinte mil dólares aqui embaixo. Com sorte, nenhuma dessas *também* começa com *Silex* e termina com *eau*.

Enquanto desço, escuto um farfalhar mais abaixo.

Na base da escada, viro em um canto e estaco ao ver Wyn, iluminado pela luz dourada acima, como um anjo caído torturado interpretado por James Dean.

— Silex alguma coisa-alguma coisa? — pergunta ele.

— A Sabrina deve ter esquecido que já tinha mandado você pegar. — Eu me viro para voltar para o carro.

— Estou olhando para o mesmo lugar faz uns dez minutos. Não está aqui.

Hesito. Quando me imaginei me enfiando em um buraco escuro e frio, não era isso que eu tinha em mente, mas, se Sabrina está determinada a ter esse vinho em particular, não vamos sair daqui até encontrar. Estou falando literalmente. Quando ela coloca uma ideia na cabeça, sobra pouco espaço para desvios. Basta ver a reação dela ao fato de a Cleo ter cancelado a visita que ela e Parth fariam à fazenda.

Solto um suspiro e vou até onde está Wyn, agachado diante da prateleira, e começo a correr os dedos pelos rótulos.

— Já olhei tudo — diz ele, mal-humorado.

— É praticamente uma lei universal que, quando uma pessoa está procurando alguma coisa faz um bom tempo, outra pessoa que acabou de chegar consiga achar a tal coisa na mesma hora.

— Como você está se saindo? — pergunta Wyn.

Entre dezenas de chardonnays, rieslings, sauvignon blancs, gewürztraminers: nada de Silex.

— Satisfeita? — insiste ele.

Os cabelinhos na minha nuca se arrepiam quando escuto o tom pensativo dele. Meu cérebro vaga para o pior lugar possível neste espaço em particular.

A adega, para nós, é cheia de fantasmas. Não do tipo assustador. Fantasmas sensuais.

Endireito o corpo.

— Pega um vinho branco qualquer que não pareça caro demais.

Os olhos dele cintilam.

— Você quer que eu procure um vinho com etiqueta de promoção, Harriet?

— Escolha algum que eles tenham mais de um — digo e praticamente corro para as escadas, como se ele fosse a maré alta e eu precisasse escapar rápido.

Quando estou no meio dos degraus, reparo na porta fechada. Então chego ao topo e testo a maçaneta, mas ela não gira. Nem se mexe, na verdade.

Bato na porta.

— Sab?

Wyn surge na base da escada com uma garrafa de vinho na mão.

— A porta deve ter trancado — explico.

— Por que você fechou? — pergunta ele.

— Bom, eu tinha esperança de que ela trancasse automaticamente *por fora* e eu ficasse presa aqui embaixo com *você* — falo, o tom irônico e frio.

Wyn ignora o sarcasmo e sobe também, roçando o corpo no meu para tentar girar a maçaneta.

— Parece estar trancada — diz ele, provavelmente para me irritar.

Wyn bate na porta.

— Cleo? Parth? Alguém?

Consigo sentir o calor emanando da pele dele. Desço dois degraus e checo os bolsos, procurando o celular. Mas meus bolsos são minúsculos, como sempre, e o celular deve ter ficado dentro da sacola no hall.

— Liga pra alguém — peço.

Wyn balança a cabeça.

— Deixei o celular no carro. Você não está com o seu?

— Está lá em cima — falo. — Vamos ter que aguardar eles cansarem de esperar e mandarem alguém nos chamar.

Wyn resmunga e se senta no degrau do alto, pousando a garrafa perto do tornozelo. Ele inclina a cabeça e massageia a nuca com os nós dos dedos.

LUGAR FELIZ

Pelo menos não sou a única que está entrando em pânico.

Vale lembrar que estou apavorada por estar aqui com *ele*, e que *ele* está apavorado porque é claustrofóbico. Wyn sofre de claustrofobia desde que era pequeno e um armário quebrado caiu em cima dele, na oficina dos pais, quando não tinha mais ninguém ali. Ele ficou preso por horas.

Mas assim que a porta abrir Wyn vai ficar bem, enquanto eu ainda vou estar pensando na compra de um livro de mesa idiota.

A escada inteira oscila quando me dou conta de uma coisa terrível. Seguro com força o corrimão para não cair.

— O que foi? O que aconteceu? — Wyn se levanta de um pulo e me segura pelos cotovelos para me firmar. Consigo ver seus lábios secos em meio aos pontos pretos que ofuscam a minha visão.

— Nós íamos em dois carros — digo em um fio de voz. — Íamos em dois carros, ou seja, eles quatro já devem ter saído no Land Rover.

Os olhos de Wyn escurecem, como nuvens fazendo sombra na grama.

— Eles não fariam isso.

— Talvez tenham feito — digo.

— Não precisamos presumir que foi isso o que aconteceu. Eles podem voltar a qualquer instante. — Ele olha para o teto, fazendo alguma espécie de cálculo mental.

Desço o restante dos degraus, tentando colocar de volta o espaço entre nós. Mas Wyn me segue.

— Não é culpa minha, Harriet.

— Eu disse que era? — pergunto.

— Você saiu feito louca — retruca ele. — Isso quer dizer alguma coisa. Eu me viro de volta para encará-lo.

— Wyn. Nós estamos dentro de uma caixa de três por três metros. Não saí feito louca. Aqui não tem espaço para agir feito louca. Mas, se o que você está querendo é me lembrar de que fui *eu* que fechei a porta, já entendi.

— Não estou te culpando. Eu só... Quem diabo tem uma porta que tranca *por fora*?

— É um quarto do pânico — lembro. — É isso que aquele painel pequeno na parede faz. Nós poderíamos destrancar se soubéssemos o código.

O olhar de Wyn se desanuvia. Ele sobe a escada em três longas passadas para examinar o painel.

— Tem um botão pra chamar a emergência.

Quanto tempo será que vai levar para os outros perceberem que tem alguma coisa errada? Será que vão dirigir por todo o caminho até os bolinhos pré-caminhada sem tentar telefonar para a gente?

E, se telefonarem, vão presumir que não estamos atendendo porque estamos dirigindo?

Meu estômago volta a ficar nauseado.

— Você quer que eu aperte o botão da emergência ou prefere esperar? — pergunta Wyn.

Agora estou fazendo a conta de como ficaria caro trocar essa porta caso os bombeiros tivessem que derrubá-la a machadadas, explodi-la ou coisa parecida.

— Eu acho... — Respiro fundo e tento me agarrar a *alguma* versão do meu lugar feliz que não tenha nada a ver com essa casa ou com esse homem. — Acho melhor a gente esperar, pelo menos por algum tempo.

Essa obviamente não é a resposta que ele queria.

— A menos que você ache que não consegue...

— Eu estou bem — diz Wyn, tenso, e se senta no degrau na base da escada. Ele coloca o vinho de lado e descalça as botas de caminhada.

— Ai, meu Deus, Wyn — falo. — Só se passaram cinco minutos. Quanto tempo vai demorar até você abaixar a calça e escolher o cantinho do xixi?

Ele arranca o papel-alumínio que envolve o gargalo da garrafa de vinho

— *Eu* não vou precisar de um cantinho do xixi. Vou usar esta garrafa depois que a gente acabar de beber o vinho. Já você... não vai ter a mesma sorte, a menos que aprenda a mirar, e rápido.

Descruzo os braços, mas logo volto a cruzá-los quando percebo o olhar de Wyn acompanhando o movimento e se fixando direto no meu peito.

— Você está andando por aí com um saca-rolha no bolso às dez e meia da manhã?

— Não — retruca ele. — Só estou feliz de ver você.

— Muito engraçado.

Os olhos de Wyn permanecem fixos nos meus enquanto ele coloca a garrafa de vinho dentro da bota e bate com todo o conjunto na parede.

Solto um grito.

— O que você está fazendo?

Ele volta a bater com a bota na parede mais umas três vezes. Na última batida, a rolha salta um centímetro do gargalo. Com mais duas batidas rápidas contra a parede, ela sai inteira. Wyn estende a garrafa aberta na minha direção.

— Estou com medo de perguntar como você sabe fazer isso — digo.

— Então você não quer beber. — Ele dá um gole.

Quando abaixa a garrafa, ele olha por cima do ombro, na direção da reentrância embaixo da escada.

Sinto o calor subir pelo meu colo e se espalhar pelo meu rosto.

Não vá por esse caminho. Não pense nisso.

Sei que não é recomendado, mas, quando pego a garrafa e dou um gole, parte de mim está torcendo desesperadamente para que haja alguma verdade no que dizem sobre curar a ressaca com mais bebida.

Não é o que acontece. Meu estômago não aceita bem, e passo a garrafa de volta para Wyn.

— O Parth me ensinou esse truque — diz ele. — Nunca tinha precisado usar.

— Ah, então você não se pegou preso com alguma outra amante rejeitada nos últimos cinco meses?

Ele dá uma risadinha irônica.

— Rejeitada? Não é exatamente assim que eu lembro das coisas, Harriet.

— Talvez você sofra de amnésia — sugiro.

— A minha memória está ótima, dra. Kilpatrick, embora eu agradeça a preocupação. — Como se para provar o que está dizendo, ele volta os olhos novamente na direção da reentrância embaixo da escada.

Wyn *não pode* estar saindo com ninguém. Ele jamais continuaria agindo assim se estivesse. Ele pode até gostar de flertar, mas não é desleal.

A menos que esteja em um relacionamento muito recente? Que não seja ainda exclusivo?

Mas, se fosse assim tão recente, ele já teria alcançado o status de relacionamento confortável?

As poucas supostas pistas podem ser apenas informações aleatórias que estou juntando para criar uma história.

Mas isso não significa que ele não *esteja saindo com ninguém.*

A questão é que não tenho a menor ideia do que está acontecendo na vida do Wyn. Nem deveria ter.

Ele dá mais alguns goles no vinho. Acho que a bebida também não deve cair muito bem no seu estômago, porque em poucos minutos ele começa a andar de um lado para o outro. Wyn passa as mãos pelo cabelo enquanto anda em círculos ao redor da adega, o suor cintilando na testa.

— Se pelo menos você tivesse trazido o seu livro de mesa...

Ele se volta abruptamente para mim, os olhos me examinando com intensidade.

— Assim a gente teria alguma coisa para se distrair — explico.

Ele arqueia as sobrancelhas e aperta o lábio inferior.

— O que você tem contra o meu livro, Harriet?

— Nada.

— Você sofreu algum trauma relacionado a livros de mesa nos últimos cinco meses?

— Aquela coisa custou sessenta dólares — digo.

Ele balança a cabeça e volta a andar de um lado para o outro.

— É um presente? — pergunto.

— Por que seria um presente? — retruca ele. E isso não foi uma resposta.

— Porque você nunca gasta esse valor com você mesmo.

Wyn fica ligeiramente vermelho, e agora me arrependo muito de ter perguntado. Voltamos a ficar sentados em silêncio. Bom, eu estou sentada. Ele continua a fazer uma caminhada enérgica em pequenos retângulos.

Mesmo depois de tudo, é difícil vê-lo desse jeito.

Quando não está protegido pelo seu charme, Wyn é sempre muito expressivo. Em parte foi isso que me fez contar tantos segredos a ele todos aqueles anos atrás, a sensação de que Wyn absorvia alguma parte do que eu compartilhava com ele, que *sentia* o que *eu* sentia. Infelizmente o oposto também era verdadeiro.

— Você já esteve fechado em espaços muito menores — lembro quando ele passa por mim em sua nonagésima volta (é um palpite, eu não estou contando).

Os olhos dele se viram mais uma vez para o espaço embaixo da escada. Não era a isso que eu estava me referindo. Meu rosto parece em chamas.

— Tipo todos os carros em que você já entrou — esclareço.

— Ônibus são maiores que isso — replica ele.

— É verdade. Mas também cheiram pior. O cheiro aqui embaixo é ótimo.

— Cheira a umidade.

— A gente está no Maine — lembro. — Aqui *é* úmido.

Wyn inclina a cabeça para trás.

— Eu estou surtando, Harriet.

Eu me levanto.

— Tá tudo bem. Eles logo vão aparecer.

— Você não pode ter certeza disso. — Seus olhos se voltam para mim, e a tensão ao redor da sua boca realça as covinhas. — Eles podem ter achado que a gente resolveu ficar...

Engulo em seco.

— A Sabrina não ia aceitar isso. Nós devíamos passar esse tempo juntos.

Wyn balança a cabeça — ele obviamente está ciente de todos os furos na minha lógica, assim como eu.

Sabrina talvez fique *chateada* se achar que ficamos para ter algum tempo sozinhos, mas ela já alterou a ordem natural das coisas a nosso favor, nos dando o melhor quarto. Além disso, se ela tentou ligar e a gente não atendeu, com certeza não iria voltar correndo e subir a escada em disparada para nos pegar no flagra.

Tento um rumo diferente.

— Você desce nesta adega o tempo todo. E, pra ser sincera, provavelmente já passou mais tempo aqui do que estamos agora.

Tento não voltar àquele momento.

Tento não revisitar a lembrança...

A lembrança do verão depois que Wyn, Cleo, Sabrina e eu nos formamos. Antes de nos mudarmos para Nova York para nos juntar ao Parth.

Na época, viemos de carro para o chalé desde Vermont, com todas as nossas coisas empacotadas e prontos para a grande mudança. Parth tinha vindo de Nova York para cá, depois de terminar o primeiro período na Faculdade de Direito da Fordham.

Foi ideia dele brincar de "lata de sardinha", uma espécie de esconde-esconde reverso.

Nós apagamos as luzes, então rolamos o dado para ver quem se esconderia primeiro.

Wyn perdeu. Nós demos cinco minutos para ele se esconder, antes de nos espalharmos para começar a procurá-lo no escuro.

Por algum motivo eu sabia exatamente onde ele estava, do mesmo jeito que sempre parecia acontecer.

Eu o encontrei na adega. Embaixo da escada havia um suporte para garrafas que chegava até a cintura, mas atrás sobrava um recesso escuro, um espaço vazio, e ele estava enfiado ali dentro. Quase não vi, mas olhei de novo e percebi uma sombra se mexendo.

Nós dois tínhamos morado todo o último ano no mesmo apartamento, mas nunca ficávamos sozinhos de verdade, não desse jeito. A gente saía para caminhar, é claro, ou ficava juntos na biblioteca, mas lá sempre tinha alguém logo adiante, na mesa de consulta.

Eu já estava quase convencida de que realmente havíamos alcançado o nível de *amizade platônica*... mas então segui as regras do jogo, passei por cima daquele suporte de vinhos e me aconcheguei com Wyn no escuro — naquele instante, meu coração disparado e o frio que sentia na barriga provaram que eu jamais havia parado de esperar por aquele momento, aquela proximidade.

Pigarreio, mas a lembrança parece estar colada na minha traqueia.

— A gente deve ter ficado aqui embaixo por pelo menos uma hora.

Não tenho ideia se isso é verdade. Só sei que cada segundo antes de nos tocarmos pareceu um século. Então, depois que nos tocamos, o tempo perdeu todo o significado. Lembro do documentário sobre buracos negros a que assisti com o meu pai alguns anos atrás, como os astrofísicos especulavam que havia lugares no nosso universo onde as regras do tempo e do espaço se invertiam, momentos se tornavam um lugar onde poderíamos ficar indefinidamente.

— Eu tinha uma boa distração daquela vez — comenta Wyn. Isso não é flerte, não é charme. É o Wyn aflito. O Wyn prático.

— Você tinha exatamente a mesma distração. — Indico a mim mesma com um gesto.

Ele parece cético.

— Muito bem, então me distraia, Harriet.

Estalo a língua.

— Onde estão os famosos bons modos de Wyn Connor?

Os olhos dele cintilam, e apenas a covinha da esquerda aparece.

— *Por favor*, me distraia, Harriet. — A voz dele sai um pouco mais baixa.

Tento controlar o arrepio que desce pela minha coluna.

Wyn dá outro gole no vinho e volta a andar de um lado para o outro, abrindo e cerrando os punhos. Sei que suas mãos ficam dormentes quando ele tem um episódio de claustrofobia.

Tenho que fazer *alguma coisa*. E só uma ideia me ocorre.

Eu me levanto, passo por ele e coloco uma perna por cima do suporte para vinhos embaixo da escada.

— O que você está fazendo? — pergunta Wyn.

— Ajudando.

Tomo cuidado para não derrubar as cerca de trinta garrafas arrumadas no suporte, passo a outra perna por cima e me agacho para não bater a cabeça na lateral da escada.

— Nossa, os trinta centímetros extras de espaço são mesmo um enorme alívio.

— Se você se colocar em um espaço menor dentro desse cômodo — digo —, vai saber que pode sair desse espaço na hora que quiser.

— Mas a gente ainda não tem como sair da adega — lembra ele.

— Não é uma ciência perfeita — retruco. — Mas é alguma coisa. E, pra ser sincera, não importa o que você pense, não estamos presos. Na pior das hipóteses, a gente aperta o botão de emergência e os bombeiros vêm. Mas vamos tentar isso primeiro, afinal não temos como pagar uma porta aprovada pelas forças armadas, e não quero que você precise devolver aquele livro de mesa.

LUGAR FELIZ

Escuto uma risada abafada enquanto Wyn passa a perna pelo suporte de vinhos. Isso é um bom sinal.

Chego para o lado para abrir espaço para ele, mas, por causa do ângulo da escada, não consigo colocar muita distância entre nós. Eu me agacho em um canto.

— E agora? — resmunga ele.

— Agora? Agora a gente pensa junto e tenta resolver o mistério do Assassino do Zodíaco — digo. — Senta, Wyn.

Ele obedece na mesma hora. Neste exato momento, acho que está em um estado mental tão abalado que eu poderia lhe dizer para se apoiar nas mãos e cantar "Ave Maria" e ele obedeceria.

— Finge que está em um jogo com você mesmo — sugiro. — Finge que a gente precisa ficar o mais quieto e imóvel possível até eles nos encontrarem.

— Isso não vai funcionar — diz ele, a voz perturbada.

— Wyn.

Ele abaixa a cabeça, e vejo seus ombros subindo e descendo com a respiração acelerada.

— Desculpa — diz. — Estou tentando não surtar de vez.

— Não se desculpe. — Sem pensar no que estou fazendo, pego a mão dele. Depois de um momento inicial de surpresa, de reconhecimento, percebo que os dedos de Wyn estão gelados, tremendo.

Coloco a palma aberta da mão dele entre as minhas.

— Olha pra mim. Fala comigo.

Wyn continua com a cabeça baixa.

— Fala comigo — insisto.

— Sobre o quê? — pergunta ele.

— Qualquer coisa. A primeira coisa que vier à sua cabeça.

— Ficar preso embaixo do armário — diz Wyn. — Só consigo pensar nisso. Garantir que não vou morrer antes que alguém me encontre. Sentir a perna dormente, pra logo depois morrer de dor quando o choque passa.

— Tá certo, qualquer coisa menos isso — corrijo. Lembro do meu aplicativo de meditação, do exercício de visualização a que venho recorrendo nos últimos cinco meses. — Me conta sobre um lugar que você ama.

Ele balança a cabeça com firmeza.

— Desculpa.

— Ei. — Chego mais perto dele. Nossos joelhos se esbarram. — Você não tem que se desculpar. Não por isso.

— Achei que eu tinha superado essa merda — resmunga ele. — Estava indo tão melhor. Está tudo tão melhor... Achei que isso também ficaria.

Dói ouvir isso: *Está tudo tão melhor*. Afasto o pensamento e volto a pigarrear.

— Me fala de quando a gente jogou aquele jogo.

Eu não pretendia dizer isso. Ou, sei lá... talvez pretendesse. Talvez eu precise saber que Wyn se lembra, que ele não esqueceu totalmente como era me amar, já que continua gravado a fogo no meu coração, no meu cérebro, nos meus pulmões, na minha pele.

Finalmente, Wyn levanta os olhos. Há um momento de absoluta imobilidade.

— Eu estava me escondendo — diz ele, a voz rouca. — E você desceu primeiro. Quase não me viu.

— Então...?

— Então eu me mexi — continua Wyn.

— Você se mexeu? — pergunto, confusa.

— Assim você me veria — explica ele. — E foi o que aconteceu. Eu te dei um susto enorme e me senti mal por isso.

— Você nunca me contou essa parte.

— Ué, foi o que aconteceu — diz Wyn. — Eu não ficava sozinho com você, não de verdade, fazia um ano, então você desceu a escada, e eu queria muito te tocar. Mas você não me viu e já estava começando a se virar pra ir embora, por isso eu me mexi.

Sinto um calor no peito. Nas coxas. Até a parte de trás dos meus joelhos parece derreter um pouco, como cera próxima demais de uma chama.

— Então a gente ouviu passos — ele volta a falar —, e você ia ficar completamente visível, por isso eu te puxei para o canto comigo, e nós ficamos escondidos ali. — Os dedos de Wyn vibram entre os meus. Já não estão tão gelados. — Eu puxei você para o meu colo — prossegue ele, a voz ainda rouca. — E rezei para que o Parth subisse de novo a escada sem achar a gente, e foi o que aconteceu. Como eu estava sentindo o seu coração disparado, sabia que você também sentia o meu, então me dei conta de que estava visivelmente excitado. E fiquei com muita vergonha. Achei que você ia sair do meu colo assim que a gente ficasse sozinho de novo.

Os olhos dele voltam a encontrar os meus, as pupilas dilatadas por causa da luta contra a escuridão que ameaça envolvê-lo.

— Mas você não saiu.

Meu coração dispara, o calor líquido correndo do centro do meu corpo enquanto repasso a cena mentalmente.

O modo como continuei no colo de Wyn, com os braços dele ao meu redor, apavorada com a possibilidade de que qualquer movimento meu quebrasse o encanto. Finalmente, um dos meus tornozelos começou a ficar dormente, por isso ajeitei um pouquinho o corpo, e Wyn deixou escapar um arquejo ao sentir o movimento, e aquilo me deu a sensação de ter engolido brasas quentes.

Excitada, desesperada e corajosa... tudo ao mesmo tempo.

Era assim que ele me fazia sentir.

— Aí você tocou o meu maxilar. — Wyn ergue a minha mão lentamente e a pousa em seu queixo áspero.

— Eu não tinha a intenção — falo, quase na defensiva.

Nem sei se estou me referindo *àquela época* ou a agora. Minha pulsação está disparada através da palma da mão e da ponta dos dedos, penetrando na pele dele. A lembrança daquele primeiro beijo ardente na escuridão parece nos pressionar de todos os lados.

— Achei que eu tinha conjurado você. — Ele inclina a cabeça, fazendo minha mão deslizar na direção da sua orelha. — Só com a força do meu desejo.

— Desejar as coisas não faz elas acontecerem, Wyn — rebato.

A mão dele envolve o meu pulso, e seu polegar pousa gentilmente na pele delicada da parte interna.

— É mesmo? — ele fala, o tom ligeiramente provocante. — Então o que fez você enfim me beijar, Harriet?

Oito anos se passaram, e minhas terminações nervosas ainda vibram com a lembrança de como a nossa respiração se tornou instável, cada um de nós esperando, se perguntando o que viria a seguir, até eu não conseguir aguentar nem mais um segundo sem saber como seria beijá-lo.

— Eu não beijei você — declaro. — Foi você que me beijou.

O sorriso dele é inseguro.

— Agora qual de nós tem amnésia?

O restante da lembrança me atinge com violência. O modo como ergui o queixo até nossas bocas roçarem uma na outra, ainda sem nos beijarmos exatamente. Como os lábios de Wyn se abriram e sua língua deslizou para dentro da minha boca, e eu ouvi um suspiro de corpo inteiro, um som de puro alívio, escapando de mim. Ao ouvir o suspiro, ele me puxou mais para cima no colo, qualquer hesitação se dissolvendo em uma febre, um anseio incontrolável.

A minha pele fica toda arrepiada quando lembro do sussurro de Wyn no meu ouvido — *Você é tão macia, Harriet* — enquanto suas mãos erguiam a minha blusa para terem acesso a mais de mim: *Os outros não vão gostar disso*.

Sussurrei de volta: *Eu gosto disso*. E o riso dele se transformou em um gemido, então em uma promessa: *Eu também gosto. Acho que nunca gostei tanto de alguma coisa na vida.*

Sabrina tinha dito que queria levar o namorado dela, Demetrios, na viagem, mas Parth argumentou que aquilo transformaria as nossas férias em uma viagem de casais, o que estragaria tudo. No fim, todos concordaram que era melhor que a viagem fosse só de amigos.

Eu duvidava que eles fossem gostar de saber que dois daqueles *amigos* estavam se pegando secretamente na adega. Mas não conseguia me forçar a me importar. Não até ouvirmos um segundo conjunto de passos na escada. Aquilo nos puxou de volta para a realidade. Nos separamos rapidamente, e já tínhamos nos recomposto quando Cleo encontrou o nosso esconderijo e se juntou a nós, seguindo as regras do jogo.

Eu tinha passado o resto da noite me preparando para que aquilo nunca mais acontecesse. No entanto, quando nos fechamos no quarto naquela noite, Wyn me levantou no colo, me sentou em cima da cômoda e voltou a me beijar como se não tivessem se passado nem trinta segundos.

Mas isso foi naquela época. O *mistério* era a emoção.

Agora conheço o gosto de Wyn, o modo como ele me toca, sei como ele rapidamente se tornou a primeira necessidade na minha versão pessoal da hierarquia de necessidades de Maslow. E é por isso que preciso colocar alguma distância entre nós de novo. A força gravitacional de Wyn é forte demais. Eu deveria estar grata por ela já não ter arrancado todas as minhas roupas e me arrastado para o colo dele.

— Harriet — murmura Wyn, como se fizesse uma pergunta.

Ele passa a mão pelo meu rosto, e os calos em seus dedos são tão familiares... Eu me descubro me inclinando na direção da palma da sua mão, deixando que ele sustente parte do meu peso.

— Me fala de San Francisco — diz Wyn, baixinho.

Minhas veias parecem se encher de gelo. A lógica recupera o lugar perdido.

— Você sabe como é San Francisco — digo enquanto me afasto dele e sinto o ar frio beijar a minha pele no lugar onde antes estava sua mão. — Tem uma loja Ghirardelli enorme e está sempre fria e úmida.

Ele abaixa a cabeça, e sua boca está próxima o bastante para que eu consiga sentir o aroma de vinho em seu hálito.

— A loja Ghirardelli?

— A cidade toda — digo.

— Me conta sobre a residência.

É como se uma chama ardente atingisse o meu plexo solar. Sinais de alerta se agitam. Sei aonde ele está querendo chegar — ou melhor, *a quem* ele está querendo chegar — e sinto uma mistura de raiva e náusea revirar minhas entranhas.

— E aquele livro de mesa? — pergunto.

Os lábios dele se curvam em um sorriso inseguro.

— O que tem ele?

Sinto os ouvidos zumbindo. Minha garganta se aperta.

— Para quem é o livro?

Wyn me encara.

Se ele não vai me responder diretamente, então acho que vou ter que perguntar diretamente.

— Você está saindo com alguém?

A expressão divertida deixa de vez o seu rosto.

— Que merda, Harriet. Você está falando sério?

— Isso não é resposta.

O olhar dele busca o meu rosto.

— E você? — pergunta, o tom áspero. — Está com *ele*?

Pronto. O ácido sobe pelo meu estômago. E meu peito parece estar se partindo.

Eu me recuso a chorar. Não por algo que aconteceu cinco meses atrás. Não por alguém que já disse que não me quer.

— É isso que você pensa de mim? — Eu me afasto dele até a parede bater nas minhas costas. — Você ainda acredita que eu te *traí* e, mais que isso, acha que eu me viraria e faria o mesmo com outra pessoa.

— Não é isso que eu estou dizendo — Wyn responde, a voz séria agora. — Não estou te acusando de nada! Estou tentando perguntar...

— Tentando perguntar *o quê*, Wyn? — Estou irritada.

— Se você está feliz — diz ele. — Quero saber se você também está feliz.

Agora é a minha vez de encará-lo com uma expressão de incredulidade. Wyn ainda quer absolvição.

E o que eu posso dizer? Que não estou feliz? Que tentei sair com outra pessoa e foi o equivalente a me empanturrar de biscoito de água e sal quando tudo o que eu queria era uma refeição de verdade? Ou que evito partes inteiras da cidade porque me lembram daqueles primeiros meses na Califórnia, quando ele ainda morava comigo? Que, quando acordo cedo demais com o som do meu alarme estridente, ainda estico a mão para o lado dele da cama — como se, caso eu pudesse abraçá-lo por um minuto, aquilo tornasse mais fácil suportar mais um dia exaustivo no hospital, numa sucessão interminável de dias exaustivos?

Que eu ainda sonho com a cabeça dele entre as minhas coxas, e ainda estendo a mão para o celular sempre que alguma coisa particularmente absurda acontece no livro de suspense que estou lendo no momento, para logo lembrar que não posso contar a ele? Que passo mais tempo tentando *não* pensar nele do que realmente *pensando* em alguma coisa? Toda aquela nostalgia inebriante e o desejo contido se transformam em combustível, que explode em fúria.

— Sim, Wyn — digo. — Eu estou feliz.

Ele começa a responder. Acima da nossa cabeça, ouvimos uma série de bipes, seguidos pelo som da porta da adega sendo aberta e da voz da Sabrina:

— HARRIET?! WYN?! VOCÊS ESTÃO BEM?

— Estamos bem — grito.

Se Wyn está *feliz*, eu com certeza posso estar *bem*.

12

Vida real

TERÇA-FEIRA

Antes do jantar, Wyn "sai pra correr". Tenho quase certeza de que é uma desculpa para ele usar o chuveiro ao ar livre, perto da casa de hóspedes, por isso aproveito a oportunidade para espumar de raiva enquanto me ensaboo no chuveiro do nosso quarto. Depois, checo o meu estoque de camisetas, regatas, jeans e vestidinhos de verão. Eu trouxe basicamente um borrão de branco, preto e azul.

Então, vejo o clarão solitário de vermelho que coloquei na mala mais para agradar Sabrina do que por alguma intenção real de usar. Ela mandou o vestido no meu último aniversário, sem nem saber o meu tamanho — Sabrina sempre teve um bom olho para esse tipo de coisa —, e eu pensei nele meio como Vestido de Curtir a Solteirice, embora não tivesse conseguido me convencer a usá-lo nas minhas poucas tentativas deprimentes de Curtir a Solteirice.

Agora a roupa me parece mais com o tipo de vestido curto, apertado e vermelho demais que uma mulher usaria para ir ao casamento de um homem por quem tivesse sido dispensada, com planos de derrubar o bolo e tacar fogo na gravata dele.

Em resumo, é perfeito. Eu me enfio nele, prendo o cabelo com uma presilha, coloco um par de brincos de argola e pego meu sapato de salto a caminho da porta.

No andar de baixo, Sabrina está observando o progresso do nosso táxi no celular enquanto distribui água para todo mundo. Bem, todo mundo menos Wyn, que não está na cozinha.

— Hidratar, hidratar e hidratar — recita ela. — Hoje à noite vamos encarnar jovens de vinte e um anos na semana do saco cheio.

Kimmy dá uma gargalhada, as ondas loiro-avermelhadas balançando com o movimento.

— Vocês deviam ficar felizes por não me conhecerem quando eu tinha vinte e um. Eu adorava drinques com cafeína.

— Aliás, tirei fotos ótimas dos body shots — diz Parth. — Vão ficar perfeitas no painel de fotos.

— Painel de fotos? — repito.

Sinto um arrepio na nuca um segundo antes de ouvir a voz de Wyn:

— Para o casamento.

Eu me viro na direção da porta do pátio por onde ele entrou, o cabelo úmido e aquele único cacho caindo na testa.

Wyn está usando uma camiseta cinza, meio enfiada na calça de algodão azul-acinzentada, e a combinação de cores realça o verde dos seus olhos, que no momento miram de cima a baixo o que provavelmente vou rebatizar como Vestido da Vingança. Ele tropeça de leve no processo, mas se recupera rapidamente e desvia os olhos enquanto segue na direção da geladeira e começa a encher sua garrafa de água.

Eu me pergunto se o meu rosto já está da cor do vestido. Demoro um instante para retomar o ponto em que parei na conversa.

— Então, e esse painel de fotos pra sábado? — consigo dizer. — Posso ajudar com alguma coisa?

— Não, o painel não é para o *nosso* casamento — diz Sabrina. — É para o de vocês.

— Lembra? — fala Parth. — Que nós pegamos o contato dos pais de vocês para conseguir fotos de bebê dos dois? Estamos colecionando aos pouquinhos, há anos, um painel da humilhação.

O rubor no meu rosto já está começando a provocar coceira.

— Não estou lembrando...

— Você não fez parte da conversa. Estava trabalhando como monitora naquele semestre — explica Wyn, sem olhar para mim.

Sabrina ergue os olhos do celular e só então vê o que estou vestindo. Seu rosto se ilumina.

— Harry! Ca-ram-ba. Eu te falei que vermelho era a sua cor.

Forço um sorriso.

— Você estava certa. Este aqui virou o meu vestido oficial para encontros.

O som de água se derramando faz a nossa atenção se voltar para a geladeira.

— Merda! — Wyn afasta rapidamente os olhos de mim para a água sendo despejada da garrafa dele no chão.

Cleo dá um grito e desce de um pulo do banco diante da ilha de mármore da cozinha para se afastar da poça. Seu livro novo sobre cogumelos (ou talvez seja o antigo) sai voando da sua mão.

— Desculpa — murmura Wyn.

Ele pega um pano de prato com estampa de lagosta, que está pendurado na frente da lava-louças, e entrega para Cleo, para que ela possa secar parte da água que atingiu seu vestido mídi justo e preto e as botas da mesma cor. Com essa roupa, Cleo poderia facilmente ser a líder maravilhosa de uma banda grunge famosa dos anos 90.

Quando Wyn se levanta, depois de secar o resto da água do chão, Parth bate no ombro dele.

— Você está bem, cara? Está parecendo meio desligado.

— Está tudo bem — diz Wyn, e joga o pano de prato, agora encharcado, na pia. — Tudo bem.

O segundo *tudo bem* parece ainda menos convincente que o primeiro. Agora estamos chegando a algum lugar. Passo pela ilha de mármore para pegar a garrafa da mão de Wyn e mantenho os olhos fixos nos dele enquanto tomo um longo gole.

— Com sede? — pergunta Wyn, o tom irônico.

Empurro a garrafa de volta para a mão dele.

— Não mais.

— O táxi chegou! — anuncia Sabrina, e desce do banco em que estava sentada. — Larga esse livro, Cleo. Termina logo essa água, Kimberly. Estamos de saída.

Enquanto me acomodo na traseira da van, tomo zero cuidado para cobrir o meu traseiro e protegê-lo da vista de Wyn. Eu me sinto um *pouquinho* menos ousada depois que me vejo imprensada no banco de trás, entre ele e Sabrina, mas pelo menos sou poupada de qualquer conversa fiada pela playlist animada dos anos 2000 que Parth colocou para tocar no banco da frente, e Wyn passa o caminho todo olhando para o celular.

Alguns minutos depois, paramos na frente do nosso antigo lugar favorito, a Casa da Lagosta. É uma espelunca caindo aos pedaços, sem placa na porta ou alguma indicação do nome do estabelecimento, nem nos guardanapos, nem nos cardápios plastificados, embora todo mundo saiba como se chama.

A primeira vez que estive aqui, eu tinha dezenove anos, recém-saída do meu primeiro término de relacionamento. Sabrina sabia que eles não olhavam a identidade dos clientes, e isso foi na época em que Cleo conseguia virar seis shots de tequila e ainda se manter de pé, se esquivando dos avanços de caras de fraternidade com críticas ferozes sobre as pinturas de Modigliani.

Nós cantamos, dançamos e viramos um fluxo contínuo de drinques que apareciam à nossa frente, e finalmente parei de checar meu celular de maneira compulsiva à espera de algum contato do Bryant. Quando chegamos em casa e Sabrina e Cleo correram para tomar banho, a solidão me atingiu com força, e a grande quantidade de bebida derrubou todas as minhas defesas.

Fui direto para o lavabo que nunca usávamos, abri a torneira, sentei na tampa do vaso e chorei.

Não por causa do Bryant, mas da solidão, do medo de nunca conseguir escapar dela. Porque os sentimentos são inconstantes, e as pessoas são imprevisíveis. Não podemos nos agarrar a elas só com a força de vontade.

Cleo e Sabrina me acharam ali, e Sab insistiu que arrombaria a porta se eu não deixasse as duas entrarem. *E se eu fizer isso vou ter que, sei lá, ir a um jogo de polo com o meu pai para me desculpar,* disse ela, *e não vou deixar você esquecer disso até o dia da nossa morte.*

Assim que destranquei a porta, as lágrimas secaram, mas o nó na garganta tornava difícil dizer alguma coisa. Tentei me desculpar, convencer as duas de que eu estava bem, só constrangida, enquanto elas me abraçavam.

Você não tem que estar bem, disse Cleo.

Nem constrangida, acrescentou Sabrina.

Fiquei parada naquele banheiro minúsculo, deixando as duas me abraçarem, até aquela sensação deprimente, o peso insuportável da solidão, cessar.

Estamos aqui, prometeram elas. E a solidão nunca mais tinha voltado a criar raízes em mim. Não importava o que acontecesse, eu sempre teria as duas. Pelo menos era o que eu achava.

Mas depois desta semana as coisas vão mudar entre todos nós. Vão ter que mudar.

Não pensa nisso, digo a mim mesma. *Não vá por esse caminho ainda. Fique aqui, na calçada em frente à sua espelunca favorita.* Sabrina, Parth, Cleo e Kimmy já estão diante da porta da frente.

Dou um passo para segui-los, mas meu salto prende em uma fenda entre dois paralelepípedos. Wyn surge ao meu lado e me firma pelo cotovelo, prestativo, antes que eu quebre o tornozelo.

— Cuidado — diz ele em um murmúrio baixo. — Você não está acostumada a usar esse tipo de sapato.

Sinto uma onda de raiva me atingir e se espalhar como um incêndio pelas minhas veias — e essa raiva é a única coisa cintilante e quente o bastante para ser vista através da névoa de nostalgia.

— A esta altura do campeonato, Wyn — digo, enquanto me desvencilho do toque dele —, você não tem ideia do que estou ou não acostumada a usar.

Entro rapidamente pela portinha do bar escuro, e uma versão em karaokê de "Love Is a Battlefield" me atinge a pleno volume. O cheiro de peixe frito e batata com páprica paira no ar, assim como o travo de cerveja e vinagre, e as luzinhas de Natal — que passam o ano todo penduradas no teto — oscilam de um lado para o outro, iluminando os clientes em várias cores.

Quando alcanço Cleo, ela ergue a cabeça e as luzes acentuam os pontinhos dourados em seus olhos e os subtons também dourados em sua pele marrom-escura. Ela se inclina para mim:

— Este lugar nunca muda, não é?

— Em algum momento, tudo acaba mudando — retruco, mas então, ao ver sua expressão de estranhamento, forço um sorriso e dou o braço a ela. — Lembra quando sanduíches de lagosta custavam, tipo, seis dólares?

Ela não se deixa convencer pela minha falsa animação. Uma ruga se forma entre suas sobrancelhas arqueadas.

— Você está bem?

— É difícil respirar neste vestido sem me preocupar que as costuras arrebentem — digo. — Mas tirando isso eu estou bem.

Ela ainda não parece convencida. Cleo sempre conseguiu ver o que se passa no meu íntimo. Quando morávamos juntas, eu passava horas observando-a pintar e pensava: *Como a Cleo sempre consegue ver as coisas com tanta clareza?* Ela sabia com que cores começar e onde usá-las, e nada daquilo fazia sentido para mim, até que, de repente, tudo parecia perfeito.

Wyn passa por mim e atravessa a aglomeração na direção da mesa pequena demais que Sabrina já ocupou no fundo do salão. Cleo me pega olhando para ele.

— Tivemos uma briguinha — admito, e fico surpresa com o alívio que sinto ao compartilhar esse minúsculo lampejo da verdade com ela.

— Quer conversar sobre isso? — pergunta Cleo. — Vou reformular: talvez seja bom você conversar a respeito.

— Está tudo bem — digo. — Pra ser sincera, nem sei direito o que aconteceu.

— Ah, sim. — Ela assente. — Aquele tipo de briga: *estou com fome/cansada/estressada, ou você realmente está sendo insuportável?* Conheço bem.

Bufo, bem-humorada.

— Você e a Kimmy não brigam.

Ela apoia a cabeça no meu ombro.

— Harriet. Eu sou uma pessoa caseira, introvertida e que não bebe. E a minha namorada é a versão humana de uma balada, com luzes piscantes e pole dance incluídos. É claro que a gente briga.

Do outro lado do bar, Sabrina acena, nos chamando.

— Bom, seja o que for que aconteceu entre você e o Wyn — Cleo volta a falar, enquanto começamos a atravessar o bar lotado —, vocês vão resolver. Sempre resolvem.

Sinto o estômago afundar com a culpa.

— A propósito, como você está? Tenho a sensação de que a gente ainda não teve um segundo pra conversar.

— Estou bem — ela responde. — Cansada. Não estou acostumada com essa rotina. A Kim e eu normalmente acordamos entre quatro e meia e cinco da manhã.

— Como é que é? Isso acaba de trazer a minha ressaca de volta.

Cleo ri.

— Não é tão ruim assim. A verdade é que eu adoro acordar a essa hora. Adoro estar de pé antes de todo mundo e ver o sol nascer todo dia, estar fora de casa com as plantas e com o sol.

— Às vezes ainda não consigo acreditar que você é fazendeira — comento. — Quer dizer, é muito legal, não me entenda mal. Mas de verdade eu achava que um dia você teria os seus quadros expostos no Met.

Ela encolhe os ombros.

— Ainda pode acontecer. A vida é longa.

Isso me faz dar uma risadinha.

— Acho que mais ninguém diz isso.

— Talvez não — retruca Cleo. — Mas, se as pessoas estivessem realmente presentes na própria vida, talvez dissessem.

— Muito sábio — falo. — E profundo.

— Li no verso da embalagem de um chocolate — ela brinca. — E você, Har? Como está a residência?

— Ótima! — Quando a vejo erguer as sobrancelhas, sei que falei em um tom animado demais. Mas sigo em frente assim mesmo, me valendo do mesmo discurso que uso com os meus pais toda vez que conversamos. — É agitado. Longas horas e muito trabalho que não tem nada a ver com cirurgia. Mas os outros residentes são legais, e uma delas, do quinto ano, meio que me colocou embaixo da asa. Poderia ser muito pior. Afinal estou ajudando as pessoas.

Pensar no hospital sempre faz um fluxo de adrenalina disparar pelo meu corpo, como se eu estivesse lá, toda paramentada e com o crânio aberto de alguém à minha frente.

Lugar feliz, lembro a mim mesma. *É onde você está. Na Casa da Lagosta. No porto de Knott.*

— Eu sempre soube que a nossa garota ia salvar o mundo — diz Cleo. — Estou orgulhosa de você, Harry. Todos nós estamos.

Desvio os olhos, sentindo o peito apertado.

— Digo o mesmo de você. Uma fazendeira de verdade!

— E nós atingimos o limite da nossa capacidade de CSA. — Ela explica: — Aquele modelo de agricultura compartilhada pela comunidade, em que os moradores da região pagam uma assinatura pra receber uma parte do que a gente colhe. Nós oficialmente não estamos dando conta de produzir para todos os interessados.

— Em três anos! — comemoro. — Vocês são incríveis.

— E pensar que há dez anos — Cleo prossegue — a gente estava dançando em cima dessas mesas ao som daquela música do MGMT que tocava a cada quinze minutos.

— Você *nunca* dançou em cima dessas mesas — afirmo. — Lembro muito bem da Sabrina mandando a gente subir e você dizendo na maior calma: *Não, obrigada.*

Cleo ri.

— Meus pais sempre insistiram que eu aprendesse a colocar limites.

— Deus, isso deve ser terrível — digo. — Miles e Deandra devem passar a noite inteira acordados, nas casas idênticas deles, desejando poderem repensar essa decisão.

— Ah, com certeza — concorda ela. — Eles provavelmente ficam arrasados com a quantidade de chás de bebê que eu perdi só porque não tinha o menor interesse de ir.

— Você é corajosa. Passei a minha última folga no bat mitzvah da filha da minha nova cabeleireira, portanto claramente não sou assim.

— Ai, Harry — fala Cleo, se encolhendo. — Você merece mais respeito de si mesma.

— Bom, eu fiz um brinde a mim mesma no bat mitzvah — brinco.

Ela sorri, mas seu cenho permanece franzido, a expressão cética. Acho que Cleo nunca conseguiu compreender totalmente por que considero mais fácil ceder à expectativa das outras pessoas do que atender às minhas.

Por trás do corpo pequeno e do narizinho arrebitado, Cleo sempre teve uma vontade de ferro. Na época da faculdade, ela era capaz de beber quase uma garrafa inteira de gim, e mesmo assim ninguém conseguiria convencê-la a fazer qualquer coisa mais idiota que se envolver em uma conversa profunda sobre niilismo com um jogador de hóquei.

Então, um dia, Cleo decidiu que não gostava do jeito como se sentia quando bebia e simplesmente parou. E foi assim também quando mudou de ideia sobre entrar para a faculdade de belas-artes e anunciou que, em vez disso, tinha aceitado um trabalho em uma fazenda urbana.

Quando Cleo sabe o que quer, ela sabe mesmo.

Assim que chegamos à mesa, pergunto a Sabrina:

— Você sabia que a Cleo e a Kimmy esgotaram a venda de assinaturas para compartilhar as colheitas delas com a comunidade?

— Sabia — responde Sabrina. — Não que eu tenha conseguido vê-la em ação.

Cleo se acomoda em uma cadeira ao lado de Kimmy.

— Vamos encontrar um tempo no inverno.

— É só você marcar a data — retruca Sabrina, quase como um desafio.

— Moramos perto demais uns dos outros para deixar passar tanto tempo sem nos encontrar — argumenta Parth.

Cleo não responde, e Kimmy olha de relance para ela, o tipo de olhar para checar a temperatura que se passa entre duas pessoas que se conhecem até do avesso. Cleo está ficando irritada.

— Vocês lembram de quando a gente veio aqui com a Kimmy pela primeira vez? — me intrometo, a voz animada.

Cleo beija as costas da mão da namorada.

— É mesmo — diz Sabrina. — Foi aqui que a gente se apaixonou por você, Kimberly.

— Para deixar bem claro — Cleo diz a Kimmy —, *eu* me apaixonei por você bem antes disso.

— Ahhh! Vocês! — Kimmy fica chorosa *na mesma hora*. — Vocês sempre me fizeram sentir parte do grupo.

— É *claro* que você faz parte do grupo — digo.

— Você era o nosso elo perdido. — Parth se acomoda na cadeira ao lado de Sabrina. — A gente precisava de uma ruiva para completar a turma.

— Por falar nisso, fiquem de olho naquelas mulheres de cabelo azul — pede Sabrina, e seu olhar segue na direção de uma galera sentada na mesa ao lado, tomando lentamente seus copos de refrigerante. — Quando elas saírem, nós pegamos uma cadeira.

— Eu fico de pé sem problemas — diz Wyn, e puxa a última cadeira disponível para que eu me sente. Os olhos dele encontram os meus. — Pode sentar, meu bem. Dê um descanso aos seus pés desses saltos.

Eu me pergunto se o sorriso falso que coloco no rosto está adiantando alguma coisa para suavizar o meu olhar de raiva.

— *Alguém* senta nessa cadeira, por favor — diz Parth. — Vocês estão me deixando nervoso.

— Sabe de uma coisa? — Toco o braço de Wyn. — Vou sentar no seu colo.

Ele hesita e eu o empurro na direção da cadeira. Wyn afunda no assento, com o ar de alguém resignado a um destino terrível, e eu me acomodo no seu colo como uma toga viva.

Sinto seu braço passando ao redor da minha cintura, em um toque muito impessoal, mas que basta para que o meu corpo lembre, reviva, aquele momento na adega.

Um garçom para diante da mesa, e Sabrina pede uma jarra de margarita, um caminhão de fritas e o refrigerante com limão de sempre da Cleo.

— Vou querer o mesmo refrigerante, por favor — peço quando o garçom já está se afastando.

Por mais que eu deseje um pouco de álcool para interromper os impulsos elétricos que disparam pelos meus neurônios, preciso manter a mente desanuviada.

A lembrança do murmúrio de Wyn naquela voz aveludada: *Levanta os braços, baby.*

Minha resposta bêbada: *Você pegou a camiseta dos rodeios?*

Sinto as costas vibrando. A parte de trás das minhas coxas está quente.

As pessoas agora gritam com Shania Twain, enquanto um grupo reunido em uma despedida de solteira toma conta do palco do karaokê nos fundos do bar.

Antes da Kimmy, Cleo namorava basicamente pessoas estilosas, totalmente desinteressadas de sair com a gente. Laura, que tinha uma moto e um piercing no nariz. Giselle, que sempre usava batom vermelho e nunca ria. Trace, que entrou em uma banda punk que ficou conhecida e depois dispensou Cleo por uma modelo famosa, que era filha de outra modelo famosa.

Então Cleo conheceu Kimmy, linda, afetuosa e deliciosamente palhaça, que nunca parava de rir e trabalhava em uma fazenda orgânica em Quebec.

Na primeira viagem da Kimmy para o Maine, ela, Sabrina e eu fumamos o melhor baseado da nossa vida no banheiro da Casa da Lagosta, depois cantamos "Goodbye Earl" juntas.

Desde o começo, Kimmy *pertence*. A Cleo. A nós.

Sinto uma pontada desconfortável entre as costelas. Mais uma vez me pego pensando no que *nós* vamos ser exatamente depois desta semana, quando a viagem terminar e o chalé já tiver sido vendido. Depois que Wyn e eu contarmos a verdade para todo mundo.

Sabrina começa a servir a margarita em taças com sal na borda, e morro de vontade de virar uma delas. Em vez disso, me inclino na direção da mesa e pego o refrigerante que o garçom deixou — mas, ao fazer isso, sem querer esfrego o traseiro no pau do Wyn.

Ele mexe o corpo, desconfortável. Como foi que ele chamou isso? Rebolada da vingança?

Bebo o refrigerante como se fosse a minha última dose de bebida clandestina antes de um médico dos anos 1800 extrair uma bala do meu braço, então me inclino para a frente de novo, exageradamente, para devolver o copo à mesa.

Enquanto os outros estão ocupados com seus drinques, Wyn cola os lábios no meu ouvido.

— Vamos lá fora um instantinho? — pergunta ele, a voz tensa. — Preciso falar com você.

Eu também precisava, penso. *Cinco meses atrás.*

É tarde demais para conversar. Tarde demais para perguntar se eu estou feliz, ou como está indo a residência, ou se estou saindo com o homem em quem ele colocou a culpa pelo nosso término. Não concordei com nada disso. Mas concordei em jogar esse jogo, e é o que vou fazer agora.

Passo a mão pelo cabelo dele e enrolo as pontas nos dedos.

— Você não *adoram* o cabelo do Wyn desse jeito? — grito para os outros acima da música.

Parth responde, perto da borda suada da sua taça de margarita:

— Ele parece o líder atormentado de uma gangue de motociclistas.

Wyn aperta o meu quadril, um alerta de que estou brincando com fogo.

— Não tive tempo de cortar, *meu bem*.

— Ficou ótimo, Wynnie — diz Kimmy. — E a barba também.

— Vou tirar a barba.

LUGAR FELIZ

Eu me viro para ele com um biquinho exagerado e passo um braço ao redor do seu pescoço.

— Mas eu gosto assim.

A pele dele acima da gola da camiseta se arrepia, nossos olhares se encontram em uma disputa para ver quem desvia primeiro, e a mão de Wyn desliza pela minha barriga, sua palma quase anormalmente quente.

Parth comenta com uma risada:

— Ei, lembram quando a gente jurou que essas viagens nunca iriam se transformar em "viagens de casal"?

Sabrina dá um gole na bebida.

— Tenho certeza que você era o único que se importava.

— E eu tenho certeza que você só dizia isso, Parth, porque não queria que a Sabrina levasse o namorado — lembra Cleo.

— Isso foi só um bônus — diz Parth. — O principal era que eu queria ficar jovem pra sempre. Viagens de casal sempre pareceram o tipo de coisa de gente mais velha. Os meus pais iam para a Flórida com as minhas tias e tios o tempo todo, e depois nos obrigavam a ver centenas de fotos deles em um restaurante Margaritaville qualquer.

Desde que eu o conheço, Parth é moralmente contra restaurantes de rede. Talvez porque, como eu, ele cresceu em um subúrbio do Meio-Oeste e essas eram as nossas únicas opções. Já eu acho restaurantes de rede reconfortantes — neles a gente sabe exatamente o que esperar, não há grandes surpresas. Restaurantes de rede são as reprises de *Assassinato por escrito* da indústria alimentícia.

Wyn se inclina para deixar em cima da mesa sua taça de margarita pela metade.

— Vocês vão ter que nos dar licença — diz ele e me faz levantar do seu colo. — Essa é a minha música com a Harriet.

Tenho certeza de que a minha expressão é de pura perplexidade. Sei que a dos meus amigos é.

Wyn não me dá oportunidade de discutir. Ele simplesmente pega a minha mão e me puxa para a pista, com a voz da Sabrina se erguendo atrás de nós:

— Como é que pode "Graduation", do Vitamin C, ser a música deles?

13

Vida real

TERÇA-FEIRA

Chegamos à pista de dança na frente do palco. Passo os braços ao redor do pescoço dele, tensa, e deixo que Wyn me puxe mais para perto — em parte porque Cleo está de olho na gente, em parte porque desse jeito não preciso olhar para o rosto dele, pelo menos.

— Você está jogando sujo — digo.

— Eu? — retruca ele. — Você acabou de rebolar em cima do meu pau.

— Não fiz isso — afirmo. — E nunca vou fazer.

— *O cabelo do Wyn não fica sexy desse jeito?* — imita ele, em uma voz sussurrada.

— Eu não disse *sexy*. Quando foi que eu falei a palavra *sexy*?

— Você fez a voz. Eu entendi o que você estava querendo dizer.

Reviro os olhos.

— Estou interpretando o meu papel.

— E que papel é esse? O da Marilyn Monroe cantando "Happy Birthday, Mr. President"?

— O papel de alguém que supostamente está apaixonada por você.

Sinto o corpo de Wyn enrijecer ligeiramente.

— Bom, talvez você não lembre muito bem, mas, quando *estava* apaixonada por mim, não costumava cavalgar no meu colo em público.

— Bom, considerando que eu não cavalguei em você essa noite — retruco —, só posso presumir que está usando psicologia reversa neste momento. Sinto muito, Wyn. Isso não vai acontecer.

Ele dá uma risadinha sarcástica, mas não responde.

Continuamos a oscilar com a música por mais alguns segundos, irritados.

— Nós não vamos mesmo conversar sobre o que aconteceu na adega? — pergunta Wyn.

— Não aconteceu nada na adega — lembro a ele.

— Então você não tem nada a dizer sobre o que *quase* aconteceu.

Algo que Wyn disse muito tempo atrás surge na minha mente.

— Só tem feno rolando no meu cérebro — digo.

Ele balança a cabeça uma vez, e a lateral da sua boca roça na minha têmpora.

"Graduation" acabou. Agora, alguém está cantando "Wicked Game", alguém que de fato sabe cantar. Não tão bem quanto Chris Isaak, mas bem o bastante para tornar a música devidamente devastadora e inapropriadamente sexy. É uma guinada radical típica da audiência das noites de karaokê, mas *nada ideal* para estas circunstâncias específicas.

Kimmy e Cleo também estão na pista de dança agora, a alguns metros de nós. Wyn aproveita a oportunidade para me fazer girar — e *eu* aproveito a oportunidade para respirar fundo o ar que cheira *menos* como a combinação inebriante de pinho e cravo do perfume dele. Então, Wyn me puxa de volta, ainda mais colada a ele, abdome com abdome, peito com peito, para que possa murmurar no meu ouvido:

— Então. O salto alto, o vestido, o feitiço no rosto comprado pela internet, o gosto recente por homens de barba... Alguma outra mudança em que eu deva prestar atenção?

Meus dedos se enrolam nas pontas do cabelo dele, e, mais uma vez, vejo sua pele acima da gola da camiseta se arrepiar. Adoro ter o poder de provocar pelo menos *alguma* reação em Wyn. Ele pode ter me abalado na adega — e a vida dele pode estar *muito melhor* sem a minha presença —, mas isso não significa que ele seja mais imune do que eu ao que existe entre nós.

— O livro de mesa — respondo, depois de algum tempo. — A barba, o cabelo, as trocas constantes de mensagem. Tem alguma outra mudança na sua vida em que *eu* deva prestar atenção?

Assim que digo isso, tenho vontade de retirar as palavras. Sei que Wyn me apagou rapidamente da sua vida... Não quero saber com que rapidez ele também me arrancou do coração.

Vejo seus olhos escurecerem, avaliando os meus, buscando a resposta para alguma pergunta não feita. Suas mãos afrouxam na minha cintura, as palmas escorregam alguns centímetros até se acomodarem no meu quadril. Ele cerra os lábios, então diz:

— Acho que não.

Quando a música termina, permanecemos juntos por mais alguns segundos, em silêncio, imóveis. Finalmente nos soltamos.

Quando voltamos para a mesa, vemos que Sabrina conseguiu outra cadeira. Antes que eu possa pegá-la, Wyn se senta e me puxa para o colo dele, sem hesitar.

A mensagem é clara: se eu continuar aumentando a aposta, ele vai continuar pagando para ver.

Não estou com humor para recuar. Por isso, me encosto no peito dele e deixo meus dedos voltarem ao seu cabelo sedoso.

Wyn reage deslizando uma das mãos pela parte externa da minha coxa, e o calor da sua palma atravessa o tecido vermelho. Minha pulsação agora parece latejar apenas entre as coxas. Ele enfia o nariz na lateral do meu pescoço, sem me beijar exatamente, mas deixando os lábios roçarem a pele sensível ali, inspirando e expirando devagar.

— Pode me trazer uma taça de vinho branco, por favor? — peço, aflita, quando o garçom aparece com as seis porções de fritas que Sabrina pediu.

— É claro — responde ele, tentando evitar olhar para o nosso exibicionismo absurdo, antes de voltar apressado para o bar.

Quando o garçom traz o vinho, bebo tudo de uma vez, porque agora a possibilidade de deixar o meu raciocínio mais lento parece a melhor de duas opções terríveis.

— Tudo bem aí, Harriet? — pergunta Wyn, em sua própria versão da voz rouca do "Happy Birthday, Mr. President".

Eu me viro na direção dele e me inclino até seu peito firme encontrar o meu e nossas bocas estarem próximas. Passo os braços ao redor do pescoço forte e seu olhar me mira de cima a baixo, os músculos do maxilar latejando.

Wyn respira fundo, o que nos aproxima ainda mais, e sua pulsação lateja contra os meus seios. Ele leva as mãos até o meu quadril e me ajeita melhor em seu colo.

A sensação inebriante de poder se soma a cinco meses de raiva reprimida e à taça de vinho, e me inclino ainda mais na direção dele, sentindo meus mamilos enrijecerem entre nós. Abaixo a boca, como ele fez, até encostá-la em seu ouvido.

— Nunca estive melhor — digo.

Os dedos de Wyn apertam o meu quadril com mais força e deslizam pela lateral das minhas coxas, indo além do tecido e alcançando a pele nua.

Estamos, sim, interpretando os nossos papéis, mas não é só isso. Sinto Wyn ficando excitado sob o meu traseiro... e isso faz todos os lugares macios do meu corpo parecerem magma, incendiários e voláteis. Mas não vou ser eu a recuar.

— Já liberaram o jogo de dardos — diz Sabrina, do outro extremo da mesa. — Alguém quer jogar?

— Estou dentro — fala Kimmy, animada, e se levanta de um pulo.

Sustento o olhar de Wyn, esperando que ele ceda primeiro. Depois de um longo tempo, ele se vira brevemente na direção de Sabrina.

— Talvez mais tarde. — Seus olhos voltam a encontrar os meus, duros como aço. — Estou bem confortável agora.

Sabrina vence quatro moradores locais, além de Kimmy, no jogo de dardos, e Parth e Cleo se envolvem em uma longa conversa com o grupo da despedida de solteira sobre algo chamado *gerrymandering* — um jeito pejorativo de descrever o desenho dos distritos eleitorais nos Estados Unidos com base nas mudanças demográficas de cada estado, o que pode beneficiar determinados candidatos — e sobre o fato de a organização de Parth trabalhar para combater isso.

As mulheres da despedida de solteira estão aceitando com interesse impressionante a mudança de rumo na noite delas. Ninguém sabe reunir admiradores como Parth Nayak. Além disso, Sabrina continua a mandar servir shots de bebida para todas.

No fim da noite, tanto ela quanto Parth já trocaram cartões de visita (Quem poderia imaginar que eles tinham uma coisa dessas? Eu não poderia) com algumas pessoas do grupo, e Cleo, Wyn e eu praticamente temos que arrastar os dois e Kimmy de dentro da Casa da Lagosta para a van.

Ainda assim, Parth encontra energia para colocar para tocar sua "trilha sonora de fim de noite", com a música sinistramente linda de Julee Cruise, da abertura de *Twin Peaks*.

No banco de trás, Sabrina se apoia em mim, semiadormecida, provocando um efeito dominó que me força contra o peito de Wyn. Ele está com a mão no meu joelho, e me pergunto se a pulsação que sinto latejando entre nós é minha ou dele.

De volta ao chalé, os sóbrios ajudam os outros a chegarem à cozinha e os fazem beber água. No andar de cima, nos abraçamos, desejamos boa noite um ao outro e então, sentindo o coração na garganta, sigo Wyn para o nosso quarto. De repente, me sinto nervosa demais e não consigo fechar a porta e ficar sozinha de verdade com ele.

Wyn estende a mão por cima do meu ombro e fecha a porta ele mesmo. Sua mão permanece ali, então, à esquerda da minha cabeça.

Há cerca de meio metro entre nós, mas parece que estamos colados. Como quando sentei em seu colo em uma alcova escura embaixo da escada. Como quando fiquei esfregando o traseiro nele em um bar lotado.

Os olhos de Wyn examinam o meu rosto, e ele passa a língua distraidamente pelo lábio inferior. Então, pergunta em uma voz rouca:

— Já terminamos?

Levanto o queixo.

— Não sei do que você está falando.

De alguma maneira, acabamos nos aproximando. Os cantos dos lábios dele se inclinam para cima, mas seus olhos permanecem escuros, concentrados nos meus. Sinto seu hálito sobre a minha boca. Bastaria mais uma inspiração forte, da minha parte ou da dele, para nossos lábios estarem colados.

Tento dar uma risada irritada. Não consigo. Wyn parece sério demais, perdido demais, como se estivesse tentando desesperadamente entender.

Como se não conseguisse compreender que todo o meu amor por ele não desapareceu de repente, como aconteceu com o amor dele por mim. Que esse amor teve que ir para *algum lugar*, e canalizá-lo em fúria foi o modo como consegui suportar esses últimos dois dias.

Isso me faz sentir solitária. E derrotada.

Vejo Wyn engolir em seco.

— Não podemos... fazer uma trégua? — pergunta ele. — Ser amigos pelos próximos dias?

Amigos. A ironia, a esterilidade da palavra, dói. É como álcool sendo derramado no meu coração ferido. Mas não consigo me manter agarrada à minha fúria.

— Tudo bem — digo. — Trégua.

Wyn afasta a mão da porta. Ele recua e, depois de um momento, assente.

— Você fica com a cama.

Não consigo evitar pensar que ele não parece muito mais feliz do que eu.

14

Lugar feliz

MORNINGSIDE HEIGHTS, CIDADE DE NOVA YORK

Um apartamento de quatro quartos que nós cinco mal conseguimos pagar. Um banheiro completo, com um esquema de horários rígido de uso do chuveiro (organizado pela Sabrina), e outro que chamamos de "lata de emergência", porque não tem nada além de um vaso sanitário e uma lâmpada presa por uma corrente, e é assustador como o diabo.

Pisos de madeira empenados no meio, cansados de sustentar os móveis de segunda mão das diversas gerações de universitários que já moraram ali. Janelas que emperram por dias e precisam ser simplesmente abandonadas como estão por algum tempo. Quando está quente, ou quando chove, as paredes exalam um leve cheiro de cigarro, que nos lembra que estamos aqui de passagem, que este prédio está neste lugar desde muito antes de virmos para esta cidade, e vai continuar aqui depois que formos embora.

Quando Wyn e eu trocamos o nosso primeiro beijo, na adega, eu esperava que as coisas fossem ficar por isso mesmo: satisfizemos a nossa curiosidade, a atração acabaria ali. Em vez disso, no momento em que fechamos a porta do quarto que dividíamos no chalé, Wyn me puxou e me beijou como se apenas alguns segundos tivessem passado.

Ainda assim, pegamos leve naquela primeira noite — nos beijamos por horas antes de finalmente tirar a roupa um do outro. *Tem certeza?*, perguntou ele em um sussurro, e eu tinha.

Ainda vamos ser amigos depois disso, sussurrei, e Wyn sorriu quando retrucou: *Você nunca foi só uma amiga pra mim.*

Ele me deitou com gentileza na cama de solteiro que estava ocupando, e, quando o rangido da cabeceira ameaçou nos delatar, passamos para o chão, as mãos entrelaçadas, murmurando junto à boca e ao pescoço um do outro, tentando não gritar o nome um do outro no escuro.

Todas as noites depois dessa foram do mesmo jeito. Éramos amigáveis um com o outro até a porta do quarto fechar, então nos transformávamos em outra coisa, completamente diferente.

Ainda assim, quando nos mudamos para esse novo apartamento com o restante do pessoal — eu ia começar a faculdade de medicina, Sabrina estudaria direito em Columbia e Cleo assumiria seu posto na fazenda urbana no Brooklyn —, achei que aquela coisa delicada que nós tínhamos acabaria desaparecendo.

Em vez disso, se tornou mais aguda. Quando todos estão por perto, buscamos alguns segundos de privacidade, roubamos contatos rápidos no ombro e no quadril um do outro, na pele nua logo abaixo das blusas que usamos. E quando estamos sozinhos, no instante em que a porta da frente se fecha, Wyn me puxa para o seu quarto do tamanho de um armário — já que eu compartilho o meu com Cleo — e, por alguns minutos, não precisamos fazer silêncio. Digo a ele o que quero. Ele me diz como se sente. E essa coisa entre nós não é segredo.

Embora talvez seja o segredo que torne a situação interessante para Wyn.

Uma noite, quando todos os outros estão fora, ficamos deitados na cama dele, seus dedos brincando com os meus cachos.

— Se não somos amigos — pergunto —, o que é isso?

Ele me examina na escuridão e afasta o meu cabelo da testa com muita ternura.

— Não sei. Só sei que eu quero mais.

Então Wyn me beija de novo, de um jeito lento, lânguido, como se ao menos dessa vez tivéssemos todo o tempo do mundo. Ele me puxa para cima dele, as mãos pousadas com suavidade na minha cintura, os olhos fixos nos meus. Respiramos no mesmo compasso e nossas mãos estão entrelaçadas na cabeceira da cama enquanto ele murmura junto à minha boca:

— Harriet, *finalmente*.

Finalmente. A palavra pulsa nas minhas veias: *Finalmente. Você. Finalmente.*

Estou à beira das lágrimas e não sei bem por que, só sei que é intenso demais. Muito diferente de como foi até agora.

— Mudei de ideia — diz Wyn. — Acho que você é a minha melhor amiga.

Rio com a boca colada ao rosto dele.

— Melhor amiga que o Parth?

— Ah, muito melhor — brinca ele. — Depois dessa noite, ele não tem como competir.

— Acho que você precisa saber que a Cleo e a Sabrina são as minhas melhores amigas — digo. — Mas você é o meu homem favorito da vida.

Wyn transforma seu sorriso em um beijo na parte interna do meu cotovelo.

— Posso viver com isso.

Não conversamos sobre o que isso significa ou como vai terminar, mas falamos sobre todo o resto, trocando mensagens pelo celular todo dia, o dia todo, até quando estamos no mesmo cômodo.

Ele me manda fotos de livros de suspense recém-lançados durante seus turnos na Freeman's, para ver se me interessam. Ou de amostras de tecido da loja de estofamento luxuosa em que trabalha *depois* dos turnos na livraria, principalmente das estampas mais abstratas, que inevitavelmente acabam se parecendo muito com vaginas e pênis.

Eu compenso com ilustrações dos periódicos médicos sobre os quais vivo debruçada, ou com diagnósticos informais sobre as padronagens, ou mando imagens de caubóis printados do Google e pergunto: *Algum desses é seu parente?* E Wyn sempre responde alguma coisa como: *Só o que tem os dentes de ouro. Quando ele morrer, eu vou herdar os dentes.*

Quando ele vai para Montana visitar a família, volta com uma pilha de livros que comprou no sebo para mim: *Ela vai morrer perto da montanha, Tragédia de Purple Mountain, O assassino da Big Rock Candy* e *Caubói, afasta de mim essa estaca* — esse último na verdade é sobre vampiros e estava na seção errada.

Quando Wyn passa no mercado a caminho de casa depois do trabalho, me traz um pote de sorvete de mirtilo ou de bordo.

Grande parte da minha vida é esperar para passar um pouco mais de tempo com ele, e até mesmo essa tortura é uma bênção.

Uma noite, meses depois de estarmos nos escondendo pelos cantos enquanto todos estão em casa, Wyn me oferece um ingresso de cinema que está sobrando — um amigo do trabalho cancelou a ida — e nós saímos do apartamento juntos. Do lado de fora, ele pega a minha mão e aperta com força, e parece que sua pulsação recita junto à minha palma: *você, você, você.*

Pergunto que filme vamos ver.

— Não tem filme nenhum — diz ele. — Eu só queria sair sozinho com você.

Um encontro romântico, penso. *Isso é novidade.* Eu nem sabia que queria ter um encontro com Wyn Connor, mas, agora que falamos disso, sinto um misto de felicidade e tristeza de tirar o fôlego. Como se já estivesse com saudade da noite antes mesmo de ela começar. Toda vez que Wyn me oferece mais uma parte dele, fica mais difícil não ter ele todo.

Passeamos por horas em Little Italy, nos empanturrando de cannoli, sorvete e cappuccino — ou melhor, *eu* me empanturro, ele só prova. Wyn não é muito chegado a doces.

Ele me diz que não comia muito doce quando criança, que os Connor eram uma família do tipo "carne, batata e maionese", então pergunta:

— Você sempre adorou doces desse jeito?

— Sempre — respondo. — E você voltou a fazer esse lance.

— Que lance?

— Me dar uma amostra mínima do Wyn, depois voltar a conversa de novo para mim.

Ele esfrega a nuca, o cenho franzido.

— Por que você não gosta de falar de si mesmo? — pergunto.

— Lembra quando você me disse que demorava pra parecer sexy?

— Não faz nem um mês que eu consegui parar de lembrar dessa humilhação toda noite antes de dormir — digo a ele —, e agora vai começar tudo de novo.

Wyn me puxa mais junto ao corpo e passa o braço ao redor do meu ombro enquanto descemos pela calçada fria e pouco iluminada. Depois de algum tempo, ele volta a falar.

— Acho que eu demoro pra parecer entediante.

— Do que você está falando?

Ele encolhe um dos ombros.

— Sei lá.

Passo os braços ao redor da cintura dele por baixo do casaco.

— Me conta — peço. — Por favor.

Ele hesita.

— É só que... eu sou o tipo de cara que as pessoas sempre acham mais interessante *antes* de conhecerem melhor.

— *Quem* disse? — pergunto.

— A lista é grande, Harriet.

Franzo o cenho. Ele ri, mas sem muito humor.

— Eu tive dez anos pra aceitar isso — diz. — As pessoas se interessam por mim em um primeiro momento, mas nunca dura. Eu te falei que não namoro amigas, e é por isso. Porque, depois que eu fico com alguém e deixo a pessoa me conhecer de verdade, a novidade logo perde a graça. Era assim no ensino médio, quando as garotas vinham de fora passar o verão na cidade, e ainda é. Eu não sou nada interessante.

— Para, Wyn. Isso é bobagem, e você sabe muito bem.

— Não é — retruca ele. — Até com a Alison. Eu achei que podia dar certo com ela, achei mesmo. Pensei que tinha escolhido as pessoas erradas até ali, por isso procurei alguém mais parecida comigo, que não tivesse todas aquelas aspirações grandiosas e não acabasse ficando entediada. Aí a Alison terminou comigo pra ficar com o professor de ioga. Disse que os dois se conectavam de um jeito que eu não era capaz. Eu sou... sei lá. Simples demais.

Wyn parece envergonhado. Meu peito dói, como se eu fosse capaz de sentir aquele ponto dolorido nele, o espinho cravado fundo entre as camadas de músculo. Eu faria qualquer coisa para arrancar esse espinho.

Seguro a lapela do casaco dele e olho para o seu rosto.

— Antes de mais nada — digo —, simples não é ruim. Em segundo lugar, simples não é simplório, você *não é* simplório... Não sei por que você está sempre tentando se convencer de que é, mas isso é um absurdo, Wyn. E, por último, você é o oposto de alguém que demora pra parecer entediante. Eu gosto muito mais de você hoje do que quando nos conhecemos. Em parte porque agora você responde de verdade as minhas perguntas, em vez de transformar tudo em flerte.

Wyn ergue as sobrancelhas.

— E qual é a outra parte?

— Tudo — respondo.

Ele ri.

— Tudo?

— Sim, Wyn — confirmo. — Eu gosto do seu corpo, do seu rosto, do seu cabelo e da sua pele, e do fato de você estar sempre mais quente do que eu, de nunca ficar sentado a não ser quando está realmente tentando se concentrar no que alguém está falando, e gosto do jeito como você sempre conserta as coisas antes que a gente peça. Você é o único de nós que toma a iniciativa de levar o lixo pra fora antes de transbordar. E toda vez que está fazendo *alguma coisa*, seja ir ao mercado, lavar roupa ou preparar o café da manhã, você sempre pergunta se alguém precisa de alguma coisa. E eu gosto do jeito que sei quando você vai me mandar uma mensagem do outro lado da sala, porque você faz uma cara muito específica.

Ele ri junto ao meu rosto. Tenho vontade de engolir esse som, para que crie raízes no meu estômago e cresça através do meu corpo como uma semente.

— É a minha cara de *quero te chupar?* — diz ele.

Eu o abraço com mais força quando paramos no sinal fechado para pedestres.

— Eu não tinha um nome pra ela até agora.

A luz fica verde para nós, mas, em vez de atravessarmos a rua, Wyn me puxa para dobrarmos a esquina, entra em um beco e me beija contra a parede até eu perder a noção do tempo e do espaço. Nós nos tornamos as duas únicas pessoas no mundo.

Até um bando de universitários bêbados começar a gritar para nós da rua — e mesmo assim não paramos de nos beijar, nossos sorrisos colidindo, nossas mãos agarrando as roupas um do outro.

Quando nos separamos, Wyn encosta a testa na minha, respirando com dificuldade no ar frio.

— Acho que te amo, Harriet.

Amor, penso. *Isso é novidade*. E nunca mais vou ser feliz sem isso. Sem nenhum planejamento ou preocupação, digo a verdade a ele:

— E eu *sei* que te amo, Wyn.

Ele toca o meu queixo, a mão um pouco trêmula, e desliza o nariz ao longo do meu.

— Eu te amo muito, Harriet.

Em casa, reunimos os nossos amigos ao redor da mesa de jantar que Wyn reformou quase do zero para nós, e as nossas pessoas favoritas exibem graus variados de medo ao ouvir o que temos a dizer. Wyn e eu estamos apavorados com a reação deles.

— A gente está junto — diz Wyn, e, quando ninguém reage, ele acrescenta: — *Junto*. A Harriet e eu.

Sabrina corre para a geladeira como se estivesse planejando vomitar dentro dela, só que, quando fecha a porta, vemos que está segurando uma garrafa de prosecco e pegando taças descombinadas na prateleira acima do fogão. E Parth está em pé, primeiro puxando Wyn para um abraço, depois me agarrando com tanta força que me levanta do chão. Ele me sacode para a frente e para trás antes de finalmente me pousar de volta.

— Já era hora de o nosso garoto te dizer como se sentia.

Sabrina abre o prosecco com um estouro e começa a encher as taças.

— Vocês sabem que, agora que *finalmente* estão juntos, não podem terminar *nunca mais*, certo?

— Não coloque esse tipo de pressão em cima deles — repreende Cleo.

— A pressão já existe, quer a gente admita ou não — insiste Sabrina. — Se eles terminarem, isso — ela aponta com a garrafa para todos nós — implode.

— Muitas pessoas continuam amigas depois que terminam — argumenta Cleo, e se vira rapidamente para mim: — Não que vocês vão terminar!

— Estou com a Sabrina nessa — diz Parth.

Ela ergue a garrafa enquanto tenta colocar a mão ao redor da orelha.

— O que foi isso? É só o aquecimento global que estou sentindo, ou o inferno congelou e o Parth realmente está *concordando* comigo em alguma coisa?

— Estou concordando com você — diz Parth — porque dessa vez você está certa. Estava fadado a acontecer mais cedo ou mais tarde.

Ela revira os olhos e volta a encher as taças.

— Harry, estou falando sério — diz Parth, e pousa as mãos nos meus ombros. — Não se atreva a partir o coração do meu anjo delicado.

Sabrina bufa.

— Ah, para com isso! É melhor o Wyn não partir o coração dela.

Cleo diz:

— Desnecessário fazer toda essa pressão.

— O Wyn nunca iria magoar a Harriet, nem em um milhão de anos — diz Parth a Sabrina, enquanto passa uma taça de prosecco para Wyn e outra para mim. E, de repente, os dois estão de volta ao relacionamento bélico de sempre.

— E a Harriet é secretamente obcecada por ele há anos — é a vez de Sabrina argumentar.

— Falando em tensão sexual não declarada... — murmura Wyn, indicando os dois com a taça. — Vocês querem ficar sozinhos pra essa discussão ou podemos terminar agora?

— Eca! — diz Sabrina.

Parth faz uma careta.

— Obrigado, Sabrina.

— Não estou dizendo que *você* é nojento — ela se explica. — Só acho a ideia de nós dois juntos meio nojenta. Você consegue imaginar? Além do mais, a última coisa que esse grupo de amigos precisa é de *outro* envolvimento romântico. Já estamos brincando com fogo aqui, e eu não posso *de jeito nenhum* perder o que temos. Essa — ela acena mais uma vez com a garrafa para o grupo — é a minha família.

Também é a minha, mas não estou preocupada. Já sei com certeza: vou amar Wyn Connor até morrer.

Naquela noite, durmo pela primeira vez no quarto dele. Ficamos acordados até tarde, com os lençóis chutados para o lado, nosso suor secando, enquanto ele brinca com o meu cabelo.

— Para mim é sempre um mistério absoluto o que você está pensando — murmura ele.

— Vou te ajudar. Oitenta por cento do tempo estou imaginando você nu.

Ele beija a minha testa suada.

— Estou falando sério.

— Eu também estou — insisto.

— Você é um mistério pra mim, Harriet Kilpatrick.

Meu sorriso vacila.

— Também sou um mistério pra mim mesma — comento. — Eu não me dava conta de como me conhecia pouco até conhecer a Cleo e a Sabrina. As duas têm tanta certeza de como se sentem sobre as coisas...

Wyn desenrola outro cacho do meu cabelo, e o puxão gentil faz uma corrente elétrica disparar pelo meu corpo.

— Bom, precisamos conhecer você, então — diz ele.

— Eu não saberia por onde começar.

— Alguma parte pequena — sugere Wyn.

— Tipo o quê?

Ele dá um sorrisinho de lado.

— Por exemplo, por que você adora esses livros de suspense?

Encolho os ombros.

— Não sei. Eles são tão... amenos.

O beijo que ele está dando na lateral da minha cabeça se transforma em uma risada.

— Amenos?

— A pior coisa que pode acontecer com uma pessoa acontece logo no início da história — explico. — E é... é a sensação de segurança que isso dá. A gente sabe exatamente o que vai acontecer no final. Já tem tanta coisa imprevisível na vida. Eu gosto de coisas em que a gente pode confiar.

Wyn franze o cenho, o cabelo dourado caindo despenteado na testa. De repente, tenho certeza de que encontrei a única resposta inaceitável para a pergunta que ele me fez, a que o faz perceber que não sou a mulher descolada, sexy e misteriosa que ele imaginou que eu fosse.

Ele morde de leve o lábio inferior.

— Pode confiar em mim, Harriet.

Nesse momento, Wyn penetra um pouco mais fundo no meu coração, abre outra porta e descobre uma sala inteira isolada que eu não sabia que estava lá.

Ele me puxa junto ao peito, e nossos batimentos se sincronizam. Nunca me senti tão certa de alguma coisa, tão segura.

15

Vida real

QUARTA-FEIRA

ALGUÉM ESTÁ MARTELANDO dentro do meu crânio.
Rolo na cama e pressiono o rosto contra o colchão macio.
TUM-TUM-TUM.
Uma voz rompe a escuridão incorpórea:
— Está todo mundo decente?
Abro os olhos no quarto banhado pelo cinza mortiço da manhã. O cheiro de pedra molhada e maresia entra pela janela aberta e a chuva bate no telhado.
— Estou entrando!
Sabrina. Ela está do outro lado da porta. Meus olhos ziguezagueiam rapidamente ao redor, enquanto meu cérebro, que no momento mais parece ovo mexido, reúne as peças que me cercam. Estou esparramada no meio da cama king size, só de calcinha e a camiseta da *Virgem que* SABE *dirigir*.

— Três... — diz Sabrina.

Vejo o amontoado de lençóis no chão, a perna bronzeada saindo de debaixo deles, o braço enfiado sob a confusão de cabelos dourados com mechas de sol.

— Dois...

Jogo um travesseiro no rosto de Wyn, e ele se levanta, assustado.

— Um — termina Sabrina. — Pronto, estou entrando. Cubram suas vergonhas — aceno freneticamente para Wyn — se não quiserem que eu veja.

Sua expressão clareia e ele arregala os olhos. Então, junta a trouxa de lençóis ao redor e se joga na cama, com uma trilha de tecido espalhada atrás.

— Bom dia — diz Sabrina, abrindo a porta.

— O que aconteceu? — Empurro as cobertas para cima do colo de Wyn e do meu.

Os lábios da Sabrina se curvam em um sorriso malicioso quando ela repara nos lençóis amarfanhados na cama e meio amontoados no chão, como se tivessem sido jogados ali em um momento de paixão.

— O café da manhã devia ter acontecido há vinte minutos — diz ela. — Ninguém leu os roteiros?

— Nossos roteiros *inovadores*? — comenta Wyn. — Com tudo aquilo que *sempre* fazemos?

A cabeça de Parth aparece na porta, o cabelo ainda úmido do banho.

— Vamos. Temos uma agenda a cumprir.

Wyn afasta o cabelo da testa.

— Vocês dois estão tomando esteroides?

— Adderall comprado em um beco qualquer? — arrisco.

— Cocaína — diz Wyn.

— Bala em pó e antigripal.

— Vamos, vamos, vamos. — Sabrina enfatiza as palavras com palmas impacientes, que me atingem como adagas enfiadas nos olhos.

— É possível ficar de ressaca com uma taça de vinho? — resmungo.

— Depois dos trinta, tudo é possível — diz Parth, e a mesma onda gigantesca que trouxe os dois para dentro do quarto os leva embora.

Wyn deixa escapar o ar e relaxa os ombros.

As dobras das cobertas e da fronha fizeram pequenas marcas no seu abdome e no rosto. Enquanto ele se levanta e segue em direção ao banheiro, passando as mãos pelo rosto, me pego estudando-as como se fosse fazer uma prova sobre elas mais tarde. Wyn olha para mim por cima do ombro, a voz rouca:

— Você quer tomar banho?

Qualquer confusão mental remanescente desaparece nesse instante, como em um desenho animado.

— Banho?

Wyn parece intrigado, provavelmente por causa da palidez do meu rosto.

— Você vai precisar do chuveiro, ou eu posso usar?

Certo. A pergunta foi: *Quer tomar banho sozinha?* E não: *Quer tomar banho comigo?* É claro.

— Está tudo bem! — respondo em uma voz aguda. — Me dá só um instante pra pegar as minhas coisas e sair daqui.

Ele ri enquanto se inclina para dentro do chuveiro e abre a água.

— Não é nada que você não tenha visto antes, Harriet.

Saio da cama e começo a revirar a minha mala em busca de um jeans.

— Quer dizer, a não ser pela tatuagem — completa ele.

Eu me viro antes que consiga perceber o tom travesso em sua voz. Quando vejo que Wyn já está começando a tirar o shorts, dou um grito e viro de volta para a minha mala.

— Você poderia muito bem esperar trinta segundos pra começar a tirar a roupa — reclamo.

Outra risada rouca, típica de quem acabou de acordar.

— Se te incomoda tanto, fecha os olhos.

Enfio as pernas no jeans e pulo para subir a calça e cobrir a bunda. Wyn ainda não ligou o exaustor, e o vapor sobe atrás de mim. Já imagino como está fazendo as pontas do cabelo dele ondularem.

— E se *eu* fechar os olhos? — sugere ele.

— Como *isso* ajudaria? — Pego uma blusa limpa.

— Não sei. Talvez assim você...

Ele se interrompe quando tiro a camiseta de dormir e jogo na cama. Seguro a blusa contra o peito e olho para ele por cima do ombro.

— Eu o quê?

Wyn pigarreia e se vira novamente para o chuveiro.

— ... tivesse a sensação de que eu não estou aqui.

— Não é necessário. — Enfio a blusa pela cabeça. — Acho que já terminei aqui.

Ele não se vira mais até eu sair do quarto.

No corredor, um gemido de "Haaaaarrryyy" me alcança, e volto para espiar pela porta aberta do quarto das crianças. Cleo e Kimmy estão deitadas nas camas de solteiro que elas juntaram no centro do quarto, do mesmo jeito que Wyn e eu costumávamos fazer. Enquanto Cleo parece arrumada e descansada, com as tranças enfiadas dentro de um gorro avermelhado e a pele luminosa, Kimmy está estatelada ao lado dela, os membros sardentos espalhados em todas as direções, o delineador brilhante da noite de ontem borrado e o cabelo todo embaraçado. Pelo menos ela se lembrou de tirar as lentes de contato, eu acho, porque está usando os óculos de armação escura.

— Socooooorre a gente — geme Kimmy.

— Fale por si — diz Cleo, com gentileza. — Eu me sinto ótima.

— Me socooooorre — se corrige Kimmy.

Cleo dá um tapinha no espaço entre elas, e eu me jogo ali como se elas fossem os meus pais em uma manhã de Natal.

Quer dizer, não os *meus* pais. Fui criada de um jeito que o quarto deles era tratado como um esconderijo do FBI: não entre nele, não olhe para ele, nem mesmo fale sobre ele. Provavelmente porque era o único cômodo da casa que podia acumular bagunça (se é que roupa limpa no processo de ser dobrada pode ser considerada bagunça), e tenho certeza de que, se dessem apenas essas duas opções a ela, a minha mãe iria preferir entrar no programa de proteção a testemunhas a deixar alguém ver as nossas roupas recém-lavadas.

A família de Wyn era diferente. Quando ele, Lou e Michael eram pequenos, os Connor tinham uma regra de que a manhã de Natal só começava depois do nascer do sol. Então, Wyn e as irmãs se sentavam na frente da árvore enfeitada esperando o *minuto* exato em que o sol nascesse, e aí corriam para o quarto da Gloria e do Hank e se amontoavam na cama, gritando, até os pais levantarem.

Pensar na Gloria e no Hank sempre me dá uma sensação de saudade de casa ou algo parecido. Eu sentia muito essa saudade quando era criança, o que nunca fez sentido, porque já estava em casa.

— Vou contratar um assassino de aluguel pra matar a Sabrina por pedir aquela última rodada de drinques ontem à noite — diz Kimmy, e coloca o antebraço sobre o rosto. — Se quiser, pode depositar a sua contribuição na minha conta.

— Eu estava começando a duvidar que você fosse capaz de ficar de ressaca — comento.

— São todos aqueles copos de bebida pela metade — diz Cleo. — Ela tenta beber menos desse jeito e acaba perdendo a conta.

— Não perdi a conta. Eu borrei toda a conta que fiz no meu braço. — Ela estende o braço, então, mostrando uma fileira de marcas de batom, agora misturadas.

— Ah. — Cleo tenta conter um sorriso. — Falha minha.

— Eu preciso de mais nove horas de sono — resmunga Kimmy.

— Vocês duas, fazendeiras hippies, não estão acostumadas a acordar bem antes das...? — Eu me inclino por cima de Cleo para checar o relógio na mesinha de cabeceira. Está desligado da tomada e no chão, a um metro de distância, como se tivesse sido arrancado da parede e jogado ali. — Seja lá que horas são.

— E você sabe a que horas a gente vai pra cama pra acordar tão cedo? — pergunta Cleo. — Às nove. E não estou dizendo que vamos deitar às nove. Estou dizendo que estamos totalmente inconscientes a essa hora. Sono REM profundo.

— Não notei sono REM em nenhum lugar da programação dessa semana — comento.

— Ai, meu Deus. — Kimmy se levanta tão rápido que tenho medo que ela vomite na beira da cama. Em vez disso, ela se vira para nós com uma expressão horrorizada no rosto. — Eu... dancei em cima da mesa ontem?

Cleo e eu caímos na risada.

— Não — digo. — Não dançou.

— Mas com certeza *achou* que tinha dançado — acrescenta Cleo.

Kimmy arqueja, fingindo estar ofendida. Cleo ergue o corpo na cama e se inclina por cima de mim para beijá-la.

— Meu amor, eu te amo demais pra mentir pra você — diz. — Você não iria conseguir dançar em cima da mesa nem se a *minha* vida dependesse disso. Mas alguns outros movimentos que você fez não foram nada desajeitados.

— EI — grita Sabrina do andar de baixo. — TRAGAM. SEUS. TRASEIROS. AQUI. PRA. BAIXO. OU...

— Assassino de aluguel — resmunga Kimmy.

Cleo fica de pé, se equilibrando em ambas as laterais da cama, como na segunda posição do balé, mas de pernas bem abertas.

— Amor, quem sou eu? — Ela apoia as mãos nos joelhos e gira o corpo em movimentos absurdos.

— Tá bom, se eu estava assim tão bem — diz Kimmy —, me sinto muito melhor.

De algum lugar abaixo de nós — talvez das entranhas da terra — soa uma buzina.

NORMALMENTE, QUANDO VAMOS ao Bernadette's, gostamos de aproveitar o pátio externo, com a linda vista para o porto e a enorme variedade de aves marinhas rudes e ladras de frituras, mesmo se a temperatura exigir que a gente se enrole em mantas.

Mas no momento em que chegamos ao centro da cidade, já perto do restaurante barato com telhado vermelho, a tempestade retorna. O pouco tempo que levamos para correr do carro até as portas da frente basta para ficarmos encharcados. Conseguimos uma mesa nos fundos, onde as janelas dão para o pátio de um cinza desbotado, os guarda-sóis listrados bem fechados balançando ao vento e relâmpagos tocando as ondas a distância.

O Bernie's está lotado de turistas de verão como nós, que vieram para a abertura do Festival da Lagosta hoje à noite, além de moradores locais, que tomam suas xícaras de café e leem o *Knott's Harbor Register* enquanto toleram as pessoas "de fora", como eles nos chamam.

No balcão, vejo o homem que estava ao meu lado no voo e aceno. Ele resmunga um cumprimento e volta a olhar para o jornal.

— Seu amigo? — murmura Wyn no meu ouvido, enquanto todos estão se livrando dos casacos molhados. Seu hálito frio contra a minha pele úmida me faz tremer.

Eu me sento e olho para ele.

— Depende de a quem de nós dois você perguntar.

— Não me diga que ele está pegando no seu pé para assumir a relação — brinca ele.

— O contrário — respondo. — Estou apaixonada, mas ele é casado com o mar.

— Ah, bom, acontece — diz Wyn. O contato visual dura uma fração de segundo a mais, então o celular dele vibra e sua testa franze enquanto ele olha para a tela. — Volto em um minuto — avisa e se afasta.

Eu o observo perto do balcão da recepcionista, o telefone no ouvido, o rosto se iluminando com uma risada.

Essa expressão faz meu coração desabrochar e logo murchar, com a mesma rapidez. Sempre me surpreendi com a velocidade com que o rosto de Wyn pode mudar. Em um segundo, ele é capaz de ir do olhar preocupado e terno para um deleite quase infantil. Toda vez que sua expressão mudava, eu costumava pensar que a mais recente era a minha favorita. Até mudar novamente e eu me ver obrigada a aceitar que qualquer Wyn que estivesse na minha frente era o que eu mais amava.

A garçonete chega para anotar o nosso pedido, trazendo com ela um aroma de xarope de bordo, café e pinho — o cheiro característico do Bernie's. Se eu pudesse andar por aí o tempo todo cheirando a este restaurante, faria isso com prazer.

Mas teria que começar a usar uma pochete recheada de panquecas de mirtilo, e isso poderia tornar as coisas estranhas no hospital. As pessoas já se incomodam se veem um relance de comida na mochila de um cirurgião.

Sabrina pede as nossas bebidas de sempre. Café comum para todos, menos para Cleo, que pede um descafeinado, além de uma xícara com gelo — para esfriar o café perigosamente quente e forte do Bernie's.

— Vamos aproveitar e pedir logo a comida — diz Parth, e, quando a garçonete se aproxima, peço as minhas panquecas e o pedido de sempre do Wyn: omelete de claras com molho de pimenta sriracha.

— Era a Gloria? — pergunto quando ele volta para a mesa e contorce o corpo para tirar a jaqueta de brim.

Wyn parece vagamente surpreso, como se tivesse esquecido que eu estava aqui.

— Ah, não. — Ele se recupera e evita o meu olhar. — Assunto de trabalho.

Wyn não costuma mentir, mas a maneira como ele fala parece claramente uma evasiva.

Cleo se afasta do prato de picadinho vegano à sua frente e geme enquanto massageia a barriga.

— Estou tendo algum tipo de reflexo condicionado a este lugar. Bastaram três garfadas e já estou sentindo o fantasma de todas as minhas ressacas passadas.

Parth diz:

— Sinto a mesma coisa.

— Sim, mas você, a Kimmy e eu tomamos shots de alguma coisa com fogo ontem à noite — lembra Sabrina. — Acho que não é apropriado culpar o Bernie's nesse caso.

Engulo a risada, o que por algum motivo faz com que soe mais alta, e Parth se vira na minha direção e bate com força entre as minhas omoplatas.

— Que merda é essa, Parth? — grito.

— Você estava sufocando! — explica ele.

— Não, não estava.

— Tudo bem, não sou eu o médico aqui.

— E agora os sites médicos estão dizendo que, se alguém está engasgado, a melhor coisa a fazer é dar um soco na nuca da pessoa? — pergunta Wyn.

— Não foi na nuca — argumenta Parth. — Foi mais no... meio da coluna.

— Ah, sim, o primo menos conhecido da manobra de Heimlich — falo. — O gancho de direita.

— Desculpa, Harry — diz Parth. — O instinto assumiu o controle!

— Você tem o instinto de atendente de um hospital vitoriano para mulheres — comenta Cleo.

— Da próxima vez, fique com as sanguessugas — sugiro.

Parth franze o cenho.

— Essas eu deixei no chalé. Você está bem?

— Estou.

— Acredite em mim — diz Wyn. — Ela já está planejando a vingança.

— A nossa Harry? — zomba Parth. — Nunca.

— Se você acha... — Wyn dá um gole de sua caneca fumegante. — Mas ela sabe como deixar uma pessoa de joelhos quando quer.

Eu me inclino abruptamente na direção de Sabrina.

— Então, o que ainda tem para fazer para o casamento?

Sabrina acena com uma das mãos.

— Nada. Como eu disse, somos só nós seis e um ministro universalista unitarista que eu achei na internet. Eu nem estava planejando ter flores, até a Cleo e a Kimmy se adiantarem.

— A gente não se importa de ajudar — diz Cleo.

— Vocês vão poder ajudar quando fizermos o casamento grande para a família no ano que vem — avisa Sabrina, derramando uma boa quantidade de xarope de bordo em sua caneca. — Esta semana eu só quero estar no meu lugar favorito com as minhas pessoas favoritas. Aproveitar cada segundo, não perder nada.

Ao ouvir o som do trovão do lado de fora e ver o brilho do relâmpago, ela gesticula na direção da janela.

— E, de repente, o que é *isso*? A gente ia sair pra velejar hoje.

Checo o aplicativo de clima no meu celular.

— Vai fazer sol e calor amanhã. A gente pode sair pra velejar amanhã, que tal?

— Só porque a casa vai ser vendida — argumenta Cleo —, não quer dizer que essa precisa ser a última vez que nós seis viemos aqui.

Tento dar um sorriso encorajador para Sabrina, mas sinto uma onda de culpa me invadir. Quero muito que esta semana seja perfeita, tão boa que compense o fato de que será a última. Não apenas nessa casa, mas como um grupo de seis. Com ou sem trégua, não posso ser amiga de Wyn Connor.

Sabrina fica calada e emburrada, e sei que ela também já está pensando na semana que vem.

Eu pigarreio.

— Tenho uma ideia.

— Tatuagens combinando — diz Parth.

— Chegou perto — falo. — É uma coisa que eu fazia quando era criança, porque detestava o meu aniversário.

Sabrina, que é uma mulher profundamente devotada ao conceito de *mês de aniversário*, solta um arquejo audível.

— Era difícil administrar as minhas expectativas — explico. — E parecia que alguma coisa sempre dava errado.

Um cano estourou e os meus pais tiveram que pagar o conserto no cartão de crédito.

Ou Eloise foi reprovada em uma matéria e precisou de um professor particular. Ou o segundo emprego do meu pai o convocou para um plantão na noite em que sairíamos para comemorar. Por mais que eu dissesse a mim mesma que não precisava de grandes comemorações, sempre me sentia desapontada quando as coisas não davam certo, então ficava culpada porque sabia quanto meus pais precisavam trabalhar para manter as coisas funcionando.

— Alguns dias antes de completar dez anos, eu tive essa ideia — explico. — Se eu escolhesse uma coisa que quisesse muito para o meu aniversário e soubesse que poderia conseguir, então, não importava o que mais acontecesse, eu tinha certeza de que ia ser um bom dia. Naquele ano, eu disse aos meus pais que queria um cheesecake de Oreo, e eles compraram pra mim, e o meu aniversário foi ótimo.

Minha ideia é recebida com silêncio pela audiência.

— Isso é tão absurdamente triste — comenta Sabrina.

— É legal! — retruco. — E prático. Eu tive um ótimo aniversário.

— Amiga, é trágico — insiste Sabrina.

E Parth fala, quase ao mesmo tempo:

— Estou emocionalmente abalado.

— Acho que vocês não estão entendendo a ideia principal — digo.

Sabrina pousa a caneca.

— A ideia principal é que todos os pais geralmente ferram com os filhos para o resto da vida, e não tem como evitar isso, portanto a gente devia parar de procriar pra não ferrar mais uns aos outros?

Cleo revira os olhos.

— Essa não é a ideia principal, e *também* não é precisa.

— Não podemos controlar como vai ser cada coisinha esta semana — digo. — Mas está sendo incrível e vai continuar sendo. Então, talvez, se cada um de vocês puder escolher uma coisa... uma coisa que nós *temos* que fazer, ter, ver ou comer esta semana... não importa o que mais aconteça, essa coisa vai acontecer. A coisa que mais queremos nesta semana. Aí a semana vai ser um sucesso.

Todos voltam a ficar em silêncio, enquanto pensam a respeito.

— É uma boa ideia — diz Wyn.

Do outro lado da mesa, seus olhos encontram os meus. Seu cabelo longo demais está úmido da chuva, preso atrás da orelha. Muitos detalhes nele estão ligeiramente diferentes, mas meu coração ainda o vê e sussurra nas minhas veias: *Você.*

Como os corações podem ser estúpidos.

— Também acho — diz Cleo.

Parth dá de ombros.

— Estou dentro.

— Nós contamos quais são os nossos objetivos ou temos que guardar segredo? — pergunta Kimmy.

— Por que teríamos que guardar segredo? — pergunto.

— Para que se torne realidade — explica ela.

— Não é um desejo de aniversário — fala Sabrina.

— Não, eu gosto dessa ideia. — Os olhos de Wyn se voltam para Kimmy. — Vai ter menos pressão se a gente guardar segredo.

Parth assente.

— Isso, ninguém conta seu objetivo até a gente alcançar.

— Vocês gostam demais de regras — comenta Kimmy.

— Isso começou com *você*, Kimberly Carmichael — lembra Sabrina.

— Muitas coisas começam comigo. Não quer dizer que sejam boas ideias.

Cleo apoia as mãos no tampo da mesa e gira o corpo, em outro movimento muito semelhante aos passos de dança da Kimmy.

Sabrina estreita os olhos.

— O que estou vendo aqui e por que eu tenho a sensação de que tive um pesadelo com isso esta noite?

16

Vida real

QUARTA-FEIRA

Enquanto todo mundo na cidade está aglomerado em cafés e restaurantes, tomando chá ou comendo sopa de mariscos, nós seis enfrentamos a chuva para caminhar entre lojas de doces e butiques de decoração cheias de toalhas de mão com dizeres sarcásticos sobre o amor ao vinho, com os braços erguidos inutilmente acima da cabeça, fazendo as vezes de guarda-chuvas.

— Talvez a gente devesse voltar pra casa e relaxar — sugere Cleo depois de um trovão particularmente alto e um relâmpago assustadoramente próximo.

— O quê? Não! — brada Sabrina.

Kimmy volta os olhos estreitados para o céu turvo.

— Acho que essa chuva não vai parar.

— Então a gente vai ver uma sessão dupla no Roxy — diz Sabrina.

— Você ao menos sabe o que está passando lá? — pergunta Cleo.

LUGAR FELIZ

O Roxy tem apenas duas salas. À noite, cada uma é dedicada a um lançamento, mas no verão as matinês são reservadas para sessões duplas de filmes ambientados no Maine. Noventa por cento são adaptações de Stephen King, o que agrada Sabrina, mas *não é ideal* para Cleo.

— Quem se importa com o que está passando? — fala Sabrina. — A gente sempre fazia isso quando chovia. É uma tradição.

Nós a seguimos pelo quarteirão em direção ao adolescente entediado atendendo na bilheteria do cinema. Cleo olha desconfiada para os títulos na marquise.

— *Os vampiros de Salém* e *Os vampiros de Salém: o retorno*. Não são minisséries?

— Hum, não — diz Sabrina. — *Os vampiros de Salém* é uma minissérie em duas partes, e *O retorno* é um filme, e os dois juntos são o máximo. Você vai amar.

— Não sei se estou disposta a aguentar quatro horas de vampiros — comenta Cleo.

Kimmy a cutuca nas costelas.

— Mas e se eles *cintilarem*?

— Ah, qual é, Cleo — diz Sabrina. — Não seja estraga-prazeres.

— Por favor não me chame assim — pede Cleo.

Sabrina levanta as mãos em um gesto de súplica.

— Só estou dizendo que essa é a última vez que nós vamos poder fazer uma coisa dessas.

Olho de uma para a outra. Estamos caminhando para um impasse.

— Que tal você ver só o primeiro filme? — sugiro.

— Minissérie — me lembra Cleo.

— Depois você pode ir pra Warm Cup e a gente se encontra lá mais tarde.

Kimmy toca o cotovelo de Cleo.

— Eu volto pra casa com você, se quiser, amor.

Cleo levanta o queixo delicado.

— Não, tudo bem. Não quero perder o cinema. Vou ver o primeiro filme.

Sabrina dá um gritinho e se vira para a bilheteria.

— Os ingressos são por minha conta!

Em algum ponto nos últimos trinta segundos, o bilheteiro colocou uma cartola na cabeça, e Sabrina demora um instante para se lembrar do que está fazendo, ao se ver cara a cara com esse adolescente sardento e taciturno usando um chapéu vitoriano.

— Seis ingressos para a sessão dupla, por favor — pede.

— Sim, milady — diz o adolescente.

No caminho para a sala de exibição, Wyn fica para trás.

— Você não precisa fazer isso, sabia?

— Fazer o quê? — pergunto.

— Encontrar sempre algum meio-termo para as divergências delas. As duas são capazes de resolver as coisas sozinhas, se você deixar.

— Não tenho ideia do que você está falando — retruco.

Wyn ergue as sobrancelhas, a expressão divertida.

— Não?

— Zero — digo.

— Elas estão tendo uma ótima viagem — afirma ele. — Tenta não se preocupar.

Meu estômago dá uma cambalhota. Por mais que as coisas tenham mudado entre nós, Wyn ainda me conhece um pouco bem demais.

— Eu estou bem.

Ocupamos toda a primeira fila do cinema diminuto, e, como o lugar está vazio, estendemos nossos casacos molhados nos assentos atrás de nós para secarem. Estou tentando encontrar uma maneira de me esgueirar entre Sabrina e Cleo, mas acabo no final da fileira, sem ninguém com quem conversar a não ser Wyn, que mexe no celular — virado de propósito para longe de mim — até as luzes se apagarem.

LUGAR FELIZ

Na primeira cena ligeiramente assustadora, preciso controlar o impulso de me colar à lateral do corpo dele. O fato de estar congelante aqui dentro não ajuda, e, toda vez que encosto o braço no apoio da cadeira sem pensar, roço no braço dele, escaldante em comparação com a temperatura de frigorífico do cinema.

Sabrina se inclina para a frente e faz sinal de positivo para nós do outro lado da fileira. Como que por instinto, Wyn segura a minha mão em cima da minha coxa, e sinto o coração prestes a sair pela garganta.

Nossa pulsação lateja entre as palmas, como um pêndulo de Newton humano. Nesse momento, só consigo me concentrar nesse ponto de contato entre nós. Percebo cada mínima contração dos dedos de Wyn.

Eu me pergunto se *ele* está se lembrando da noite passada, de quando me empoleirei no seu colo, com os braços ao redor da sua nuca, me contorcendo contra ele como uma gata no cio, a tensão entre nós aumentando.

Porque de repente é *só* nisso que consigo pensar. As luzes baixas do cinema nos dão privacidade demais para que isso pareça encenação, mas não o bastante para que possamos nos evitar completamente.

Estou *tão* alheia ao filme que, quando alguém na tela é empalado por uma parede de chifres, é genuinamente chocante.

— Ah, qual é, Harriet — sussurra Wyn quando eu grito e enfio o rosto no peito dele. — Tenho certeza de que esse não foi o seu primeiro empalamento por chifres. Já vi os livros da sua biblioteca.

— É diferente — sussurro e recuo para encará-lo no escuro. — Os livros que eu leio são *sutis*.

— Isso só significa que quem encontra o corpo tem um trabalho chato e usa colete de tricô.

— Sabe — provoco —, alguém pode pensar que a sua insistência em segurar a minha mão sugere que *você* também está um pouco nervoso.

— Estou nervoso — diz ele. — Só que não por causa do filme.

O tom dele não é de flerte, mas de resignação. Como se essa coisa entre nós, essa última fagulha de *vontade*, fosse uma verdade indesejável que ele já tivesse aceitado. Nossos olhares ficam fixos um no outro e a pressão aumenta entre nós, inebriante, potente.

Lembro do nosso rompimento de quatro minutos. Breve, estéril, quase *cirúrgico*. Lembro de esfregar nosso apartamento de cima a baixo depois, limpando o rejunte com uma escova de dentes até o suor pingar nos meus olhos e, apesar disso, não conseguir me sentir melhor, não conseguir erguer a cabeça acima das ondas de choque e dor.

Lembro de todas as formas como Wyn me decepcionou e dos seus hábitos mais irritantes. (Nunca vi uma máquina de lavar louça ser carregada com tanta ineficiência.) Mas não é esse rumo que a minha mente quer tomar.

Preciso de espaço. Preciso de ar. Preciso de horas de hipnoterapia para apagar Wyn das minhas terminações nervosas.

— Preciso ir ao banheiro — digo de repente e saio para o corredor.

17

Lugar feliz

A UMA HORA DE BOZEMAN, MONTANA

UMA ENTRADA DE carros coberta de neve e um carro alugado congelante, lutando para se manter estável no asfalto gelado.

A mão quente de Wyn aperta a minha com força. Ele leva os meus dedos à boca e deixa seu hálito aquecê-los.

— Eles vão adorar você.

Não fiquei nervosa desse jeito nem antes do meu exame de admissão em medicina. Nenhum momento nesses dois primeiros anos da faculdade provocou esse tipo de ansiedade. Na faculdade, eu sei o que é preciso para ser bem-sucedida, para conseguir aprovação. Nos estudos, basta não ter medo de trabalho, mas agora é diferente.

Eles podem não gostar de mim. Eu posso não gostar deles.

Posso falar demais ou não falar o bastante. Posso acordar todo mundo com as minhas idas noturnas ao banheiro, ou guardar a louça no lugar errado, ou atrapalhá-los de milhões de maneiras altamente específicas que a gente só aprende a evitar com o tempo.

As janelas estão iluminadas por luzes amareladas e a neve parece roxa no escuro. É tão lindo que me faz desejar ser pintora ou fotógrafa, alguém cujo trabalho fosse capturar o que parece quase impossível de ser capturado. Cleo seria capaz de engarrafar este momento se estivesse aqui.

Antes mesmo de Wyn estacionar, a porta da frente é aberta. Os pais dele saem de casa correndo, de pijama de flanela e roupão desamarrado, a bainha das calças enfiada em botas de neve. Gloria finge gritar silenciosamente em comemoração. Hank me abraça antes mesmo de sermos apresentados.

A mãe de Wyn é mais alta do que eu esperava, quase tão alta quanto Hank, tem cabelo loiro e bochechas permanentemente rosadas. O cabelo cheio de Hank é de um castanho-claro com muitos fios grisalhos, e seu rosto é uma versão mais vincada do rosto de Wyn, atrás de um par de óculos com aro de metal.

As irmãs dele — Lou, pequena e muito loira; e Michael, ainda menor e de cabelo escuro — já estão em casa, tomando conhaque em frente à lareira, e, depois de insistir em carregar nossas malas ele mesmo, Hank nos leva para dentro, para o meio da confusão de vozes.

Mesmo na frente da família, Wyn mantém a mão em mim — na minha cintura, na curva das minhas costas ou na minha nuca, seu polegar se movendo inquieto enquanto ele responde às dezenas de perguntas atiradas na nossa direção.

A viagem de carro não foi ruim.

Os voos de Nova York foram longos e cheios.

Não estamos com fome. (Enquanto pergunta isso, Gloria já empurra pratos de torta de abóbora para nós.)

Estamos juntos (assumidamente) há dez meses.

— Mas eu sou apaixonado por ela desde que nos conhecemos — diz Wyn.

— Claro que sim — comenta Gloria, e aperta o meu joelho. — Ela é um doce!

— Você só acha isso por causa do cabelo encaracolado — brinca Wyn. — Na verdade, a Harriet é ranzinza pra caramba.

Meu rosto fica vermelho como um pimentão, mas todo mundo está rindo, conversando, e Wyn beija de novo a lateral da minha cabeça e me aperta junto a ele no sofá, e sinto que finalmente estou *lá*, no lugar em que sempre quis estar, do outro lado das janelas iluminadas das cozinhas que via da rua na minha infância, cheias de amor, barulho e brigas.

— Ele precisa de uma mão firme — alerta Michael.

— Ele não é um burro de carga — reclama Lou, revirando os olhos.

— Não, claro que não — volta a falar Michael. — É mais como uma mula mesmo.

Wyn me puxa para o colo e passa os braços ao redor da minha cintura.

— Como você sabe que a Harriet não é ainda mais teimosa do que eu?

— O Wyn está certo — me manifesto. — Entre nós dois, eu sou a mula.

— Bom, se você é a mula — diz Michael —, então o Wyn é o asno.

— Se eu vou ser um asno — retruca ele —, fico feliz em ser seu.

Quando Hank volta para a salinha cheia, onde o fogo arde na lareira, diz:

— Coloquei você no quarto do Wyn, Har.

Eu penso, então: *Har. Estou aqui há dez minutos e já sou "Har"*, e é como se um balão se inflasse no meu peito, provocando um dolorido agradável, como quando alongamos um músculo rígido.

Wyn tinha me avisado que os pais não nos deixariam dormir no mesmo quarto, embora moremos juntos em Nova York. Para certas coisas, eles são excêntricos e de pensamento livre; já em outras, são surpreendentemente tradicionais.

Mais tarde, enquanto os pais terminam de lavar a louça, Wyn me leva para o quarto dele para me instalar. Ele me deixa mexer por horas nas coisas que encontro ali, enquanto examino objetos antigos e faço perguntas, e age como guia nesse museu dedicado ao meu assunto favorito.

Levanto alguma coisa e ele me fala a respeito. Eu me sinto faminta por todas essas partes dele.

Troféus de plástico de Melhor Jogador, da época em que ele jogava futebol; fotos desbotadas dele, tiradas com câmeras descartáveis quando Wyn era adolescente, cercado de garotas que tinham as sobrancelhas "em formato de esperma" e o cabelo descolorido da nossa juventude. Fotos de Wyn com amigos em jogos de futebol, com o rosto pintado, ou desfilando em paradas no verão e até, em alguns casos, no rodeio.

Cada vez que aponto para alguém, ele me diz o nome dela (a maioria dos amigos, ao que parece, eram garotas), como se conheceram, onde ela está agora.

— Você mantém contato com todas essas pessoas?

— É uma cidade pequena — diz ele. — Éramos todos amigos, e os nossos pais também. Acabo sabendo das coisas pelo boca a boca. Algumas dessas pessoas tentam me colocar em um esquema de pirâmide de vez em quando.

A meu pedido, ele me mostra todas as garotas que beijou, e as que passaram o verão na cidade e partiram o coração dele antes de voltarem para casa. Paro em uma foto emoldurada dele, claramente tirada por um profissional, que está em cima da cômoda, e dou uma risadinha encantada.

— Você foi o rei do baile de formatura? E nunca me contou isso?

Wyn espia por cima do meu ombro. Na foto, ele usa terno preto, uma coroa de plástico torta e está com os braços ao redor da cintura de uma linda morena de minivestido prateado e tiara combinando. O pano de fundo atrás deles diz *AS LUZES BRILHANTES DA CIDADE* acima de um horizonte cintilante que de alguma forma contém ao mesmo tempo o Empire State Building (que fica em Nova York) e a Space Needle (de Seattle).

Wyn solta um gemido.

— Juro que essa foto não costuma ficar aqui. Tenho certeza que a minha mãe colocou aí de propósito.

— É mesmo? Ela queria me deixar com ciúme da sua paixão adolescente? — provoco.

Ele passa a mão na testa e fica vermelho de um jeito muito fofo.

— Ela acha que está me exibindo.

— Não acredito que te conheço há três anos e meio e você nunca me contou que já foi o rei do baile.

— Sim, foi a minha maior realização. — Ele balança a cabeça. — Que coisa constrangedora...

— Do que você está falando? — Eu o encaro. — Como isso pode ser constrangedor? Nessa idade eu ainda usava aparelho e tinha o cabelo bem curtinho e espetado, parecia que eu tinha sido eletrocutada. Enquanto isso, você estava sendo coroado rei do baile e saindo com uma modelo adolescente.

Ergo a foto, mostrando a ele a evidência concreta.

Wyn coloca o porta-retrato novamente em cima da cômoda.

— Eu não espero que você saiba disso da sua posição de ex-adolescente genial e atual estudante de medicina brilhante, mas ser o rei do baile é o prêmio de consolação que dão para os caras que eles acham que já atingiram o auge e provavelmente vão ficar pra sempre na cidade pra serem garoto-propaganda das lojas de carros.

— Espera, deixa eu anotar isso.

Quando começo a me virar, Wyn me puxa de volta e passa os braços ao redor da minha cintura.

— Entenda, você não sabe disso porque todos na sua cidade tinham grandes expectativas sobre você — diz ele, sorrindo.

— Eu não sei disso — respondo — porque estudei em uma escola com quatro mil alunos onde ninguém sabia o meu nome, e porque nunca acompanhei muito de perto a cultura das lojas de carros.

— Ah — lamenta Wyn. — Seu primeiro erro.

— Wyndham Connor. Você não acha que toda essa sua teoria é um pouquinho... narcisista?

O sorriso dele se expande e meu coração segue o exemplo.

— Porque eu acho que as lojas de carros me usariam como garoto--propaganda? Fizeram isso com oitenta por cento dos reis do baile da cidade.

— Não é disso que estou falando, mas da ideia de que todos os seus colegas votaram em você pra rei do baile... porque sentiam pena de você.

Ele dá de ombros. Passo os braços ao redor do seu pescoço.

— Sim, provavelmente foi isso. — Eu o beijo e ele me puxa mais para junto do corpo, chegando a me levantar do chão, como se quisesse me absorver. — Com certeza não teve nada a ver com você ser tão gato, legal e engraçado. Foi por pura piedade. — Eu o beijo de novo, agora mais intensamente.

— E isso? — pergunta Wyn.

— Piedade *extrema*. — Agarro a bunda dele. — Isso também.

— Uau. Até que ser um ex-garoto de ouro fracassado não é tão ruim assim.

Alguém bate no batente da porta. Eu me afasto, mas os braços de Wyn permanecem ao meu redor enquanto ele inclina a cabeça na direção do corredor. Os pais dele estão parados na porta, sorrindo, a cabeça de Gloria apoiada no ombro de Hank.

— Estamos indo dormir — avisa Hank.

— Vocês precisam de alguma coisa? — pergunta Gloria.

Wyn balança a cabeça.

— Só estamos nos despedindo.

Os olhos de Gloria se estreitam quando ela sorri, como os de Wyn.

— Durmam bem.

Quando eles se afastam, Wyn me pressiona de novo contra a cômoda e nos beijamos por alguns minutos, antes de ele dar um último beijo no topo da minha cabeça e sair do quarto.

Nos quatro dias seguintes em Montana, não fazemos quase nada. Saímos para esquiar uma vez, comemos duas vezes em uma casa de panquecas que os pais de Wyn descrevem como "um refúgio para velhos ricos e influentes como nós" e fazemos caminhadas noturnas com toda a família pela neve. Nós nos agasalhamos até parecermos astronautas, e Hank insiste que usemos lanternas de cabeça para não sermos "atropelados por carros ou atacados por animais selvagens" na escuridão sólida de uma noite em Montana.

Na maior parte do tempo, ficamos relaxando em volta da lareira, com um estoque infinito de comida e bebida circulando pela sala. De manhã, Hank prepara cafés individuais para cada um de nós, um processo que leva tanto tempo que, quando ele termina o último, estamos todos prontos para a segunda xícara, e ele se coloca de pé na mesma hora, sem ninguém pedir, para começar tudo de novo.

— Pai, a gente pode muito bem tomar café da cafeteira — tenta argumentar Wyn.

O pai franze o nariz e arrasta os pés nos chinelos de flanela em direção à cozinha.

— Essas coisas são para emergências, *não* para convidados.

A maior parte das refeições é composta de pratos de forno. Hank não tem a mesma afinidade com comida que tem com bebidas, e a comida da Gloria me faz sentir como um balão ambulante no fim de cada refeição.

Depois do jantar na nossa segunda noite na cidade, Lou e Michael deitam de costas no tapete, gemendo e massageando a barriga.

— Mãe, você e o papai precisam pensar em comer, tipo, um único vegetal que seja por semana — sugere Lou.

Ao que Gloria responde:

— Batatas são vegetais.

— Não — dizem Michael, Lou e Wyn em uníssono.

Legumes ou não, as batatas pelo menos *são* úteis para absorver os bourbons e scotches que Hank exibe todas as noites em cima da velha mesa de madeira para provarmos.

— O papai é o Rei dos Drinques — Michael me conta.

— Estou entendendo por que você se aproximou do Parth quando começou na Mattingly — digo a Wyn.

— Não foi por isso que eu me aproximei do Parth. — Wyn me puxa contra o corpo enquanto volta a se aninhar no sofá macio. — Fiz isso porque ele tinha as amigas mais bonitas.

Lou dá uma risadinha zombeteira do tapete em frente à lareira, onde está deitada.

— Obrigada, Harriet, por salvá-lo de si mesmo.

— Acho que você tem uma opinião muito elevada ao meu respeito — digo a ela. — Eu também fiz amizade com o Parth por causa dos amigos bonitos dele.

Wyn beija o topo da minha cabeça. Michael e Lou trocam um olhar que não consigo decifrar.

Talvez elas já tenham visto isso antes, penso. *Talvez ele seja sempre assim com as namoradas.*

Mas não acredito realmente nisso. Estou naquela fase do amor em que se tem certeza de que as duas pessoas nunca se sentiram daquele jeito antes.

E, ao longo dos quatro dias que passamos na casa dos pais de Wyn, eu me apaixono de novo. Pela família dele, e por todas as novas peças que compõem o quebra-cabeça que ele é.

Tenho vontade de ficar acordada até tarde vasculhando o antigo armário dele, onde a mãe guarda a fantasia de Stormtrooper que ela mesma fez. E de passar cinco horas sentada na marcenaria, com serragem flutuando no ar, enquanto Wyn conta das brigas que teve com os colegas que faziam bullying com Lou no ensino médio. Quero saber de onde veio cada pequena cicatriz branca e reentrância esculpida em sua pele permanentemente bronzeada.

A cicatriz de quando ele freou com força demais a moto e saiu derrapando pela rua. As manchas brancas no cotovelo, resultado de um tombo do cavalo agitado que o arremessou longe no antigo rancho do avô. A linha fina onde Wyn abriu o lábio na quina da lareira quando era menino.

Quero fazer um estoque dessas informações variadas sobre ele: a colcha que a avó fez para ele antes mesmo de Wyn nascer, os constrangedores diários pré-adolescentes, os desenhos horríveis da infância, o amassado na caminhonete da mãe quando ele bateu em um pedaço de gelo e derrapou até uma cerca de madeira aos dezesseis anos.

Wyn me leva para ver o trecho onde as estacas da cerca estão menos encardidas, porque foram substituídas depois do acidente. Ele e Hank fizeram o reparo sozinhos, sem que ninguém precisasse pedir.

Wyn corria solto por aqui, e esse lugar o transformou no homem que eu amo.

Pouso a mão na estaca de madeira que ele enterrou no chão tantos anos antes e pergunto:

— Por que você foi embora daqui?

— É difícil explicar — diz ele, fazendo uma careta.

— Poderia tentar? — peço. — Você parece tão feliz aqui.

Wyn solta um suspiro e procura uma resposta no horizonte.

— Os meus pais receberam algum dinheiro com a venda das terras da família do meu pai. E eles sempre quiseram que as minhas irmãs fossem para a faculdade, porque nem a minha mãe nem o meu pai conseguiram ir.

— As suas irmãs? — pergunto. — Mas você não?

A boca de Wyn se curva em um meio sorriso torto.

— Eu já te disse que elas são geniazinhas, como você. As duas sonham alto. Acho que os meus pais presumiram que eu ia querer ficar aqui. Continuar trabalhando com o meu pai.

— Porque você ama este lugar — concluo.

Ele passa a mão pelo queixo.

— Sim. Mas sei lá... Eu ficava vendo todo mundo ao meu redor indo embora para outros lugares, cheios de sonhos e objetivos. E eu não sabia o que queria. O treinador de futebol da Mattingly me viu jogar e gostou, e acho que aquilo pareceu um sinal.

— Mas você não ficou no time de futebol.

— Nunca fui apaixonado por futebol — explica ele. — E não conseguia levar o time e a faculdade ao mesmo tempo. Acabou sendo tudo mais difícil do que eu esperava. Os trabalhos, a vida social.

— Todo mundo te amava, Wyn — digo.

Ele olha para mim com os olhos estreitados, a boca curvada em um sorriso.

— Não, Harriet. As garotas queriam trepar comigo. Não é a mesma coisa. Eu nunca combinei com aquele lugar.

Afasto os dedos da cerca gelada e toco o ponto onde fica uma das covinhas dele. Quando ele sorri, ela aparece sob o meu dedo médio.

— Você combina comigo, e eu estava lá.

— Eu sei — diz ele. — Na verdade, acho que esse foi o verdadeiro motivo para eu ter ido pra lá. Pra te conhecer.

— Que aplicativo de namoro caro! — brinco.

— Mas valeu a pena — responde ele.

Levo as mãos à gola do casaco dele, e a ponta dos meus dedos encontra sua pele quente.

— Você pelo menos conseguiu descobrir o que queria fazer?

Sob a luz fraca, os traços verdes em seus olhos cintilam como pedaços de mica embaixo d'água. Suas mãos ásperas pelo trabalho envolvem meus pulsos, e os polegares gentis pousam na pele delicada ali.

— Isso — diz Wyn. — Só isso.

Eu também, penso. Não consigo dizer em voz alta, admitir que o resto da minha vida, tudo pelo que trabalhei, começou a parecer apenas cenário. Como se amá-lo fosse a única coisa essencial e todo o restante fosse um adereço.

Wyn também me mostra a oficina, e o lugar exato onde o armário pesado caiu em cima dele em uma véspera de Ano-Novo, enquanto os pais estavam fora, e ele ficou deitado por quatro horas e meia no frio, esperando para ser encontrado.

Isso faz o meu coração doer. Não apenas a lembrança, mas o cheiro de cedro e serragem e aquele toque de algo que é puro Wyn para mim.

— Você não se importa de ficar aqui fora? — pergunto enquanto caminho ao longo da mesa em que ele está trabalhando, o tampo já lixado, pronto para ser refeito.

— Sempre adorei este lugar — diz ele. — Então, depois do acidente, os meus pais insistiram em me trazer pra cá de novo, antes que eu começasse a travar. Funcionou, de modo geral.

Faço uma pausa, os dedos sobre a mesa, e olho para ele.

— Eu gosto de ver você aqui.

Wyn se aproxima de mim e pousa as mãos com delicadeza no meu quadril.

— Eu gosto de ver *você* aqui — diz ele, a voz baixa, um pouco rouca. — Me dá a sensação de que isso é de verdade.

— *Wyn*. — Eu o encaro e examino seus olhos tempestuosos, as linhas rígidas entre as sobrancelhas e ao redor do maxilar. — É claro que é de verdade.

Ele entrelaça os dedos nos meus e coloca as minhas mãos na sua nuca, nossa testa colada, nosso coração batendo forte.

— O que eu quero dizer — continua ele — é que me dá a sensação de que eu posso te fazer feliz.

— Essa sou eu feliz — juro.

Na nossa última noite na cidade, experimentamos mais uísques do Hank e jogamos uma partida altamente competitiva de dominó, depois sentamos diante da lareira e ficamos vendo o fogo crepitar.

Hank suspira e diz:

— Vamos sentir falta de vocês, crianças.

— A gente volta logo — promete Wyn. Ele levanta a minha mão e passa as costas dela distraidamente nos lábios.

Lar, penso. *Isso é novidade.*

Mas a verdade é que não é. É uma sensação que já existe há algum tempo, esse novo cômodo no meu coração, esse espaço feito só para Wyn, que carrego comigo aonde quer que eu vá.

18

Vida real

QUARTA-FEIRA

Passo um tempão no banheiro verde-neon do cinema.
 Lavo as mãos, depois limpo a área da pia e lavo as mãos mais uma vez.

No caminho de volta, através da galeria coberta por carpete vinho onde ficam os banheiros, quase trombo com Wyn.

— Desculpa — dizemos ao mesmo tempo e estacamos.

Baixo os olhos para a miscelânea de pacotes que ele está carregando: são balas e chocolates de marcas variadas.

— Está indo pra alguma festa do pijama? — pergunto.

— Eu estava com sede — diz ele.

— O que só explica o copo d'água. Você é o tipo de pessoa que acha sequilho doce demais.

— Achei que você podia querer alguma coisa — ele explica.

Seus olhos parecem mais verdes que cinza agora. Como estou com certa dificuldade de encará-lo, volto o olhar para os doces.

— Parece que você pensou que eu podia querer *tudo*.

Os olhos dele cintilam.

— Estava errado?

— Não — digo —, mas não precisava.

— Pode acreditar que não foi intencional. Fui pegar água e, quando me dei conta, estava parado na frente de uma banca cheia de glicose de milho.

— Bom, essa é a ideia de economia da família Connor. Se você comprar uma banca cheia, o reabastecimento é gratuito.

A risada de Wyn se transforma em um gemido e ele passa as costas da mão na testa.

— Estou com a maior ressaca.

— Você bebeu *um* drinque ontem à noite, não foi?

— Se a gente ignorar a meia garrafa de vinho que eu tomei na adega — lembra Wyn.

— Provavelmente a gente devia ignorar tudo o que aconteceu na adega — sugiro.

Ele fica me olhando por algum tempo.

— De qualquer forma, não tenho mais tolerância. Estou bebendo cada vez menos.

— Nossa, que humilde — zombo.

Wyn ri.

— Na verdade eu ando consumindo canabis na comida.

Para a minha surpresa, ele continua:

— Isso tem ajudado de verdade a minha mãe, mas ela fica meio envergonhada de consumir sozinha. Então, duas vezes por semana eu divido um brownie com canabis com ela. A minha mãe é engraçada. Ela nunca tinha experimentado maconha e ri à toa sempre que consome alguma coisa. Eu tenho a impressão que é meio um efeito placebo, mas não importa.

Contenho um sorriso.

— Você voltou a morar com a sua mãe e fica chapado com ela duas vezes por semana.

— Vida dos sonhos — diz ele.

— É mesmo. Na verdade, estou com inveja.

— É divertido — admite Wyn. — Mas ela fica com uma larica danada depois. Eu provavelmente engordei uns sete quilos.

— Caíram bem em você. — E acrescento rapidamente: — Como está a Gloria, de verdade?

Ele olha para mim com desconfiança.

— Você não tem falado com ela?

Tenho certeza de que Wyn sabe que ainda troco mensagens regularmente com a mãe dele. E até mando mensagens ocasionais para as irmãs. Principalmente quando a mais nova, Lou, quer a minha opinião sobre um possível presente para Wyn, invariavelmente um presente engraçado que não exige nenhuma inspiração especial, ou quando a mais velha, Michael, quer a minha opinião sobre uma doença que geralmente não tem nada a ver com neurocirurgia. Até onde a família do Wyn sabe, nós ainda estamos noivos.

— Eu falo com ela, sim — digo. — Mas na maior parte das vezes acho que ela está mentindo pra mim.

Wyn ri baixinho.

— Tenho certeza que ela está.

Ele abaixa os olhos. Deixo meu olhar se demorar na franja escura dos seus cílios, na curva cheia do lábio superior, até ele erguer os olhos novamente.

— A canabis ajuda de verdade. Só não... o bastante.

Meu esôfago parece dominado por um emaranhado de emoções. *Sensação de globo*, explica a minha mente, como se nomear o problema fosse fazer cessar a dor. Isso não acontece.

— Fico feliz por você estar lá com ela — digo.

Ele abre a boca, volta a fechar, então abre de novo.

— Eu, hum... — Wyn pousa os pacotes de doces e o copo em cima da mesa de air hóquei ao nosso lado e muda o peso de um pé para o outro. Então, respira fundo. — Eu sei que você não quer falar sobre esse assunto de jeito nenhum — diz ele, a voz baixa e rouca —, e eu respeito isso. Mas ontem você disse uma coisa e...

Sinto o calor subir pelo meu pescoço até as orelhas.

— Eu estava tendo um dia ruim, Wyn.

— Não, não. Não é... — Ele balança a cabeça e tenta novamente. — Foi uma coisa que você disse na adega e que me fez perceber que você achava que *ele* foi o motivo pra eu terminar com você.

Ele. O impacto é violento. Wyn engole em seco.

— Que você achava que eu te *culpava* pelo que aconteceu com ele.

— É claro que você me culpou.

Estico a coluna, enquanto me esforço para não rachar, ou melhor, para não deixar as rachaduras aparecerem. A verdade é que elas já estão por toda parte.

— Não culpei — diz Wyn, a voz rouca. — E não culpo. Eu juro. Tá certo?

Sinto o peito apertado.

— Então foi pura coincidência você ter terminado comigo logo depois de eu te contar sobre ele.

Não tenho ideia de como lidar com a expressão de surpresa e mágoa no rosto dele. Não tenho ideia de como lidar com nada disso. Entrei no banheiro em um universo e saí em outro.

— Harriet — murmura Wyn, balançando a cabeça. — Foi mais complicado do que isso.

Mais complicado que pensar que eu tinha traído Wyn. Ele não estava com raiva. Não tinha deixado de confiar em mim.

Wyn só não me queria mais. Tenho a sensação de que o meu corpo está virando areia. É como se daqui a um minuto eu vá ser apenas um amontoado disforme no chão.

— Eu estava em um lugar muito ruim dentro de mim — continua ele.

Eu me afasto, porque sinto as rachaduras se ampliando, meus olhos ardendo.

— Eu sei.

Eu sabia *mesmo*. A cada segundo de cada dia.

— Só não sabia como resolver — digo, com a voz embargada.

— Você não tinha como resolver.

Fecho os olhos enquanto tento me recompor, enquanto tento reprimir todos esses sentimentos confusos.

A verdade é que eu sabia que Wyn detestava San Francisco. E me sentia culpada por ele ter me seguido até lá. Culpada por mantê-lo lá, mesmo que estivesse me matando não ser capaz de fazê-lo feliz. A mão de Wyn desliza pela minha, entrelaçando nossos dedos timidamente e me puxando de volta para ele.

— Não foi só isso — diz ele. — O meu pai...

Concordo com a cabeça, porque a minha garganta está tão apertada que não consigo falar.

A morte do Hank foi muito repentina. Não sei se isso tornou tudo pior ou não. Nunca teria havido um bom momento para perdê-lo. Não para Wyn. Não para quem conhecia Hank.

Tudo pegou fogo de uma vez, e, de algum modo, eu ainda achava que a gente podia conseguir. Quando Wyn prometeu me amar para sempre, eu acreditei nele. E foi isso que me deixou com mais raiva de nós dois.

— Achei que eu não... — Seu olhar sustenta o meu, e vejo os músculos do seu maxilar se contraindo. — Eu nunca quis magoar você.

— Eu sei. — Mas isso não muda nada.

— Eu só quero que você seja feliz.

E aqui está de novo, essa palavra.

— Era isso que eu estava tentando dizer lá na adega — continua ele. — Que eu não quero fazer nada esta semana que estrague as coisas pra você. E sinto muito por quase ter feito exatamente isso.

As peças se encaixam.

— Eu não estou com ele — digo. — Não tem nada pra estragar.

Ele entreabre os lábios. Eu gostaria de poder engolir de volta as palavras.

— Se é a isso que você está se referindo.

— Tudo bem — diz ele.

Tudo bem? Que tipo de resposta é essa?

Depois de um silêncio constrangedor, Wyn volta a falar:

— Eu também não.

Contenho um sorriso.

— Você não está em um relacionamento a distância com o meu colega de trabalho com quem se encontrou uma vez?

Um rubor irresistível colore o rosto de Wyn. Ele bate o pé contra a perna da mesa de air hóquei.

— Eu mesmo quase não acredito nisso. A química era inegável, mas não foi o bastante.

Engulo a segunda metade de uma risada, e ele olha para mim por baixo daquela mecha de cabelo.

— Não tem mais ninguém — diz ele.

Não importa, digo a mim mesma.

Não pode importar.

Ele não estava feliz com você.

Ele partiu o seu coração.

Ele nunca foi seu, e no fundo você sabia disso.

Eu *tinha visto* Wyn ir se apagando, se afastando de mim pouco a pouco, dia após dia, como uma miragem desaparecendo no nada.

Mas o jeito como ele está me olhando ameaça obliterar a lógica, apagar a história. Se Wyn é um buraco negro, alcancei o seu horizonte de eventos.

Meu peito dói, mas não quero que este momento acabe. Quero me debruçar nesse sentimento, nessa totalidade. Meu coração, meu corpo e minha mente estão finalmente no mesmo tempo e no mesmo lugar. Aqui, com ele.

Não quero voltar para a sala de cinema, mas alguma coisa precisa acontecer. Não podemos continuar andando nessa corda bamba, ou alguém vai se machucar. *Eu* vou me machucar.

Pigarreio.

— Como vai o negócio de conserto de móveis?

O arco do cupido na boca de Wyn estremece.

— Ainda é um negócio de conserto de móveis.

— Ah, é? Ainda não está sendo usado pra traficar drogas e abrigar noites de jogos de azar ilegais?

Os lábios dele se curvam em um sorriso.

— Você ainda está no mesmo apartamento?

O nosso apartamento. Que ainda guarda vestígios dele. Ou talvez seja eu que arrasto o fantasma de Wyn aonde quer que eu vá.

— Ahã.

— Como está a sua irmã? — pergunta ele.

— Bem, eu acho. Ela e a amiga cabeleireira abriram um negócio juntas. As duas trabalham em casamentos e bailes. Ela ainda fala comigo via FaceTime duas vezes por mês... São mais ou menos cinco minutos de conversa fiada e ela desliga.

Wyn roça os dentes no lábio inferior.

— Sinto muito.

Ele é a única pessoa que sabe como me incomoda mal conhecer Eloise, como me faz mal o fato de, apesar de ter uma irmã, sempre ter me sentido extremamente sozinha na nossa casa de infância. Entre a nossa diferença de seis anos e as constantes divergências de Eloise com os nossos pais, não tivemos muito tempo para construir um relacionamento.

Encolho os ombros.

— Algumas coisas nunca mudam, e o melhor é parar de esperar que elas mudem.

— Mas outras coisas mudam — diz Wyn.

Rompo o contato visual.

— E as suas irmãs? Como elas estão?

— Bem — responde ele, com um meio sorriso. — A Lou está com a mamãe esta semana. Mandou um beijo pra você.

Sorrio, apesar da pontada que sinto no peito.

— E a Michael? Ainda no Colorado?

Ele assente.

— Ela está namorando outro engenheiro aeroespacial, que trabalha em uma empresa concorrente. Eles foram morar juntos, mas os dois assinaram acordos de confidencialidade, então um não deixa o outro entrar no escritório onde faz home office.

Rio.

— Isso é tão a cara dela.

— Eu sei — diz Wyn. — E a Lou terminou a Oficina de Escritores de Iowa em maio.

— Que incrível.

Juntos, os três irmãos sabiam ser barulhentos, grosseiros e competitivos. Eles discutiam sobre tudo — o que comer no jantar, quem ia usar o chuveiro primeiro, quem realmente sabia as regras do dominó e quem não sabia nada. Era como se, assim que um pensamento ou sentimento surgisse na mente de um deles, fosse logo regurgitado.

Mas nada nunca explodiu. Pequenas discussões surgiam e se extinguiam; pequenos insultos desapareciam casualmente. E todos voltavam a brincar, abraçar, chutar e agir como os irmãos dos filmes.

Fico curiosa, mas não pergunto a Wyn se Lou, a irmã mais nova, está só visitando a mãe ou acabou voltando para casa depois da pós-graduação, como estava planejando, na época em que a estadia de Wyn por lá seria apenas temporária. Lou iria assumir os cuidados com Gloria.

— Sinto falta delas — admito.

— Elas também sentem sua falta.

— Elas perguntam por que eu nunca apareço pra visitar você?

— Eu saio da cidade às vezes — explica Wyn. — Pra resolver coisas de trabalho.

— Coisas de trabalho? — pergunto.

Ele assente, mas não esclarece.

— Elas acham que é quando a gente se vê.

É minha vez de assentir. Não tenho nada a comentar a respeito.

Wyn pigarreia.

— A minha mãe falou que você estava fazendo aulas de cerâmica.

— Ah, sim — confirmo.

— Eu fingi que já sabia — confessa ele.

— Tudo bem. Isso é bom.

— Mas ela mencionou que acha que você está melhorando. E que a sua tigela mais recente parecia muito menos com uma bunda.

O riso sai em disparada da minha garganta, como um tiro de canhão.

— Engraçado, você devia ter *visto* a mensagem entusiasmada que ela me mandou sobre aquela tigela de bunda. A Gloria fingiu que estava *muito* boa.

— Não. — Ele sorri. — Ela não estava fingindo. E me disse que ficou mesmo muito boa. Mas que também parecia uma bunda. Você sabe como ela é.

— Lembra como a Gloria foi legal com aquela pintura que a gente deu a ela de brincadeira? — pergunto. — O quadro horrível de veludo do Elvis, que mais parecia o Biff de *De volta para o futuro*?

O sorriso de Wyn se alarga.

— Ela não parava de dizer que era único.

— Mas ela conseguia fazer *único* soar como uma coisa boa. Tinha tantas nuances, na opinião da Gloria.

— A nuance é que ela pode até saber que uma coisa é horrorosa — diz ele —, mas, se essa coisa estiver vagamente ligada a um dos membros da família, também vai ser incrivelmente especial.

A ideia de ser um dos membros da família de Gloria, de ser *incrivelmente* especial, faz o meu coração apertar.

— É estranhamente divertido morar com ela — comenta Wyn.

— Não há nada de estranho nisso. A Gloria é um barato.

Ele sorri para si mesmo.

— É engraçado. Passei todos esses anos me convencendo de que precisava fugir. Vi as minhas irmãs descobrindo o que queriam e falando em ir embora, e os meus pais orgulhosos por elas estarem prestes a ser alguma coisa, a traçarem o próprio caminho ou o que quer que fosse. E achei que também precisava fazer isso.

Eu me lembro daquele ano, muito tempo atrás, em que nós cinco, ainda sem Kimmy, nos deitamos no píer dos Armas e ficamos traçando nossos caminhos alternativos... Lembro de como, mesmo naquela época, Wyn usou sua hipotética *outra vida* para voltar àquela que tinha deixado para trás. Uma parte dele sabia que seu lugar era lá.

Quando fui para casa com ele pela primeira vez, e conheci Hank, Gloria, Lou e Michael, quando vi a marcenaria e o quarto repletos de provas de uma infância feliz e cheia de amor, uma parte minha também soube que era àquele lugar que ele pertencia.

Tentei segurá-lo junto a mim de qualquer maneira. Assisti, naqueles meses em San Francisco, as paredes se fecharem ao redor de Wyn — e me matava vê-lo tão ferido, tão atormentado, mas não fui corajosa o bastante para libertá-lo. Talvez isso fosse parte da raiva que também ardia dentro de mim: desapontamento por não ter amado Wyn o bastante para fazê-lo feliz nem para deixá-lo ir embora.

— De qualquer forma — ele volta a falar —, se alguém tivesse dito, quando eu tinha vinte e dois anos, que eu acabaria morando no quarto da minha infância e fazendo palavras cruzadas todo dia com a minha mãe no café da manhã, eu *até* teria acreditado, mas ficaria chocado quando soubesse que iria me sentir feliz de verdade nesse cenário.

— Você faz palavras cruzadas? — pergunto. — Você *nunca* quis fazer palavras cruzadas quando a gente morava junto. Eu tentava te convencer a fazer toda vez que chovia.

— E eu sempre aceitava.

— E a gente *nunca* terminava — retruco.

— Harriet. — Os olhos dele encontram os meus, com um brilho malicioso no fundo. — Isso era porque eu nunca conseguia ficar parado muito tempo na sua frente sem te tocar.

O sangue sobe para o meu rosto e o meu peito, e desce latejando para as minhas coxas. Sem que eu perceba, nos aproximamos. Talvez seja como a ressaca da Cleo, induzida pelo Bernie's: um reflexo condicionado que sempre vai nos unir.

— E eu achando que eram as palavras cruzadas que deixavam você inquieto — digo.

— Acontece que não é colocar letras em caixinhas que me deixa *inquieto*.

— Que bom — consigo dizer com dificuldade. — Isso tornaria o café da manhã com a Gloria bastante estranho.

O ventilador sopra uma mecha de cabelo no meu rosto e ele a afasta, torcendo-a entre a ponta dos dedos calejados. Meu coração bate forte, cada célula me empurrando na direção dele.

Atrás de nós, a porta da sala de cinema é aberta. Nossos amigos saem em uma onda de conversas e risadas. Está na hora do intervalo.

Começo a ir na direção deles, mas Wyn me segura pelo pulso.

— Eu gostei da tigela — diz ele. — A minha mãe me mostrou uma foto. Achei linda.

19

Vida real

QUARTA-FEIRA

—Achei que você não fosse ficar para o segundo filme — sussurro para Cleo enquanto voltamos a nos acomodar nos nossos assentos. Dessa vez Wyn e eu estamos no meio, e não posso deixar de desconfiar que Sabrina nos colocou nessa posição para que não fugíssemos novamente.

Cleo dá de ombros.

— Isso claramente significa muito para a Sab. Além do mais, não quero que ela fique falando que eu saí mais cedo.

— Ei. — Kimmy se inclina ao redor de Cleo e estende um saco plástico para mim.

Confiro o conteúdo.

— Você está tentando me vender drogas?

— É claro que não — retruca ela. — Estou tentando te *dar* drogas.

Ela balança os ursinhos de goma vermelhos na frente do rosto da Cleo, então joga no meu colo.

— Você é tão discreta — comento.

— Não preciso ser discreta — diz ela. — Aqui é dentro da lei.

Wyn se inclina para a frente.

— A Kimmy está vendendo drogas?

— Quer um pouco? — pergunta ela.

Sabrina faz shhh para nós, os olhos grudados na tela, enquanto enfia pipoca na boca.

Wyn olha para mim e se volta de novo para Kimmy.

— Se a Harriet está dentro, eu também estou.

— São muito fortes? — pergunto em um sussurro.

Kimmy dá de ombros.

— Não muito.

— Não muito pra *você* ou não muito pra *mim*?

— Vamos colocar da seguinte forma — diz ela. — Você vai se divertir muito, mas não vai me obrigar a ligar para o hospital e perguntar se está morrendo. De novo.

Bom, por que não? Como diz o ditado, quando em Roma...

Cada um pega uma bala, e nós as juntamos em um brinde antes de colocar na boca.

— Ei — pergunta Sabrina em volume máximo —, vocês estão usando drogas aí?

— Balinhas de goma de maconha — explico.

— Tem mais? — ela pergunta. — Faz muito tempo que eu não fico chapada.

Kimmy passa a sacola ao longo da fila. Parth e Sabrina pegam uma cada um. Cleo recusa.

— Não uso mais, sério.

— Também estou cortando — avisa Kimmy. — Portanto, podem disputar pra ver quem fica com o que a gente não consumir essa semana.

— Muito bem, é possível que isso já esteja me deixando com fome? — pergunta Sabrina.

— Não — dizemos Cleo, Wyn e eu em uníssono.

Do fundo do cinema, alguém manda a gente calar a boca. Todos nos abaixamos nos assentos.

— *Cacete* — sussurra Kimmy. — Alguém sabia que tinha mais alguém lá atrás?

Parth dá uma espiada por cima do ombro.

— Eu acho que é um fantasma.

— Não é um fantasma — sussurro.

— Como você pode ter certeza? — pergunta Parth.

— Porque ele está usando óculos escuros atrás da cabeça — digo. — Aquele é o Ray. O piloto.

— Só porque ele é piloto, não significa que não seja um fantasma — argumenta Kimmy em um tom sábio.

As TELHAS CINZA dos prédios na Commercial Street pingam sem parar, mas o temporal passou e estão todos na rua para aproveitar a primeira noite do Festival da Lagosta. Os shows, concursos e o desfile das antigas Miss Lagosta, de vestido vermelho, só começam na sexta-feira, mas os food trucks e o parque de diversões, com barracas de jogos, estão abertos, suas luzes piscando não exatamente no ritmo do sucesso de Billy Joel que toca nos alto-falantes. Crianças com pinturas de lagosta e de sereia no rosto disparam no meio da multidão, casais com blusões combinando dançam em frente ao estande de vinhos, e adolescentes de olhos vidrados passam garrafas de água suspeitas entre si.

— Estão sentindo esse cheiro? — Sabrina literalmente pula na nossa frente. — Se existe um céu, o cheiro é esse.

Água com sal e açúcar queimado, alho refogando na manteiga e mariscos fritando no azeite.

— Quero uma caneca de cerveja com muita espuma — diz ela, sonhadora.

— Quero batata frita bem temperada — diz Kimmy.

Cleo franze o nariz e dá risada.

— E eu quero uma câmera de vídeo pra que amanhã vocês possam ver como estão chapados.

— Quero ganhar no Acerte-Uma-Lagosta — diz Parth, já avançando em direção às luzes piscantes do jogo, como um voluntário hipnotizado em um show de mágica, e Wyn vai atrás, também em transe.

Passo o braço ao redor dos ombros de Cleo.

— Você está feliz por não ter perdido tudo *isso*, né?

— Não era *isso* que eu queria perder — responde Cleo. Os outros passaram para um jogo de arremesso em garrafas de leite. Ela indica com um gesto de cabeça os pufes de lagosta e as garrafas pintadas para parecerem pescadores nervosos. — Qual você acha que é a narrativa aqui? As lagostas reagindo?

— Espero que não seja profético, ou esta cidade vai ser a primeira a desaparecer — comento.

Cleo se vira para mim.

— Acho que eu queria... A semana já está na metade e mal conseguimos conversar direito, pôr o papo em dia. E eu sei como isso é importante pra ela... pra todos nós. Fazer todas essas coisas uma última vez, eu entendo isso.

Ela faz uma pausa, antes de continuar:

— Mas também fazia muito tempo que a gente não se reunia, e hoje eu me peguei meio chateada. Passar horas vendo filmes quando poderíamos estar conversando...

Pego a mão dela.

— Sinto muito. Faz todo o sentido.

Cleo olha para trás, para onde Sabrina e Parth estão implicando um com o outro na frente do jogo, e dá um sorrisinho.

— Eu só quero que esta semana seja perfeita pra eles.

— Eu também. — Aperto a mão dela. — Mas, ei, a noite é uma criança e nós também. O que *você* quer fazer? Eu topo ir em algum brinquedo ou jogar algum jogo. Deixo até você fazer um monólogo sobre cogumelos.

Ela ri e enfia a cabeça no meu ombro.

— Eu só quero ficar aqui com você, Har.

A maconha deve estar batendo forte, porque fico chorosa na mesma hora.

É aquele sentimento agridoce, aquela saudade intensa de casa. E me faz lembrar do semestre que passei no exterior. Não das velhas ruas de paralelepípedos ou dos pequenos pubs lotados de universitários bêbados, mas de Sabrina e Cleo me ligando à meia-noite para cantar "Parabéns a você". A sensação de enorme gratidão por ter algo de que vale a pena sentir saudade.

Andamos pelo parque, conversamos, suamos, sentimos calor e comemos. Bolinhos de chuva e sanduíches de lagosta, tortinhas cheias de recheio e brotos de samambaia empanados, pipoca salgada e com caramelo.

— Mais alguém tem a sensação de que o tempo está passando muito rápido? — pergunto, quando percebo que já está escuro.

Cleo e Sabrina se entreolham e caem na risada.

— Você está muito chapada — comenta Sabrina.

— Diz a mulher que passou uns nove minutos nos obrigando a ficar parados no mesmo lugar enquanto pesquisava no Google se o milho é uma noz ou um vegetal — retruco.

— Eu queria saber! — brada Sabrina, estreitando os olhos.

— Uma *noz*, meu bem — diz Cleo. — Você achou que milho era uma *noz*.

— Ah, os grãos parecem mininozes antes de estourarem — diz Parth, em defesa de Sabrina. Cleo agora ri de dobrar o corpo.

Wyn está vagando em direção à roda-gigante, de olhos arregalados.

— Cara, o Wyn está prestes a ser abduzido — brinca Kimmy, e não tenho ideia do que ela está falando, mas rio assim mesmo.

Wyn olha por cima do ombro e diz:

— Olha isso. É lindo.

Sabrina fica olhando para ele por um instante, então joga a cabeça para trás e dá uma gargalhada.

Mas Wyn — e a goma de maconha nada pequena que ele consumiu — está certo.

Tudo parece suave nas bordas, como em um sonho.

Parth nos leva até a fila da roda-gigante.

Tento formar dupla com Sabrina para a cadeirinha do brinquedo, mas ela se esquiva de mim na fila para ficar com Parth, e eu com Wyn.

— Tá certo, tá certo — diz Parth. — Levanta a mão quem tá chapado.

— E se todos fecharmos os olhos antes de responder? — pergunta Kimmy. — Só pra ninguém ficar com vergonha.

A cabeça de Wyn pousa no meu ombro e sua risada se espalha pela minha pele, descendo pela coluna e acendendo as terminações nervosas no caminho. É uma metáfora confusa, obviamente, mas quando *devemos* misturar metáforas senão aos trinta anos, totalmente chapados?

— Eu me sinto jovem! — grito, o que faz Sabrina gargalhar de novo, abrir os braços e girar duas vezes.

Parth me segura pelos ombros e diz, com urgência:

— Nós *somos* jovens, Harry. Sempre vamos ser jovens. É um estado de espírito.

— Agora parece uma boa hora para contar pra vocês — fala Cleo — que a Kim compra essa porcaria de um vizinho que faz as balas em casa. Não é regulamentado. Espero que estejam todos preparados pra ir pra lua, cacete.

A essa altura, as pupilas da Kimmy basicamente desapareceram.

— Escuta — diz ela —, vocês vão se divertir muito. A lua é linda nesta época do ano.

Normalmente a ideia de gomas de maconha não regulamentadas me deixaria um pouco ansiosa. Ou... me faria ter um ataque de pânico. Mas o jeito como Kimmy fala e o olhar pateta no rosto dela me fazem rir um pouco mais.

— Espera — diz Wyn, a expressão severa e muito séria —, como se faz bala de goma em casa?

— Escuta — diz Kimmy. — É um mistério.

— Escuta. — É a vez da Sabrina. — Eu amo isso.

O atendente da roda-gigante, de vinte e poucos anos — e nem um pouco impressionado com o nosso estado —, acena para que a gente suba os degraus de metal até a plataforma de embarque.

Sabrina e Parth ocupam o banco aberto mais à frente, e Wyn me mantém firme enquanto subimos no seguinte, minha respiração ainda saindo em risadinhas.

— Essas — comenta ele — não são as balas de canabis da minha mãe.

Eu rio com o rosto enfiado no ombro dele, então me afasto rapidamente. Bom, com toda a sinceridade, duvido que eu esteja fazendo alguma coisa com rapidez, mas lembro de afastar o rosto do pescoço dele, o que já é alguma coisa neste momento.

Levantamos os braços enquanto o atendente verifica a barra de segurança no nosso colo, então os abaixamos novamente conforme o rapaz se dirige ao banco atrás de nós para checar Kimmy e Cleo.

— Lembra do museu marítimo? — pergunta Wyn.

Seco as lágrimas de riso com as costas da mão.

— *Lembrar* talvez não seja a melhor palavra. Tenho lampejos de memória flutuando no meu hipocampo, como bolhinhas de sabão.

— Foi na viagem um pouco antes do seu último ano de medicina — diz ele.

— É mesmo? — A minha mão cai em cima da dele, que está pousada na barra de segurança, e logo a recolho. — Faz tanto tempo assim?

Wyn assente.

— Foi na mesma viagem em que a Sabrina e o Parth ficaram juntos pela primeira vez.

A lembrança parece estar sendo transmitida de uma outra vida. Sabrina e Parth ficaram acordados até mais tarde que todos nós, concentrados em um jogo terrivelmente competitivo de cartas, no qual se revezavam para vencer. No final da manhã seguinte, os dois chegaram juntos à cozinha, mal-humorados, mas radiantes.

— Não digam uma palavra — alertou Sabrina. — Não vamos falar sobre isso.

E todos nós assentimos e disfarçamos nossos sorrisos, mas naquela noite eles dividiram novamente o mesmo quarto.

— Mais tarde naquele dia, todos nós compartilhamos *um* baseado — continua Wyn —, depois fomos ao museu e você assistiu àquela apresentação sobre a fabricação de barcos por uns trinta e cinco minutos sem piscar.

— O cara era um artista! — brado.

— Era mesmo — concorda Wyn. — E por duas horas você se convenceu de que ia largar a faculdade de medicina pra fazer barcos.

— Eu nunca tinha andado de barco naquela época.

— Não acho que isso seja estritamente necessário — argumenta ele.

— Eu provavelmente só estava com medo de não dar certo em nenhuma residência médica — confesso.

— Você me disse que não se importaria — lembra Wyn. — Falou que seria um sinal do universo.

Sinto um aperto de culpa no peito. Como se eu tivesse *traído* o meu futuro tendo um caso emocional com a *fabricação de barcos*. Tinha dedicado toda a minha vida adulta à medicina, e bastou uma tragada no baseado certo para pensar em jogar tudo fora.

— Foi fofinho pra cacete — comenta Wyn. — Eu ainda estava chapado quando mandei uma mensagem para o meu pai perguntando do que a gente iria precisar para que você pudesse fazer um barco na marcenaria.

— Jura?

— Ele ficou animado demais — conta Wyn. — Falou que ia perguntar nas redondezas pra ver se alguém poderia te ensinar.

— Você nunca me contou isso.

— Ah — retruca ele —, você nunca mais tocou no assunto da fabricação de barcos, então eu meio que achei que tinha sido só a maconha falando.

— Era uma maconha excepcionalmente falante — murmuro.

— E a bala de goma? — pergunta ele. — Também está te dizendo que a gente devia comprar por impulso algum maquinário pesado?

A gente. Ouvir Wyn falar desse jeito é como morder um mirtilo do Maine, o jeito como sentimos o sabor da água salgada, do céu frio, da terra úmida e do sol ao mesmo tempo. Quando aquele *a gente* aterrissa na minha língua, vejo tudo:

Os ombros de Wyn iluminados pela lua, ele encostado no Jaguar.

O momento em que ele ajeitou o moletom nos meus ombros, meu cabelo caindo ao redor do rosto.

Um beijo na adega.

Adormecer espremidos em uma cama de solteiro, o suor dele ainda grudado no meu corpo.

A noite em que ele me pediu em casamento.

— Harriet? — chama Wyn. — O que você acha? Devemos investir no seu sonho de fazer barcos ou não?

A manhã em que recebemos a notícia de que Hank tinha morrido.

O silêncio profundo e doloroso no nosso apartamento em San Francisco.

A noite em que ele partiu o meu coração.

Eu me obrigo a voltar ao momento presente.

— O que nós temos a perder, a não ser milhares de dólares que não temos e membros do corpo com os quais estamos bastante acostumados e... — Procuro o braço dele quando a roda-gigante ganha vida, avança ao longo da plataforma e nos ergue no céu.

Conforme o chão se afasta, o rosto de Wyn é iluminado por tons alternados de neon, as cores pulsando em um ritmo sem sentido.

Por alguns segundos, fico hipnotizada.

Tudo bem, para ser realista, não tenho ideia de quanto tempo fico hipnotizada. A maconha ainda está tornando o tempo elástico como caramelo. Algumas cores tingem o rosto de Wyn pelo que parece uma eternidade, e outras passam em um lampejo tão breve que mal tenho tempo de registrar. A brisa salgada e penetrante desarruma o cabelo dele enquanto subimos mais alto na noite, e o cheiro de açúcar queimado ainda exala das suas roupas.

— Você está me encarando, Harriet — diz Wyn, com um sorrisinho torto.

— Estou? — pergunto. — Ou você está só chapado?

Quando ele ri, me torno profundamente consciente dos meus dedos que ainda seguram seu braço, e da textura lisa e seca da sua pele. De perto, sempre que Wyn se expõe ao sol, dá para ver milhões de minúsculas sardas escuras, pequenas como grãos de areia, espalhadas pela sua pele. Quero tocar todas elas. No meu estado atual, isso poderia levar dias.

Apertados na cadeira da roda-gigante, sinto a respiração dele entrando e saindo dos pulmões, seus batimentos cardíacos digitando mensagens em código Morse.

— Por que você está me olhando desse jeito? — pergunta Wyn.

— De que jeito? — devolvo, com certa grosseria.

Ele abaixa o queixo.

— Como se quisesse me devorar.

— Porque eu quero devorar você.

Wyn pousa o polegar no meio do meu queixo e, de repente, o ar parece elétrico.

— É a maconha falando — brinca ele, o tom gentil —, ou é porque ainda estou com açúcar de confeiteiro na boca?

Para alguém que sempre morou dentro da própria mente, eu me transformo em nada além de um corpo com uma rapidez assustadora — nesse momento sou apenas terminações nervosas vibrando e pele formigando.

— Isso é confuso — sussurro.

— Não me sinto confuso — diz Wyn.

— Você não deve estar tão chapado quanto eu.

Ele continua a sorrir de lado.

— Eu *sei* que não estou tão chapado quanto você. Parece que você comeu um saco de lixo cheio de erva-de-gato.

— Eu consigo *sentir* o meu sangue — digo. — E essas cores têm *gosto*.

— Você não está errada — fala Wyn.

— Qual é o gosto delas pra você? — pergunto.

Ele fecha os olhos e levanta o nariz, enquanto a brisa agita a sua camiseta. Quando Wyn abre os olhos, suas pupilas ultrapassaram as íris.

— Bala de goma vermelha.

Dou uma risadinha debochada.

— Que esperto...

Os olhos dele cintilam, como relâmpagos iluminando o verde pré-tornado deles.

— Tá certo, então — fala Wyn. — Você quer a verdade?

— Sobre o gosto dessas luzes? Estou louca pra saber.

Ele afasta a mão da barra de ferro à nossa frente e deixa os dedos subirem pela lateral externa da minha coxa até o meu quadril, os olhos acompanhando o trajeto da mão.

— Elas têm gosto desse tecido.

Estou me esforçando para não estremecer, para não me aninhar nele, porque a leve pressão dos seus dedos contra o cetim do meu vestido de verão agora também tem um gosto, e é delicioso.

— Macio — murmura Wyn. A parte de trás das suas unhas corre pela minha coxa, deslizando pela barra do vestido até a pele nua acima do meu joelho. Minha cabeça cai para trás como se tivesse vontade própria. — Delicado. E tão leve, cacete, que dissolve na língua.

Os olhos dele encontram os meus. As unhas dele agora sobem, com um pouco mais de força. Por vários segundos, ou minutos, ou horas, mantemos os olhos fixos um no outro, enquanto a mão de Wyn continua seu passeio... para cima, para baixo, um pouco mais alto agora.

— Posso ver mais fotos? — pede ele.

Eu me sobressalto dentro da minha névoa de luxúria.

— O quê?

— Dos seus trabalhos de cerâmica — explica.

— Não são bons.

— Eu não ligo — afirma ele. — Posso ver?

Nossos olhares voltam a se encontrar. Estou realmente com dificuldade de me mover em um ritmo normal. Toda vez que olho para Wyn, é como se tudo parasse, como se estivéssemos flutuando fora do tempo e do espaço.

Eu me atrapalho para pegar o celular e, já com ele na mão, procuro nas minhas fotos. Além das capturas de tela de um monte de anúncios de programas de TV de suspense e assassinato que o algoritmo me indicou e eu queria lembrar de assistir, não há muito para ver antes de chegar às fotos dos meus últimos projetos. Uma caneca, dois vasos diferentes, outra tigela que na verdade não se parece nada com uma bunda.

Entrego o celular para Wyn. Ele passa a língua pelo lábio inferior enquanto analisa as fotos. Já demos pelo menos uma volta completa na roda-gigante quando ele chega à última foto e começa a deslizá-las para o outro lado, parando em cada uma, ampliando para ver os detalhes da cerâmica.

— Essa. — Ele está olhando para o menor vaso, listrado em tons de verde, azul, roxo e marrom, um horizonte de cores terrosas.

Meu coração se aperta.

— Eu batizei de Hank.

Wyn levanta a cabeça, o rosto vulnerável, com aquela expressão que costumava me fazer pensar em areia movediça, um rosto que poderia arrastar alguém para dentro e nunca mais soltar.

— Você batizou o vaso? — pergunta ele. — Em homenagem ao meu pai?

— Não é humilhante? — Tento pegar o celular de volta.

Wyn não devolve.

— Por que seria humilhante?

— Porque eu não sou Michelangelo — digo. — Meus vasos não precisam de nomes.

Ele levanta o celular.

— Esse aqui precisa da porra de um nome, e esse nome é Hank. — Estendo a mão mais uma vez para pegar o aparelho, mas Wyn o tira do meu alcance, volta a olhar para a tela, e vejo que franze o cenho. Ele diz baixinho, então: — Parece com ele.

— Não precisa dizer isso, Wyn. É um vaso, feito por uma amadora.

— Lembra Montana — continua ele. — As cores são exatamente essas.

— Ou talvez você só esteja muito chapado — brinco.

— Com certeza estou muito chapado — fala Wyn. — Mas também estou certo.

Nossos olhos se encontram novamente, e sinto um calor invadir o meu íntimo. Estendo a mão. Wyn pousa o celular nela.

— Você mostrou esse vaso para a minha mãe? — pergunta.

Balanço a cabeça.

— Eu estava pensando em dar a ela.

— Deixa eu comprar — pede ele.

Eu rio.

— O quê? De jeito nenhum.

— Por que não?

— Porque não tem valor — respondo.

— Pra mim tem — retruca ele.

— Então você pode pagar o frete. Aí o presente será nosso.

— Tudo bem. Eu pago o frete. — Depois de uma pausa, Wyn pergunta: — Como você começou com isso?

— Com a cerâmica?

Ele assente.

Deixo escapar um suspiro.

— Foi mais ou menos uma semana depois de a gente terminar. Eu estava voltando pra casa após um plantão no hospital e estava a alguns quarteirões do nosso... do meu apartamento. — Me corrijo no último instante, mas meu rosto arde de qualquer forma.

Eu não queria ir para casa naquele dia. Tinha sido instrumentadora em outra cirurgia difícil. O paciente sobreviveu, mas eu estava me sentindo mal. Só queria estar nos braços de Wyn e sabia que, se entrasse no nosso apartamento, haveria sombras dele por toda parte, mas nenhum vestígio do Wyn de verdade.

Engulo o nó que aperta a minha garganta.

— Então eu vi o estúdio. E ele me lembrou de estar aqui, porque, você sabe...

— Porque aqui a gente não anda um metro sem esbarrar em um vaso de cerâmica em forma de concha? — deduz Wyn.

— Exatamente — falo. — E eu nunca me interessei muito por todas essas olarias quando estamos *aqui*, sabe? Mas, quando vi aquele lugar, me senti como... como se fosse um pedacinho de casa. Ou, você sabe, seja lá o que for o chalé pra gente.

— Então você simplesmente entrou? — pergunta ele.

— Simplesmente entrei.

Um sorriso brinca nos cantos da sua boca.

— Isso não é típico de você.

— Eu sei. Mas eu estava tendo um dia ruim. E tinha uma sorveteria ao lado, então comprei uma casquinha e, quando estava saindo, as pessoas estavam começando a chegar no estúdio de cerâmica para uma aula de iniciantes. Como a alternativa era ir pra casa e assistir a mais episódios de *Assassinato por escrito*, eu simplesmente entrei.

Wyn comenta com gentileza:

— E você gostou.

— Gostei muito — admito.

— Você é boa nisso.

— Não muito — digo. — Mas esse é o ponto. Nada depende de eu ser boa ou não na cerâmica que eu faço. Se eu estragar tudo, não importa. Posso começar de novo e, sinceramente, nem me importo. Porque, quando estou trabalhando com argila, me sinto bem. Não fico aflita pra saber como vai sair. Eu simplesmente *gosto* de fazer. Não preciso ficar exageradamente concentrada. Não preciso fazer *nada* além de enfiar as mãos na argila e deixar acontecer. Eu desligo e deixo a mente vagar.

Wyn deve ver algo na minha expressão, porque pergunta:

— Em que você pensa?

Sinto o rosto ardendo.

— Não sei. Em lugares, principalmente.

— Que lugares?

Olho para o festival se estendendo abaixo de nós e vejo um menino e uma menina ziguezagueando pela multidão, segurando buquês de algodão-doce com o dobro do tamanho da cabeça deles.

— Qualquer lugar onde eu fui feliz — digo.

Há uma longa pausa.

— Montana?

Sinto a garganta apertada novamente. E apenas assinto.

— Aquela tigela que parecia uma bunda... Eu estava pensando no mar aqui do porto de Knott — digo. — Nas ondas, e em como é estranho que elas não existam realmente. A água é apenas água... A maré se movimenta através delas, o vento se movimenta sobre elas e elas mudam de forma, mas são sempre só água.

— Então eu posso deduzir que algumas coisas mudam *e* permanecem as mesmas — conclui Wyn.

Eu sei que estamos chapados. *Sei* que ele não disse nada profundo de fato, mas, quando seus olhos claros de coiote se erguem para encontrar os meus, meu coração parece dar um salto, e é como se tudo dentro de mim desse um giro de cento e oitenta graus. É como se eu estivesse de cabeça para baixo o tempo todo, e o movimento finalmente tivesse me endireitado.

— Tem alguma peça que se pareça com a gente? — pergunta Wyn.

Todas se parecem, penso. *Você está em todos os meus lugares mais felizes. É você que a minha mente busca quando precisa se acalmar.*

Ajeito o corpo na cadeirinha da roda-gigante. Os dedos de Wyn roçam na minha coxa. Ele se concentra naquele contato.

Wyn cerra os lábios enquanto traça a dobra do tecido, e, embora não esteja exatamente me tocando, as terminações nervosas ao longo do meu quadril vibram mesmo assim, vivas, quentes, efervescentes.

— Você tem que sentir isso, Harriet — diz ele, o tom sonhador.

Começo a rir.

— Aquela bala de goma não era pequena.

— Vendo pelo lado positivo — diz ele —, está tornando o toque desse tecido realmente incrível.

— Você está se referindo a um *gosto* incrível — corrijo.

— Como de bala de goma vermelha — concorda Wyn.

Ele abaixa a boca na direção do meu ombro e passa os lábios entreabertos pela alça do vestido. Prendo a respiração. Pouso as mãos na barra de ferro, onde posso ter certeza de que elas não vão se enfiar dentro da camiseta de Wyn, como se tivessem vida própria.

— Isso é que é seda? — pergunta ele, erguendo o rosto, os olhos brilhando sedentos sob as luzes roxas que piscam.

— Cetim — digo a ele. — A seda do pobre.

— A seda do pobre, mas sortudo — brinca Wyn. — A sensação é de... pele úmida. Olha só. — Ele tira a minha mão da barra à nossa frente, leva à minha coxa e fica observando a minha reação enquanto faz nossas mãos deslizarem pela bainha da saia, até nossos dedos alcançarem a pele. — Está vendo?

Concordo com um aceno de cabeça, sem fôlego.

Os olhos dele escurecem e parecem pretos agora, a não ser pela borda externa, de um prata-esverdeado.

— Você lembra do que me falou sobre o seu cérebro? — pergunto.

A mão dele para por um instante.

— Você disse que ele parecia uma roda-gigante — prossigo. — Como se todos os seus pensamentos estivessem constantemente circulando, que você tentava agarrar um, mas era difícil permanecer fixo nele por muito tempo, porque os pensamentos continuavam a girar.

As linhas do seu rosto se suavizam. Seus dedos se curvam, as unhas pressionadas contra a minha pele.

— Menos com você. Você é como a gravidade.

Eu não conseguiria me afastar nem se ele tivesse explodido em chamas.

— Tudo continua girando — diz Wyn, a voz baixa e rouca. — Mas a minha mente tem sempre uma mão em você.

O ar noturno esquenta entre nós até estalar. Estamos prestes a quebrar a regra. Estamos prestes a nos beijar sem ninguém olhando, e eu não me importo. Ou me importo, já que preciso disso. Preciso da gravidade *dele*. Preciso da sua boca e do seu quadril para me firmar no lugar, para me ancorar neste momento, para desacelerar ainda mais o tempo, como Wyn sempre fez, até que *isso* se torne a minha vida real, e todo o resto — o apartamento do tamanho de uma caixa de sapato, as costas e os joelhos doloridos, o suor se acumulando embaixo do meu uniforme e da máscara no hospital, as noites olhando para um teto que não tem nada a me dizer — seja a lembrança.

— HAR! — grita alguém acima de nós.

O momento se rompe. Nós dois olhamos para cima.

— PEGA!

Não vejo qual delas grita isso. Só consigo ver Kimmy e Cleo — agora acima de nós, enquanto descemos pela parte de trás da roda-gigante — inclinadas sobre a barra de ferro à frente, rindo histericamente. Então alguma coisa de um rosa-flamingo se aproxima esvoaçando, tremulando e girando na nossa direção.

E cai bem no meu colo.

— Segura isso, tá? — grita Kimmy. Cleo dobra o corpo no assento, contorcendo os ombros de tanto rir.

Wyn pega a coisa rosa e a levanta, abrindo-a para que os bojos do sutiã rosa-choque se destaquem no seu peito.

Acima de nós, Cleo e Kimmy estão gritando agora.

— É exatamente por isso — diz Wyn — que eu odeio ganhar roupa de presente. Nada nunca cai bem.

— Pelo menos a cor te favorece — brinco.

Ele estala a língua, rindo, e balança a cabeça.

— Obrigado, Kim.

Kimmy se joga para a frente, gritando alguma coisa em meio às gargalhadas, mas Cleo a puxa contra o banco.

— Dá licença, Wyn. — Pego o sutiã minúsculo das mãos dele e seguro na frente do corpo. — Em que universo isso cabe nos peitos da Kimmy?

Ele fica boquiaberto, olha para Cleo e Kimmy, que ainda estão caídas uma em cima da outra, rindo, então volta a olhar para mim.

— Caramba — diz Wyn. — Essa me pegou desprevenido.

— A mim também — concordo. — Sempre achei que a Cleo era uma defensora obstinada dos peitos livres, leves e soltos.

— O que está acontecendo lá em cima? — pergunta Parth, abaixo de nós.

Eles estão começando a preparar a plataforma de desembarque.

— A gente precisa agir rápido — diz Wyn, contando que eu leia a sua mente.

Faço isso.

— A sua pontaria é melhor que a minha.

— Não vou nem argumentar — ele diz e pega o sutiã.

Nós nos inclinamos para a frente e, quando Sabrina e Parth estão prestes a parar e descer, Wyn joga o sutiã direto na cabeça de Sabrina.

— QUE... — grita ela, e suas palavras são interrompidas quando Parth tira o sutiã da cabeça dela e segura no alto para examiná-lo sob a luz neon... bem no momento em que eles estão parando ao lado do sofrido atendente da roda-gigante.

Mesmo de onde estamos, o resmungo soa como "millennials", o que faz Wyn e eu rirmos tanto que as lágrimas literalmente escorrem pelo meu queixo.

— Aconteceu! — grito. — Nós tomamos o lugar dos nossos pais como a geração da "mãe bêbada nas férias".

— Com licença — diz ele —, acho que você está querendo dizer a geração do "pai chapado nas férias".

Abaixo de nós, Sabrina desce do assento, com a cabeça erguida, muito digna. Ela entrega o sutiã para o atendente e fala alto e com a clareza necessária para que todos nós e todos na fila escutem:

— Você tem um setor de achados e perdidos? Parece que alguém deixou isso cair no caminho.

— Estamos prestes a ser expulsos do Festival da Lagosta? — pergunto a Wyn.

Ele joga a cabeça para trás e dá outra risada.

— Estava fadado a acontecer em algum momento.
— É o fim de uma era — lamento.
— Não. — Seus olhos se desviam para o lado. — É um novo começo.

Ainda estamos rindo quando descemos do Land Rover na frente da casa — Sabrina se apoiando pesadamente em mim, Kimmy se apoiando ainda mais pesadamente em Wyn atrás de nós. Estamos quase nos degraus da frente quando a nossa destemida (e sem sutiã) motorista da vez parte em direção à lateral da casa.

— Aonde você vai? — Parth joga os braços para os lados. — Você está com as chaves de casa!

Sabrina e eu trocamos um olhar, então saímos atrás dela, contornando o lado escuro da casa. Cleo abre o portão do pátio e chuta os sapatos pelo caminho enquanto corre, já desabotoando a calça.

Sabrina bate no meu braço para me fazer correr mais rápido, e dobramos a curva a tempo de ver Cleo, agora sem calça, pular na piscina. Os outros fazem a curva, e Sabrina se volta para Parth e usa todo o peso do corpo para empurrá-lo na água também.

Sem hesitar, Kimmy dispara atrás dele, ainda com um dos sapatos no pé. Sabrina gira para mim. Eu grito e afasto as suas mãos.

— Estamos velhos demais pra isso! — apelo. — Não me obrigue a fazer isso!

Seguro os pulsos dela e seu gritinho se transforma em risada enquanto lutamos na beira da água.

Sou erguida por trás. Um braço é passado com força ao redor das minhas costelas, e sinto um cheiro de cravo enquanto perco o equilíbrio.

Caímos juntos, emaranhados um no outro, sem fôlego. A água se fecha ao nosso redor, e abro os olhos sob a superfície, me virando nos braços dele. A princípio só vejo o brilho, pontos de um azul-prateado cintilando, então lá está Wyn, empalidecido pela luz estranha da piscina.

Seu cabelo ondula, dançando ao redor do rosto, e saem bolhas do seu nariz e dos cantos da sua boca.

Ele pega minhas mãos e me puxa mais para perto. Nem penso em me conter. Eu gostaria de culpar a maconha, mas não posso. Somos ele e eu.

As minhas coxas deslizam pelas dele, aninhando-se frouxamente junto ao seu quadril. Ele passa as minhas mãos ao redor da nuca, e nós afundamos assim, descendo com as pernas cintilando e abrindo caminho pela água. Wyn me puxa mais junto ao corpo, o coração batendo contra a minha clavícula.

Então, chegamos ao fundo da piscina. Não podemos ir mais fundo. Wyn dá impulso no ladrilho e nos leva de volta à superfície.

Ar frio, risadas e gritos vindos da beira da piscina, onde Kimmy e Cleo se uniram para jogar Sabrina na água.

E não me sinto jovem. Eu me sinto viva. Alerta. Minha pele, músculos, órgãos, ossos, tudo de alguma forma é mais concreto aqui. O rosto e os cílios de Wyn cintilam, a camiseta está grudada no seu corpo. Seus dedos são gentis no meu maxilar, e o polegar traça o contorno do meu lábio inferior enquanto seus olhos o observam se abrir, como se para inspirá-lo para dentro de mim. Nossos pulmões se expandem, esbarrando-se, e o olhar dele encontra o meu. E aqui, onde todos podem ver, onde a regra que estabeleci não será quebrada — onde posso agir como se fosse uma encenação —, ergo os lábios para buscar os dele.

20
Não exatamente vida real
MAS AINDA NA QUARTA-FEIRA

A LÍNGUA DE WYN roça meu lábio inferior, como se ele estivesse só provando. Como se não planejasse me beijar. De qualquer modo, meus lábios se abrem para recebê-lo e ele suspira enquanto move a boca para cima, envolvendo a minha por completo.

Wyn segura o meu rosto entre as mãos e me inclina para aprofundar o beijo — o calor de sua boca é escaldante em comparação com a temperatura amena da água.

Não há nenhum pensamento, lógica ou sentimento além *dele*. Deslizo as mãos pelas costas da camiseta dele e cravo as unhas em seus ombros, enquanto as mãos de Wyn passeiam por todo o meu corpo, mal encostando, deixando arrepios em seu rastro. Prendo a respiração, me curvo mais na direção dele e o sinto me puxar mais para perto, me segurando pelas coxas, as mãos passando por baixo da bainha do meu vestido para me pressionar junto ao corpo. A sensação da sua ereção me faz ver estrelas, e meus mamilos enrijecem quando arqueio mais o corpo junto ao dele.

Minhas costas se colam ao canto da piscina. Nossos quadris se unem enquanto a boca de Wyn desliza pelo meu pescoço, beijando, mordendo onde quer que a pele esteja arrepiada.

Meu corpo arde em todos os lugares que o desejam.

O bom dessa situação é que não estamos sozinhos. Que não posso levar isso tão longe quanto gostaria.

Atrás de nós, Cleo e Kimmy finalmente conseguem jogar Sabrina na piscina. A queda é pontuada por uma torrente de palavrões que se erguem no céu noturno. Wyn se afasta de mim e descansa a testa contra minha têmpora, o coração disparado junto a mim.

Tudo o que eu quero agora é ir para a cama. Tenho uma vaga noção de que é uma ideia terrível, por várias razões, mas estou tendo dificuldade para me convencer de qualquer uma delas.

— Você está cheia de surpresas esta noite, Cleo — grita Parth.

Cleo passa por nós de costas, sorrindo para a fatia visível da lua acima.

— Então acho que alcancei o meu objetivo para a semana.

Ainda cuspindo água e afastando o cabelo loiro do rosto, Sabrina diz:

— Seu objetivo da semana era arremessar o sutiã de cima de uma roda-gigante e me jogar na piscina?

Cleo ergue o corpo, mexendo os braços na água.

— Mais ou menos.

Kimmy arremessa uma bola de praia bem na nossa direção, e eu mergulho para longe de Wyn, com o rosto ardendo, o sorriso dolorido, sentindo o corpo inteiro zumbir.

Por mais que eu tente me forçar a voltar à realidade, ao mundo fora da bolha do porto de Knott, a verdade é que estou completa e assustadoramente aqui, onde nada mais parece importar.

* * *

Depois que nos secamos, subimos a escada e falamos boa-noite, a minha bravura diminui um pouco. Wyn segura minha mão com força enquanto caminhamos pelo corredor e entramos no nosso quarto escuro.

Ele me encosta na porta assim que a fechamos. Mal afastamos as mãos um do outro desde aquele primeiro beijo na piscina, mas, agora que estamos sozinhos, temos bem menos certeza. Wyn está tremendo, ou eu estou — sempre foi difícil dizer onde um de nós começa e o outro termina —, e nossas mãos se emaranham, a respiração superficial.

Não que eu ache que o que aconteceu lá embaixo foi uma encenação. Mas fazia parte de um acordo.

Isto aqui não. E nenhum de nós parece ter chegado a uma conclusão sobre o que vai acontecer a partir de agora. Meu corpo tem uma ideia. Meu cérebro não está curtindo o plano.

Você passou meses tentando esquecer o que está perdendo, digo a mim mesma. *Como vai conseguir sobreviver ao ser lembrada? Ao viver toda a perda de novo?*

A pulsação de Wyn lateja no meu peito. Eu me inclino na direção dele, meus seios roçam na sua camiseta encharcada, e ele deixa escapar um suspiro trêmulo.

Estou sedenta dele. Fiquei presa em um deserto sem Wyn, com a garganta seca, e aquele primeiro gole no andar de baixo só fez a sede piorar. Meu sistema nervoso não se importa que isso seja uma miragem. A violenta vibração cinética está de volta, as partículas de ar faiscando entre nós.

— Está tudo bem? — pergunta ele, a voz rouca.

Ergo mais o corpo na direção do dele, como uma cobra sob algum encantamento, meus joelhos se dobram um pouco quando as mãos de Wyn tocam o meu abdome através do cetim úmido e começam a deslizar pesadamente pelo meu corpo. Seus lábios contornam a minha clavícula e seu hálito se espalha pela minha pele.

Wyn ergue os olhos escuros enquanto pousa as mãos no meu peito. Meu corpo oscila com o toque. Ele, então, envolve totalmente os meus seios. Quando seus polegares roçam nos meus mamilos, Wyn geme e os prende entre os dedos, enquanto vê minha respiração acelerar e meu corpo se curvar para cima.

Ele abaixa uma das alças do meu vestido pelo ombro e beija a pele agora nua. Seus dedos encontram a outra alça e a afastam também. Jogo a cabeça para trás enquanto tento recuperar o fôlego, e Wyn leva a mão ao alto do meu decote, seus dedos se curvando contra a minha pele.

Ele se aproxima mais e afasta as minhas coxas com o joelho. Passo a mão ao redor do seu pescoço para evitar despencar no chão quando sua boca se cola aos meus seios e seus lábios se fecham ao redor do meu mamilo. Minha existência está reduzida a esse ponto do meu corpo, à pressão suave e ao calor feroz dos lábios dele. Wyn puxa o meu vestido para baixo, me deixando nua até a cintura, e me beija, enquanto sua mão continua a me acariciar.

— Diz pra eu te beijar, Harriet — murmura ele.

Não sei se é o orgulho ferido, ou o medo que sinto desse desejo que tudo consome, ou alguma outra coisa, mas não consigo pedir mais dele.

— Me diz pra te beijar — Wyn volta a falar, enquanto abre mais as minhas coxas para facilitar o acesso entre elas.

Passo as mãos pelas costas dele e envolvo a sua cintura, nos mantendo colados um ao outro. Sinto o ventre dele pulsando, ou talvez seja o meu. Os limites que nos separam se tornam confusos, insubstanciais.

— O que nós estamos fazendo? — pergunta Wyn.

— Achei que fosse óbvio — digo.

Ele roça o quadril em mim e, que Deus me ajude, as minhas mãos vão direto para sua bunda. Wyn me levanta contra a porta e eu passo as coxas ao redor do quadril dele e os braços pelo seu pescoço, enquanto sinto sua ereção rígida contra mim.

Quero tê-lo em cima de mim, embaixo de mim, atrás de mim. Quero Wyn na minha boca, suas roupas em uma pilha no chão, seu suor na minha barriga, sua voz áspera no meu ouvido. Quero qualquer coisa menos parar.

— O que isso significa? — pergunta ele, a voz rouca, ainda me segurando, ainda me beijando.

— Não sei.

Um som baixo e frustrado escapa da garganta dele, que para, ainda me segurando com firmeza contra a porta.

— Não é uma boa ideia, Harriet — diz Wyn depois de alguns segundos. Ele me abaixa até eu tocar o chão, mas não se afasta. — A gente não pode ficar junto.

As palavras são como um soco no meu estômago.

— Eu sei — digo.

E sei mesmo. Wyn me magoou, destruiu o meu coração. E, mesmo que eu *fosse capaz* de perdoá-lo, ele está *feliz* na nova vida. Sei que não há como voltar atrás.

Então, por que ouvi-lo faz o meu peito parecer madeira partida?

Empurro os ombros de Wyn e levanto as alças do vestido.

Ele recua um passo e murmura:

— Desculpa. Eu não estava pensando direito.

— Não tenho certeza se foi você que começou — falo.

Wyn passa a mão pela nuca, o cenho profundamente franzido.

— Também não posso garantir que *não* fui eu.

— Então acho que devo pedir desculpas também.

Os lábios dele se curvam em um sorriso que é tudo menos feliz. Ele suspira.

— Este lugar.

É verdade... este lugar. É fácil demais esquecer o mundo real quando estamos aqui, esquecer as nossas circunstâncias, as coisas que nos afastaram.

Todas as razões pelas quais não há como encontrar o caminho de volta.

Apoio as mãos contra a madeira lisa da porta.

— A gente se deixou levar. Só isso.

Depois de algum tempo, ele diz:

— Não quero fazer mais nada que te magoe.

— Você não fez — afirmo.

Eu mesma me magoei, penso.

Wyn olha para a porta, por cima do meu ombro, a expressão quase culpada.

— Acho melhor eu dar uma volta lá fora. Pra esfriar a cabeça.

A ideia de estar mais longe dele do que isso é um tormento. Concordo com um aceno de cabeça.

Os olhos de Wyn percorrem todo o meu corpo mais uma vez, e sinto seu calor da cabeça aos pés, além de um latejar intenso de desejo entre as coxas.

— A cama é toda sua — diz ele, e passa por mim. Saio do caminho para que ele possa abrir a porta. — Não precisa me esperar acordada.

Não que eu espere por ele. Mas, assim que me enfio embaixo das cobertas, é como se Wyn não tivesse saído, apenas se multiplicado. Cada sopro de brisa que entra pela janela entreaberta é a sua boca. Cada roçar dos lençóis é a mão dele, se movendo pela minha coxa, pela curva da minha barriga. Cada rangido da casa é a voz dele: *Me diz pra te beijar.*

Tento pensar em qualquer outra coisa. Mas minha mente está presa a ele.

Mais cedo esta noite, quando Cleo e eu estávamos uma ao lado da outra, com o queixo apoiado nos braços cruzados na beira da piscina, mexendo lenta e preguiçosamente as pernas na água, ela perguntou: *Algum progresso no seu objetivo para a semana?*

E os meus olhos foram direto para Wyn.

Ainda não, eu disse a ela.

Eu nem sei o que preciso dessa semana. Chegar ao fim dela sem desmoronar? Ou sem estragar o casamento de Sabrina e Parth?

Minha vida está seguindo por um determinado trilho desde que decidi fazer medicina. Vem sendo fácil tomar decisões tendo isso como força motriz. Fora isso, raramente tive que decidir alguma coisa.

Mas não quero me arrepender de nada no fim dessa semana. Quero ter a sensação de que usei esse tempo como queria, por mínimo que seja.

E é nisso que adormeço pensando sem parar: *O que você quer, Harriet?*

Sonho que Wyn se enfia na cama comigo. *Levanta os braços, baby,* diz ele e tira minha camiseta de *Virgem que SABE dirigir*.

Não há mais ninguém, sussurra ele junto à curva da minha barriga, na parte de baixo do meu braço. *Perfeita*, ele diz.

Quando acordo, antes do nascer do sol, ainda estou sozinha.

21

Lugar feliz

WEST VILLAGE, CIDADE DE NOVA YORK

O PRIMEIRO APARTAMENTO MEU e do Wyn, só nosso. Um aquecedor barulhento. Um fantasma que nunca faz muita coisa além de abrir a janela quando está frio ou derrubar um livro da estante. Nós dois sentados no chão, comendo macarrão direto das caixinhas para viagem, porque ainda não temos sofá.

Mesas laterais encontradas no meio-fio e reformadas com perfeição por Wyn. Uma prateleira instalada acima da nossa cama, forrada com os livros de James Herriot que Hank costumava ler para Wyn e as irmãs dele quando todos eram pequenos. E mais um romance em particular, cuja origem nenhum de nós se lembra qual foi. (Wyn diz que provavelmente pertence ao fantasma.) Nossa primeira casa juntos, só nossa, e é agridoce.

Semanas atrás, quando estava chegando o fim do contrato de aluguel do apartamento em Morningside Heights, Cleo nos sentou um ao lado do outro no sofá macio de Parth para anunciar que ia se mudar.

Não apenas do apartamento, ou mesmo só de Nova York.

Mas para Belize, para trabalhar em uma fazenda orgânica.

Chama-se wwoof, explicou ela. *É uma rede de organizações nacionais que promovem trabalho voluntário em áreas ecológicas do mundo inteiro. A gente mora lá de graça em troca de fazer algum trabalho.*

E a princípio ninguém disse nada. Até então, estávamos vivendo em uma realidade suspensa. Parecia que permaneceríamos como estávamos, juntos para sempre, e que nada mudaria.

É temporário, disse Cleo, *um contrato de seis meses*. Mas ela estava chorando.

Todos sabíamos: estávamos vivendo o fim de uma era.

Então, nos sentamos no tapete, os braços em volta dela como se fôssemos uma alcachofra gigante, sendo Cleo o coração.

Na noite antes da sua partida, Parth organizou uma apresentação de slides e projetou na parede as nossas lembranças favoritas dos últimos três anos. Choramos um pouco mais, porém, pela manhã, colocamos uma expressão corajosa no rosto e nos despedimos do lado de fora do Aeroporto jfk. *Daqui a pouco a gente se vê*, prometemos.

Tentamos encontrar um novo apartamento para acomodar os quatro restantes.

Não conseguimos.

Em vez disso, Parth foi morar com um amigo da Fordham, Sabrina ocupou o loft vago de um primo da família Armas em Chelsea, e Wyn e eu conseguimos reunir dinheiro o bastante para alugar o minúsculo apartamento acima da livraria em que ele trabalhava.

Durante a primeira noite que passamos lá, precisei me trancar no banheiro toda hora para chorar. Sentia tanta falta da Cleo que chegava a doer. Eu tinha medo de que fosse o fim. Que os meus amigos acabassem sendo figuras passageiras na minha vida, a família subitamente se transformando em estranhos.

Depois da última crise de choro, saí do banheiro e fui recebida por um grito de:

— SURPRESA!

Wyn tinha ligado para Parth e Sabrina. E os dois tinham aparecido ali, com pizza e champanhe.

— Tínhamos que batizar o apartamento — declarou Parth.

— Além do mais, quero ver se isto aqui é tão mal-assombrado quanto parece — acrescentou Sabrina.

Depois daquela noite, o apartamento se tornou um lar.

Somos felizes aqui.

Parth e Sabrina aparecem uma vez por semana para jantar, e, embora sejamos supostos adultos de verdade, às vezes eles dormem no sofá e no colchão de ar, e de manhã tomamos café antes de ir cada um para a sua pós ou, no caso do Wyn, para a livraria.

E nunca fica chato, nós dois juntos. Cada pedacinho de Wyn que ele me dá é algo a ser valorizado, examinado de todos os ângulos.

As últimas palavras que ouço todas as noites são: *Eu te amo tanto*. Às vezes ele fala por último, mas às vezes sou eu. Às vezes competimos, repetindo várias vezes a frase, como se fôssemos adolescentes de catorze anos: *Não, desliga você*.

A faculdade de medicina fica mais puxada. Assumo a monitoria das turmas do meu professor favorito. O sexo diminui, mas não o toque, o carinho. O amor de Wyn é sólido, constante. Mais fácil que respirar, porque *respirar* é algo em que a gente pode pensar demais, a ponto de esquecer como os pulmões funcionam e entrar em pânico.

Eu nunca poderia esquecer como amar Wyn.

Às vezes, deitada ao lado dele na nossa cama, com meus pés gelados enfiados entre as panturrilhas quentes dele, as palavras esvoaçam pela minha mente, como se estivessem vindo de outro lugar, como se minha alma ouvisse o sussurro da dele no sono: *É aqui que você pertence*.

LUGAR FELIZ

Nas manhãs de sábado, tomamos café no sofá perto da janela e fazemos palavras cruzadas. Ou começamos — se torna uma espécie de tradição começar um jogo de palavras cruzadas e depois abandoná-lo.

Toda semana tento resolver pelo menos mais uma palavra do que na semana anterior, enquanto Wyn tenta nos sabotar cada vez mais cedo.

— Oito horizontal — digo a ele, que está beijando o meu pescoço — é *O elo mais fraco*.

— Esse não é aquele programa em que jogam as pessoas por um alçapão quando são eliminadas? — murmura Wyn na minha clavícula.

— Nunca assisti nada assim — falo —, mas juro que, no momento em que você disse isso, foi o que eu imaginei. Só que parece impossível, né? É absurdo demais.

Ele dá de ombros e me puxa para o seu colo, mas continuo segurando o notebook e digito *elo mais fraco alçapão* em uma pesquisa no Google.

Os primeiros resultados são de fóruns. Pessoas que se lembram do programa exatamente como a gente, embora todo o resto confirme que nunca houve um alçapão.

— Como é possível que *todo mundo*, inclusive a gente, lembre errado? — pergunta Wyn.

Conto a ele sobre o efeito Mandela, a ideia de que às vezes grandes faixas da população têm as mesmas memórias falsas. Os cientistas explicam as falsas memórias compartilhadas como confabulações, ou exemplos da teoria do traço difuso, segundo a qual as lembranças são maleáveis e não confiáveis, enquanto outros se perguntam se o efeito Mandela prova que vivemos em um multiverso.

Wyn sorri e enrola um cacho do meu cabelo na mão.

— Eu gosto do jeito como você fala comigo, como se esperasse que eu entendesse o que está dizendo.

Franzo o cenho.

— Eu *não gosto* do jeito como você sempre menospreza a sua inteligência.

— Não faço isso — diz ele.

— Faz sim — insisto. — E não saber alguma coisa não significa que a pessoa é burra, Wyn.

— Ah, tá — ele zomba, o tom bem-humorado. — Então significa o quê?

Penso por um momento e respondo:

— Falta de disposição para aprender.

— Estou cheio de disposição. — Ele coloca o meu notebook de lado e me puxa mais para perto, enquanto pousa as mãos nas minhas coxas. — Me fala mais sobre esse multiverso e o que ele tem a ver com *O elo mais fraco*.

— Bom, se existem múltiplos universos, então talvez a nossa consciência se movimente através deles às vezes. Talvez a gente passe anos em uma realidade e depois salte para outra, onde só uma mínima coisa é diferente. Como um certo reality show ter usado um alçapão para eliminar os concorrentes. E existem universos infinitos, onde tudo que poderia acontecer já aconteceu e vai acontecer.

Wyn leva uma das minhas mãos à boca, com uma expressão séria.

— Em quantos universos você acha que nós estamos juntos?

— Em um número mais alto do que qualquer um de nós é capaz de contar.

Ele sorri.

— E você é capaz de contar muito alto.

— É verdade. É assim que eles decidem quem entra em medicina. A gente fica na frente de um comitê de médicos e conta o mais longe que consegue.

O sorriso de Wyn se torna mais largo.

— Eles deixam usar os dedos para contar?

— As *boas* escolas não.

Ele segura a minha mão entre as dele.

— Fico feliz por estar em um desses universos — fala Wyn. — E me sinto mal por todos os Wyns que vivem em universos onde você está com caras como Hudson Harvard. Eles estão tão infelizes nesse momento, Harriet.

— Tanto quanto as Harriets em universos onde você está com as dançarinas chamadas Alison do mundo.

— Não — diz ele calmamente. — Em todos os universos, é só você pra mim. Mesmo que não seja eu pra você.

Não é assim que funciona.

Mas não me importo.

Wyn — o *meu* Wyn — está falando sério.

Estou mais feliz do que nunca. E ainda nem sei que existe um nível de felicidade mais profundo, tão intenso que dói, quase como uma perda ou um luto. Uma felicidade tão cintilante e ardente que dá a sensação de que poderia nos incinerar. Isso acontece mais tarde naquela noite, quando Wyn sai para comprar comida chinesa e volta encharcado de chuva.

Quando escuto o som da porta se fechando, levanto os olhos das palavras cruzadas que voltei a fazer, pulo do sofá e vou até ele para ajudá-lo com os sacos de papel salpicados de chuva. Esquento água para fazer chá, pego os sacos dos braços dele e, quando coloco em cima da bancada, Wyn me segura pelo pulso e olha para mim com tanta ternura, com uma expressão tão vulnerável no rosto, que fico com medo, tenho certeza de que alguma coisa terrível aconteceu. Então ele murmura:

— Casa comigo, Harriet.

— Sim — respondo em um sussurro.

Ele fica imóvel. Então pisca algumas vezes, confuso, como se estivesse tentando decifrar o que acabei de dizer. A chaleira começa a assobiar. Levo as mãos ao maxilar dele.

— Wyn, *sim*.

Ele franze o cenho.

— Espera.

— Não quero esperar — digo.

Ele remexe no bolso do casaco.

— Merda. Espera só um instante. Não sai daqui.

Ele se vira e corre para o quarto, e eu fico ali tremendo, ouvindo o barulho das gavetas da cômoda sendo abertas e fechadas. Quando Wyn volta, está segurando uma caixa de veludo azul na mão trêmula.

É um anel antigo, de ouro branco com uma safira quadrada no centro.

— Achei que parecia com você — diz ele, hesitante —, mas não foi caro. Então, se você não gostar, a gente escolhe outro, assim que eu puder pagar...

Seu rosto fica borrado por trás das minhas lágrimas.

— Você já tinha comprado?

— Eu estava tentando esperar o momento perfeito — confessa Wyn, quase se desculpando.

— Agora — afirmo. — Agora é o momento perfeito.

— Eu simplesmente não consegui esperar mais — diz ele, ainda um pouco constrangido.

Sinto uma dúvida mínima se insinuando e pergunto em um sussurro:

— E se você enjoar de mim?

— Harriet — fala Wyn, em um tom gentilmente severo e ao mesmo tempo afetuoso. — E se você ficar entediada comigo?

Minha risada sai tão chorosa que parece um soluço.

— Nunca.

Wyn segura o meu rosto entre as mãos, sua boca macia, a expressão séria.

— Então casa comigo.

— Feito — respondo.

Ele me beija, todo dentes e língua e emoção à flor da pele, nossas mãos acariciando um ao outro em movimentos ansiosos, nossos corpos se unindo, determinados a se tornar uma coisa só.

LUGAR FELIZ

Nunca imaginei o momento em que seria pedida em casamento, mas, se tivesse imaginado, não seria nada parecido com isso.

Não teríamos acabado comendo a mesma comida chinesa que comemos uma vez por semana e fazendo amor no sofá frágil da Ikea, rindo toda vez que a cabeça de Wyn batia na parede, mas sem ir para a cama.

Esse jeito é melhor. Tudo é melhor com Wyn. Quando voltamos para o Maine naquele verão, Sabrina, Parth e Cleo — que conseguiu voltar de Belize — organizam uma festa de noivado para nós, que tem até uma apresentação de slides lembrando vários momentos do nosso relacionamento (amplamente ilustrada por bonecos que Parth desenhou em um programa no computador).

Não importa quanto a vida esteja corrida, quanto tempo nós cinco passamos sem nos ver: estarmos todos juntos no chalé é como vestir um moletom favorito, surrado à perfeição.

O tempo não passa da mesma maneira quando estamos lá.

As coisas mudam, mas nós expandimos, crescemos e abrimos espaço uns para os outros.

Nosso amor é um lugar para onde sempre podemos voltar, e vai estar esperando, como sempre esteve.

É aqui que você pertence.

22

Vida real

QUINTA-FEIRA

SABRINA PRATICAMENTE DESLIZA pelo cais na direção do barco branco alugado que cintila ao sol.

Wyn roça em mim quando passa, seguindo Parth píer abaixo, e as minhas pernas esquecem o que estão fazendo, por causa dessa proximidade repentina, e param abruptamente.

Quando desci esta manhã, ele estava comendo frutas e torradas no deque dos fundos, com o cabelo úmido e já tendo trocado de roupa. Ele deve ter entrado no quarto em algum momento da noite e saído antes de eu acordar. Desde então, temos nos esquivado educadamente um do outro.

Cleo faz uma pausa para tirar da mochila uma cartela de comprimidos para enjoo.

— Quer?

— Você trouxe isso pra cá do nada, por acaso? — pergunto. — E aqui estava eu, toda orgulhosa de mim por ter lembrado de trazer o *fio dental*.

Ela encolhe os ombros.

— Eu trouxe por causa do trecho de carro até aqui. Não consigo ler no carro sem passar mal.

Wyn entra no barco, então se vira para oferecer a mão a Cleo e ajudá-la a embarcar. Ele se adianta para me ajudar também, mas eu finjo que não noto e pulo para dentro.

Bem nesse momento, alguma movimentação no porto faz uma onda agitar o barco e meus joelhos se dobram. Wyn tem que me segurar, e a pressão do seu corpo contra o meu, do peito ao quadril, é, caramba... trilhões de vezes pior do que teria sido aceitar a mão dele para entrar.

— Você está bem? — pergunta Wyn.

Ao que eu respondo:

— Hum!

Cleo se acomoda em um dos bancos, que parecem marshmallow.

— Para onde exatamente nós vamos?

Sabrina já assumiu seu posto no leme cromado, e Parth está zigueza-gueando ao redor da pequena embarcação, afrouxando as cordas. Pelo menos suponho que é isso que ele está fazendo. Tudo o que sei sobre barcos aprendi enquanto estava fora do meu juízo perfeito, então é difícil dizer.

— Para onde o vento nos levar — brada Parth por cima do ombro.

— Então nós vamos morrer — diz Cleo.

— É possível — intervém Sabrina. — Mas primeiro vamos ver papagaios-do-mar e focas.

Parth desfaz o último nó, e a brisa nos empurra para longe do cais enquanto Sabrina gira o leme para virar o barco na direção do mar aberto, e o cheiro de maresia fica mais forte conforme o vento joga sal na nossa pele.

Na parte de trás do barco, Wyn fica olhando o porto diminuir a distância, sua camisa ondulando e deixando à mostra parte das costas e dos braços, para logo voltar a escondê-los.

As nuvens se abrem acima de nós, e o cabelo de Sabrina e a malha branca do conjunto de top e shorts que ela está usando cintilam ao sol contra sua pele bronzeada. Parth se junta a ela no leme, em seu conjunto de linho branco, o primeiro e o último botão da camisa casualmente abertos, de um jeito que parece que ele está filmando um comercial do Tom Ford, ou que os dois são celebridades de Hollywood na costa de Ibiza.

Já eu pareço uma monitora de acampamento, esgotada, desesperada para que chegue logo o fim do verão. Não muito diferente de como realmente me sinto.

— Acho que a orientação no roteiro para *usar roupas confortáveis* poderia ter sido um pouco mais específica — comento com Cleo.

Sabrina sorri por cima do ombro.

— Você leu o roteiro mesmo!

Cleo se inclina na minha direção, e a luz do sol reflete no piercing do seu nariz.

— Ah, Harriet — diz ela. — A Sabrina não consegue evitar... Ela sempre se sente mais confortável usando Gucci.

Sabrina dá uma risadinha zombeteira.

— Não seja ridícula. Esta roupa é Chanel.

— Ai, meu Deus, tá de brincadeira. — Kimmy se joga no banco à nossa frente. — Você está usando Chanel? Em um barco?

Wyn se senta ao lado dela, e aponto para ele com um movimento de cabeça.

— O Wyn também.

É o nosso primeiro momento de contato visual direto do dia. E me dá a sensação de que o meu maiô está se desintegrando sob as roupas.

— Sério, Wyn? Chanel? — diz Kimmy. — Eu não tinha ideia de que você era tão chique.

O olhar dele permanece fixo no meu por um instante, antes de se voltar para ela.

— Só a cueca.

— Bom, acho que *todos* vocês estão chiques demais — diz Kimmy. — O roteiro dizia *confortável* e, se quisessem mesmo se sentir confortáveis, fariam como eu e não usariam roupa de baixo.

— Concordo totalmente — diz Parth.

Sabrina parece perplexa.

— Sério que você não está usando cueca?

Parth se senta ao lado de Wyn.

— Qual o problema? A Kimmy pode, mas eu não?

— A Kimmy não está usando uma calça branca que parece feita de papel de seda — argumenta Wyn.

Parth leva as mãos protetoramente ao meio das pernas, então suspira, resignado.

— Não importa. Todo mundo neste barco já me viu pelado em um momento ou outro.

— Na verdade, eu não — comenta Kimmy, pensativa.

— Bom, Kimberly — diz Parth —, este talvez seja o seu dia de sorte.

Os olhos de Wyn voltam a encontrar os meus por um instante. É como se um motor fosse ligado no meu peito.

NAVEGAMOS PELO PUNHADO de ilhas espalhadas pela costa, passamos por dois faróis diferentes e paramos para fotos entusiasmadas quando avistamos o primeiro grupo de focas rechonchudas tomando sol nas rochas. E percebemos rapidamente que a água está cheia delas. Uma horda, um emaranhado de focas.

— Rápido — diz Kimmy para Cleo —, me ajuda a pegar uma pra levar pra casa.

— Essa não é exatamente a minha especialidade — comenta Parth —, mas acho que *existem* leis contra isso.

— Sim, e existem leis divinas superiores sobre rostinhos de bigodes que precisam de beijos — retruca Kimmy e se inclina sobre a borda do barco em direção a uma foca que está coçando as costas na rocha, ou tentando rolar na vertical. — Além disso, levar uma foca pra casa era o meu objetivo secreto para esta semana.

— Às vezes, quando a gente ama alguma coisa — diz Cleo, apertando os ombros da Kimmy —, precisa deixar ir embora.

Tenho que me esforçar para não olhar para Wyn.

— Você é um bom menino! — grita Kimmy para a foca enquanto nos afastamos. — Ou menina! Ou seja lá o que for!

Por volta da hora do almoço, atracamos em uma das ilhas e escalamos a costa irregular, vendo os caranguejos dispararem e se esconderem nos baixios escuros.

— Essas coisas me assustam — diz Parth.

— Eles parecem ter saído de *Jurassic Park* — comenta Wyn, tocando levemente meus cotovelos enquanto se inclina por cima de mim para ver melhor. A brisa faz o perfume dele me envolver como um lenço de seda.

— Adoro esses caranguejos — declara Cleo.

— Vou deixar você levar um pra casa — diz Kimmy —, *se* a gente voltar pra buscar a minha foca.

— Sinto muito, amor. Acho que não temos espaço para esse tipo de responsabilidade na nossa vida.

— Se a vida anda tão agitada que você nem pode receber os seus melhores amigos — diz Sabrina —, então não vai mesmo ter tempo para começar uma criação de caranguejos.

— Você pode parar de me atormentar? — fala Cleo.

Sabrina arregala os olhos.

— Eu estava brincando.

— É, mas não tem graça — insiste Cleo.

— Tá bom, tá bom — diz Sabrina. — Desculpa!

Cleo dá as costas e começa a subir em direção ao bosque de árvores retorcidas, e Sabrina se vira para Kimmy, que balança a cabeça.

— A Cleo está enfrentando muita pressão agora. Dá um tempo pra ela.

Isso é o mais próximo de uma repreensão que eu já ouvi de Kimmy, e ela não espera pela resposta de Sabrina antes de sair atrás de Cleo.

Sabrina se vira para a água, os ombros retos e os braços cruzados. Ela balança a cabeça com firmeza e solta uma risada que fica entre exausta e magoada.

— Talvez fosse bom a gente comer — sugiro.

— Ótima ideia — concorda Parth, entrando na conversa, claramente tão ansioso quanto eu para acalmar as coisas.

— Vou pegar a cesta de piquenique — digo, já voltando pelas pedras cobertas de algas em direção ao barco atracado. Tiro as sandálias e entro na água.

— O que foi aquilo? — escuto a voz de Wyn perguntar.

Eu me viro e o vejo subindo no barco. Olho para os outros. Sabrina e Parth estão tendo uma conversa acalorada na praia, e Cleo e Kimmy caminham pelo bosque, parcialmente escondidas por galhos retorcidos de grossas agulhas de pinheiro escuro e folhas verde-amareladas.

— Pelo que eu percebi — respondo e desvio os olhos antes que a proximidade dele possa atingir minha corrente sanguínea —, a Sabrina está insistindo em um convite para visitar a fazenda, e a Cleo está irritada com a insistência.

— E a Kimmy? — pergunta Wyn.

— Está irritada com a Sabrina por ela estar irritada com a Cleo.

O barco balança sob meus pés quando Wyn desce.

— E onde a gente entra nisso tudo?

— Não sei, acho que eu poderia estar irritada com a Kimmy por ela estar irritada, então isso poderia irritar você?

— Você nunca me irrita — diz ele.

Levanto os olhos e pego Wyn me encarando.

Deixo escapar uma risada ofegante, boba.

— Nós dois sabemos que isso não é verdade.

Ele me observa por algum tempo, a testa franzida.

— Chateado, talvez. Não irritado.

— Qual é a diferença? — pergunto.

Wyn abaixa os olhos para as minhas pernas e volta a me encarar.

— Quando a gente está irritado, não quer ficar perto da pessoa. — Seu queixo se move para a esquerda, mas não é exatamente um aceno de cabeça. — E eu sempre quero estar perto de você.

Tenho vontade de discutir com ele, de lembrar de momentos-chave da nossa história que decididamente refutam essa ideia. Mas não consigo. Sou capaz de lembrar o que o fascículo arqueado faz pelo cérebro humano, mas não como usá-lo para formar palavras.

— Dá aqui — diz ele, já estendendo a mão para o cooler. — Eu posso levar isso.

— Eu também posso — digo e levanto o cooler contra as minhas canelas.

— Harriet.

Arrasto o cooler para o lado.

Wyn ri.

— Então voltamos a isso?

— Voltamos a quê? — pergunto.

Ele franze o cenho contra o sol, o lábio superior cheio virado para cima, como se houvesse uma corda amarrada ao seu arco do cupido.

— A brigar por bobagem.

— Isso é uma briga? — pergunto.

— Harriet — diz Wyn. — Comparado ao resto do nosso relacionamento, isso é uma briga.

Olho para a praia. Parth está com o braço ao redor de Sabrina e os dois estão subindo os degraus de madeira podre da praia até a colina arborizada, já alcançando Kimmy e Cleo. Tenho que conter o desejo de correr atrás deles para assumir o papel de amortecedor ou de árbitro.

— Não — Wyn pede, com gentileza.

Eu me viro para ele, já com dor na lombar.

LUGAR FELIZ

— Não o quê?

— Não vá atrás deles — ele alerta e se aproxima mais.

Engulo em seco.

— Por que não?

Wyn tira o cooler das minhas mãos e pousa no banco.

— Porque nós estamos conversando.

— Você quer dizer brigando — corrijo.

Os lábios dele se contraem.

— Não devíamos ter parado de brigar agora que não estamos mais juntos? — pergunto.

Os cantos de sua boca se voltam para baixo.

— Harriet, nós nunca brigamos quando estávamos juntos. Se a gente tivesse...

Ele se interrompe, não dá a estocada final. Sinto o golpe assim mesmo, como uma faca se cravando no meu coração.

Da praia, ouvimos uma buzina soar três vezes em rápida sucessão.

Nenhum de nós se move nem desvia o olhar. O desejo é palpável.

— Merda — diz Wyn, balançando a cabeça. — Eu não gosto de não tocar em você.

Desvio os olhos. Agora meu coração parece uma bolha gigante, muito sensível, muito delicada. Se ao menos ele tivesse se sentido assim antes. Se ao menos eu tivesse alguma ideia do que deu errado, de como o perdi. Se ao menos eu acreditasse que há alguma maneira de consertar a situação. Mas Wyn não é o único que fez coisas que não pode desfazer. E revisitar o que aconteceu só vai tornar a dor ainda pior.

A buzina berra novamente. Eu pigarreio.

— Você pega o cooler e eu pego a cesta de piquenique.

Ele balança a cabeça por vários segundos, assentindo, então pega o cooler e se afasta.

23
Lugar infeliz
A UMA HORA DE INDIANÁPOLIS, INDIANA

Uma casa de dois andares silenciosa no fim de uma rua sem saída tranquila. Um lugar onde tudo é familiar, mas nada me pertence. Árvores imóveis demais na umidade rígida. Mosquitos zumbindo, mariposas aglomeradas ao redor dos postes de luz, o grito das cigarras emanando do bosque.

Consegui adiar isso por bastante tempo, mas não dava mais. Significava muito para ele.

Na soleira da porta, pergunto:

— E se a gente for embora? Podemos fingir que o nosso voo atrasou.

— E o que teria atrasado o nosso voo? — pergunta Wyn. — Estamos em junho.

— Sol demais — digo. — Os pilotos não conseguiam ver por causa da claridade excessiva.

Ele segura o meu rosto entre as mãos e franze o cenho.

— Sou ótimo com pais e mães, Harriet. Conversar com pessoas mais velhas é um dos pouquíssimos talentos que Deus me deu.

Estou ansiosa demais para reclamar da autodepreciação.

— Não é com você que estou preocupada.

Wyn passa os dedos pelo meu cabelo.

— Se você quiser fugir, a gente foge. Mas não estou com medo.

— Estou fazendo eles parecerem terríveis — sussurro —, e eles não são. Não sei por que fico tão ansiosa só de estar aqui.

Ele cola os lábios na minha têmpora.

— Eu também estou aqui. Estou com você.

As palavras de Wyn penetram na minha pele, como um alívio de ação rápida.

— Só... por favor, continue a gostar de mim depois disso.

Ele recua e me encara.

— Você está planejando me esfaquear ou alguma coisa parecida?

— Só se não tiver um jeito melhor de acabar com o seu sofrimento.

— Harriet. — Wyn agora pousa os lábios no alto de uma das minhas sobrancelhas e depois na outra. — Se fosse possível parar de te amar, eu teria conseguido naquele primeiro ano que passei tentando desesperadamente. Eu estou aqui. Não importa o que aconteça.

— Bom, se eu soubesse que você precisava de ajuda para superar o que sente por mim, teria te trazido pra Indiana muito antes.

Ainda com os olhos fixos nos meus, Wyn pousa uma das mãos no meu ombro e toca a campainha com a outra. Meus pais atendem a porta parecendo uma pintura desgastada de Norman Rockwell. A minha mãe está de avental e o meu pai tem um livro de David Baldacci na mão, uma confirmação imediata de que estavam em cômodos separados até três segundos atrás.

Eles se revezam apertando rigidamente a mão de Wyn, e, por mais que eu tenha me preparado para uma recepção constrangida, mesmo assim me sinto envergonhada com o forte contraste entre um fim de semana com os Connor e a recepção da família Kilpatrick.

Depois de vários segundos parados na porta, pergunto:

— A Eloise conseguiu vir?

— Ela está na cozinha — responde a minha mãe, e essa é a deixa para entrarmos.

Na sala de jantar, Eloise aperta a mão de Wyn tão de longe que os dois precisam se inclinar para se alcançar. Então todos nos sentamos para comer. Há muita ação de garfos e facas, com arranhões e guinchos desagradáveis contra os pratos. Imagino que Wyn esteja se perguntando se esse não seria um grupo de estranhos que contratei pela internet para se passar pela minha família.

Mas, de algum modo, ele consegue se mostrar convincentemente entusiasmado com tudo: o vinho, um riesling de Ohio com sabor agridoce, o estrogonofe sem graça e até mesmo a conversa.

Wyn conta à minha família como nós nos conhecemos — como se eles estivessem interessados — e sobre o nosso parque favorito na cidade. Fala sobre como sentimos falta da Cleo desde a última vez que a visitamos, perto do novo emprego dela, em uma fazenda ao norte de Montreal.

Eu *provavelmente* contei a eles em algum momento sobre a aventura agrícola internacional da Cleo, mas os meus pais nunca conheceram meus amigos, então duvido que se lembrem de quem é Cleo. Ainda assim, assentem enquanto escutam Wyn.

— E você é cosmetologista, certo? — ele pergunta a Eloise, que o encara por um segundo, como se estivesse tentando lembrar quem ele é e como os dois chegaram a esse momento.

— Isso mesmo.

— Bom, ela está *fazendo o curso* de cosmetologia — frisa a minha mãe. Eloise pega o garfo e volta a comer.

— A Eloise é muito boa no que faz — comento. — Quando eu estava no ensino médio, ela sempre fazia a minha maquiagem para os bailes.

Na verdade, aqueles tinham sido alguns dos poucos momentos fraternos entre nós. Mal nos falávamos naquelas ocasiões, mas eram boas lembranças mesmo assim: Eloise inclinando o meu queixo para a frente e para trás enquanto passava pó bronzeador nas minhas bochechas e me ensinava a usar sombra para destacar meus olhos pequenos e amendoados.

Eram os únicos momentos em que eu realmente sentia que tinha uma irmã.

— Essa menina era muito inteligente — diz o meu pai, apontando o garfo com macarrão na direção de Eloise. — Até pulou o terceiro ano. Queria ser astronauta, assim como eu quando era criança. Mas acabou se envolvendo com a turma errada no ensino médio.

Eloise nem revira os olhos. Ela continua absolutamente imperturbável enquanto arrasta a faca pelo estrogonofe e enfia outra garfada na boca. Sinto a testa suada, na base do cabelo.

— Eu nunca fui bem na escola — conta Wyn. — E não posso culpar a turma, porque tinha uns quarenta alunos na minha sala.

— Mas você entrou na Mattingly — lembra a minha mãe. — Com certeza é muito inteligente.

— Ele é, sim — digo, exatamente ao mesmo tempo em que Wyn fala:

— Eu tinha bolsa de atleta.

— Ah, mas ainda assim entrou na faculdade de medicina — diz o meu pai.

Todo o meu corpo estremece, mas Wyn aperta o meu joelho para me tranquilizar.

— Na verdade eu não estudo medicina — esclarece ele.

— Ele faz direito, Phil — corrige a minha mãe, irritada.

— Esses são a Sabrina e o Parth. — É a minha vez de corrigir. — O Wyn trabalha na livraria e faz conserto de móveis. — *Vocês sabem, o cara de quem estou* noiva. Mas penso isso com um sorriso que espero que diga: *Não tem problema vocês não lembrarem de absolutamente nada sobre o amor da minha vida.*

— Ah. — Minha mãe tenta dar um sorriso agradável. Ela e meu pai trocam um breve olhar, aliados por um segundo.

— Vocês já fizeram algum plano para o casamento? — pergunta Eloise.

— Ah, tenho certeza de que é muito cedo para isso — interfere a minha mãe. — A Harriet ainda tem alguns anos de medicina pela frente. Depois ela vai fazer residência, que é uma coisa demorada.

A ansiedade revira as minhas entranhas.

— Estamos pensando a respeito.

A mão de Wyn encontra a minha por baixo da mesa e ele entrelaça os dedos nos meus. Então, passa a ponta do polegar sobre o calo onde queimei o dedo indicador com Sabrina e Cleo na nossa primeira visita ao chalé. *Estou com você.*

— Não estamos com pressa — garante Wyn. — Não quero fazer nada que atrapalhe a carreira da Harriet.

É a resposta perfeita para os meus pais. Meu peito relaxa quando vejo o sorriso satisfeito da minha mãe. Eloise esvazia a taça de vinho e pousa o guardanapo na mesa.

— Preciso ir — diz. — Tenho trabalho de manhã cedo.

— Quem faz maquiagem de manhã cedo? — diz a minha mãe, como se fosse uma pergunta totalmente inocente e não uma expressão velada de duas décadas de decepções.

— Noivas. — Eloise pega a jaqueta jeans nas costas da cadeira. — Como a Harriet.

Minha mãe começa a se levantar.

— Espera pelo menos eu embalar um pouco da comida que sobrou pra você.

Eloise a detém, insiste que vai estar ocupada demais nos próximos dias e não vai ter tempo de comer nada daquilo. Minha mãe parece um pouco desanimada, mas cede. Depois de acenos rápidos e alguns *Foi ótimo ver vocês*, Eloise vai embora.

LUGAR FELIZ

— Mais vinho? — oferece a minha mãe.

Aceitamos mais uma taça e permanecemos todos sentados ao redor da mesa agora vazia. Um pouco da estranheza e da tensão desaparece enquanto bebemos, principalmente porque Wyn menciona o trabalho de pesquisa que consegui para o verão e diz que está orgulhoso de mim.

— Sabe — comenta o meu pai —, nós nunca tivemos que nos preocupar com a Harriet. Ela nunca teve uma fase rebelde.

— Nunca levou advertência na escola — acrescenta a minha mãe —, tirava notas ótimas e conseguiu várias bolsas de estudos. Por mais estressante que fosse qualquer outra coisa, sempre soubemos que a Harriet estava bem.

Wyn me lança um olhar que não consigo decifrar, e vejo ternura na curva dos seus lábios, mas preocupação no cenho ligeiramente franzido.

Ele também é bom em fazer os dois falarem sobre si mesmos: a minha mãe conta sobre o seu trabalho de recepcionista no consultório odontológico.

— É claro que não é neurocirurgia — diz ela, o tom animado —, mas é um trabalho dinâmico e me mantém ocupada. Não me dou bem com o tédio.

Enquanto o meu pai conta a Wyn sobre dar aula de ciências para a oitava série.

— Não era esse o plano — diz —, mas valeu a pena. A nossa Harriet vai mudar o mundo.

Isso me faz sorrir. E também me deixa aflita.

Experimento mais uma vez a sensação de que o universo está se compactando ao meu redor, enquanto alguma coisa se expande no meu peito. Sou o ponto culminante dos sonhos perdidos deles, de suas outras vidas perdidas, e, ao mesmo tempo, os dois têm orgulho de mim.

Antes de eles se arrastarem para a cama, às nove e quarenta e cinco da noite — o horário em que dormiram durante toda a minha vida —, sigo a minha mãe até a cozinha para cuidar da louça.

— Então — pergunto. — O que você achou?

— Do quê? — pergunta ela de volta.

— Do Wyn — esclareço.

— Ele é muito bonzinho — diz a minha mãe.

Fico esperando que ela continue. Por um minuto, nós duas apenas secamos e guardamos os pratos. Finalmente a minha mãe me encara com um sorrisinho débil no rosto.

— Só não apresse nada. Você tem a vida toda, a sua carreira pela frente. E sabe como é, *sentimentos* vêm e vão. A sua carreira não. Ela é algo em que você pode confiar.

Eu me obrigo a sorrir.

— Mas você gostou dele?

Ela suspira, deixa o pano de prato de lado e me encara com as sobrancelhas franzidas.

— Ele é um amor, meu bem — diz em voz baixa e olha de relance na direção da porta —, mas, francamente, eu não vejo...

Meu coração acelera.

— Não vê o quê?

— Ele fazendo você feliz — completa ela. — *Você* fazendo ele feliz.

— Eu *sou* feliz — retruco.

— Agora. — Ela assente e volta a olhar de relance para a sala de jantar. — Mas esse é o tipo de rapaz que vai querer que você fique em casa e tenha filhos. Ele vai querer alguém que tenha uma vida que combine com a dele. Eu sempre imaginei você com alguém que tivesse uma vida um pouco mais ativa, que não fosse esperar mais do que você é capaz de dar.

Pisco algumas vezes para afastar o ardor dos olhos, de todo o meu rosto.

— Talvez eu esteja errada — ela volta a falar, tentando suavizar as declarações anteriores. Então, pega novamente o pano de prato e recomeça a secar a louça. — Nós acabamos de conhecer o rapaz. Só tome cuidado, Harriet. — Ela me entrega outro prato e eu o enxugo em movimentos automáticos.

Por dentro, tenho a sensação de que sou um tronco que ela partiu com um golpe rápido de machado.

Sinto falta de Wyn, que está na sala. Sinto falta do nosso apartamento, com seu radiador sibilante e o fantasma camarada que troca livros de lugar. Sinto falta de me sentar nas pedras no Maine, tremendo de frio, com os braços da Cleo ao meu redor, nós duas embrulhadas em moletons velhos da Mattingly conforme assamos marshmallows para fazer s'mores, enquanto Parth e Sabrina debatem qual é a melhor maneira de conseguir o s'more perfeito — aquela combinação de marshmallow aquecido, chocolate e biscoito.

Perfeitamente dourado, de acordo com Parth. *Bem torrado*, é a opinião de Sabrina.

Nós quatro falamos boa-noite na sala, então, quando os meus pais fecham a porta do quarto e sobramos apenas Wyn e eu, me deixo cair contra o seu peito e ele me abraça por um longo tempo, beijando a minha cabeça, me embalando para a frente e para trás.

— Senti saudade de você — digo a ele.

Wyn segura o meu rosto entre as mãos.

— Na cozinha?

Assinto nas mãos dele.

— Eu também.

— Quero ir pra casa — declaro.

Ele me abraça apertado.

— Nós vamos — afirma. — Você e eu. Daqui a dois dias. Mas primeiro eu quero ver tudo.

— Meus peitos? — brinco.

— Também — garante Wyn. — Mas eu estava pensando mais nos seus pôsteres de boy bands e diários embaraçosos.

— Se deu mal nessa — digo. — A tabela periódica era o meu pôster de boy band.

Ele geme.

— Meu Deus, você é muito nerd.

Entrelaço os dedos na nuca dele, que está excepcionalmente quente.

— Mas você ainda gosta de mim?

— Você é a minha tabela periódica — diz ele.

Rio junto ao seu peito.

— Não sei o que isso significa.

— Significa que, quando chegarmos em casa — explica ele —, vou cobrir as nossas paredes com pôsteres obscenos do seu corpo.

— É sempre divertido ter um projeto de decoração em mente.

Andamos pelo primeiro andar examinando os detalhes da minha casa, e é como se estivéssemos em uma versão da casa dos espelhos de parque de diversões da nossa viagem para Montana. Em vez de uma porta de geladeira abarrotada de antigos cartões de Natal e desenhos em giz de cera amarelados pelo tempo, há uma superfície lisa de inox com um quadro branco preso a ela e uma lista de compras cuidadosamente escrita na letra da minha mãe.

— Iogurte — lê Wyn, dando uma batidinha na lista. — Fascinante.

— Bom, você não achou que *tudo isso* — digo, apontando para mim mesma — viria de uma casa sem iogurte.

Ele beija as costas da minha mão.

— Ainda não tenho ideia de onde *isso* veio.

Ele me puxa de volta para a sala iluminada. Em vez de fotos desbotadas em molduras feitas de macarrão, mostrando Eloise e eu com fantasias caseiras de Halloween — como eu tinha visto de Wyn, Michael e Lou —, vemos o meu diploma emoldurado pendurado na lateral da parede, não centralizado. E já tem uma moldura vazia do outro lado, esperando o meu diploma de medicina — eles compraram assim que liguei para dizer que havia entrado na Escola de Medicina da Universidade de Columbia.

— Onde estão as suas fotos de quando era bebê? — pergunta Wyn.

— Tem uma caixa com álbuns no porão — digo a ele.

— A gente pode pegar?

Nós descemos, então acendemos a lâmpada no teto, procuramos até encontrar a caixa certa e carregamos alguns álbuns para o meu quarto.

A história dos meus pais nunca foi muito mais que um quadro de cortiça de instantâneos mentais aleatórios, e o álbum não ajuda muito a preencher as lacunas. Há um punhado de fotos que mostram o namoro rápido dos dois na faculdade e umas duas da gravidez, que foi surpresa para ambos. Cinco páginas de fotos para capturar o casamento forçado, onde a barriga da mamãe esticava as costuras do vestido, e mais algumas cobrindo a infância de Eloise. Meus pais parecem cansados, mas felizes. Apaixonados, se não um pelo outro, pelo menos por Eloise.

Então as fotos ficam mais esporádicas — alguns aniversários e Natais, uma viagem com a minha tia e seu primeiro marido —, e o cansaço dos meus pais se transforma.

Não é mais a exaustão de "ficar acordado a noite toda com um bebê chorando", mas a fadiga de "um tédio e uma irritação com seus novos papéis que ultrapassam qualquer limite". A gente praticamente consegue ver os sonhos adiados refletidos nos olhos deles.

Há uma lacuna bem grande de tempo, em que não há nenhuma imagem, então eu nasci. E meus pais parecem felizes de novo, apaixonados de novo, embalando meu corpinho enrugado de bebê no macacão rosa grande demais. Talvez não *tão* felizes quanto da primeira vez. Em seis anos, a minha mãe tinha se transformado de uma quase adolescente, com bochechas de querubim, em uma adulta madura de queixo severo. Meu pai ganhou algum peso e uma vaga tensão nos cantos da boca. Mesmo quando está me segurando no colo, no zoológico, com Eloise pendurada na outra mão, sorrindo na frente das girafas, ele parece atordoado.

Ele não parece infeliz. É só como se aquilo não bastasse. Como se tanto o meu pai quanto a minha mãe soubessem que existem outros universos onde os dois são *mais*, maiores, mais felizes.

Conforme folheamos as páginas do álbum e do tempo, Eloise parece cada vez mais mal-humorada, sempre distante, enquanto eu começo a sorrir como se a minha vida dependesse de quanto meus dentes ficam à mostra.

Wyn para em uma foto minha com o troféu de primeiro lugar na feira de ciências, sorrindo apesar da falta do dente da frente.

— Minha geniazinha. — Ele toca a borda da imagem. — Espero que os nossos filhos tenham o seu cabelo.

Filhos, penso. Isso me tira o fôlego. O jeito como ele fala — tão tranquilo e amoroso. Aquela saudade de casa tão familiar desperta com um rugido. Mas o que a minha mãe disse também se infiltra em mim, como um sussurro baixo nas bordas da minha mente.

— E se eu não for boa nisso? — pergunto. — Em ser mãe.

Ele varre o meu cabelo para trás do pescoço.

— Você vai ser boa.

— Você não sabe.

— Sei, sim — fala Wyn.

— Como?

— Porque você é boa em amar — responde ele. — E é só isso que precisa fazer.

Sinto a garganta apertada. E os olhos ardendo.

— Quando eu era criança — digo —, sempre tinha a sensação de estar me equilibrando na beira de alguma coisa. Como se tudo fosse muito... frágil e pudesse desmoronar a qualquer instante.

— O que poderia desmoronar? — pergunta Wyn, o tom gentil.

— Tudo. A minha família.

A mão dele desce pela minha coluna, fazendo círculos suaves na curva da base.

— Nunca havia dinheiro suficiente — continuo. — E os meus pais estavam sempre exaustos de tanto trabalhar. Só pra você saber, o jeito como eles falaram dos respectivos empregos esta noite foi da forma *mais* positiva que eu já ouvi. Então, quando a Eloise ficou mais velha, os três tinham aquelas brigas terríveis, e os meus pais diziam que ela não tinha ideia dos sacrifícios que os dois tinham feito por ela, e que ela estava jogando tudo fora. Aí a Eloise saía de cena louca da vida, e eles iam para quartos separados, e eu tinha certeza de que tudo iria terminar ali. Que a Eloise não ia voltar. Ou que os meus pais iam se separar. Eu estava sempre esperando que alguma coisa terrível acontecesse.

Os dedos de Wyn agora sobem pela minha coluna e param na base do meu pescoço. Ele escuta, espera e, como sempre, sua presença arranca a verdade de mim. *Como sussurrar segredos em uma caixa e fechá-la bem*, eu costumava pensar.

— Eu tinha mania de fazer barganhas com o universo — conto, sorrindo um pouco do absurdo do que estou dizendo. — Tipo... se eu tirasse a nota máxima na escola, tudo ficaria bem. Ou se eu ganhasse o primeiro lugar na feira de ciências pela segunda vez. Ou se eu nunca me atrasasse para a escola, ou se sempre lavasse a louça antes de a minha mãe chegar do trabalho, ou se desse o presente de aniversário perfeito pra ela, ou sei lá o quê. E eu sei que os meus pais me amam. Sempre soube disso — digo com firmeza. — Mas a verdade é que...

Wyn aperta minha nuca: *Estou com você.*

— A verdade é que eu passei a vida tentando recompensar os dois.

Wyn coloca um cacho atrás da minha orelha, sempre paciente e calmo, afetuoso e firme.

— Porque nós custamos muito caro pra eles — continuo. — Eles não conseguiram a vida que queriam por nossa causa. Mas, se eu conseguisse ser boa o bastante...

— Harriet — diz ele, me apertando contra o peito, os braços passados com força ao meu redor, como uma barricada humana. — *Não*.

A voz de Wyn sai rouca quando ele continua.

— Às vezes, quando as coisas dão errado, é fácil culpar outra pessoa. Porque isso torna tudo mais simples, tira a responsabilidade das suas mãos. E não sei se os seus pais fizeram isso com você e com a sua irmã ou se em algum momento você simplesmente assumiu essa culpa, mas *não* é culpa sua. Nada disso. Os seus pais são responsáveis pelas decisões que tomaram, e não estou dizendo que a situação deles foi fácil ou que eles não fizeram o melhor que podiam. Mas não foi o bastante, Harriet. Se você chegou a pensar assim, se chegou a ponto de se perguntar se eles se arrependeram de ter você, então eles não fizeram o bastante.

Mas ele não entende. Eles fizeram *tudo*. Contratavam professores particulares, pagavam as taxas de cada clube em que eu me inscrevia, me levavam de um lado para o outro, me ajudavam a estudar quando saíam do trabalho e estavam mortos de cansaço, serviram de fiadores dos meus empréstimos estudantis para a faculdade de medicina.

Meus pais não são de verbalizar o que sentem, mas se sacrificaram muito. Isso *é* amor, e eu *odeio* querer mais deles. *Odeio* não conseguir simplesmente me sentir grata por tudo o que me deram, porque estou ciente o tempo todo do que isso custou aos dois.

— Você — diz Wyn, emocionado — foi a melhor coisa que já me aconteceu. E eles têm sorte de ter você como filha. Mesmo se não tivesse se esforçado tanto para deixar os dois orgulhosos, eles ainda teriam sorte, porque você é inteligente, divertida, se preocupa com as pessoas ao seu redor e torna *tudo* melhor. Entendeu?

Quando não respondo, ele repete a pergunta:

— *Entendeu?*

— Como o amor pode acabar assim? — pergunto, a voz embargada. — Como é possível amar tanto alguém e de repente tudo acabar?

A ideia de algum dia vir a me ressentir de Wyn desse jeito é uma tortura. A ideia de ele se ressentir de mim é pior ainda. De prendê-lo, de impedi-lo de fazer o que ele quiser.

— Talvez nunca acabe completamente — diz ele. — Talvez pareça mais fácil ignorar o amor ou transformá-lo em um sentimento diferente, mas ele continue dentro deles. Lá no fundo.

Wyn emoldura o meu rosto entre as mãos e beija as minhas lágrimas quando não consigo mais contê-las.

— Você quer que eu prometa que vou te amar pra sempre, Harriet? — ele sussurra. — Porque eu vou.

Uma onda gelada de adrenalina me invade, um surto de terror, uma tensão que se espalha por todo o meu corpo, cada músculo se contraindo para impedir que as palavras criem raízes no meu coração.

Porque não vai adiantar.

Porque Wyn pode me prometer qualquer coisa, mas a verdade é que os sentimentos podem ir e vir, e vamos ser impotentes para impedir a mudança.

— Só prometa — peço — que nós vamos terminar antes de deixar que a situação chegue a esse ponto.

Vejo a mágoa no rosto dele. Quero retirar o que disse, mas não faço isso.

Afinal é tudo que eu posso dar a ele, tudo que posso dar a mim mesma: uma proteção mínima.

O único jeito de suportar amar tanto alguém é saber que nunca vai se transformar em veneno. Saber que vamos abrir mão um do outro antes que possamos nos destruir.

— Se estivermos fazendo um ao outro infelizes — digo no tom mais sereno de que sou capaz —, não podemos continuar juntos. Eu não suportaria passar a vida sabendo que você está ressentido comigo.

— Isso não vai acontecer — diz ele baixinho. — Eu não poderia ficar ressentido com você.

— Por favor, Wyn. — Toco o maxilar dele. — Eu preciso saber que a gente nunca vai se magoar desse jeito.

Os olhos dele passeiam por todo o meu rosto.

— Não vou parar de lutar por você, Harriet.

Minha visão fica turva por trás das lágrimas. Ele me puxa mais para perto e me abraça com força.

— Não vou parar de te amar.

Essa não é a resposta que eu pedi. Mas é a que eu quero desesperadamente ouvir.

Anos depois, quando já está tarde e não consigo dormir por causa da dor fantasma no meu peito, busco essa lembrança e a reexamino. Penso, então: *Fizemos a coisa certa. Deixamos o outro livre.* Isso também é uma espécie de conforto.

24

Vida real

QUINTA-FEIRA

Ficamos sentados com os pés na água gelada e comemos os queijos, as frutas e os pães que trouxemos de casa. Cochilamos ao sol e observamos as nuvens flutuarem. Depois, caminhamos ao longo da trilha coberta de agulhas de pinheiro na floresta, o musgo e as samambaias cintilando com o orvalho, o solo macio e oco.

Cleo parece ter deixado para trás o momento de tensão, mas Sabrina está extraordinariamente quieta e continua se deixando ficar no fim do grupo enquanto caminhamos. No entanto, toda vez que desacelero para emparelharmos, ela parece acelerar e entrar na conversa dos outros.

Quando voltamos para a praia, não estamos prontos para ir embora, por isso nos esticamos ao longo das rochas marrom-avermelhadas e ficamos vendo os pássaros mergulharem nas ondas brancas ao longe.

— Qual é a coisa mais boba de que vocês vão sentir falta dessas viagens? — pergunta Cleo.

— Da Warm Cup — responde Parth. — Adoro ir tomar café lá enquanto o tempo ainda está frio e cinza e as ruas vazias. E a Sab e eu ainda nem falamos um com o outro porque não ingerimos nada de cafeína, mas é bom. Em casa, é sempre corrido de manhã.

— Também vou sentir falta disso — diz Kimmy. — E de sentar no banco ao lado da janela e fazer carinho em todos os cachorros que passam. E de todas as lojas de quinquilharias e vendas de garagem. Toda vez que venho aqui, acabo tentando convencer a Cleo a alugar um caminhão de mudança para voltarmos.

— Um jardim cheio de armadilhas para lagostas tem um efeito estético diferente no estado de Nova York — comenta Cleo.

— Sim, mas a gente poderia pelo menos cobrir as paredes de casa com placas de madeira que dizem *Bom demais*.

— Ah, agora já sabemos o que dar de presente no seu aniversário — digo.

— Vamos todos fazer tatuagens de *Bom demais*? — brinca Parth.

— Podemos fazer melhor do que isso — comenta Sabrina.

— Lagostas gigantes — sugere Wyn.

— Sereias que parecem bonecas Bratz — sugiro.

— Vou pensar em alguma coisa. — Sabrina apoia o queixo em uma das mãos, enquanto passa a outra pela água rasa.

— Do que você vai sentir falta, Harry? — pergunta Cleo. — Alguma coisa pequena.

— De ver todo mundo tão feliz junto — respondo.

Ela bate com a mão na minha perna.

— Alguma coisa pra você.

Penso um pouco mais.

— Acho que... de dormir.

Parth cai na risada.

— Estou falando sério! — reclamo.

— A sua parte favorita — diz Sabrina — dessa viagem incrível que eu planejei para todos nós... é dormir.

— Não. — Jogo um pedaço de concha na direção da borda brilhante do mar. — É ir dormir bem cansada, no bom sentido. Me sentindo satisfeita, exausta e relaxada, mas também animada pra acordar e ainda estar aqui.

Percebo o olhar de Wyn e desvio os olhos.

— Parece que nada pode dar muito errado aqui. Pelo menos não depois que a gente sai do avião do Ray.

Sabrina segura a minha mão com um pouco de força demais, então diz com um suspiro:

— Também vou sentir falta disso. Inferno, vou sentir falta até do Ray.

— Vou sentir falta do Bernie's — diz Cleo.

— Mesmo o lugar te dando uma ressaca fantasma? — pergunta Wyn.

— Pelo que eu sei — diz Cleo —, aquela foi a última ressaca que eu tive na vida. O mínimo que posso fazer é apreciar o lugar.

Voltamos para o barco quando o sol começa a se pôr. O mar cintila como diamante, o ar esfria e os respingos de água que se erguem das laterais do barco são positivamente congelantes, apesar do sol batendo no topo da nossa cabeça.

No leme, Sabrina brilha. Ela está onde deveria estar, fazendo o que nasceu para fazer, e, não importa quanto esta semana esteja sendo complicada, agora percebo que valeu a pena.

Parth distribui uma rodada de Corona com fatias de limão — e refrigerante para Cleo —, e Sabrina aumenta o rádio para ouvirmos "Dancing in the Dark", do Bruce Springsteen. Parece que o tempo foi cancelado, jogado fora, suspenso indefinidamente.

Enquanto permanecermos aqui, no mar, com a água salgada respingando na nossa pele, nada mais existe.

Kimmy puxa Cleo para uma dança lenta, e Parth e eu ficamos implicando com as duas dos nossos bancos, até que a combinação de sol e cerveja me deixa com os olhos pesados, bocejando.

Ao meu lado, Wyn levanta o braço em um convite e, seja porque todo mundo está olhando ou só porque eu quero, me aconchego ao seu lado, sentindo seu braço quente pousar em cima de mim, e os cheiros de suor, sabão em pó, desodorante e pasta de dente se misturam e me envolvem no meu perfume favorito.

Mesmo agora, eu compraria velas com aroma de Wyn a granel, se pudesse, e guardaria por muito tempo depois que os pavios tivessem queimado, até que o último sopro de aroma desaparecesse.

Quando uma rajada de vento particularmente fria nos atinge, viro o rosto no peito de Wyn para me proteger e me permito cheirá-lo, sentir a onda de dopamina que isso traz.

Só bebi metade da minha cerveja, mas me sinto quase embriagada. A mão dele desliza da minha barriga para o quadril e aperta levemente a minha pele, e meu hálito aquece o pescoço dele quando expiro com força ao sentir uma espiral de calor indo do meu ventre até o ponto entre as minhas coxas.

— Essa seria a música da nossa primeira dança — diz Kimmy, sonhadora, para Cleo —, se um dia a gente casasse.

Se um dia a gente casasse.

Meus músculos ficam tensos. Sinto o coração de Wyn acelerar, e sua mão se afrouxa no meu corpo. À frente, o porto se aproxima e, com ele, a realidade.

Cleo diz, entre risadas:

— Baseada em quê, Kimmy?

— Neste momento mágico que a gente está tendo! — diz Kimmy. — Precisa de um motivo melhor?

— Acho que não — concorda Cleo. — Já que esse casamento é totalmente hipotético, por que não chamamos Bruce Springsteen para tocar na festa?

— Você não quer mesmo se casar? — pergunta Parth a ela, claramente cético.

— A Cleo tem sentimentos conflitantes sobre a instituição do casamento — diz Kimmy —, e eu não me importo muito, desde que ela esteja comigo a longo prazo. Mas acho que um casamento pode ser divertido. É só uma festa cara pra cacete. Sem querer ofender.

Eu me sento, me afastando de Wyn, e mantenho os olhos fixos em um bando de gaivotas circulando acima de nós.

— Não, você está certa — diz Parth. — É uma desculpa para a melhor festa que você já deu, com todo mundo que você ama reunido no mesmo lugar.

— Nós seis — fala Wyn.

Sabrina encolhe os ombros, enquanto nos leva mais para perto do porto.

— Foi assim com os meus pais, e foi perfeito.

— Eu não sabia que você estava presente — digo.

Sei bastante sobre o relacionamento dos pais dela, mas principalmente sobre o fim do casamento. Assim como aconteceu com os meus pais, os da Sabrina mal estavam juntos quando a mãe dela engravidou. E, ao contrário dos meus, assim que a felicidade inicial desapareceu, eles se divorciaram.

A mãe da Sabrina ficou arrasada depois disso, especialmente porque o sr. Armas não perdeu tempo e logo se casou com uma modelo norueguesa. Sabrina passou a acumular as funções de confidente, rede de apoio e terapeuta da mãe, até a ex-sra. Armas também começar a se relacionar com outra pessoa.

Pelo que pude perceber, os verões de Sabrina no porto de Knott foram o único ponto memorável em uma infância solitária, o único lugar em que os pais realmente tiveram tempo para ela.

— Eu tinha quatro anos quando eles se casaram — explica Sabrina. — A gente estava passando o verão aqui e fez um passeio curto de carro pela costa.

Vemos um relance do seu sorriso branco perfeito, como se, mesmo depois de tudo, aquela lembrança estivesse guardada no fundo do seu coração, onde nada pode estragá-la.

— Lá tem uma fazenda grande — continua ela. — E uma capela, quando se desce por uma trilha na mata. Quer dizer, talvez *capela* não seja a palavra certa. Fica do lado de fora, dá para a costa. A gente consegue ver o mar no meio das árvores. Enfim, era uma terça-feira qualquer, e os meus pais decidiram que iam se casar. Então eles encontraram um padre, e fomos o padre, os dois e eu para o bosque. Nem sei se aquele cara era um padre de verdade. Podia muito bem ser um stripper de aparência séria que o meu pai encontrou na lista telefônica. Mas não importa. Nós fomos felizes. Por três anos, pelo menos.

Ela dá uma meia risada típica da Sabrina, e Parth se coloca ao seu lado no leme e passa um braço ao redor da sua cintura.

— Vocês dois já decidiram como vai ser o casamento perfeito? — Cleo pergunta para mim, e meu pulso dispara de culpa.

Mas Wyn responde com tranquilidade:

— No cartório.

— Sem chance. — Kimmy balança a cabeça. — Você é romântico demais. Tenho certeza de que já escolheu o horário e o local ideais. Provavelmente no minuto exato em que você disse à Harry que a amava, em um campo cheio das flores favoritas dela.

— Não — diz Wyn. — Acho que antes eu pensava que ia existir um momento ou um lugar perfeito. Mas agora acho que, se você quer estar com alguém de verdade, é melhor não esperar até as coisas estarem perfeitas. — Os olhos dele buscam os meus. — Eu teria me casado com a Harriet em uma capela drive-thru em Las Vegas no dia seguinte ao meu pedido, se ela quisesse.

Seus olhos parecem escuros à luz mortiça do fim do dia, e me fitam com o tipo de olhar que cai como uma cortina pesada, deixando tudo o mais de fora.

Teria. O pretérito me atinge como uma facada.

— Ué, cacete — diz Parth —, o que está te impedindo, então? Vou achar um Elvis na internet pra vocês *hoje mesmo*. Podemos resolver isso em quarenta e cinco minutos. Casamentos em sequência.

Wyn volta os olhos novamente para o cais.

— Não. Não é isso que ela quer.

Você, você, você, lamenta meu coração.

Entramos no porto.

25

Vida real

QUINTA-FEIRA

Quando chegamos de volta ao chalé, todos se dispersam para lavar a areia e refrescar as queimaduras de sol antes do jantar. É a Quinta-feira do Taco, uma tradição em que Sabrina prepara uma refeição farta demais enquanto o restante de nós circula ao redor dela, agindo como seus subchefes um tanto ineptos.

— Hoje à noite — diz Sabrina, enumerando os itens do menu enquanto caminhamos até a porta da frente — vamos fazer uma salada de toranja e abacate com molho cítrico e erva-doce. Bolinho de abobrinha e milho grelhado. E também taco de peixe frito para os carnívoros entre nós, e taco de jaca para a Kimmy e a Cleo.

Os acompanhamentos mudam, assim como o recheio dos tacos, mas Sabrina sempre insistiu que a pior coisa das férias no porto de Knott é a ausência de um bom restaurante de tacos, e ela não consegue se conformar com isso. Fico no andar de baixo enquanto todo mundo sobe, para esperar até que Wyn reapareça carregando uma muda de roupa limpa e siga para o chuveiro ao ar livre, como eu sabia que ele faria.

— É todo seu — diz ele, indicando a escada com a cabeça.

— Obrigada.

Nós dois ficamos paralisados por alguns segundos.

Ele se adianta e segue na direção da porta dos fundos. No andar de cima, reviro a minha bagagem em busca de alguma roupa confortável e quente o bastante para uma noite fria como esta, em seguida vou para o banheiro da suíte. A tela do meu celular acende na mesa lateral, e paro para pegá-lo.

Minha mãe me mandou uma mensagem, e não tenho ideia do que ela está falando.

Sei que você está com medo, mas não pode continuar adiando isso. Quanto mais você esperar, pior vai ser. Você tem que contar a ela, Wynnie...

Largo o telefone como se fosse uma cobra.

Esse é o celular do *Wyn*, não o meu. O meu está do outro lado da cama.

Dou um passo para trás, o coração disparado. Não tenho certeza se estou com mais medo de ser pega com o telefone dele na mão ou do que mais posso ver ali. Esquece, obviamente tenho mais medo da segunda opção.

Por um minuto, não sei o que fazer. Minha mente está percorrendo todas as piores possibilidades, todas as coisas que Gloria pode querer que Wyn me conte.

Alguma notícia ruim sobre a saúde dela. Ou sobre a dele.

Ou talvez ele tenha começado a sugerir a ela sobre o nosso rompimento, guiando-a lentamente em direção ao fato de que não estamos destinados a ficar juntos, e de que isso não tem nada a ver com a distância física que cuidar dela exige.

Não tem mesmo. Não mais. A ideia dispara por dentro de mim, como uma bola de pinball bêbada e raivosa ricocheteando para a frente e para trás entre as minhas costelas. Wyn está feliz. Ele pode até ter ido para Montana por causa da mãe, mas agora está lá porque quer.

Gloria deve perceber como ele está feliz. Ela deve saber que o filho está pronto para viver sem mim.

Eu me sento na beira da cama, as lágrimas escorrendo do nada pelo meu rosto. Não sei por que, mas esse parece um novo rompimento. Finalmente estou aceitando a verdade: Wyn seguiu em frente com a própria vida. Todos esses momentos a que eu me apego, como pequenos botes salva-vidas mentais, para ele são apenas lembranças.

A verdade é que não sei o que significa essa mensagem.

Posso passar o dia todo com isso na cabeça, mas sei que não é da minha conta. Assim como eu disse a Wyn que a minha vida não era da conta dele.

Não vou perguntar. Não posso. Se ele quiser me contar, vai contar, mas já faz muito tempo que Wyn não me dá respostas. Muito mais que cinco meses.

Respiro fundo, endireito os ombros e entro debaixo do chuveiro.

Onde choro um pouco mais.

Coração idiota, idiota, idiota. Não sabe que perdeu há muito tempo o direito de chorar por ele?

26

Lugar sombrio

SAN FRANCISCO, CALIFÓRNIA

Um quarto e sala cinza, que falamos em pintar de turquesa. O apartamento que achamos na internet e que, apesar da cozinha apertada e das janelas pequenas, acreditamos que poderia se transformar em lar. Aquele em que finalmente vamos planejar o nosso casamento, depois de passar anos adiando.

Wyn mal piscou quando, depois daquela primeira ida à casa dos meus pais, eu levantei a possibilidade de esperarmos para nos casar até eu terminar a faculdade de medicina. Não tinha a ver com o que a minha mãe havia dito na cozinha na noite em que o conheceu, a não ser pelo fato de que eu queria que ela percebesse que estava errada. Queria que ela visse como Wyn me amava, como ele era paciente, gentil e bondoso.

Podemos ir com calma, prometeu Wyn, e, quando não conseguimos organizar as coisas do casamento durante o meu último ano em Columbia, ficou óbvio que teríamos que deixar o planejamento para *depois* que nos mudássemos de apartamento por causa da minha residência.

Levo alguns meses para me encontrar no hospital. Ou *hospitais*, melhor dizendo. Eles nos fazem ir o tempo todo de um lugar para outro, para ganhar experiência em ambientes diferentes. Eu me destaquei na faculdade de medicina, como já havia acontecido nos primeiros anos do ciclo básico na universidade e no ensino médio, mas agora é diferente. As coisas acontecem rápido demais, e passo o tempo todo tentando ficar em dia com tudo. Meus pés e joelhos doem por eu passar o dia todo em pé, e meu cérebro parece não conseguir memorizar o mapa de nenhum andar do hospital sem misturá-lo com outro, então sempre chego um pouquinho atrasada. Quatro semanas depois, uma quartanista chamada Taye, com grandes cachos escuros e altura de modelo, me segura pelos ombros quando passo correndo.

— Respira um instante — diz ela. — A pressa deixa a gente atrapalhada, e não podemos nos dar ao luxo de ser atrapalhadas.

Concordo com a cabeça, mas a minha convicção é abalada quando derrubo um pote de canetas da mesa da recepção enquanto nos afastamos.

É Wyn que encontra o espaço para a nossa festa de casamento: um armazém reformado com vista para a baía, que será aberto no próximo inverno.

— Se você gostou — digo —, eu gosto.

Pagamos o sinal. Mas ao longo do mês seguinte avançamos pouco com o restante do planejamento. Há muitas decisões a serem tomadas, e tudo custa muito caro. Apesar de seu diploma de administração, Wyn está tendo dificuldade para encontrar um trabalho que pague acima do piso.

— Sou péssimo em entrevistas de emprego — diz ele tarde da noite, esfregando o rosto em uma tentativa de afastar o estresse, depois de receber mais um e-mail do tipo "decidimos seguir outro rumo".

— Só porque você se menospreza — afirmo enquanto sento no colo dele e passo os braços ao redor do seu pescoço. — Na próxima entrevista, responda todas as perguntas como se estivesse respondendo por mim.

Ele assente, a expressão sombria.

— Então, quando perguntarem sobre as minhas melhores qualidades, digo que eu sou incrível na cama.

Eu bufo no pescoço dele e inalo seu cheiro.

— Estou dizendo que isso funcionou pra mim, para eu conseguir a residência.

Wyn alisa o meu cabelo para trás e beija o canto da minha boca.

— Responda como as pessoas que te amam responderiam por você, Wyn — insisto.

Ele continua tentando. Nós continuamos tentando.

Wyn arranja emprego em outra livraria, mas o pagamento é pouco mais que o salário mínimo e não é suficiente para cobrir a parte dele do aluguel. Por isso, depois de mais algumas semanas, ele aceita outro trabalho de meio período reformando estofados.

Então, uma manhã, chego em casa depois do plantão da noite e o encontro sentado à mesa, ainda com a roupa do dia anterior, o celular no chão com uma rachadura na tela.

— Wyn? — digo, a garganta apertada.

Ele olha para mim e desmorona, seu corpo se sacudindo com os soluços. Vou até ele, me ajoelho no chão e sustento seu peso enquanto ele se deixa cair em cima de mim, a testa no meu ombro, as mãos torcendo o meu jaleco com tanta força que acho que vai rasgá-lo.

Ele demora muito tempo para conseguir pronunciar as palavras.

Para conseguir me dizer que Hank se foi.

27

Vida real

SEXTA-FEIRA

—Acho que a gente devia dar um casamento com tudo a que se tem direito pra vocês amanhã — anuncio durante o café da manhã.

— Ah, graças a Deus alguém falou isso — diz Kimmy, deixando a colher cair dentro da tigela de açaí à sua frente.

Parth lança um rápido olhar para Sabrina, que limpa as mãos em seu guardanapo de pano.

Estamos sentados a uma mesa branca de ferro fundido no jardim meio abandonado do Bluebell Inn, que fica em uma das colinas com vista para o porto. Nosso garçom deixa novos cappuccinos diante de nós e segue para outra mesa.

— Não precisamos de nada extravagante — diz Sabrina. — Isso aqui, nós seis, é o que importa.

— Não estou sugerindo nada *chique* — volto a falar. Na noite passada, quando já era tarde e eu ainda estava acordada, ficou claro que a única maneira de passar por esses dois últimos dias sem desmoronar era dar ao meu cérebro outra coisa em que se concentrar. — Só estou falando de, sei lá... um bolo. Um fotógrafo. Talvez alguma coisa velha, nova e azul, como é mesmo o ditado?

Wyn dá uma risadinha ao meu lado.

— Talvez seja legal — comenta Parth, e volta a olhar de relance para Sabrina.

— O casamento é amanhã — me lembra ela.

— Só levaria algumas horas — diz Cleo.

— A gente pode dividir as tarefas e resolver tudo rápido — acrescento. Uma tarefa a ser resolvida e um tempo sozinha: a combinação perfeita.

Sabrina prova a espuma do cappuccino.

— Tudo bem. — Ela assente para si mesma. — Tudo bem, claro. Você e o Wyn cuidam do bolo.

Sou pega de surpresa.

— Não seria mais rápido se todos nós dividíssemos? Assim a gente cobre o dobro do terreno, certo?

— Não, seria caótico. A gente iria terminar com seis bolos.

— Deve ser exatamente isso que a Harriet quer — brinca Wyn.

Eu o ignoro, me recomponho e volto a encarar Sabrina.

— Se vamos nos dividir em equipes, então nós duas devíamos ficar encarregadas do bolo. Quero ter certeza de que vamos escolher algo que você goste.

Sabrina inclina ligeiramente a cabeça e algo passa pelos seus olhos. Nós duas mal tivemos um segundo a sós desde a vinda do aeroporto para a casa, e, pela primeira vez, me pergunto se é porque *eu* tenho medo de que ela descubra que Wyn e eu terminamos ou se *ela* está me evitando.

Ela balança brevemente a cabeça.

— Não estou nem aí para o bolo. A única outra coisa com que me importo, além da cerimônia, é com a despedida de solteira/solteiro, portanto é a ela que vou me dedicar.

— *Eu* quero planejar isso — diz Parth.

— Dá — diz ela. — Vamos cuidar disso juntos, e a Cleo e a Kim podem tentar encontrar um fotógrafo, se quiserem.

— Vai ser um prazer — diz Cleo.

— Mas o prazo limite é daqui a duas horas, tudo bem? — diz Sabrina. — Não importa o progresso que vocês tenham feito ou não, daqui a duas horas a gente se encontra em casa.

O olhar de Wyn se vira rapidamente na minha direção e eu baixo os olhos.

São só duas horas, penso.

O que eu fiz, penso.

NÃO SEI SE Wyn está percebendo o meu desconforto e o reflete de volta para mim ou se ele está com alguma outra coisa na cabeça. Talvez seja a mensagem de texto da Gloria, ou algo totalmente diferente. Mas, enquanto seguimos de carro de confeitaria em confeitaria, mal nos falamos.

A tarde voa. Já atingimos a marca de noventa minutos das duas horas que nos foram permitidas quando a quinta padaria local nos diz que não faz bolos de casamento.

— Ninguém é tão agressivo quanto os pais de um recém-casado — justifica a confeiteira de rosto vermelho.

— Nós dissemos casamento? — Wyn ri, olha para mim, leva a mão à testa e balança a cabeça. Ele volta a encarar a confeiteira, enquanto inclina o corpo por cima do balcão com um sorriso devastador, do tipo que parece que um anzol se prendeu sob o seu lábio. — Eu quis dizer *aniversário*. Estamos planejando o nosso casamento há uns quatro anos, então acho que foi *por isso* que acabei me confundindo. Esse bolo é para um aniversário.

A confeiteira estreita os olhos.

— Todos os nossos bolos de aniversário trazem escrito *Feliz aniversário*.

— Tudo bem, então que tal um bolo normal? — sugiro.

— Esses também trazem escrito *Feliz aniversário* — diz a mulher, provavelmente determinada a não nos vender um bolo de casamento no mercado paralelo.

— Ótimo — diz Wyn. — Vamos querer um red velvet desses.

A confeiteira franze os lábios.

— E devo escrever *Feliz aniversário* para quem?

Não basta a mulher já estar nos obrigando a comprar um bolo com *Feliz aniversário* escrito, quando ela *sabe* que é para um casamento.

— *Feliz aniversário, bom demais* — sugere Wyn.

— Não é assim que se usa *bom demais* em uma frase — diz a confeiteira.

As regras em torno desse bolo estão ficando mais específicas a cada segundo. Um sorriso curva um dos cantos da boca de Wyn.

— Piada interna.

A confeiteira não sorri, mas se vira para escrever no nosso bolo de não casamento mesmo assim.

No carro, voltamos a ficar em silêncio. Estamos na metade da colina coberta de flores silvestres que leva ao chalé quando Wyn para de repente no acostamento de cascalho com vista para o oceano.

— Então — diz ele, olhando para mim.

— Então o quê? — pergunto.

— O que está acontecendo?

— Nada — minto.

Ele joga a cabeça para trás em uma risada carregada de frustração.

— Não faz isso, por favor.

— Não faz *o quê*? — retruco, irritada.

— Não finge que você está bem — insiste Wyn. — Não age como se eu estivesse imaginando que você está se afastando de mim.

— *Me afastando*? — As palavras passam com dificuldade pela minha traqueia apertada. De repente, me sinto tão frustrada que é como uma espécie de claustrofobia. Solto o cinto de segurança, abro a porta e saio cambaleando para o sol forte do meio-dia.

Wyn também sai e dá a volta no carro para chegar até mim.

— Isso não é justo — diz.

Levanto os braços ao lado do corpo.

— *O que* não é justo?

— A gente estava se dando bem — argumenta ele. — Estava conseguindo agir como amigos, e agora...

— *Amigos?* — A palavra sai de mim em uma risada. — Eu não quero ser sua amiga, Wyn!

— Eu também não quero ser seu amigo! — grita ele.

Eu me viro para subir a colina, mas Wyn pega a minha mão e me puxa de volta para encará-lo. Não sei como acontece: tenho certeza de que não *tropeço* e caio na boca dele, mas é essa a sensação que tenho, porque estou certa de que não foi ele quem começou — Wyn *jamais* faria isso —, e não faz sentido que *eu* tenha feito isso, mas foi o que aconteceu.

Está acontecendo.

Minhas mãos agarram a camisa de Wyn, e as mãos dele se espalmam nas minhas costas, e estamos nos beijando — um beijo intenso, apressado, como se fosse uma atividade cronometrada e estivéssemos nos segundos finais.

— Sobre o que era a mensagem? — sussurro quando nossos lábios se afastam.

— Que mensagem? — pergunta ele enquanto me encosta no carro, e sinto o metal quente do capô nas minhas costas.

— Da sua mãe. Eu vi uma mensagem da sua mãe.

— Não era nada — responde ele enquanto me senta em cima do capô.

— *Wyn*.

— É sobre trabalho, Harriet — diz ele, enquanto ajeita as minhas coxas ao redor dos seus quadris.

— Isso não faz nenhum sentido — volto a falar, enquanto ele beija o meu pescoço, com uma das mãos junto à minha orelha.

— Posso parar e te explicar — fala Wyn —, ou podemos transar no carro.

Uma linha ardente cai através do centro do meu corpo, e minhas coxas o apertam enquanto ele me beija mais fundo.

— No *carro*? Estamos a menos de dois quilômetros da casa.

— Não consigo esperar dois quilômetros, Harriet.

Empurro seus ombros, mesmo enquanto o resto do meu corpo se cola a ele.

— Me conta — peço.

Wyn recua. Um carro passa voando ao nosso lado, e ele pisca como se estivesse saindo de um transe. Então, uma ansiedade óbvia o faz franzir a testa e os lábios, e tenho certeza de que tomei a decisão certa, de que há algo que preciso saber.

Ele deixa escapar um suspiro resignado, então pega o celular no bolso de trás da calça e digita por vários segundos, os dentes mordendo o lábio inferior, enquanto o suspense me destrói os nervos.

Finalmente, Wyn me passa o celular.

Vejo o navegador da internet aberto no site de uma loja minimalista e moderna. Fundo branco. Cabeçalhos em fontes serifadas delicadas: *Galeria*, *Contato*, *Redes sociais*. Abaixo, a foto de uma enorme mesa de carvalho com um pé central em uma campina verde-dourada. Há cadeiras descombinadas de madeira ao redor dela e flores silvestres explodindo na base. Atrás da campina, colinas cobertas de flores se projetam em um céu sem nuvens.

É tão lindo que dói. Me faz sentir o mesmo tipo de anseio que eu costumava sentir na época em que voltava de bicicleta para casa ao entardecer, quando era criança, e passava por janelas de cozinha iluminadas nas casas pelo caminho, quando via as pessoas rindo lá dentro, enquanto arrumavam a mesa ou lavavam a louça.

Eu toco na imagem. Aparece uma opção para comprar a mesa.

— Quinze mil *dólares*? Dólares americanos?

— Essa é a mais barata — diz Wyn.

Levanto os olhos, chocada.

— Wyn. Você está comprando uma mesa de *quinze mil dólares*? Eu estava surtando por causa daquele livro e você está comprando a mesa de um milionário?

— O quê? — Ele dá uma risadinha constrangida. — Não. Harriet, não é... Não estou comprando... Eu fiz a mesa.

Eu o encaro.

— Você... — Volto a olhar para a mesa e novamente para ele. — Você fez essa mesa? Ou reformou?

Ele fica vermelho.

— Eu fiz a mesa. Para aquela loja de artigos para casa em Bozeman. A Juniper and Sage, lembra?

A Juniper and Sage. Fui lá uma vez com os pais de Wyn, e Hank brincou que a gente não devia nem encostar nos vasos que eles vendiam, porque se quebrássemos algum teríamos que hipotecar a casa.

— Eles estão vendendo em consignação — explica Wyn. — As duas primeiras que pegaram já foram vendidas. Eu meio que detesto essa, e pelo jeito os milionários de Bozeman concordam, porque já está no site há semanas e ninguém comprou ainda. Mas também comecei a aceitar encomendas. Principalmente para casas de veraneio, mas recebi um pedido de sessenta mil dólares para um resort. Estou recebendo bastante encomenda. Os turistas querem peças feitas na região. Logo vou ter que contratar alguém para me ajudar, se as coisas continuarem a... Que foi?

— Nada. — Desvio os olhos em direção à água e pisco para tentar conter a emoção que ameaça me fazer perder o controle.

— Harriet?

— Você é... — Balanço a cabeça. — Você é incrível, Wyn. Isso é incrível.

Os lábios dele se contraem e seus olhos se voltam para a água abaixo de nós.

— É, bom, no fim aquele diploma de administração não foi um completo desperdício.

Checo as fotos na página inicial do site, enquanto Wyn me observa pelo canto do olho, como se não aguentasse olhar diretamente a cena.

Uma mesa de nogueira escura em um riacho brilhante, vasos cheios de margaridas, frutinhas silvestres e plantas típicas das montanhas Rochosas. Então, uma mesa de cedro rústica se destacando em uma floresta de pinheiros, como um altar em uma catedral feita de árvores.

A foto faz um anseio impreciso se espalhar pelos meus membros. De estar *lá*, talvez, ou de quem sabe estar atrás da câmera com o homem que criou aquela mesa.

— No hábitat natural delas — comento.

O que eu quero dizer, na verdade, é: *No seu hábitat natural.*

Eu me lembro, então, das ligações entre nós quando ele ia para a casa dos pais em Montana. Mesmo por vídeo, dava para ver que as cores de Wyn tinham voltado, depois de vê-lo desbotar por meses com a névoa e a garoa de San Francisco.

— Pelo amor de Deus, é uma mesa. — Ele tenta pegar o celular de volta, mas não deixo. — Nenhuma mesa vale tanto.

— Essa vale — murmuro.

Ergo os olhos e o pego me observando, com um olhar de esperança, de vulnerabilidade à flor da pele.

— É incrível — falo, apesar da garganta apertada. — Eu não sabia que você estava criando móveis. Quando começou?

Wyn coça a nuca.

— Eu comecei quando ainda estava em San Francisco.

— Você *o quê*? — pergunto.

— O segundo emprego que eu arrumei — explica ele. — Não era com estofamento. Eu era aprendiz de designer.

Não é uma revelação obscena em si, mas me deixa desorientada. Porque me dou conta de que o abismo entre nós começou há mais tempo do que eu imaginava.

— Por que você não me contou?

— Não sei. Fiquei constrangido.

— Constrangido — repito, como se estivesse ouvindo a palavra pela primeira vez. E parece que estou mesmo. — O que pode ter de constrangedor nisso?

— Eu nunca fui como você — diz Wyn. — Eu não era brilhante. Não era alguém com uma tonelada de objetivos. Passei meus primeiros trinta anos tropeçando pela vida.

— Isso *não* é verdade — afirmo.

— Harriet. — Ele olha para mim por entre os cílios, cada variedade de verde e cinza de seus olhos realçada pela luz do sol refletida na água abaixo. — Eu entrei na faculdade por pouco e me formei por pouco. Depois segui você até San Francisco e, mesmo tendo um diploma, consegui me dar mal em todas as entrevistas de emprego que iriam me *pagar* de verdade. Se eu também estragasse aquele projeto como aprendiz, não queria que você visse acontecer. Dizer a você que eu tinha conseguido mais um emprego com estofamento aliviou a pressão, porque, se eu me desse mal, poderia encontrar outro.

Sinto o nariz arder. Então baixo os olhos novamente para o celular, mas a tela está embaçada por causa das lágrimas que tento conter.

— Na verdade ele não me achava nada bom — Wyn volta a falar. Levanto a cabeça. — O designer de quem eu fui aprendiz — explica. — Ele disse que eu não tinha instinto para o trabalho.

Solto uma risadinha de desprezo.

— Como se você fosse o que, alguma espécie de cão farejador? Que babaca.

Wyn dá um sorrisinho.

— Quando saí daquele emprego e fui pra casa, tinha quase certeza que não ia mais tentar. Achei melhor ficar só com o conserto de móveis.

— O que te fez mudar de ideia?

Ele apoia o corpo no metal quente do capô ao meu lado.

— É difícil explicar.

Voltamos ao empurra e puxa, às pequenas gotas de informação que Wyn dá e que logo secam. Nunca aprendi a sorvê-lo em pequenas doses. Um golinho só serve para piorar a sede.

— Bom, estou orgulhosa de você — digo com a voz embargada e cruzo os braços, me protegendo dele do mesmo jeito que ele fez comigo.

Os olhos de Wyn encontram os meus.

— Posso fazer uma pra você, se quiser.

— Uma mesa? — pergunto e ele assente. — Eu não tenho esse dinheiro, Wyn.

— Eu sei. Não foi isso que eu quis dizer.

— Eu não posso aceitar uma coisa assim de graça.

— O negócio está indo muito bem, Harriet — garante ele. — E quase não tenho despesas agora. Talvez você tenha ouvido falar que eu moro com a minha mãe?

Rio.

— Acho que lembro de ter lido isso em uma revista de celebridades.

Ele toca a minha mão que está em cima do capô, e, que Deus me ajude, eu viro a palma para encontrar a dele. Preciso encostar em Wyn agora, preciso sentir os calos que memorizei na palma da mão dele.

— Eu ia adorar fazer uma mesa pra você — murmura ele. — Tenho tempo e não preciso de dinheiro.

Ao ver a minha expressão, Wyn diz:

— Mas se você não quiser...

— Não é isso. — Balanço a cabeça. — É que é incrível ver você assim. Tão feliz.

Ele examina o meu rosto por um instante, assente e baixa os olhos.

— É verdade. Estou feliz mesmo.

Tenho a sensação de que o meu peito está se fechando.

— Fico feliz por você.

— Você também está, não é? — Ele volta a encontrar o meu olhar.

Aquela sensação de gangorra me atinge de novo.

— Sim — digo. — Também estou.

— Ótimo — fala Wyn baixinho.

— Por que a Gloria estava tão preocupada que você me contasse logo isso? — pergunto.

— Porque ela acha que a gente ainda está junto — diz ele, os olhos muito escuros e firmes. — Ela acha que você ainda está esperando que eu volte.

Volte para San Francisco.

Volte para mim.

Não estou esperando. Já sei há meses que ele não vai voltar.

Então por que dói tanto ouvir isso?

Meu celular toca e eu rompo o contato visual, piscando rapidamente enquanto pego o aparelho e leio a nova mensagem.

— É a Sabrina — digo a ele, a garganta apertada, e desço do capô.

Wyn curva os lábios, em um sorriso pouco convincente.

— Parece que o nosso tempo acabou.

Já tinha acabado, penso. Mas a dor ainda parece recente.

28

Lugar sombrio

SAN FRANCISCO, CALIFÓRNIA

Depois da morte do Hank, Wyn insiste que não precisamos adiar o casamento. Diz que não devemos perder o espaço reservado ou o dinheiro do sinal. Mas ele mal come, mal dorme.

— Vai ser mais fácil se a gente adiar — insisto com ele. — Assim eu também vou ter mais tempo pra me adaptar à residência, e aí a gente pode resolver todo o resto.

Os meses passam e o sofrimento dele não diminui. O meu também me assombra, parece estar sempre esperando para me fazer tropeçar. Tudo ainda me faz pensar em Hank, no que Gloria deve estar sentindo, no que Wyn deve estar guardando só para si.

Coisas inocentes, como um comercial de carro, conseguem me deixar arrasada. Começo a tomar banhos demorados para poder chorar à vontade sem impor a minha dor a Wyn. Ele, por sua vez, começa a fazer longas corridas para queimar tudo.

Não pintamos o apartamento. Wyn se oferece para fazer isso em um fim de semana, mas, com os dois empregos, aquele é o seu único dia de folga e ele parece muito cansado.

— Uma hora a gente pinta — digo.

— Desculpa — murmura Wyn.

Ele me segura pelo quadril, então me puxa para o seu lado no sofá e enterra o rosto na minha barriga.

— Você não tem nada do que se desculpar — garanto.

— Eu quero ser melhor pra você — diz ele.

— Para — sussurro. — Eu não preciso disso. Não preciso de nada de você. Eu estou bem.

Não estou. Vivo em um estado de terror, com medo de que Wyn nunca mais volte a ser ele mesmo. Apavorada por tê-lo afastado dos amigos, de um trabalho de que ele gostava e da família, e agora nem posso dar a atenção de que ele precisa.

E ainda há a perda do Hank, o pai dos meus sonhos, e a culpa que eu sinto por pensar assim, apesar de tudo de que o meu próprio pai desistiu para me dar essa vida.

Os sacrifícios que ele fez, os empregos que odiou mas em que trabalhou de qualquer jeito, todas as provas do amor dele. Mas o meu pai nunca foi um homem carinhoso. Ele só é acessível até certo ponto.

Na última vez que visitamos os Connor antes da morte de Hank, o pai de Wyn chorou de felicidade quando chegamos lá. Naquela noite, quando a gente estava se preparando para dormir, ele me deu um abraço apertado e disse: *Durma bem, eu te amo muito, menina*. Depois disso, eu me tranquei no banheiro e abri a torneira enquanto chorava por motivos que não compreendia totalmente.

Mais saudade de casa, acho. Aquele anseio doído pelas "luzes acesas em uma cozinha desconhecida".

Te amo muito, menino foi um refrão tão constante na infância de Wyn que ele e as irmãs tatuaram a frase com a caligrafia de Hank quando estávamos em Montana para o funeral. Eles disseram que eu podia fazer uma tatuagem também, mas não me pareceu justo. Hank não me pertencia. E agora nunca vai me pertencer.

As trilhas da nossa vida vão se separando pouco a pouco, mas, nos momentos em que estamos juntos, meu amor ainda parece tão grande, tão intenso, que poderia me consumir.

De vez em quando, Wyn pergunta se eu quero dar uma olhada em espaços para o casamento ou fazer degustação de bolos. Ele tenta ficar feliz. Eu tento ser o bastante nessa vida tão pequena para a qual o arrastei.

— A gente não está com pressa — digo. — De qualquer forma, estou ocupada demais com o trabalho no hospital.

Não quero fazê-lo comemorar nada. Não quero que Wyn ache que precisa ficar feliz quando ainda está se adaptando a um mundo sem Hank Connor.

Não deveria ter acontecido como aconteceu. Hank era onze anos mais velho que Gloria, é verdade, mas só tinha setenta e poucos anos. E os setenta não são os novos cinquenta hoje em dia?

Às vezes jantamos juntos entre os turnos de trabalho dele. Mas na maior parte das noites não nos vemos até ele vir me dar um beijo na cabeça enquanto leio na cama, antes de seguir para o banho.

Às vezes, quando ele volta e acha que estou dormindo, finalmente se permite chorar, e eu penso, embora não saiba a quem ou a que estou me dirigindo: *Por favor, por favor, ajude. Por favor, ajude o Wyn, faça parar de doer tanto.*

Faço barganhas com o universo: *Se eu deixar o apartamento mais aconchegante. Se eu não reclamar do trabalho. Se eu aproveitar ao máximo a chuva constante. Se eu não cobrar nada dele, ele vai ficar bem.*

Nós vamos superar isso.

Uma noite, alguns dos outros residentes me chamam para sair. Eles sempre me convidam. Eu nunca vou. Mas ultimamente Wyn tem me pressionado.

— Não vou estar em casa mesmo — diz ele. — Você precisa ter amigos.

— Eu tenho amigos — respondo.

— Não aqui — insiste Wyn. — Você precisa ter amigos aqui também.

Então eu saio com o pessoal do trabalho e é legal, divertido, mas perco a noção do tempo e, quando chego em casa, Wyn já está dormindo na nossa cama, e me parte o coração ter perdido cinco minutos acordada com ele.

Eu me sinto culpada. Me sinto perdida. Não sei como consertar nada disso.

Na manhã seguinte, quando digo que senti falta dele, Wyn responde:

— Sinceramente, eu apaguei assim que cheguei em casa. Não teria sido uma companhia divertida.

Depois disso, saio algumas vezes por semana com Taye, a quartanista que me acolheu quando eu me sentia deslocada no hospital, e com dois outros calouros que ela está orientando extraoficialmente, Grace e Martin. E é bom ter amigos de novo, não ficar tão sozinha.

Quando Wyn finalmente tem uma noite inteira de folga, sai para nos encontrar no bar na rua do hospital, e me sinto ao mesmo tempo animada, nervosa e um pouco culpada por estarmos passando a noite fora em vez de ficar em casa juntos, mas ele insiste que é importante.

Martin, Grace e Taye passam a noite toda conversando sobre o hospital ou sobre seus piores professores na faculdade de medicina. É a primeira vez que percebo que é só disso que falamos, e me dou conta apenas porque vejo Wyn se fechando em si mesmo, se afastando, e não tenho ideia de como segurá-lo, de como mantê-lo aqui comigo.

Então Martin finalmente pergunta a Wyn o que ele faz da vida, e Wyn conta sobre o trabalho com estofamento.

— Que tipo de diploma é preciso para fazer isso? — pergunta Martin.

Não acho que ele teve a *intenção* de soar arrogante, mas soa, e Wyn reage exatamente como sempre faz a qualquer sugestão de inferioridade.

Ele acata a sugestão. Wyn brinca que conseguiu um diploma em cadeiras, mas precisou de um ano a mais, e todos riem daquilo. Mas, nos dias que se seguem, ele parece ainda mais distante.

Meu coração está gritando *Você, você, você*, como se eu estivesse vendo-o cair em um buraco, mas continuo paralisada, incapaz de arrumar um jeito de alcançá-lo.

Sempre que pergunto qual é o problema, Wyn segura o meu rosto entre as mãos, beija a minha testa e me diz, muito sério:

— Você é perfeita.

Então, esquecemos de tudo por algum tempo, exceto da boca e da pele um do outro, e só mais tarde, quando ele está deitado na cama, o corpo enrodilhado no meu, como um ponto de interrogação, percebo que Wyn não me respondeu.

Aí vem o tombo da Gloria. O diagnóstico dela de Parkinson, ou melhor, a admissão de que ela tem a doença há anos. As coisas avançaram mais rapidamente desde a morte do Hank.

— Estou velha! — ela diz, com um aceno petulante de mão, quando fazemos uma chamada de vídeo com ela. — Se o Hank e eu tivéssemos começado a ter filhos mais cedo, eu ainda estaria correndo por aí, mas não fizemos isso, e as coisas vão mesmo começar a entrar em colapso.

Ela não é velha. É mais velha que os meus pais, com certeza, mas não o bastante para que Wyn, Michael e Lou tenham que se ver diante da ideia de perder a mãe quando acabaram de se despedir do pai.

Martin me ajuda a conseguir alguns dias de folga do hospital, e Wyn e eu vamos para Montana, onde todos os três filhos de Gloria e sua futura nora se aglomeram na casinha atarracada deles no fim da rua comprida. É como se Wyn voltasse à vida. Ele se ilumina, *relaxa*.

E, pela segunda vez, eu me enfio no minúsculo banheiro do segundo andar com a água correndo e choro com os nós dos dedos enfiados na boca, porque sei que não posso levá-lo de volta para San Francisco.

Sei que não vou conseguir suportar ser a pessoa que o afasta do lugar a que ele pertence.

Quando digo a Wyn que acho que ele deveria ficar em Montana enquanto a mãe se recupera da queda, ele me examina por um longo tempo.

— Tem certeza?

— Cem por cento — respondo.

Combinamos de Wyn passar um mês com a mãe enquanto ele e as irmãs organizam um plano de longo prazo.

Volto sozinha para casa. Assim que ponho os pés no apartamento, sinto a mudança.

De alguma forma eu sei que ele nunca mais vai voltar a morar lá.

No começo, a gente se fala o tempo todo. Então ficamos ocupados demais para isso. Wyn está pondo em dia os trabalhos de reforma que o pai não teve chance de terminar. Da minha parte, estou exausta por conta de dias e dias colocando e tirando o jaleco, só para ficar atrás de um grupo de cirurgiões e residentes tão numeroso que tenho sorte se conseguir ver brevemente um bisturi. E, quando os meus amigos da residência lamentam a mesma experiência ao sairmos para beber, finjo concordar, mas a verdade é que até ser responsável por uma sutura parece demais no momento.

Falta só um ano para Lou terminar a pós-graduação em Iowa. Depois ela vai voltar para Montana. Wyn me anuncia isso como se fosse uma ótima notícia:

— Logo, logo eu vou estar em casa.

Você já está em casa, penso. E me questiono se *eu* algum dia vou estar.

Cleo manda uma mensagem para perguntar como estou levando as coisas com a ausência de Wyn. Eu me sinto culpada demais para dizer qualquer coisa que não seja uma variação de: Tá tudo bem por aqui. E você, como está?

Acompanho Taye em happy hours e noites de jogos, com desafios de perguntas e respostas em bares. Também vou à reunião que ela organiza para assistir a *The Bachelor*. Na maior parte das vezes, porém, passo o meu tempo livre aconchegada na cama, com uma xícara de chá na mão, vestindo o velho moletom da Universidade Mattingly que era do Wyn, meio assistindo a episódios de *Assassinato por escrito*, meio dormindo.

Na noite anterior à vinda dele para San Francisco, Gloria sofre outra queda e quebra o pulso, e Wyn precisa cancelar a viagem.

— Não tem problema — digo a ele. — Para ser sincera, eu vou estar mesmo cansada demais nesse fim de semana.

Começamos a nos falar menos. Às vezes estou tão exausta que durmo no sofá enquanto espero o celular tocar. Outras vezes Wyn fica tão envolvido com o trabalho que perde a noção do tempo. Ele está sempre se desculpando, se culpando por isso, prometendo melhorar.

— Wyn — digo. — Está tudo bem, sério. Nós dois estamos ocupados.

Como eu trabalho no Natal, ele se organiza para vir a San Francisco na semana seguinte. Mas seu carro derrapa para fora da estrada a caminho do aeroporto. Wyn sai ileso do acidente, mas perde o voo.

— Vou amanhã — diz ele.

"Amanhã" é o único dia de folga que vou ter durante a visita dele, e agora Wyn só vai chegar à noite.

— Claro — digo. — Tudo bem.

Ele passa trinta e seis horas na cidade, depois vai embora de novo.

Uma parte de mim ainda espera que, se eu lhe der espaço e tempo, tudo vai ficar bem.

Uma noite, depois de ele cancelar de última hora uma videochamada, decido aparecer no happy hour de sempre dos residentes, e Taye e Grace não estão lá.

— A Grace foi para um casamento da família em Monterey, e acho que ela levou a Taye — explica Martin.

Taye brilha em grandes eventos sociais. Ela é como Parth nesse ponto — boa em incluir a pessoa mais quieta, tímida ou desajeitada do lugar, levando-a para o centro da ação. Provavelmente foi por isso que ela me colocou embaixo da asa.

Não vejo problema em sermos apenas Martin e eu naquela noite. Tomamos só um drinque — estou exausta —, então ele se oferece para me levar até em casa.

Quando chegamos, Martin insiste em me acompanhar até a porta. Também não vejo nada de mais nisso. Por causa de Wyn. Quantas vezes ele sugeriu que a gente fosse encontrar Sabrina no estágio de verão, para que ela não tivesse que voltar para casa sozinha? Quantas vezes ele deu carona para Cleo até onde estava o carro dela, do outro lado do campus da Mattingly?

No corredor, Martin me dá um abraço de boa-noite. Ou é isso que eu acho que ele está fazendo a princípio, e, quando percebo que não é, fico tão chocada que aquilo me paralisa.

Deixo o beijo acontecer, apática. No instante em que me ocorre empurrá-lo, Martin já percebeu que foi um erro, que eu não retribuí o beijo. E parece envergonhado.

O que só aumenta a culpa que eu sinto. Será que dei algum tipo de sinal de consentimento? Será que estava flertando com ele? Não sei. Começo a sentir uma dor penetrante atrás do olho direito. Meu cérebro parece estar se agitando dentro do crânio.

— Eu não estou... disponível — gaguejo. — Você sabe disso.

Martin ri.

— Por causa do cara dos móveis?

Tenho a sensação de que estou prestes a vomitar.

— Wyn — digo.

— Ele não está aqui, Harry — argumenta Martin. — Ele nunca está aqui. Eu estou.

Dou as costas e entro correndo em casa. Ligo para Wyn na mesma hora, embora seja tarde aqui, o que significa que é ainda mais tarde em Montana. A ligação cai no correio de voz. Ligo novamente e ele atende no terceiro toque, com a voz grogue.

Conto tudo o que aconteceu, o mais rápido que posso, como se sugando o veneno do meu sangue.

Depois, tenho que implorar para ele dizer alguma coisa.

Quando isso acontece, sua voz sai oca, sem vida.

— Não está mais dando certo.

Tenho vontade de retirar o pedido para que ele falasse. De implorar que não diga mais nada.

Mal escuto o restante da ligação. Apenas alguns fragmentos atravessam o meu coração devastado.

... crianças quando ficamos juntos... diferentes agora... o melhor é...

Eu não choro. Isso não é real. Ele prometeu que sempre ia me amar. Não pode ser real.

No entanto, uma parte mais profunda de mim, uma voz que sempre esteve lá, me diz que estava destinado a terminar assim. Que eu sabia desde aquela primeira viagem a Indiana que nunca seria suficiente para fazer Wyn feliz, que não poderia dar a ele o tipo de amor que os pais *dele* tiveram — afinal o meu único exemplo era o casamento que os *meus* pais tinham.

Dois dias depois da nossa ligação, recebo as minhas coisas. Sem nenhum bilhete. Não conto a ninguém. Não suporto a ideia de falar sobre isso.

29

Vida real

SEXTA-FEIRA

Estão todos em seus respectivos cantos da casa, se arrumando para a despedida de solteiro/solteira que Parth e Sabrina planejaram.

Eu também deveria estar me arrumando. Em vez disso, a minha mente fica voltando à beira de abismo escura para a qual passei meses dando as costas. *Não olha, não olha, não olha.* É que dói demais. Tenho a sensação de que esse lugar vai me sugar para dentro dele e eu nunca mais vou sair.

Deixa pra lá, digo a mim mesma.

Não importa que eu nunca tenha conseguido respostas concretas sobre o que nos fez terminar. O que importa é que terminamos. O que importa é que Wyn está feliz com sua nova vida.

Vamos atravessar o dia de amanhã, depois seguiremos caminhos separados. Quando contarmos a todo mundo que terminamos, vamos poder dizer que foi amigável, que o nosso rompimento não vai ter ônus nenhum para eles.

Mas *não consigo* deixar pra lá.

Venho tentando há meses e não estou nem um pouco mais perto de ficar em paz. Essa é a minha oportunidade — a minha última chance. Pode ser um erro conseguir as respostas que busco, mas, se eu não fizer isso, sei que vou me arrepender pelo resto da vida.

É *isso* que eu preciso dessa semana, é *isso* que vai justificar essa tortura que estou enfrentando.

Saio do quarto e atravesso o corredor, passando pelo chiado dos chuveiros abertos e dos canos velhos rangendo nas paredes.

Tudo parece estranho, como em um sonho: o toque macio dos degraus de madeira suavizados pelo tempo contra os meus pés; a sensação de formigamento do ar frio quando saio para os fundos da casa; o som do mar batendo nas rochas sob o penhasco. Atravesso o pátio até o portão lateral, ainda aberto depois do súbito voo de imaginação da Cleo na outra noite, e sigo para além dele, para as densas sempre-vivas mais ao fundo.

O sol ainda não se pôs totalmente, mas a folhagem acima cobre a passarela de sombras, deixando passar apenas feixes de luz que iluminam o caminho até a casa de hóspedes.

É como se eu estivesse me movendo através de um cenário feito de gelatina, cada passo lento e pesado. Então, a casa de hóspedes com telhas de madeira surge à minha frente e sigo em direção ao chuveiro de cedro.

Quando vejo Wyn, fico surpresa. Como se eu não tivesse vindo aqui expressamente para vê-lo.

Apenas a parte de trás da cabeça de Wyn, seu pescoço e seus ombros aparecem acima das laterais de madeira do box rústico, e a brisa carrega o vapor em fios prateados. Uma sensação de perda, pesada como um saco de areia, me atinge direto no estômago.

Não vou conseguir, penso. *Não quero saber. Não quero piorar as coisas.*

Eu me viro, mas a minha manga prende em um galho baixo e toda a umidade acumulada ali respinga no piso de madeira.

Wyn se vira e arqueia a sobrancelha com uma expressão divertida.

— Posso ajudar? — Ele parece feliz em me ver. Por algum motivo, isso é outro golpe.

Eu hesito.

— Duvido.

— Posso lhe ser útil? — ele repete.

— Eu só queria conversar! — digo enquanto recuo. — Mas posso esperar. Até que você esteja menos...

— Ocupado? — deduz Wyn.

— Nu — esclareço.

— Dá no mesmo.

— Pra você, talvez — retruco.

Ele franze o cenho.

— O que você está querendo dizer?

— Sinceramente, não sei — respondo.

Ele apoia os braços no alto da parede do chuveiro, esperando. Que eu me aproxime, ou que eu fuja.

Agora que a chance está diante de mim, a possibilidade de ter uma resposta da qual eu não goste parece bem pior que nunca ter uma resposta.

— Não é nada — digo por fim. — Esquece.

— Não vou esquecer. — Ele passa a mão no rosto para secar a água que escorre pelo seu olho. — Se você quiser que eu finja, posso tentar.

Dou mais meio passo para trás. O olhar de Wyn permanece fixo em mim.

Como sempre, algo na expressão dele faz as palavras escaparem pela minha boca antes que o meu cérebro decida dizê-las:

— Está me matando não saber.

A testa de Wyn se suaviza, seus lábios se abrem na meia-luz.

— Mesmo que já tenham se passado meses — digo —, me mata estar aqui, agindo como se tudo estivesse normal entre nós, e o pior é que às vezes não é atuação. Porque... — Minha voz falha, mas agora estou embalada *demais*. Eu *não consigo* parar de falar.

Por mais frágil, carente e desesperada que eu possa parecer, é a verdade e está irrompendo de mim.

— Porque você simplesmente *foi embora*, Wyn — continuo. — Eu nunca tive uma explicação. Recebi um telefonema de quatro minutos, e depois uma caixa com as minhas coisas foi deixada na minha porta, e eu nunca soube o que eu fiz. Eu disse a mim mesma que era por causa do que aconteceu com o Martin. Que você não confiava mais em mim.

Wyn estremece ao ouvir o nome, mas eu não me detenho.

— Passei meses tentando sentir raiva de você por me culpar e me julgar por uma coisa que eu nem fiz — prossigo, a voz rouca. — Aí eu chego aqui e você age como se *realmente* me culpasse. Como se me odiasse ou, pior, como se não sentisse nada por mim. Até que de repente você passa a agir como se nada tivesse mudado. E me diz que *nunca* achou que eu tinha te traído, e me beija como se me *amasse*.

— Você também me beijou, Harriet — argumenta ele, a voz baixa, tensa.

— Eu sei — digo. — Eu sei o que eu fiz, e não consigo entender como, depois de tudo, ainda me permiti fazer aquilo. Mas fiz, e isso está me matando. Me matando. A cada segundo de cada dia, eu sinto que um pedaço de mim foi arrancado, e nem sei por que isso aconteceu.

Faço uma pausa antes de continuar.

— É como se eu tivesse uma ferida aberta e não fizesse ideia de como ela surgiu. Me mata ouvir como você está feliz sem nem mesmo entender como eu... como eu... — Minha voz treme, e minha respiração está saindo em arquejos. — Não sei o que eu fiz pra te deixar tão infeliz.

Wyn abre a boca, os lábios trêmulos.

— Harriet.

Enfio o rosto entre as mãos enquanto as lágrimas turvam a minha visão, e a minha coluna dói com a intensidade do meu choro.

A porta do chuveiro é destravada e se abre com um rangido. Escuto enquanto ele puxa a toalha de um gancho e enrola ao redor do corpo.

O calor me envolve como uma parede úmida, e me encolho ao sentir o toque súbito e quente das mãos de Wyn nos meus braços. Não consigo olhar para ele, não enquanto estou desmoronando. Não depois de expor todas as partes em carne viva de mim mesma.

— Ei — diz ele, a voz baixa e rouca, esfregando os meus braços com as mãos molhadas. — Vem cá.

Ele me aninha junto ao peito, e a água escorre da sua pele nos meus braços e nas minhas costas. Sinto a sua boca entre os fios do meu cabelo.

— Não foi você — diz ele. — Eu juro que nunca foi por sua causa. Eu estava em um lugar escuro demais, Harriet. Depois que perdi o meu pai. Eu estava me afogando.

Ele me abraça mais forte.

— Sinto muito — digo, a voz trêmula. — Eu queria ajudar você. Mas não sabia como. Eu nunca soube lidar com o sofrimento, Wyn. Tudo o que eu fiz na vida foi me esconder dele.

Ele pousa a mão na minha orelha.

— Você não poderia ter feito mais nada, Harriet. Nunca foi por sua causa. Eu só... perdi o melhor homem que já conheci, e foi como se eu não soubesse mais como existir. Como se o mundo não fizesse mais sentido. E você tinha uma vida toda nova, uma vida com a qual sonhou por tanto tempo, e todos aqueles novos amigos, e... e eu queria mais do seu tempo, e me odiava por não estar feliz por você. Eu me odiei por não ser bom o bastante, ou inteligente o bastante, ou determinado o bastante pra você.

— *Foda-se* tudo isso. — Tento me desvencilhar dele.

Mas Wyn me segura com mais força, e isso me deixa com muita raiva, o fato de ele estar me abraçando desse jeito agora, quando já é tarde demais.

— Escuta — murmura Wyn —, por favor, me deixa dizer isso.

Ergo os olhos para encará-lo. Lembro da primeira vez que vi seu rosto de perto, como seus traços me pareceram contraditórios, uma mistura rara de magnetismo e reserva: *Quero você por perto, mas não olha pra mim*. Agora ele é *pura* areia movediça. Sem a dureza da pedra. Totalmente exposto.

— Eu estava perdido — Wyn volta a falar. — Por mais que amasse os meus pais, por mais que sempre tenha tido a certeza de que os dois me amavam, eu cresci achando que era uma decepção. Eu tinha aquelas duas irmãs incríveis, que pareciam saídas do nada e não tinham nada a ver com os meus pais ou com qualquer outra pessoa na nossa cidade, e, desde que consigo me lembrar, todo mundo sabia que elas iam fazer alguma coisa incrível na vida. Quer dizer, quando eu tinha doze anos e a Lou tinha nove, as pessoas já diziam que ela ia ganhar um Pulitzer algum dia. Ninguém me dava prêmios imaginários.

— *Wyn*. — Já percorremos muitas vezes esse caminho.

— Não estou dizendo que me achavam burro — esclarece ele. — Mas era assim que eu me sentia. Como se eu fosse o filho que não tinha nada a seu favor, além de ser bonzinho.

— Bonzinho? — Não consigo evitar uma risadinha incrédula.

Generoso, atencioso, infinitamente curioso, dolorosamente empático, engraçado, *vasto*. Não *bonzinho*. *Bonzinho* era a máscara com a qual Wyn Connor se apresentava ao mundo.

— Eu queria ser especial, Harriet — diz ele. — E, como não era, resolvi tentar fazer todo mundo me amar. Eu sei que soa absurdo, mas é verdade. Passei a vida perseguindo coisas e pessoas que pudessem me fazer sentir importante.

Isso me atinge como uma pontada funda em algum lugar logo abaixo do esterno. Tento me afastar de novo, em um movimento débil. A mão de Wyn encontra a minha nuca, em um toque leve e cuidadoso.

— Aí eu conheci você e já não me sentia tão perdido ou sem rumo. Porque, mesmo que não tivesse mais nada para mim, parecia que eu tinha sido feito para amar você. E não importava o que mais ninguém pensasse de mim. Não importava se eu não tivesse outros grandes planos, desde que eu pudesse amar você.

— Então é isso? — digo, a voz embargada. — Eu usei todo o oxigênio, e você não me disse nada até eu te sufocar. Até você não me amar mais, e não ter mais nada que eu pudesse fazer.

— Eu sempre vou te amar — diz ele, o tom ardente. — Esse é o ponto, Harriet. É a única coisa que já me aconteceu naturalmente. Para a qual eu não preciso me esforçar. Eu te amei em cada lugar deste país, e no meu momento mais sombrio, nos meus piores dias, e ainda te amo mais do que já amei qualquer outra coisa.

Ele faz uma pausa.

— Mas eu fiquei muito mal depois que o meu pai morreu e esperei para ver se as coisas começavam a parecer um pouquinho melhores, mas não consegui. Eu não consegui ficar melhor. E estava deixando você infeliz também.

Abro a boca, mas ele me interrompe com delicadeza, passando as mãos gentilmente no meu cabelo:

— Por favor, não minta, Harriet. Eu estava me afogando e arrastando você para o fundo comigo.

Tento engolir, mas a emoção está deixando a minha garganta apertada demais.

Wyn abaixa os olhos, a voz abalada.

— Quando voltei para Montana, eu conseguia senti-lo.

— Wyn. — Levo as mãos ao seu rosto, e ele apoia a testa na minha. Wyn fecha os olhos e uma respiração mais profunda nos aproxima.

— E me senti tão idiota por fugir de tudo aquilo. Por tentar tanto ser diferente dele, quando ele foi o melhor homem que eu já conheci.

— Você sempre foi parecido com ele — digo —, de todas as maneiras que importam.

Seus lábios se curvam em um sorriso, mas é uma expressão tensa, forçada. Wyn está tremendo, de frio ou por conta da adrenalina.

— Eu só... — Ele respira fundo mais uma vez. — Eu tinha a sensação de estar falhando com ele, com a minha mãe e com você. Eu queria que você fosse feliz, Harriet, e o lance do Martin... Talvez seja uma desculpa, mas eu estava tão pra baixo na época que realmente me convenci de que aquele era o tipo de cara com quem você queria estar. E você não parava de adiar o casamento. Nunca queria conversar a respeito. Você nunca queria conversar sobre nada, e, quando eu te vi com os seus novos amigos, achei... achei que você *devia* estar com alguém tão brilhante quanto você, alguém capaz de se encaixar naquele mundo no qual você tinha batalhado *a vida toda* para estar.

— Isso não é *justo*, Wyn — protesto, e sai como um gemido.

— O que eu devia pensar, Harriet? — pergunta ele, a voz tensa. — Quando eu tive que cancelar a minha visita a San Francisco, você não se importou. Quando eu perdia uma ligação que a gente tinha combinado fazer, você não se importava. Você nunca ficava brava, nunca brigava comigo. Parecia que nem sentia a minha falta.

Volto a chorar de soluçar quando a realidade do que ele está dizendo me atinge. Que todo aquele tempo e energia que eu gastei tentando ficar bem para ele, para não ceder sob o peso do meu trabalho, para não exigir nada que ele não pudesse dar... no fim só serviu para afastá-lo mais rápido de mim.

— Eu sabia que você nunca ia terminar comigo — ele continua, a voz áspera como uma lixa. — Não quando eu estava tão ferrado emocionalmente. Mas eu não queria te prender. Não queria que você acordasse um dia e se desse conta de que estava vivendo a vida errada, e que eu tinha te deixado fazer isso.

Ele para por um instante.

— *Por isso* o telefonema foi tão curto — continua. — Para não me dar tempo de mudar de ideia. E *por isso* eu mandei as suas coisas de volta tão rápido. Porque eu não suportava deixar um único pedaço de você onde eu pudesse ver.

Mais uma pausa.

— Porque eu sempre vou te amar. Porque, mais do que tudo, eu quero que você seja feliz. E agora você está feliz — diz ele. — E eu também estou. Não o tempo todo, mas estou muito melhor que antes, e, quando a Sabrina ligou e me pediu pra vir pra cá, achei que seria capaz de lidar com a situação. Eu achei mesmo que ia aparecer aqui, ver você e confirmar que você estava mais feliz. Então eu ia saber que tinha feito a coisa certa ao terminar com você. Eu me esforcei muito pra melhorar nesses últimos cinco meses, Harriet, e estou indo *bem*. Estou com a minha família, estou fazendo um trabalho que me dá orgulho e estou medicado.

— Medicado?

— Mais cedo, você perguntou o que me fez mudar de ideia sobre o trabalho — diz ele. — Foi isso que aconteceu. Estou tomando remédio. Para depressão.

Sinto a garganta ainda mais apertada. Mais uma coisa importante que eu não sabia sobre ele.

— Por causa da perda do seu pai?

Ele balança a cabeça.

— Achei que era só isso. Mas, depois que comecei a tomar o remédio, percebi que a morte do meu pai só tinha piorado as coisas. Mas o problema sempre existiu. Deixando tudo mais difícil do que devia ser. É como... — Ele coça a têmpora. — Na escola, eu tinha um amigo do time de futebol. Um dia, depois de um jogo, ele desmaiou. O peito dele doía e ele não conseguia tirar a camisa, mas queria tirar porque não conseguia respirar, e todos nós achamos que ele estava tendo um ataque cardíaco. No fim, era asma.

Ele faz uma pausa, recordando.

— Ele passou, tipo, dezessete anos com cinquenta e cinco por cento da capacidade pulmonar sem se dar conta de que respirar não devia ser tão difícil — continua. — Começar a tomar antidepressivo foi assim para mim. Eu me sentia uma merda o tempo todo, e de repente não me sentia mais. E pela primeira vez tudo parecia possível. A minha mente pareceu... mais tranquila, talvez. Mais leve.

Enxugo as lágrimas que se acumulam nos meus olhos.

— Eu não tinha ideia — murmuro.

— Eu também não — diz ele. — Gastei tanta energia tentando ficar bem e... O que eu quero dizer é que as coisas finalmente estão boas para mim. E eu achei que, se viesse pra cá e visse você, isso ia provar que nós dois estávamos exatamente onde devíamos estar. Em vez disso, eu apareci e você ficou furiosa comigo. E sabe o que eu senti?

— Eu sei que você também está bravo comigo, Wyn — me forço a dizer.

Ele nega, balançando a cabeça com força.

— Alívio. Eu senti *alívio*. Porque finalmente parecia que você se importava. Se você estava com raiva de mim, isso significava que o seu coração estava tão machucado quanto o meu. Eu tinha a fantasia de que, quando encontrasse uma maneira de ser feliz, ia pensar menos em você. Mas em vez disso é como... é como se agora, que a dor não está mais me estrangulando, tivesse sobrado todo esse espaço extra pra te amar.

Wyn respira fundo antes de continuar.

— Mas a gente não pode voltar a ficar juntos, então não sei o que fazer com nada disso. Nem sei se você sente o mesmo que eu, e isso também está me matando. A cada trinta segundos eu me pergunto se estou te magoando só por estar aqui, aí acho que não tem como você ainda me amar depois de todo esse tempo, e, mesmo que não seja real, uma parte de mim quer fingir que eu ainda tenho você, mas outra parte acha que eu vou morrer se você não disser que me ama, mesmo que isso não mude nada. Mesmo que seja só para ouvir mais uma vez.

Ele precisa parar de novo para recuperar o fôlego.

— Está tudo diferente e nada mudou, Harriet — fala Wyn. — Eu tentei tanto esquecer você, te deixar ser feliz, e, quando volto a te ver, ainda tenho a sensação de que você é *minha*. De que eu sou *seu*. Eu me livrei de cada pedaço de você, como se fizesse alguma diferença, como se eu pudesse arrancar você de mim, e, em vez disso, passo o tempo todo vendo os lugares em que você devia estar.

Eu o encaro, o coração parecendo rachar sob o peso do que estou sentindo.

— Por favor, diz alguma coisa — pede Wyn.

Meus olhos estão congestionados. Minha garganta também. Volto a enfiar o rosto entre as mãos.

— Eu achei que você não me queria — digo, com a voz embargada —, então tentei... tentei amar outra pessoa. Tentei até *gostar* de outra pessoa. Beijei outra pessoa. Transei com outra pessoa, mas não conseguia impedir a sensação de que eu era sua. — Aperto os olhos para tentar conter outra onda de lágrimas. — De que você era meu.

— Harriet. — Wyn inclina o meu rosto para cima. — Olha pra mim.

Ele espera.

— Por favor, Harriet.

Demoro alguns segundos para forçar os meus olhos a se abrirem. Ainda há gotas de água do banho coladas nas sobrancelhas dele. E escorrem filetes pelo seu maxilar e pelo pescoço. Seu polegar roça no meu rosto.

— Eu sou — diz ele. — Eu ainda sou seu.

O prego que tem se aproximado cada vez mais do meu coração durante a semana se crava de vez. A ponta dos dedos dele desliza pelo meu lábio inferior. Seus olhos são tão suaves... e cada toque delicado afasta outra camada do meu coração.

Mas será que importa alguma coisa que a gente ainda pertença *um ao outro* quando não podemos ficar *juntos*? A vida de cada um é irredutivelmente separada. Tudo pode parecer diferente de dez minutos atrás, mas a verdade é que nada mudou. Ele é meu, mas eu não posso tê-lo.

Enfio os dedos em seu cabelo molhado, como se isso pudesse mantê-lo aqui comigo. Wyn repete o meu gesto.

— O que é isso? — pergunta ele em um sussurro.

Eu quero que seja um *Me perdoa*, e um *Eu te perdoo*, e um *Promete que você nunca vai me deixar ir embora*, e um milhão de outras palavras que não consigo dizer.

Wyn finalmente está feliz. Ele tem a vida que deveria ter. Tem uma carreira da qual se orgulha, e que depende de ele estar em Montana, e, mesmo que isso não fosse verdade, há Gloria, que precisa dele. O tempo que *ele* precisa passar com ela, um tempo que ele perdeu com Hank. E eu vou continuar na Califórnia por pelo menos mais alguns anos, já fui longe demais para voltar atrás, mas não tão longe a ponto de ver a luz no fim do túnel.

Talvez em outra vida as coisas pudessem ser diferentes. Nessa, só pode ser uma coisa.

— Acho que é um último *Eu te amo* — falo.

Os dedos dele ficam tensos no meu cabelo, e vejo que ele prende a respiração. Então, como se estivesse respondendo a uma pergunta, seus pulmões se expandem, enquanto ele respira fundo, e seus lábios encontram os meus.

Quando deixo escapar um suspiro trêmulo, sua língua desliza para dentro da minha boca. O gosto dele chega fundo e desembaraça algo que passei meses amarrando em nós. O desejo se estende em todas as direções, despertando a minha pele, os meus nervos, o meu sangue. Wyn inclina o meu rosto para cima, aprofundando o beijo, e sua língua encontra a minha, com voracidade e ternura ao mesmo tempo. Deixo escapar um gemido.

A mão dele desce pela minha barriga, encontrando seu caminho vários centímetros abaixo da minha blusa, e minhas costas se curvam para ele, cada músculo meu tentando se aproximar mais.

Wyn passa um braço ao meu redor e nos guia para trás. Seu ombro esbarra na porta do box ao ar livre enquanto ele me puxa para dentro e volta a fechá-la.

Minhas roupas já estão molhadas depois de ter sido abraçada por ele e grudam na pele em alguns lugares, mas Wyn me protege da água assim mesmo, enquanto tira a minha blusa pela cabeça e pendura com a toalha dele. Apoio as costas na parede para recuperar o fôlego, enquanto ele abre metodicamente os botões do meu shorts. Wyn demora para deslizar a peça de roupa pelas minhas pernas, com a parte de baixo do biquíni, e fico ali, a pele formigando, a respiração irregular e a mente em chamas. Ele também pendura o shorts e a calcinha do biquíni, sem tirar os olhos de mim.

— Isso é real? — pergunto.

Ele envolve a minha cintura.

— O que mais poderia ser?

— Um sonho — digo.

Wyn me puxa junto ao corpo, sua barriga quente e úmida deslizando contra a minha.

— Não pode ser um sonho — diz ele. — Nos meus sonhos você está sempre por cima.

Minha risada é interrompida quando o polegar dele roça a curva externa do meu seio. Passo os braços ao redor da sua nuca, e ele me levanta contra a parede em um movimento suave, enquanto as minhas coxas envolvem a sua cintura.

Arquejo dentro da sua boca, diante da sensação súbita de ter tanto dele em tanto de mim. Os músculos do abdome de Wyn se contraem. Meus lábios se abrem avidamente sob os dele. Suas mãos desamarram a parte de cima do meu biquíni, tirando-a também, e meu coração dispara com o seu toque urgente.

Ele sussurra o meu nome junto ao meu maxilar, a água caindo sobre seus ombros, nos envolvendo em seu calor.

Wyn deixa escapar um gemido e me acaricia em círculos lentos e intensos enquanto minha respiração acelera. Sua boca desliza pelo meu pescoço.

— Você tem certeza disso? — murmura ele.

Eu o abraço com mais força. Ele se afasta para perguntar de novo, mas eu o puxo mais para perto e deslizo a língua para dentro da sua boca, encontrando o gosto amargo e fermentado da Corona e o sabor forte do limão.

Estendo a mão entre nós e um arrepio de prazer percorre o meu corpo quando sinto o seu membro. Wyn pousa a cabeça no meu ombro e apoia uma das mãos no alto da parede atrás de mim.

— Eu não trouxe preservativos — diz ele, mas nenhum de nós parou de se mexer, buscando mais fricção, buscando alívio.

Os músculos das suas costas, abdome, braços e nádegas estão rígidos de tensão enquanto nossos quadris se movimentam no mesmo ritmo.

Wyn leva as mãos apressadamente ao meu quadril, me inclinando mais para ele.

— De um jeito ou de outro, não devemos mesmo fazer isso enquanto você está chateada — diz ele.

Baixo a mão pelo corpo dele.

— Vou ficar menos chateada quando você estiver dentro de mim.

Ele pousa a mão sobre a minha, me detendo por um segundo, nosso coração batendo no mesmo ritmo, a água quente correndo pelo nosso corpo.

— Não temos camisinha — ele volta a dizer.

Deixo escapar algum som patético de discordância, e Wyn parece esquecer o que estava dizendo, me empurra de volta para a parede, nossos quadris se esfregando, as unhas escorregando pela pele molhada. Ele me levanta um centímetro, e agora está bem junto a mim. Não basta. Wyn então volta a se apoiar no alto da parede do box enquanto nos movemos juntos.

— Harriet — murmura ele no meu ouvido. — Você é macia demais... cacete.

— Obrigada — digo, ofegante —, eu não malho.

— Sem piada agora — pede ele. — Podemos fazer piada depois. Agora me diga o que você quer.

— Eu já te disse.

— A gente não pode — argumenta Wyn. — Vou dar um jeito de conseguir preservativos quando sairmos para jantar.

Rio junto ao seu pescoço e capturo um filete de água com a língua.

— Você vai ficar andando por becos escuros e acenar com notas de vinte para estranhos que pareçam estar vendendo camisinha?

— Estava pensando em simplesmente entrar na farmácia — diz ele —, mas gostei do seu método.

Ele recua, freando com as mãos a minha descida até meus pés pousarem nas tábuas de cedro molhadas. Tudo em mim se ergue em protesto até que ele me vira, apoia as minhas mãos na borda da parede e deixa as dele deslizarem pela parte de trás dos meus braços, pelas minhas costas. Uma delas envolve o meu quadril e encontra o meio das minhas coxas enquanto ele pressiona o corpo atrás do meu.

Por um segundo, não consigo respirar. Até os meus órgãos parecem cheios demais de *desejo* para fazerem qualquer outra coisa, cada onda cerebral parece concentrada na sensação da mão dele no meu corpo. Seu outro braço me envolve, me puxando contra ele, e sua boca encontra o ponto entre o meu pescoço e o ombro.

— Era esse o seu objetivo para a semana? — pergunto.

Wyn morde a lateral do meu pescoço.

— Na verdade, era conseguir passar o resto da semana como um perfeito cavalheiro.

— Uma falha ocasional ajuda a fortalecer o caráter — digo.

— É mesmo? — provoca ele. — Ajuda você?

Pressiono novamente o corpo contra o dele, implorando.

— *Por favor.*

Wyn solta um palavrão, me segura pelo quadril e me vira mais uma vez, me prendendo contra a parede e se ajoelhando à minha frente.

Minhas juntas parecem derreter quando ele beija a parte interna da minha coxa, subindo até o lugar onde se acumula um sem-número de sensações. Mexo o quadril com a pressão da sua boca. A palma da mão esquerda de Wyn roça minha barriga, enquanto a direita se adianta para envolver o meu traseiro, me inclinando mais na direção dele.

Tento fazê-lo se levantar, mas ele fica onde está, o calor insistente da sua boca me deixando cada vez mais perto de perder o controle.

— Wyn — imploro.

Vejo a pele do seu pescoço se arrepiar. Ele murmura:

— Goza pra mim, Harriet.

Tento resistir, pedir mais dele, mas meu corpo se rende. Seu nome sai da minha garganta em um apelo ofegante. Ele me conduz a um clímax tão intenso e escuro que, por alguns segundos, não há nada além de sensação. Não há madeira, ou chuveiro dentro de um box de cedro, nada além da boca de Wyn.

Quando ele recua, eu me largo contra a parede, os joelhos fracos. Wyn se levanta e me abraça para que o meu queixo descanse no seu ombro. A água quente escorre sobre nós enquanto ele distribui uma sequência de beijos pelo meu pescoço.

— Obrigada — digo através da névoa entorpecida que me envolve.

O sorriso dele desabrocha junto ao meu pescoço.

— Tão educada. — Wyn me balança suavemente para a frente e para trás sob a água. — Os outros estão esperando.

— Não estou mais me sentindo educada. — Levanto a cabeça para encontrar os seus olhos. — Eles que esperem.

— A buzina vai começar a soar a qualquer momento — alerta Wyn.

— Esperar nunca matou ninguém.

— Tenho minhas dúvidas. Eu me senti muito perto da morte esta semana.

— Bom argumento — reconheço. — Esperar pode ser perigoso. Provavelmente a gente não devia fazer isso.

A risada dele se dissolve em outro gemido.

— Mais tarde. Deixa eu te pagar o jantar primeiro.

— Sou uma mulher moderna, Wyn — lembro a ele. — *Eu* vou te pagar o jantar. Quer dizer, se eu tiver *como* pagar o seu jantar, agora que você é tão chique.

— Me paga um cachorro-quente de posto de gasolina, Harriet Kilpatrick — diz ele, e beija o canto da minha boca —, e eu te dou a melhor noite da sua vida.

Fecho os olhos e tento fixar esse momento. Já está escapando. *Mais um dia.*

30

Vida real

SEXTA-FEIRA

Por mais que a maior parte das atividades do Festival da Lagosta aconteça do outro lado da cidade, o excedente de pessoas acaba vindo até aqui, nas mesas de piquenique cobertas de sal no acinzentado Cais das Lagostas, onde lagosteiros de macacão andam por entre os barcos ancorados, o armazém e a praça de alimentação.

Mesmo depois de fazermos nossos pedidos, esperamos um pouco até vagar uma mesa perto da banda no canto de trás do cais. Nos acomodamos nos bancos longos, e Wyn põe a mão na minha coxa por baixo da mesa. Pouso a mão sobre a dele, tentando memorizar essa sensação.

Cestas de batata frita e pães crocantes transbordando de lagosta, anéis de cebola com tempero forte e hadoque frito, tão macio que os garfos de plástico cortam o peixe como se fosse manteiga. Espigas de milho e saladas cheias de cebola roxa e rabanete fatiado, e limonada com mirtilo em copos de plástico vermelho.

— Vou perguntar quanto o bar cobra pra acrescentar vodca nisso aqui — diz Kimmy, já começando a se levantar.

— Talvez você queira esperar um pouco — aconselha Sabrina, com um sorriso enigmático. Eu olho para Parth, que encolhe os ombros.

Kimmy afunda de volta no banco, com um brilho fascinado, embora desconfiado, nos olhos.

A boca de Wyn roça de passagem no lóbulo da minha orelha. Demoro um instante para conseguir compreender o que ele está dizendo, em meio à enxurrada de lembranças fragmentadas do nosso encontro mais cedo:

— Você acha que ela pediu entrega de cogumelos mágicos para a mesa?

Eu me viro para ele, a ponta do nosso nariz quase se tocando. As luzes do globo pendurado no alto fazem os olhos de Wyn cintilarem.

— Ou isso, ou ela vai nos levar direto daqui para uma câmara espacial de gravidade zero — sugiro.

A mão de Wyn sobe um pouco mais quando ele se inclina. Eu me viro para ouvir sua resposta sussurrada, mas em vez disso seus lábios se colam ao ponto logo abaixo da minha orelha, em um beijo lento e suave que me faz estremecer ainda mais.

Sabrina amassa um guardanapo enquanto se levanta.

— Quem está pronto para a próxima fase da noite?

— Acampamento espacial, aqui vamos nós — digo.

Seguimos pela rua residencial à beira-mar. Mesmo de longe, podemos ouvir a música que vem do festival do outro lado do porto e a banda do cais, como se as duas margens fossem lados opostos de um duelo de piano-bar.

Sabrina nos conduz pela longa e estreita passarela sobre a água, enquanto o som de "Long Ride Home", da Patty Griffin, se mistura a "It's Still Rock and Roll to Me".

— Pra onde a gente está indo? — pergunta Cleo.

— Vamos conquistar um objetivo de longo prazo — responde Sabrina por cima do ombro e acelera o passo. Há uma eletricidade no ar, uma sensação de possibilidades.

Talvez esteja emanando de Wyn e de mim. Talvez o ar fique um pouco mais elétrico toda vez que as nossas mãos se encontram, ou que ele me puxa mais junto ao corpo, ou quando me faz parar e me pressiona contra o parapeito para um beijo.

— Vamos — nos chama Parth.

Wyn roça os lábios nos meus mais uma vez.

— Vamos ter tempo mais tarde — diz ele.

Não o bastante, penso com uma pontada no coração. Como posso exorcizar todo esse amor concentrado, em combustão, em um só dia? Como posso estocar partes de Wyn nas próximas vinte e quatro horas e depois deixá-lo ir, como tem que acontecer? Como ele *merece* que aconteça.

Eu me forço a assentir, e alcançamos os outros.

O porto fica em uma bacia, a orla margeada por restaurantes e docas, enquanto o restante da cidade se ergue ao longo de ruas curvas e entrecruzadas, jardins extravagantes e verdejantes se derramando pela calçada, samambaias minúsculas pontilhando os gramados das pousadas desbotadas pelo sal.

Seguimos por uma dessas ruas, passando pelas vitrines escuras de lojas como a Fudge & Taffy Factory, de doces, e a Skippy's Popcorn, com seus cem sabores diferentes de pipoca expostos atrás do vidro. Elas vão estar abertas depois, no fim de semana, mas essa noite tudo já fechou.

Passamos pela Warm Cup e entramos em uma rua tranquila. A Easy Lane. Demoro um instante para lembrar por que ela me parece familiar: vi essa rua mencionada no roteiro. Amanhã de manhã, antes do casamento, Sabrina programou surpresas personalizadas para cada um de nós, e o endereço da minha é Easy Lane, 123.

No fim do primeiro quarteirão da Easy Lane, Sabrina nos faz entrar em outra rua. Apenas dois prédios ainda estão com as luzes acesas: um amplo hotel/pub chamado Hound & Thistle e uma vitrine com moldura preta e letras brancas em uma fonte sem serifa em que se lê: TEMPEST TATTOO.

Sabrina para e se volta para nós, os braços estendidos para os lados.

— Então — diz ela —, o que vocês acham?

— Sab! — fala Kimmy, e pula em cima dela. — Você vai fazer uma tatuagem?

— Chegou perto — responde Sabrina. — *Nós* vamos fazer uma tatuagem.

Ninguém reage, se não contarmos o sorriso tenso que Parth dá e a contração dos dedos de Wyn nos meus. O olhar de Kimmy se volta para Cleo, e seu sorriso se apaga um pouco diante da expressão perplexa da namorada.

— A gente fala disso há séculos — continua Sabrina —, e este é o momento perfeito. Para imortalizar a nossa última vez no chalé e os nossos dez anos de amizade. Algo que vai nos conectar para sempre.

Meu estômago afunda, ao mesmo tempo em que o meu coração parece um pássaro insano se debatendo para subir pela minha traqueia.

Uma coisa é aceitar que talvez eu vá ser um pouco apaixonada por Wyn Connor para sempre. Outra é colocar um lembrete permanente disso no meu corpo. Antes que eu chegue perto de encontrar uma saída para a situação, Cleo diz:

— Acho que não, Sab.

Era de imaginar que o silêncio chocado antes de a Cleo falar poderia ter preparado Sabrina para isso, mas ela parece espantada de verdade.

— Como assim, *acho que não*?

Cleo encolhe os ombros.

— Não acho que a gente deva fazer tatuagens iguais esta noite.

Kimmy toca o braço dela, e alguma emoção silenciosa passa entre as duas.

Sabrina ri.

— Por que não?

— Porque eu não quero — responde Cleo. — E, olhando em volta, acho que eu não sou a única.

Sabrina parece confusa enquanto olha para cada um de nós.

— Não é isso — digo. — É que... foi muito repentino.

— A gente conversa sobre isso faz uma década — retruca ela.

— E nunca decidimos o que seria — diz Wyn.

— Quem se importa com o que vai ser? — diz Sabrina. — Tem a ver com laços.

— Talvez da próxima vez — sugiro. — A gente pode escolher um desenho hoje, então cada um vai ter tempo de se acostumar com a ideia, aí...

— Eu já fiz um depósito — volta a falar Sabrina. — Consegui que o estúdio ficasse aberto só pra receber a gente.

Cleo esfrega o ponto entre as sobrancelhas.

— Sab. Você devia ter perguntado pra gente antes. Não dá pra presumir que a gente vai concordar com qualquer coisa que você quiser.

— Não estou entendendo o que você quer dizer com *isso*, Cleo. — Sabrina se irrita, magoada.

— Ela só está querendo dizer que essa é uma decisão importante e permanente — falo. — Todos nós precisamos de um pouco de tempo para assumir esse tipo de compromisso.

— Não foi isso que eu quis dizer — Cleo me corrige, muito calma. — Eu quis dizer exatamente o que disse. Ela não pode simplesmente decidir como as coisas devem ser entre todos nós, depois nos coagir para conseguir o que quer.

— Ela não está coagindo ninguém — diz Parth, avançando na direção da namorada. — A Sabrina está fazendo tudo isso *por* vocês. Toda essa viagem foi por vocês. Tudo.

— Se é pela gente — argumenta Cleo —, então você vai respeitar a minha decisão de *não* fazer uma coisa que me deixa desconfortável.

— Você tem, sei lá, dezenove tatuagens diferentes — diz Sabrina. — O que tem de tão desconfortável em fazer essa?

— Podemos, por favor, deixar isso pra lá? — pede Cleo e desvia os olhos.

— Claro — diz Sabrina. — Vou deixar. Vou deixar pra lá o fato de que uma das minhas melhores amigas está sempre cancelando os nossos planos e a outra mal responde as minhas mensagens, e de que o meu pai está vendendo o único lugar que já foi um lar pra mim, e de que ninguém a não ser eu parece dar a mínima para o fato de que estamos nos distanciando.

Ela se vira e sai andando na direção de onde deixamos o carro.

— Vou falar com ela — digo aos outros e me apresso atrás de Sabrina pela calçada. Quando a alcanço, seguro seu pulso. — Sabrina, espera.

Ela tenta continuar andando, o que me obriga a correr para continuar segurando a sua mão.

— *Todos nós* nos importamos com a nossa amizade — digo. — Só foi...

Ela se vira para trás, com os olhos úmidos.

— Muito repentino?

Meu coração parece despencar na direção dos pés. Não entendo por que ela está tão magoada, mas é óbvio que está. Sabrina nunca chora.

Mas ela está chorando agora. Lágrimas abundantes escorrem pelo seu rosto, e eu preciso consertar isso, preciso fazê-la entender que o problema não é ela.

E nesse momento, o último momento que tenho para tomar uma decisão, não vejo outra saída.

— Não tem a ver com a nossa amizade — digo.

— É claro que tem — retruca Sabrina. — Você está longe, e a Cleo não quer passar nenhum tempo...

— É por causa do *Wyn* — digo, antes que essa conversa saia ainda mais dos trilhos.

Ela me encara, os olhos escuros vidrados, o cabelo com frizz por causa da umidade.

— Eu não posso fazer uma tatuagem igual à dele, Sabrina. Nós não estamos mais juntos.

A voz dela sai muito baixa, embargada:

— Mas parecia que vocês estavam resolvendo as coisas.

Balanço a cabeça, tentando compreender o que ela acabou de dizer.

— O quê?

— Essa semana — continua ela. — Parecia que vocês estavam juntos de novo.

Juntos de novo?

Como pode parecer que estamos *juntos de novo*... para alguém que não sabia que a gente tinha terminado?

A menos, é claro, que ela já soubesse.

31

Vida real

SEXTA-FEIRA

—Você *sabia*? — pergunto.

Ela não responde.

— *Sabrina* — digo, irritada.

Ela levanta os braços ao lado do corpo.

— É claro que eu sabia! Não que eu tenha sabido por você. Afinal as minhas melhores amigas não me contam nada da vida delas hoje em dia.

É como tropeçar no degrau mais alto, depois perceber que a escada leva diretamente à beira de um penhasco.

Volto ao assunto.

— *Como?*

— O Parth visitou o Wyn algumas semanas atrás.

O porto começa a girar ao meu redor.

— Ele... O Wyn contou para o Parth?

— Não. — Ela cruza os braços. — O Wyn foi ao banheiro e o Parth ia te mandar uma selfie do celular do Wyn ou algo assim. Só que, quando ele abriu a troca de mensagens entre vocês, viu que vocês não se falavam por ali fazia *meses*. E acho que o Wyn rascunhou uma mensagem bem longa pedindo desculpas pelo jeito como as coisas tinham terminado.

— E o Parth leu — digo, sentindo as palavras amargas na língua.

— Não foi de propósito — defende Sabrina. — E ele não leu tudo. Mas o bastante para descobrir o que tinha acontecido.

— Por que você não comentou nada? — pergunto.

— Eu? Foi você que escondeu isso, Harry. Durante meses você não me contou quase nada da sua vida, e enquanto isso a Cleo cancela todos os planos que faz, e o Wyn nem viria essa semana se eu não tivesse implorado, e...

— Espera. — Fecho os olhos e balanço a cabeça.

Não pode ser.

Tem que ser.

— É disso que se trata? — Abro os olhos, e meus pulmões parecem comprimidos. — Essa viagem toda?

Os ombros de Sabrina estão esticados para trás, o queixo erguido.

Lembro de todos os momentos em que ela empurrou Wyn e eu um para cima do outro. E de todas as vezes que se desvencilhou da possibilidade de passar alguns minutos sozinha comigo. Até no caminho do aeroporto para casa, Sabrina colocou a música bem alta e manteve as janelas abertas para que, mesmo que *eu* quisesse contar sobre Wyn, *ela* pudesse alegar que não tinha ouvido.

Sinto uma onda de raiva me inundar. Uma raiva como eu nunca senti.

— Essa viagem pelas memórias? O banheiro sem a porra da porta? Isso tudo era... era um jogo pra você?

— Um *jogo*? — diz ela. — Harriet, a gente estava tentando *ajudar* vocês. Você e o Wyn foram feitos um pro outro.

— Como você pôde nos fazer passar por tudo isso? — Até as minhas cordas vocais estão tremendo de raiva.

Os olhos de Sabrina cintilam, mas ela mantém a boca fechada.

— A gente passou o diabo a semana toda pra tentar conviver um com o outro sem chatear vocês. Foi uma *tortura* — digo. — Como vocês puderam fazer isso?

— A gente não sabia — fala outra voz baixa.

Cleo nos seguiu, e a luz do Hound & Thistle a ilumina em tons de vermelho e dourado.

— A gente não sabia que você e o Wyn tinham terminado — esclarece ela. — Não sabia que essa semana inteira era uma farsa.

— Não é uma *farsa* — diz Sabrina. — A gente estava *ajudando* eles.

— Ajudando a gente a fazer *o quê?* — pergunto, a voz abalada.

— A ficar juntos de novo! — responde ela.

— Se a gente quisesse ficar juntos — digo —, estaria juntos!

— Ah, por favor — diz ela. — Você não *sabe* o que quer, Harriet! Está perdendo o amor da sua vida porque é indecisa demais pra escolher a data e o lugar do casamento.

Uma dor incandescente se espalha pelo meu peito.

— Não estamos juntos porque não queremos, Sabrina! Porque não conseguimos fazer um ao outro feliz, por mais que a gente tente.

— É mesmo? — ironiza ela. — Porque o Parth *viu* o que o Wyn escreveu, e parece que mais uma vez você ficou sentada deixando a sua vida acontecer em vez de lutar pelo que quer.

— Você não pode decidir o que é melhor pra todo mundo — Cleo volta a falar. — Por mais que você ache que tem as melhores intenções. Você manipulou a gente. *Sabia* como eu estava estressada essa semana, e *sabia* por que o Wyn não ia vir, e mesmo assim obrigou a gente a fazer isso.

— Eu fiz o que tinha que fazer — afirma Sabrina. — Como sempre, já que ninguém mais faz o menor esforço. Se eu fosse esperar vocês, essa amizade já teria acabado, e vocês sabem disso. Eu sou a primeira a mandar mensagem. Eu ligo. Deixo mensagem de voz. Eu agendo as viagens e, quando vocês cancelam, proponho outras datas... e, quando vocês não podem me dizer sim ou não de imediato, adivinha? Sou *eu* que tenho que voltar a perguntar alguns dias depois.

— Tem outras coisas acontecendo na vida de cada um — diz Cleo. — Nem sempre podemos largar tudo pra reviver os dias de glória com você.

Percebo na mesma hora, pela expressão da Sabrina, que Cleo acabou de atingir um ponto fraco, profundo.

Toda a minha raiva letal arrefece, como uma névoa que se dissipa o bastante para revelar a queda acentuada à frente. A raiva ainda está lá, mas o medo é mais forte, enraizando-se em mim, gritando: *Para, para, para com isso, antes que as coisas piorem. Para com isso antes que alguém vá embora. Antes que você perca todos eles.*

— Vamos esfriar a cabeça um pouco — peço, com a voz engasgada.

Os olhos da Cleo se fixam em mim.

— Eu não estou com raiva — diz ela, calmamente.

Cleo quis dizer aquilo. Não há fogo por trás do seu olhar, apenas exaustão, decepção.

— Só não estou mais fingindo.

A calçada parece rachar sob os meus pés, é como se o mundo estivesse se partindo. Se eu não fizer alguma coisa, o abismo vai ficar cada vez maior, até eu não conseguir mais alcançá-los. Até eu ficar sozinha.

— Não está mais fingindo *o quê?* — pergunta Sabrina.

— Que estes *são* os dias de glória — diz Cleo. — Que continuamos tão próximos quanto antes, quando a verdade é que é diferente. *Nós estamos* diferentes.

— *Cleo* — digo baixinho, implorando.

— Nossas vidas são totalmente opostas agora — continua ela —, nossas agendas são totalmente diferentes. Não gostamos mais de passar nosso tempo livre da mesma maneira. O Wyn está em Montana, e a

Harriet praticamente excluiu a gente da vida dela. E você e o Parth ainda querem que seja tudo uma grande festa. Mas não é! Tem muita merda acontecendo na nossa vida e a gente nunca fala sobre nada disso.

— Eu não excluí vocês da minha vida — argumento. — Nós omitimos uma coisa de vocês, uma coisa tão dolorosa que eu não consegui me obrigar a contar pra *ninguém*. Ainda mal consigo pensar nisso, pensar *nele*, sem ter a sensação de que... de que o mundo está desmoronando.

Os olhos da Cleo estão escuros e brilhantes.

— Era exatamente a gente que você deveria procurar quando se sentisse assim, e em vez disso você para de falar com todo mundo. Então, quando as coisas estiverem... difíceis pra gente, o que devemos fazer?

— Ah, qual é, Cleo — Sabrina volta a falar. — Não aja como se fosse muito melhor. Você está fugindo há *meses* dos planos para a gente se encontrar. Até onde eu sei, sou a *única* que tenta manter essa amizade de pé, enquanto todos os outros ficariam muito bem se nunca mais se vissem.

— A gente se viu *a semana toda* — argumenta Cleo —, e só agora você está contando que tudo isso foi uma espécie de esquema maquiavélico, e a Harriet acabou de confessar que ela e o Wyn nem estão mais juntos, e a gente teve *dias* pra falar dessas coisas, e isso não importou. Porque você preferiu passar cinco horas em um cinema, só porque era isso que a gente *costumava fazer*, a se conformar com o fato de que talvez todo mundo preferisse fazer alguma coisa diferente! Nós não estamos mais no mesmo lugar. Estamos crescendo.

A voz dela vacila.

— Em direções diferentes. E tem coisas sobre as quais não podemos mais conversar uns com os outros, e talvez todos nós estejamos nos debatendo com isso, ou fingindo que não percebemos, quando o que a gente devia fazer é aceitar. Não somos mais o que éramos um para o outro. E tudo bem.

— Tudo bem? — repete Sabrina, a voz vazia.

— As coisas estão mudando. Já mudaram. E eu nunca fui essa pessoa que simplesmente concorda com coisas que não quer fazer, mas você me obrigou a agir assim. Tudo tem que ser nos seus termos.

— Ninguém está te obrigando a ficar! — fala Sabrina. — Se quer ir embora, vá!

Cleo baixa os olhos para uma pequena samambaia que cresce entre as rachaduras na calçada, entre as sandálias dela.

— Tudo bem — diz Cleo. — A Kimmy e eu vamos achar um hotel pra passar a noite.

Outra risada fria da Sabrina.

— Então como vai ser, você vai se *desligar conscientemente* da nossa amizade?

— Vou me dar um pouco de *espaço* — diz Cleo.

— Isso é ridículo — responde Sabrina. — Você não vai encontrar nenhum lugar pra se hospedar no litoral inteiro.

Cleo cerra os lábios com mais força.

— Então nós vamos dormir na casa de hóspedes hoje.

— E depois? — pergunta Sabrina.

— Ainda não sei — responde Cleo. — Talvez a gente vá embora.

Não tenho ideia de como argumentar com ela, nem sei se quero. Sinto a cabeça latejando. Está tudo errado.

Por fim, Sabrina diz:

— Vou pegar o carro.

Ela se vira e desce a rua. Olho para o lugar de onde a gente veio. Mesmo só conseguindo ver a silhueta deles, Kimmy, Wyn e Parth parecem rígidos. Eles ouviram tudo.

De certa forma, digo a mim mesma, é um alívio ter tudo às claras.

Mas a verdade é que, se eu pudesse voltar atrás, voltaria. Faria qualquer coisa para voltar àquele lugar feliz, fora do tempo, onde nada da vida real pode nos alcançar.

32

Vida real

SEXTA-FEIRA

Voltamos para casa em silêncio. Agora que a verdade foi revelada, Wyn e eu não conseguimos nem olhar um para o outro. Ele também não olha para Parth, mantém os olhos fixos na janela do carro.

Assim que entramos no chalé, todos se recolhem e, para não ter que suportar mais confrontos constrangidos ou dolorosos, me enfio no lavabo do primeiro andar.

No entanto, quando subo a escada, Kimmy e Cleo estão descendo, com as malas na mão, indo para a casa de hóspedes.

Cleo não olha para mim.

Nenhuma das duas diz nada, mas Kimmy dá um sorriso tenso e aperta a minha mão ao passar por mim. A minha garganta se fecha quando escuto a porta da frente sendo aberta.

Não vou para o quarto que estava dividindo com Wyn. A bolha estourou, e esse universo de bolso entrou em colapso. Fico, então, com o quarto das crianças. Está organizado, as camas de solteiro encostadas em paredes opostas e arrumadas com capricho. Cleo e Kimmy não deixaram vestígios de si aqui, a não ser pelo cheiro persistente do óleo de hortelã-pimenta da Kimmy.

Eu me sento na beira da cama, sentindo uma solidão crescente, sem saber se ela está me pressionando de fora ou crescendo de dentro.

De qualquer forma, não há como escapar, ela é a minha companheira mais antiga.

Tiro a roupa e me enfio na cama. Não choro, mas também não durmo.

Repasso a discussão mentalmente em uma espiral febril, até as palavras parecerem se fundir umas nas outras, perdendo o sentido.

Eu me pergunto vezes sem conta por que não contei a elas. Todas as mesmas respostas insatisfatórias circulam pela minha mente, até eu me sentir tão enjoada de mim mesma quanto todo mundo.

Deito de costas e fixo os olhos em um raio de luar no teto. Não era exatamente que eu tivesse medo de que os meus amigos ficassem com raiva de mim pelo jeito como as coisas terminaram com Wyn. Eu estava com medo da tristeza deles. Com medo de estragar essa viagem, que significava tanto para eles. Com medo de estragar esse lugar onde eles sempre foram felizes. Com medo de que eles se ressentissem de mim e não me dissessem, de que não gostassem tanto de mim sem Wyn, porque *eu* não gostava tanto de mim sem ele.

Tive medo de que eles me perguntassem qual era o problema e, fosse qual fosse a resposta que eu resgatasse dos escombros, acabassem descobrindo a verdade.

Que eu não sou o bastante.

Não sou a médica brilhante que os meus pais queriam que eu fosse, não sou a pessoa que pode dar a Wyn a felicidade que ele merece e não sou a amiga de que Sabrina e Cleo precisavam.

Tentei tanto ser *boa*, estar à altura das pessoas ao meu redor, e mesmo assim consegui magoar todas elas.

As cobertas parecem quentes demais, o colchão macio demais. Sempre que rolo para o lado, eu bato na parede.

Se tivesse uma TV aqui, eu colocaria *Assassinato por escrito* para ver e adormeceria com o brilho azulado da tela e a trilha sonora suavemente animada.

O silêncio deixa espaço demais para perguntas, para que as lembranças me cerquem, me mantenham cativa.

Lembranças não apenas da briga, mas do *lugar sombrio*, das semanas antes e depois de perder Wyn. De chorar em um travesseiro que tinha o cheiro dele e acordar de sonhos com ele, sentindo o peito apertado, como se estivesse cheio de nós. De tentar expurgá-lo de mim em um encontro duplo com Taye, o namorado dela e um amigo deles.

De chegar em casa nauseada e limpar o apartamento. Como se esfregar o rejunte e os respingos de molho nos armários da cozinha pudesse fazer tudo na minha vida parecer diferente. Pudesse *me* fazer diferente.

Eu me lembro de estar na minha cozinha, com o celular em uma das mãos, desejando que houvesse alguém para quem ligar.

Que, se eu ligasse para a minha mãe, ela diria: *Volta pra casa, vou cuidar de você.*

Que, se eu ligasse para Wyn, a voz suave dele me diria que tinha sido tudo um erro, um mal-entendido, que ele me amaria para sempre, como tinha prometido.

Mesmo que eu me sentisse *capaz* de contar a verdade a eles, Sabrina e Parth teriam *acabado* de ir dormir, e Cleo e Kimmy precisariam acordar em poucas horas; e, se eu ligasse para Eloise, ela presumiria que alguém tinha morrido, porque *nunca* nos falamos por telefone.

Cheguei tão perto de ligar para Wyn naquela noite que bloqueei o número dele.

E, quanto mais tempo eu passava sem ligar para nenhum deles, mais impossível parecia fazer aquilo, mais envergonhada eu me sentia da verdade.

Passei a vida toda tentando chegar até aqui, e *por quê?* Não era o que eu imaginava.

Não, é pior do que isso. Porque, sinceramente, não sei nem se eu cheguei a me dar o trabalho de imaginar.

Eu me imaginei dando boas notícias aos familiares aliviados nas salas de espera do hospital e imaginei a felicidade e o orgulho dos meus pais, seus rostos no meio da multidão na formatura, os comentários carinhosos com amigos e vizinhos. Imaginei uma casa com ar-condicionado sempre funcionando e portas que permaneciam abertas, e jantares demorados em bons restaurantes, com todo mundo rindo com as bochechas rosadas. Imaginei o tempo ocioso, presentes bem escolhidos para os meus pais, as férias em família que nunca havíamos tirado, a hipoteca quitada. Imaginei todo o trabalho árduo deles finalmente pago, todos os seus sacrifícios não apenas recompensados, mas premiados.

Eu os imaginei achando que tudo tinha valido a pena. E dizendo como me amavam.

Durante toda a minha vida, quando pensava no meu futuro, era isso que eu imaginava. Não uma carreira. Apenas as coisas que achei que viriam com ela.

Felicidade, amor, segurança.

E esse sonho foi suficiente por muito tempo. O que é a universidade senão uma oportunidade de provar o nosso valor? De provar uma vez, e outra, e outra, que se é *mensuravelmente* bom.

Mais um acordo que fiz com um universo desinteressado: *Se eu for boa o bastante, vou ser feliz.*

Vou ser amada.

Vou me sentir segura.

Em vez disso, afastei todo mundo que eu amo.

Meu coração está acelerado. Preciso deixar esses sentimentos para trás.

Eu me levanto, arranco o lençol da cama e passo ao redor dos ombros. A temperatura cai vários graus enquanto sigo pelo corredor, e mais alguns enquanto desço a escada, mas ainda me sinto quente e asfixiada.

A cozinha está uma bagunça. Deixo o lençol de lado e, só de roupa de baixo, começo a guardar os pratos, colocando os que estão sujos na lava-louças vazia. Limpo as bancadas. Varro o chão. Digo a mim mesma que isso vai fazer diferença. Que amanhã, quando todos descerem, os destroços desta noite não vão parecer tão ruins.

A ansiedade não cede. Minha pele está muito tensa, quente, coçando. Me enrolo novamente no lençol e saio para os fundos da casa.

O vento não ajuda muito a amainar a sensação febril. Desço até a falésia e, no escuro, o mar parece mais barulhento, poderoso e ao mesmo tempo ambivalente. Imagino como seria ser arrastada por ele, flutuar em suas ondas. Me imagino sendo levada dessa vida, abrindo os olhos em um lugar diferente.

Algo que Sabrina disse interfere na fantasia: *Você está perdendo o amor da sua vida porque é indecisa demais pra escolher a data e o lugar do casamento.*

Eu sei que as coisas são mais complicadas do que isso, mas essas palavras continuam indo e vindo na minha mente, se misturando ao que Wyn me disse antes.

Eu realmente me convenci de que aquele era o tipo de cara com quem você queria estar. E você não parava de adiar o casamento. Nunca queria conversar a respeito. Você nunca queria conversar sobre nada.

Você nunca ficava brava, nunca brigava comigo. Parecia que nem sentia a minha falta.

Eu escondi de Wyn o que estava sentindo porque achava que o peso das minhas emoções só iria afastá-lo, empurrá-lo para trás de uma porta que eu não conseguiria abrir.

E, mesmo depois de ele me dizer isso esta noite, eu me sinto presa dentro de mim, incapaz de pronunciar as palavras.

Essas palavras agora parecem se contorcer nas minhas entranhas, cavando mais fundo, ganhando terreno.

Assim que tomo a decisão, o tempo se afina comigo. A subida íngreme do penhasco, a travessia do pátio, a escada que range, o corredor — tudo se torna um borrão, e me vejo parada diante da porta dele.

Bato suavemente. Talvez esteja batendo há um tempo, porque a porta já está aberta, como se ele estivesse esperando.

Isso explicaria por que Wyn está totalmente vestido, mas não por que parece tão surpreso.

Nem por que seus lábios se abrem e sua testa se franze quando pareço entrar flutuando no quarto, inflada pela determinação.

E definitivamente não explica a mala arrumada perto da porta. Ao vê-la, tenho a sensação de que um carvão quente desce pela minha garganta, atinge o fundo do meu estômago e chia.

— Você está indo embora?

O olhar cinza-aço dele se volta para a bagagem.

— Achei que assim seria mais fácil.

— Mais fácil — murmuro. — Como você vai embora? Só saem, tipo, três voos por dia, e nenhum deles parte na calada da noite.

Wyn fecha a porta atrás de mim.

— Não sei — admite.

Por fim, consigo dizer:

— Não.

Ele ergue a sobrancelha.

— Não o quê?

— Ainda não acabamos de brigar.

— Achei que a gente *não estava* brigando — retruca Wyn.

Eu me aproximo o bastante para sentir o calor irradiando dele.

— Estamos em uma briga de quebrar tudo.

Wyn desvia os olhos, e os cantos de sua boca se inclinam para baixo.

— Por que motivo?

— Pra começar, pelo fato de você ter arrumado as suas malas durante a noite — falo, chegando mais perto. Ele dá meio passo para trás. Minha voz vacila. — E eu não quero que você vá.

Ele pousa as mãos dos dois lados do meu quadril, me segurando, mas me mantendo a certa distância.

— Eu não devia nem ter vindo — diz ele. — Tudo isso é culpa minha.

— Não, não é.

— É, sim — insiste ele.

Chego ainda mais perto. Nossos peitos se encostam.

— *Isso* — digo.

— Isso o quê?

— É outro motivo pra gente brigar.

Ele não consegue disfarçar um sorrisinho relutante. Mas o sorriso logo se apaga e Wyn desvia os olhos e franze o cenho.

— Desculpa, Harriet — diz. — Se eu tivesse ficado longe esta semana, como disse que faria...

Pouso as mãos nos ombros dele, e seus olhos encontram rapidamente os meus, a expressão agora ardente. Eu o empurro delicadamente para baixo, e ele se senta na beira da cama, com a cabeça inclinada para cima para me examinar à luz da luminária solitária na cabeceira. Suas coxas se abrem quando me coloco entre elas, e minhas mãos sobem por seus ombros quentes até chegarem ao maxilar. Wyn fecha os olhos e encosta o rosto na palma da minha mão, beijando-a.

Ele envolve a minha cintura com as mãos, e eu encaixo um joelho na lateral do seu quadril. Wyn abre os olhos, que estão escuros como tinta, e sustenta o meu peso enquanto ajeito meu outro joelho do outro lado do seu quadril, me colocando acima dele.

— Isso é uma briga?— pergunta ele em um murmúrio.

Assinto enquanto me abaixo em seu colo. Vejo seu pomo de adão ondulando quando ele engole em seco. Suas mãos agarram a parte de baixo das minhas coxas, o lençol ainda enrolado em volta dos meus ombros.

— É isso que você usa para brigar? — pergunta ele.

— Sou nova nisso — me justifico. — Não sabia que existia um uniforme. Quer que eu vá me trocar?

Os olhos dele descem pelo meu corpo, pensativos.

— Você trouxe alguma coisa menor na mala?

Balanço a cabeça.

— Não, a menos que você conheça um bom jeito de usar uma escova de dentes.

— Podemos nos contentar com isso — diz ele. — Agora, por que a gente tá brigando?

— Por tudo.

Ele leva uma das mãos à minha nuca enquanto usa a outra para me puxar para cima no seu colo, encaixando os nossos corpos.

— É mais fácil começar com alguma coisa menor e depois deixar que essa coisa se transforme lentamente em tudo. Pelo menos foi assim que os meus pais sempre fizeram.

— Seus pais não brigavam — digo.

— Todo mundo briga com as pessoas que ama, Harriet — fala Wyn. — O que importa é como você briga.

— Tem regras? — pergunto.

— Sim.

— Como o uniforme — digo.

— Como "sem xingamentos" — explica ele.

— E *meu bem*, pode? — pergunto.

As mãos dele alcançam o alto das minhas coxas e começam a deslizar para a frente e para trás, a textura áspera de suas palmas fazendo a minha pele vibrar.

— Eu teria que ver com o Parth e a Sabrina, que são advogados, mas acho que *meu bem* é permitido — diz ele. — Nenhum júri condenaria. Mas nada mais cruel do que isso.

— O que mais eu preciso saber?

— Não tem problema dar as costas e sair — diz ele. — Todo mundo diz *Não vá pra cama brigado*, mas às vezes a pessoa precisa de tempo para pensar. E se você precisar, tudo bem, mas deve me contar, porque caso contrário... — Wyn engole em seco. — Caso contrário, a pessoa pode presumir que você está indo embora pra sempre.

Também engulo em seco e me aproximo, deixando nossos peitos se fundirem.

— O que mais?

— Não tem que ter um vencedor e um perdedor. Você só precisa se importar com o que a outra pessoa sente. Você tem que se importar mais com a outra pessoa do que com estar certo.

— Isso não parece briga — comento.

— Essas informações vieram direto do Hank — diz ele.

Não posso deixar de sorrir.

— Então acho melhor a gente confiar nelas.

— Quer tentar? — pergunta Wyn.

— Com alguma coisa menor?

Ele concorda.

— Você enchia a lava-louça do jeito errado — falo.

Ele sorri.

— Errado?

— Tá, não era errado — me corrijo. — Mas de um jeito que eu detesto.

O sorriso dele se transforma em uma risada.

— Continua. Não se reprima.

— Você enche demais a prateleira de baixo — explico —, e a água não consegue chegar à prateleira de cima. E você não enxágua bem as coisas antes, então, mesmo quando o sabão consegue chegar em toda a louça, ainda sobram pedaços de cereal presos nas tigelas.

Wyn se esforça para voltar a ficar sério.

— Desculpa — diz. — Você tem razão. Faço tudo com pressa na hora de lavar a louça, e acaba dando mais trabalho. O que mais?

— Não gosto quando você subestima a sua inteligência.

— Estou trabalhando nisso — garante ele. — E, para ser sincero, o remédio ajuda. Assim como me sentir bem com o meu trabalho.

O meu peito parece encolher, ou é o meu coração que se expande.

— Ótimo. Você devia sentir pelo menos uma fração do orgulho que eu sinto de você.

— Essas — diz ele baixinho, sorrindo — não são palavras de combate.

— Isso é porque agora é a sua vez. Você também está bravo comigo.

— Estou? — ele pergunta.

— Furioso.

Wyn me aperta mais junto ao corpo.

— Furioso — sussurra. — Por que mesmo?

As palavras de Sabrina me voltam à mente: *Você está perdendo o amor da sua vida porque é indecisa demais pra escolher a data e o lugar do casamento... o Parth viu o que o Wyn escreveu... você ficou sentada deixando a sua vida acontecer em vez de lutar pelo que quer.*

Meu estômago revira.

— Talvez por causa do casamento.

— Que casamento? — pergunta ele.

— O nosso.

— Não tivemos um casamento — lembra Wyn.

— E talvez você ache que eu não me importava — digo. — Ou que eu estava com medo de me comprometer e por isso não consegui tomar nenhuma decisão. Talvez você ache que eu estava adiando de propósito.

Ele engole em seco e murmura:

— E não estava?

A minha mente gira diante da confirmação, quando vejo a peça final do quebra-cabeça se encaixando, com cinco meses de atraso. Sinto as lágrimas arderem nos olhos.

Não foi um único momento em que tudo deu errado, em que eu falhei com ele, em que nos perdemos um do outro. Houve dezenas de momentos desses, de ambos os lados. Dicas que passaram despercebidas. Comunicações truncadas.

Dói pra cacete me dar conta disso. Ter consciência de que fiz Wyn achar que eu não o queria.

— Eu estava tentando *pegar leve*, Wyn — digo, com a voz embargada. — Você estava tão infeliz. E eu não queria te apressar enquanto você estava de luto. Não queria me mostrar *carente* quando você estava sofrendo tanto, então fingi que estava bem. Me apavorava que você percebesse como eu estava devastada e não me quisesse mais, por isso eu te afastei.

A boca dele se suaviza, mas seus dedos ficam tensos.

— Harriet — ele diz, a voz ao mesmo tempo áspera e terna, o que é um exemplo perfeito da contradição que é Wyn Connor, resumida no tom em que ele fala uma palavra. — Eu sempre quero você.

Demoro um instante para conseguir dizer alguma coisa.

— Outra coisa que me deixa brava... Eu odeio quando te magoo e você não me conta, então fico tentando adivinhar o que eu fiz e como posso consertar. Que nem aconteceu esta noite.

— Esta noite? — repete ele.

— Quando a gente voltou pro carro. Você nem olhava pra mim.

— Merda, Harriet — diz ele. — Eu estava com vergonha. Por causa de toda essa maldita semana. Por ter arrastado você pra essa situação quando não havia um único bom motivo pra isso.

— Mas, se você não me diz o que está errado, eu começo a presumir o que pode ser, Wyn — confesso. — E aí só consigo pensar que eu estraguei tudo.

— Isso não é saudável — alerta ele.

— Eu sei, mas é verdade.

— Bom, eu não gosto *disso* — insiste Wyn. — Você devia saber que está segura comigo. Não devia passar o tempo todo tentando adivinhar como eu me sinto depois de eu ter passado oito anos falando abertamente com você.

— E *você* devia saber que eu não queria nenhuma outra pessoa. — Minha voz se parte, e meu coração vai junto. — Devia saber que você era a *minha* pessoa, desde a noite em que nos conhecemos. Eu teria feito qualquer coisa pra resolver tudo entre nós, mas você não lutou por mim. Você disse que faria isso e eu acreditei, Wyn. E eu entendo por que você não conseguiu. Mas não te perdoei por partir o meu coração.

Wyn passa a mão pelo meu cabelo e sua boca encontra o meu pescoço.

— Muito bem — diz ele. — Não me perdoa. Fica com raiva de mim. Não supera.

— E eu estou brava com você por não ter ido me procurar esta noite.

Wyn inclina meu queixo e beija o outro lado do meu pescoço, enquanto sussurra baixinho:

— Eu teria ido até você em algum momento.

— Você arrumou as malas — lembro.

Ele dá uma risada trêmula junto à minha pele, e suas mãos voltam para as minhas coxas, para me aconchegar mais junto a ele.

— Foi besteira minha — diz Wyn. — Eu estava tentando me convencer de que seria melhor deixar você sozinha. O triste é que eu acredito nisso de verdade, Harriet. Mas eu não iria embora. Estava indo te procurar quando você chegou aqui. Por que você acha que eu abri a porta tão rápido? Por que acha que eu já estava de pau duro, Harriet?

Um arrepio gostoso sobe pelas minhas coxas.

— Talvez você estivesse fazendo palavras cruzadas — sugiro.

Ele beija a pele sensível abaixo da minha orelha.

— Eu não poderia deixar você sozinha. Nunca consegui fazer isso.

— Você me deixou sozinha por cinco meses — lembro.

— Você bloqueou o meu número — é a vez de ele lembrar, e seus dedos me apertam através do lençol fino. — Se não tivesse bloqueado, já saberia que isso também é besteira. Não foi uma mensagem não enviada que o Parth viu, Harriet. Foram também as mensagens que eu mandei pra você. E que você não respondeu.

Meu coração dispara no peito, como um canário zonzo pegando uma rajada de ar fresco. Suas mãos calejadas viram meu rosto na sua direção, e ele me beija profundamente, vorazmente.

Minhas terminações nervosas despertam em círculos concêntricos que reverberam de dentro para fora. Fogos de artifício celulares. Raios de roda-gigante neurológicos. Deixo as mãos correrem pelo cabelo de Wyn, e ele nos joga na cama, deixando o lençol cair sobre nós tão suave quanto neve. Wyn joga o peso do corpo para trás pelo tempo necessário para eu tirar sua camisa, então se estende novamente sobre mim — nossas bocas colidem e ele pousa o joelho entre as minhas coxas. Suas mãos passeiam pesadamente pelo meu corpo. Minhas unhas arranham suas costas quentes.

Wyn beija o meu esterno, enfia a língua por baixo do tecido do sutiã, depois os dentes. Solto um grito que mistura alívio e desejo. Arqueamos o corpo, nos aproximando mais um do outro. A mão dele tateia nas minhas costas, encontra o fecho do meu sutiã e, depois de uma breve batalha, ele consegue soltá-lo e jogar a peça longe do nosso caminho, e nossos peitos finalmente se encontram, o meu achatado sob o dele. Wyn geme. Suas mãos se movem pesadamente pelo meu peito, segurando meus seios, me erguendo para levá-los à boca.

A cama range enquanto nos movemos juntos.

Wyn se apoia em um cotovelo, desce a outra mão pelas minhas costelas e pela minha cintura, até alcançar a lateral da minha calcinha — que ele puxa para baixo pelo quadril, sua mão roçando a minha coxa.

— Sinto falta de ouvir você — sussurra ele no meu ouvido. — Todos os sonzinhos que você deixa escapar.

Só ao dizer isso, ele já provoca alguns desses sons.

— Precisamos brigar mais — declaro.

LUGAR FELIZ

— Concordo.

Ele puxa a minha calcinha para baixo pela outra coxa. Levo a mão aos botões da calça dele, e sua cabeça pende contra a minha com um gemido, enquanto deslizo a mão pelo cós.

— Conseguiu comprar preservativo? — pergunto em um sussurro.

— Antes do jantar. — Ele pega uma tira com três no bolso e joga ao nosso lado na cama. — Carreguei esses preservativos a noite toda, como um maldito adolescente esperando para se esgueirar para dentro do banheiro no baile de formatura.

— Se eu soubesse — digo —, poderíamos ter pulado a briga.

Wyn pega a minha coxa e posiciona na lateral do seu quadril.

— Por favor, não vai embora — pede ele em voz baixa. — Quando isso acabar, não vai dormir em outro quarto. Fica comigo a noite toda.

— Eu não vou embora — prometo, enquanto deslizo a sua calça para baixo e beijo o osso saliente do seu quadril.

Wyn passa o braço ao redor das minhas costas e nos rola novamente na cama, para que eu fique por cima. Ele levanta o quadril o bastante para eu tirar sua cueca, então me debruço sobre ele, agora sem nada entre nós. Nada jamais foi tão deliciosamente bom quanto esse simples contato. Wyn me segura pelo quadril e me acomoda em cima dele, nossa respiração saindo entrecortada. Ele ergue os meus pulsos acima da cabeça, me estende sobre ele e deixa os lábios entreabertos, a língua, correrem pelo meu peito.

Procuro os preservativos na cama, rasgo a primeira embalagem e coloco nele. Quando ergo o corpo, ele segura o meu quadril, seus olhos pesados e escuros, e me guia para recebê-lo dentro de mim. Wyn inclina a cabeça para trás e deixa escapar um som gutural enquanto ergo o corpo e volto a baixar. Ele parece tão familiar, tão certo, mas, depois de todo esse tempo, também estranhamente novo.

Nossos movimentos são lentos, mas urgentes, e o momento é tão intenso que esqueço de respirar por pelo menos um segundo, como se nada fosse tão necessário para a minha sobrevivência quanto isso. Wyn passa as mãos com cuidado pelo meu maxilar e sinto seus lábios macios nos meus, sua língua deslizando pela minha boca de um jeito quase tímido, até que eu não suporto mais tanta gentileza, tanta contenção. Estou farta de vê-lo refrear qualquer parte de si mesmo.

Quando digo isso, ele nos vira mais uma vez e mantém meus braços presos acima da cabeça. O suor escorre pela nossa pele conforme vamos nos tornando mais febris, mais descontrolados. Ergo o corpo sob o dele, seguindo seu ritmo, tentando não gozar, ainda não. Digo o nome dele como se fosse um encantamento.

Ou um *adeus* e um *eu te amo*, uma promessa.

Só sei que o meu coração concorda: *Você, você, você.*

Ficamos deitados, suados, Wyn brincando com um dos cachos do meu cabelo, enquanto seu peito se levanta e se abaixa como um barco nas ondas.

— Você perdoa os dois? — pergunto em um sussurro.

— Sinceramente — diz ele —, eu estava tendo dificuldade para continuar bravo. Sei que eles não deviam ter mentido, mas... sei lá. Acho que valeu a pena. Estar aqui. Ver você.

— Pra mim também — sussurro e o abraço um pouco mais apertado. Então, depois de mais um minuto, volto a falar: — Você acha que *eles* vão nos perdoar?

— Sim.

— Você nem chegou a pensar — eu o repreendo.

— Não precisava — fala Wyn.

Ergo o corpo para olhar dentro dos seus olhos.

— Como você tem tanta certeza?

— Mais sabedoria do Hank — diz ele. — Amar é pedir desculpas o tempo todo e depois melhorar.

LUGAR FELIZ

Sorrio e deixo os dedos brincarem no peito dele.

— O Hank fez um bom trabalho com você, Wyn Connor. Ele ficaria orgulhoso.

Wyn passa os braços com força ao meu redor.

— Fico feliz que você pense assim.

Em poucos minutos, estou dormindo, sonhando com uma floresta de pinheiros ensolarada, a madeira quente de uma mesa embaixo de mim, o cheiro de cravo por toda parte. E eu conheço esse lugar, mesmo que não saiba o nome. Sei que estou segura, que pertenço a esse lugar.

33

Vida real

SÁBADO

Wyn deixou as cortinas e as janelas abertas ontem à noite, e agora o quarto está frio e iluminado, o sal flutuando na brisa, trazendo junto o grasnido distante das gaivotas. Meu corpo parece sorvete derretido, da melhor maneira. Trechos da noite passada passam pela minha mente: mãos agarrando lençóis, cabelos e pele, sussurros e apelos arquejantes.

Então, tudo o que aconteceu antes.

A briga. O resto da semana. Tudo com Wyn.

O fato de hoje ser o último dia da nossa viagem.

O dolorido agradável dá lugar à sensação de ter sido atropelada por um ônibus, depois ter recuado só para logo ser atingida mais uma vez, por outro ângulo. Wyn está dormindo pesado, com um braço ainda passado por cima das minhas costelas e um canto da boca erguido em um meio sorriso. Sinto o peito apertado ao ver isso.

LUGAR FELIZ

Wyn costuma dormir de costas. A gente dormia aconchegado assim, mas nunca aquietávamos até ele estar deitado de barriga para cima. Se estávamos dormindo de conchinha, ele começava a se agitar inquieto durante o sono, e acabávamos encontrando o caminho um para o outro, zonzos de sono e loucos de desejo. O que sempre foi ótimo, até chegar a manhã e termos que levantar para ir para o trabalho ou a faculdade.

Wyn passou a noite toda ao meu lado, mas a noite toda, para nós, não foram mais que algumas horas.

Ele nem se mexe quando saio de debaixo dele. Wyn sempre parece mais jovem quando está dormindo. Eu me pergunto se isso é algum traço evolutivo: que animal teria coragem de atacar alguém que parece tão pacífico e inocente?

Tudo bem, *eu* teria, mas o mais *gentil* a fazer seria deixá-lo dormir.

Visto um jeans e um suéter, me esgueiro para fora do quarto e sigo pela casa silenciosa. Por mais ansiosa que eu esteja para resolver o que aconteceu ontem, ainda estão todos dormindo ou se escondendo.

Depois de alguns minutos vagando sem rumo pela cozinha, decido ir até o centro da cidade, até a Warm Cup, e comprar cafés para todos, como uma oferta de paz.

Já pensei várias vezes que o mundo reserva o melhor clima para os dias em que a gente acha que tudo deu errado, e hoje não é diferente. Está gloriosamente ensolarado do lado de fora da casa, com uma brisa refrescante. Quando o sol atingir seu ponto alto, o porto de Knott sem dúvida vai estar envolto em um calor sufocante. Ou, no mínimo, sufocante para o Maine, o que se traduziria em extremamente confortável quando comparado aos verões lamacentos do sul de Indiana ou ao calor escaldante de julho em Nova York.

Um dia de verão no Maine é exatamente aquele dia pelo qual a gente anseia no auge do inverno.

Ainda assim, depois de dez minutos caminhando pela estrada sinuosa, passando por arbustos de rododendros transbordantes e pousadas com telhas de madeira acinzentada sendo raspadas e repintadas pela centésima vez, já desejo ter colocado uma regata por baixo do suéter.

Vou ter que encontrar um táxi para voltar — o que é mais fácil dizer que fazer em uma cidade pequena como esta. Normalmente é Sabrina quem organiza o nosso transporte, e não sei bem com quanto tempo de antecedência ela precisa fazer isso.

Se eu fosse esperar vocês, essa amizade já teria acabado, disse ela. E não está totalmente errada. A amizade com Sabrina, com todo o nosso grupo, sempre pareceu uma corrente na qual eu poderia me jogar de cabeça e me deixar levar. E é com isso que estou mais acostumada: me deixar levar pelos caprichos e sentimentos dos outros.

Nunca tinha me ocorrido que isso pudesse ser interpretado como apatia. Que os outros poderiam acabar achando que eu simplesmente não me importo. Sinto uma pontada de culpa.

A calçada cheia de rachaduras faz uma curva e eu me vejo no centro da cidade, bem na frente do café. Sob o toldo desbotado, na janela onde entregam os pedidos para viagem, vejo Cleo pegando um suporte de papelão com vários copos.

Ela enrijece o corpo ao me ver e levanta lentamente uma das mãos.

Faço o mesmo.

Por um momento, nenhuma de nós duas se mexe. Então, o barista grita:

— Doug!

E o único outro cliente que está esperando cutuca Cleo para que ela se afaste e ele possa pegar seu pedido. Ela se aproxima de mim e a encontro no meio do caminho, em frente ao banco pintado com cores alegres, que por sua vez fica em frente ao restaurante italiano. Entre as fileiras de ilustrações fofas de lagostas vermelhas, está escrito, em letras também fofas: *SÓ PARA CLIENTES!!!*

— Oi — diz ela.

— Oi — respondo.

Ela levanta o suporte para viagem.

— Café?

— Aí só te sobrariam três — digo.

Ela dá um sorrisinho tímido.

— O latte de caramelo salgado é pra você.

Dou outra olhada no suporte de papelão do café: três copos de tamanho médio e um que deve ter meio litro de bebida.

— Pelo que estou vendo, eles estavam em falta de energético e Adderall.

O sorriso dela fica mais largo.

— Eu não teria como carregar cinco copos. Então pedi um americano grande pra Sabrina e o Parth dividirem, um café preto pro Wyn e um matcha pra Kim.

Meu peito se aperta.

— Você sabe as nossas preferências de cabeça.

Ela levanta um ombro.

— Eu conheço vocês.

Outro momento de silêncio.

— Quer andar um pouco? — pergunta Cleo.

Faço que sim.

— Espera. — Ela equilibra o suporte para viagem no banco, tira o meu copo e me entrega.

— Depois eu te pago — digo.

Ela estremece ligeiramente.

— Não, por favor.

Descemos em direção ao mar, o ar salgado mais espesso agora.

Depois de um instante, digo:

— Eu nunca aprendi a brigar.

Cleo me olha de lado.

— Especialmente com as pessoas de quem eu gosto — explico. — Quer dizer, não sei brigar com ninguém. Mas principalmente com as pessoas que eu amo. Na verdade, eu só sei como evitar brigas. Ou normalmente eu sei.

Cleo fica me olhando com o cenho franzido.

— Não sei como as brigas devem terminar quando a gente ama a pessoa com quem está brigando — continuo. — Na minha família, todo mundo sempre dava as costas quando as coisas ficavam ruins. A Eloise saía toda irritada, ou os meus pais a mandavam para o quarto e depois se fechavam em lados opostos da casa, e a situação nunca melhorava. Na verdade, as coisas sempre ficavam um pouco pior.

Faço uma pausa.

— E acho que eu pensei que... se eu conseguisse sempre evitar que a gente brigasse, então ninguém ia dar as costas e ir embora. Nunca foi minha intenção manter ninguém afastado. Foi exatamente o oposto. Há muito tempo já não era nada divertido ficar perto de mim, Cleo.

Ela franze mais o cenho, parecendo absolutamente perplexa. A ponto de me deixar em dúvida se eu disse a frase inteira de trás para a frente.

— A questão é — volto a falar — que eu sinto muito. Eu devia ter contado a vocês sobre o Wyn e eu. Devia ter entrado mais em contato.

Depois de um momento, Cleo desvia os olhos para a água.

— Não fui totalmente justa ontem à noite — diz, então. — Eu entendo por que você não contou pra gente.

— Entende?

Ela olha para mim e assente uma vez.

— Que sorte — digo. — Pode me explicar, então, como se eu tivesse cinco anos de idade?

Dessa vez ela não sorri.

— Você estava em negação — fala. — E contar pra gente teria tornado tudo real. E, mesmo que seja real, mesmo que seja o que você escolheu, você também sabe que a sua decisão vai mudar tudo, e isso é assustador. Porque você precisa da gente. Nós somos a sua família.

Eu a encaro.

— Caramba.

— Cheguei perto? — pergunta Cleo.

Apoio o copo com o meu latte em uma das estacas que margeiam o mar, com uma corda grossa amarrada entre elas.

— No nível de... *você é vidente*? — digo.

Ela solta uma risadinha ofegante e volta a olhar para as ondas batendo na praia. Vejo lágrimas brilhando nos cantos dos seus olhos.

— Eu estou grávida — diz ela.

Sei que deve haver sons ao meu redor — o mar, a buzina baixa dos barcos saindo do porto, os pescadores de lagostas do outro lado da baía gritando uns para os outros, implicando uns com os outros, enquanto carregam e descarregam as armadilhas.

Mas é como se alguém tivesse tapado os meus ouvidos.

Quando os sons voltam, eu me escuto começando a chorar, o que faz Cleo começar a chorar também.

Pego o suporte para viagem das mãos dela e pouso na estaca ao lado. Então a puxo para um abraço.

— Por que *você* está chorando? — pergunta Cleo, ainda chorosa, os braços ao meu redor. — Não é você que vai ter que empurrar uma abóbora pra fora do corpo.

— Eu sei! Só estou feliz.

Ela ri.

— Eu também. E apavorada pra cacete. Quer dizer, eu escolhi isso. Sabia o que significava... Não é como se eu tivesse tropeçado na porta de um banco de esperma. A gente passou *meses* escolhendo o doador certo. Mas... acho que eu esperava que fosse demorar mais. Pra eu ter mais tempo de me acostumar com a ideia de ser mãe.

Ela fica em silêncio por um instante.

— Mas não foi assim que aconteceu. E eu... estou com tanto medo de não ser boa nisso.

Eu me afasto para olhar em seus olhos enquanto ela enxuga as lágrimas.

— Tá brincando, né? — falo. — Você vai ser uma mãe perfeita. A versão dois ponto zero da *sua mãe* e... Espera um instante! De quanto tempo você está? Há quanto tempo vocês sabem que iam fazer isso?

Cleo abaixa a cabeça.

— Como eu disse — murmura —, não foi totalmente justo ficar tão chateada com o seu segredo.

— É o que parece — falo.

— Por isso que tenho adiado a visita da Sabrina e do Parth à fazenda — continua ela. — A gente já tem uma tonelada de coisas de bebê. O pai da Kimmy manda uma coisa nova quase todo dia, e não estou preparada para explicar por que a gente tem quatro moisés diferentes.

— Porque o pai da Kimmy é um acumulador obcecado por bebês?

— Ele vai ser um avô incrível — comenta ela, emocionada. — Eu não queria contar nem pra ele ainda, mas a Kimmy deixou escapar sem querer. Estou só de dois meses. Muita coisa ainda pode dar errado.

Eu a seguro pelos cotovelos.

— E muita coisa também pode dar certo.

Cleo dá um sorriso pálido.

— Não sei o que isso significa pra nós.

— Significa que vocês vão ser mães — digo.

Ela balança a cabeça.

— O que isso significa pra *todos* nós, Harry. Se as minhas pesquisas no Google servirem de base, vou estar cansada o tempo todo e preocupada sempre que estiver consciente. Eu já nem sou a "divertida" do grupo...

Pego as mãos dela.

— Cleo! Que absurdo! Você é *muito* divertida.

— A *Kimmy* é divertida — retruca ela, cética. — E não me entenda mal, foi por isso que eu me apaixonei por ela. Mas às vezes é difícil não ter a sensação de que... é como se todo mundo já gostasse mais da minha namorada que de mim. Até os meus melhores amigos. E, quanto mais eu for eu mesma, menos espaço pode ter pra mim.

— Há quanto tempo você se sente assim?

— Não sei — diz ela. — Provavelmente desde que eu parei de beber.

— Eu gostaria que você tivesse falado alguma coisa.

— É constrangedor! — diz Cleo. — Sentir ciúme da própria parceira com os meus amigos? Eu não contei nem pra Kimmy até alguns meses atrás.

— Eu *amo* a Kimmy — digo —, e você sabe disso. Ela tem muitas qualidades incríveis e se tornou uma das minhas melhores amigas. Mas sabe qual é a minha coisa favorita sobre ela?

Os lábios de Cleo se curvam em um sorriso.

— Aquele corpo maravilhoso?

— Essa é a segunda coisa. A primeira é como ela te faz feliz. Quando vocês duas começaram a namorar, parecia que tinha surgido a última peça do quebra-cabeça que faltava em... tudo isso. Na nossa família. Mas isso não torna você menos essencial. Você e a Sabrina são as minhas melhores amigas. Sempre. E eu sinto muito por ter te dado motivos pra duvidar disso.

Os olhos de Cleo brilham e sua voz treme quando ela diz:

— Mas e se eu mudar depois que tiver o bebê? E se o abismo aumentar cada vez mais, até a gente não ter mais nada em comum?

— Eu não preciso que você continue a mesma, Cleo — digo. — E não é "ter coisas em comum" com você que me faz te amar. A gente é tão diferente, Cleo. Todos nós. E eu não mudaria nada em você. Como eu disse, você é uma peça que faltava no meu coração, e a Sabrina também. Se o seu planejamento de vida tiver que mudar, ou se você começar a cantarolar as músicas do dinossauro Barney, ou se acabar se tornando uma daquelas pessoas que postam sobre as fraldas explosivas dos filhos nas redes sociais...

— Você vai acabar com o meu sofrimento? — pergunta ela baixinho.

— Meu Deus, sim. Vou pegar o seu celular e jogar no mar. Mas ainda assim vou continuar te amando. Você é família pra mim. Você e a Sab.

O sorriso dela desaparece.

— Eu também não devia ter sido tão dura com ela.

— Talvez tivesse uma maneira melhor de dizer tudo aquilo — admito —, mas acho que você precisava desabafar. E provavelmente a gente precisava ouvir aquilo.

— Talvez. — Cleo morde o lábio. — A Sabrina é muito leal, mas quando se sente injustiçada...

— Não estou dizendo pra você usar a sua gravidez como moeda de troca — falo —, mas acho que, quando a Sabrina descobrir com que você está lidando, ela vai entender. Depois vai planejar uma festa muito exagerada, com um bolo decorado com a foto realista de um bebê e cegonhas de verdade voando pela sua casa.

Cleo começa a rir e deixa a cabeça cair no meu ombro.

— Não vejo a hora.

Ela entrelaça os dedos nos meus, e ficamos ali um pouco mais, vendo os barcos entrando e saindo do porto, ouvindo conversas completas acontecerem através de megafones, enquanto as pessoas se cruzam na água.

Tudo está mudando. Tem que ser assim. Não se pode parar o tempo.

Tudo o que a gente pode fazer é se voltar para uma determinada direção e esperar que o vento nos deixe chegar lá.

Outra metáfora marítima. Sou realmente o pior pesadelo de um morador local. Mas o argumento continua válido: as coisas mudam.

Duas das minhas melhores amigas vão ter um bebê.

Uma alegria quase dolorida dispara pelo meu corpo.

— Ai, meu Deus.

Cleo olha para mim.

— Hum?

— Acabei de me dar conta de que vou ser *tia*.

Ela dá uma risadinha.

— Harry — diz. — Você vai ser uma das madrinhas.

34

Vida real

SÁBADO

—ELA VAI FICAR chateada por eu ter te contado primeiro — diz Cleo.

— Eu posso fingir que não sei — ofereço.

Ela me dá uma olhada de lado.

— Ou — volto a falar — nós podemos dizer a verdade e conversar a respeito.

Cleo me dá outro abraço.

— Tem certeza que não quer uma carona de volta? — Ela checa a hora no celular.

Cleo ligou para Kimmy alguns minutos atrás pedindo para ela vir pegá-la. E Kimmy deve chegar à Warm Cup a qualquer momento.

— Vejo vocês em casa daqui a pouco — digo.

Primeiro preciso encontrar alguma coisa para Sabrina. Não vamos sair dessa viagem com tatuagens iguais — como se sabe, a maior parte dos artistas não tatua grávidas, daí o motivo real da resistência de Cleo à ideia —, mas isso não significa que a gente não possa encontrar *alguma coisa* para levar que nos lembre desse lugar.

Depois que Kimmy pega Cleo, peço um segundo latte de caramelo, dessa vez gelado, e passeio pelas vitrines das lojas. Não faço ideia de por onde começar. Espero saber quando vir. Até agora, a melhor opção parecem ser camisetas combinando com os dizeres GOT LOBSTAH — uma brincadeira com o sotaque do Maine para *lobster* (lagosta) —, ou outras com MAINEÍACOS acima de uma lagosta usando óculos aviador.

Sigo até uma vitrine na esquina cheia de luminárias e toalhas de chá fofas, e acabo dando de cara com outra, essa repleta de boias coloridas que foram transformadas em toda espécie de enfeites de jardim. Faço uma pausa para deixar um Subaru sujo atravessar direto uma placa de PARE na rua transversal seguinte, e só então me dou conta de onde estou.

Na Easy Lane. O cenário da nossa briga de ontem à noite. Mais à frente, à esquerda, vejo o estúdio de tatuagem. Meu primeiro impulso é fugir da cena do crime. Então reparo no número da loja, em um dourado brilhante, acima da porta à minha direita: 125.

Easy Lane, 125.

Demoro um instante para registrar o que há de tão familiar nisso. Quando finalmente entendo, volto atrás e checo o número da loja de boias: 127. Direção errada.

Estou procurando o 123.

Espero outro carro passar pelo cruzamento e atravesso correndo.

Easy Lane, 123. O local da minha *surpresa personalizada*.

Na porta, um adesivo diz CERÂMICA, com os horários de funcionamento, mas, por causa do brilho forte do sol, não consigo enxergar muito pela vitrine.

Vejo a hora no celular: 9h16. Se a memória não me falha, o roteiro dizia que a "surpresa personalizada" de Sabrina para mim começaria às nove. Fico indecisa por um instante, sem saber se devo entrar ou não, mas mordo a isca, então respiro fundo, empurro a porta e entro.

Uma rajada de ar quente me atinge.

— Harriet? — diz a voz de uma mulher.

Pisco algumas vezes enquanto espero meus olhos se acostumarem com a mudança repentina de luz.

— Sim, oi!

Eu me viro na direção da voz, sem saber se a mulher está percebendo que ainda não consigo vê-la, ou a qualquer outra coisa.

— Seu espaço já está pronto, lá nos fundos — diz ela.

— Ótimo.

Por alguma razão, só me ocorre meio segundo depois de já ser tarde demais que eu poderia ter dito a ela que não tenho ideia do motivo de estar aqui. Ou de que lugar é este.

Minha vista se acostuma enquanto ela me leva para os fundos da loja, e as prateleiras de carvalho que se alinham nas paredes entram em foco, assim como os utensílios de cozinha à venda nelas. Tigelas, pratos, xícaras, tudo em tons pastel que se destacam contra as paredes brancas da galeria.

A atendente da loja — uma mulher com uma franja reta, calça boca de sino e brincos de argola, parecendo ter saído direto dos anos 70 — me conduz por um corredor até uma sala com o dobro do tamanho da primeira.

Eu paro, tão chocada como quando entrei no chalé e vi Wyn lá.

— Fique à vontade para ocupar o torno que quiser — diz a mulher. — Ninguém mais tem espaço reservado até as quatro horas.

Ainda não consegui pronunciar uma sílaba quando o sino na porta da loja toca atrás de nós, e a semideusa dos anos 70 volta a falar:

— Me avisa se precisar de ajuda pra encontrar alguma coisa. — E pede licença para receber o cliente que acabou de chegar.

Fico parada ali, tentando compreender.

A parede do fundo é toda de janelas, com vista para a rua. Prateleiras de madeira, como as da frente da loja, se estendem de uma parede a outra, cobertas de tigelas, vasos e canecas. Nos ganchos, à direita, estão pendurados aventais em tons pastel, manchados de argila, e no centro do piso de concreto polido vejo uma longa mesa de madeira, com tornos distribuídos a intervalos regulares e um banco diante de cada um deles. Na parede esquerda foi instalada uma bancada também longa com uma pia e um monte de armários e gavetas, e no teto estão pendurados vasos de onde pendem filodendros e hera-do-diabo, como serpentinas vivas, captando a luz enquanto giram para um lado e para o outro.

Sinto a garganta apertada.

Eu provavelmente não mencionei a minha aula de cerâmica para Sabrina mais que três vezes. Sei disso porque, em geral, acho constrangedor falar sobre o assunto.

Tenho medo de as pessoas me levarem muito a sério e depois ficarem desapontadas quando descobrirem como sou medíocre nisso. E, por algum motivo, quase com tanto medo de elas *não* levarem a sério, de ignorarem com um breve *Ah, todo mundo precisa de um hobby*, quando para mim a cerâmica é muito mais que isso.

Não é uma carreira — não sou *boa* nisso. É outra coisa. O lugar para onde vou quando me sinto presa dentro de mim. Quando estou com medo de que todos os meus momentos mais felizes pertençam ao passado. Quando o meu corpo está vibrando com o excesso de alguma coisa, ou sofrendo por ter tão pouco, e a vida parece se estender diante de mim como uma ameaça.

Nas poucas vezes que nos falamos desde que comecei a fazer aulas de cerâmica, Sabrina fez algumas perguntas objetivas sobre o assunto e eu respondi de forma sucinta, depois mudei o rumo da conversa. Aquela era mais uma parte da minha vida que eu não me sentia pronta para compartilhar antes dessa semana, mas Sabrina *viu*, ela *me* viu mais plenamente do que eu imaginava.

Porque a intenção dessa semana *não era* torturar Wyn e eu, e também não era só preservar a família delicadamente equilibrada que formamos.

Tudo o que Sabrina fez, equivocado ou não, foi por amor. Porque ela nos *conhece* e se *importa* com a nossa felicidade.

Vou até a parede cheia de ganchos, escolho um avental rosa-claro e passo pelo pescoço. Então, sigo até as gavetas do outro lado da sala e começo a reunir o material de que vou precisar.

Encho uma tigela com água e a coloco em cima da mesa, com algumas ferramentas, uma esponja e um pedaço grande de argila. Não ter um plano distinto antes de iniciar um projeto raramente acaba bem para mim, mas no momento não me incomodo com isso. Não importa o que eu faça, só preciso curtir o tempo que vou passar fazendo seja lá o que for. Vai ser bom enfiar as mãos no barro e me curvar sobre o torno até as costas doerem.

Eu me sento no banco mais próximo das janelas e bato a argila até formar uma bola. Então, coloco no torno e aliso com a palma das mãos.

No momento em que deslizo os dedos na água para começar a subir a argila em um cilindro, sinto uma onda de calma me inundar. Meus pensamentos se dispersam. Pressiono o pedal e manipulo o pedaço de argila para cima enquanto ele gira no torno. E me perco nesse ritmo.

Moldo a argila para cima. E para baixo.

Não vou ter tempo de esmaltar a peça antes de sair do porto de Knott, assim como não tenho espaço na bagagem para levá-la para casa depois que passar pela queima. Mas não penso em nada disso.

Trabalhar a argila faz minha mente parecer o mar em um dia claro, todos os meus pensamentos agradavelmente difusos sob a luz, rolando sobre a crista de uma onda sempre em movimento.

Meu aplicativo de meditação geralmente me diz para imaginar meus pensamentos e sentimentos como nuvens, e a mim mesma como a montanha pela qual eles estão passando.

Quando estou diante do torno, nem preciso me esforçar. Eu me torno imediatamente um corpo, uma sequência de órgãos, veias e músculos trabalhando em conjunto.

Alivio a pressão no pedal, abrindo a argila. Meus cotovelos se colam às laterais do corpo, os polegares mergulhando no centro da peça, e, conforme a argila passa por eles, uma boca se abre dentro dela. Meus polegares se curvam, afinando as paredes abaixo da boca.

O cheiro terroso está por toda parte. O suor pinica a minha nuca. Estou vagamente ciente de uma dor na parte superior da coluna, mas é apenas uma constatação, um fato que não requer ação. Não há necessidade de corrigir, de mudar.

Só mais uma nuvem passando.

A forma aproximada de uma tigela surge entre as minhas mãos. Pego a esponja amarela da mesa, pressionando-a levemente contra o fundo da tigela, alisando os anéis. Há gotas de suor na minha testa agora. A dor na coluna serpenteia pelos meus ombros.

Pego a borda grossa da tigela e a puxo para cima, esticando a argila, convencendo-a a subir mais. Quando alcança a maior altura possível, dentro do que é seguro, levo as mãos de volta à base, afunilando-a, elevando a borda da peça.

Essa é a minha parte favorita: quando já trabalhei a argila em um cilindro estável, e o menor toque pode alterá-lo e moldá-lo. Adoro o jeito como tudo pode desmoronar tão facilmente, e o êxtase de encontrar um ritmo que sei que não vai permitir que desmorone, mesmo sem entender a física, o *porquê* da coisa. A argila se torna uma extensão de mim, como se ela e eu estivéssemos trabalhando juntas.

Isso me faz lembrar de algo que Hank me disse há muito tempo, sobre crescer em uma fazenda, treinar novos cavalos.

Ele era bom nisso, pelo jeito, e atribuía seu sucesso à paciência que tinha. Ele era capaz de esperar o tempo que fosse até que um eventual mau humor passasse. A raiva de um animal não o deixava com raiva. *Isso ajuda a gente a entendê-los melhor*, me disse ele. *Você não quer que a raiva se transforme em medo. Quer que ela se transforme em confiança.*

E embora houvesse um monte de coisas que Hank detestava em relação a trabalhar em um rancho, ele adorava a sensação de chegar a um acordo com outro ser vivo, o momento em que entendiam as necessidades um do outro, dando espaço quando era hora e puxando a rédea quando era necessário.

O Wynnie também teria sido bom nisso, me falou Hank. *Ele sempre soube ouvir.*

A princípio eu confundo a ardência que sinto nos olhos com suor pingando nos cílios. Só quando sinto a umidade escorrendo pelo rosto é que me dou conta de que estou chorando.

Um tipo diferente da grande variedade de choros que já chorei esta semana. Não estou soluçando desconsolada.

Não é uma torrente de lágrimas, mas um fluxo lento e silencioso de emoção.

Dou uma risada chorosa, mas mantenho as mãos onde estão, moldando essa coisa linda e delicada por nenhum outro motivo que não a minha própria alegria.

Quando ergo os olhos e o vejo parado na porta, meu estômago dá uma cambalhota e meu coração diz: *Você.*

Como se ele tivesse sido conjurado pelas batidas aceleradas desse mesmo coração.

Eu me levanto do banquinho, as mãos sujas de argila aguada.

— O que você está fazendo aqui?

O lado direito da boca de Wyn se ergue em um sorriso.

— Vim reencenar aquele trecho de *Ghost*.

Ao ver que não compreendo, ele diz:

— Eu acordei e você tinha saído.

Limpo as mãos no avental.

— Saí para tomar um café, então lembrei das surpresas que a Sabrina planejou. Fiquei com pena de desperdiçar.

— Imaginei — diz ele. — Também fui ver qual era a minha surpresa.

Dou uma olhada na hora, no relógio acima da porta. Estou aqui há muito mais tempo do que imaginei. Duas horas com o mesmo vaso.

— Como foi que você me encontrou?

Ele inclina a cabeça.

— Não se esquece um endereço como Easy Lane, 123. *Via fácil*, pelo amor de Deus...

— Ah, esse pessoal do Maine — brinco. — Sempre se esforçando para não tornar suas cidades maravilhosas *em excesso*.

Wyn se aproxima, os olhos no torno.

— O que você está fazendo?

— Sinceramente — digo —, eu nem estava prestando atenção.

— Parece um vaso.

— Talvez você esteja precisando de óculos.

Ele ergue os olhos.

— É difícil?

— Acho que o difícil — falo — é que você precisa fazer menos do que imagina. E pensar demais, tentar controlar demais, estraga tudo. Pelo menos na minha experiência.

Ele dá um sorriso tímido.

— É como a vida.

— Quer tentar? — pergunto.

Ele praticamente recua, assustado.

— Eu não quero estragar a peça.

— Por que não?

— Porque está tão bonito... — responde Wyn. — Você trabalhou tão duro.

Bufo, vou até os ganchos onde ficam os aventais e escolho um amarelo--claro para ele.

— É argila molhada — digo e lhe entrego o avental. — Não quebra.

— Mas *parece* que quebra — retruca Wyn.

— O que eu estou querendo dizer é que você pode até derrubar essa peça, mas não tem como quebrar. E, de um jeito ou de outro, eu não vou ter tempo de terminar o vaso, então, se a gente devolver a argila quando terminar, está tudo bem.

— Isso é triste? — Ele franze o cenho. — Trabalhar em alguma coisa que não vai conseguir terminar?

— Eu me diverti muito.

O sorriso de Wyn se alarga ainda mais.

— Ela fez bem, então.

— Sim — concordo. — E qual foi a sua surpresa?

— Andar de caiaque.

Rio.

— Adoro ver que a sua surpresa foi um exercício físico, e a minha foi ficar sentada muito quieta, brincando com lama.

— Quer tentar adivinhar o que a Sabrina escolheu pra Cleo e pra Kimmy? — pergunta Wyn.

— Elas já foram ver as surpresas? — pergunto, curiosa para saber se Cleo já teria tido a chance de falar com Sabrina.

Ele assente.

— A Cleo — arrisco, pensativa — fez uma excursão a um museu agrícola, e a Kimmy foi a um mercado de produtos alucinógenos.

— Chegou bem perto. Elas ganharam uma massagem de casal.

Ao ver a minha expressão, ele acrescenta:

— Você parece surpresa.

— Estou surpresa — digo.

— Por quê?

— Acho que, agora que sei que massagens de casal eram uma possibilidade para a Sabrina, estou surpresa por ela não ter nos dado uma também.

— Eu não estou — diz ele. — Você detesta ser tocada por estranhos.

Meu coração se aperta. Outro pequeno lembrete de como essas pessoas me conhecem bem apesar de tudo, conhecem todas as partes de mim que passei a ver como difíceis ou desagradáveis, as partes que nunca compartilho voluntariamente, mas que escaparam aqui e ali ao longo dos anos.

Engulo a emoção crescente e inclino a cabeça na direção do meu banquinho.

— Senta.

Wyn passa o avental pelo pescoço e se acomoda no banco, com uma expressão consternada no rosto.

— Relaxa. — Sacudo os ombros dele enquanto vou até o banquinho do lado, arrasto para perto dele e me sento. — É como dirigir. Umedece um pouco as mãos.

— Ah, eu nunca dirijo com as mãos úmidas — diz ele.

— Bom, esse é o seu primeiro erro. Nesse caso, é ilegal dirigir com as mãos secas.

— Acho que as leis são diferentes em Montana — retruca ele.

— Não seja absurdo — brinco. — Não há leis em Montana. Se você tiver um chapéu grande o bastante, pode reivindicar o que quiser e terá.

— É verdade. Já fui proprietário de uma rede de supermercados assim.

— Até aparecer um cara com um chapéu maior. Não vou te *obrigar* a fazer isso, Wyn. Achei que você quisesse.

— Mas eu quero — diz ele. — Estou protelando porque tenho medo de estragar tudo.

— Eu já te disse, não tem como estragar. Isso é o mais importante. Agora molha as mãos.

Eu me inclino para a frente para puxar a tigela de água e ele mergulha as mãos nela com uma careta.

— Ótimo — digo. — Agora use a mão esquerda pra fazer uma pressão leve na lateral do vaso. A mão direita é mais para dar equilíbrio, para manter a peça de pé.

Ele pousa as mãos nas laterais da estrutura.

— E agora?

— Aperte o pedal — digo.

Ele faz isso, e, como é Wyn, faz lindamente. Mas, assim que atinge a velocidade máxima, ele pressiona com muita força, e me inclino para pegar sua mão direita, firmando-a antes que o futuro vaso possa tombar.

— Eu te disse que ia estragar tudo.

— Como você é dramático — provoco e roço o nariz no pescoço dele. — Você não estragou tudo. Só estamos mudando a forma do vaso.

Eu me inclino sobre ele para colocar a palma da minha outra mão por cima da mão esquerda dele, ajustando a pressão, enquanto o vaso vai se estreitando e afunilando para cima.

— Agora estamos mesmo repetindo a cena de *Ghost* — comenta ele.

— Não exatamente — respondo —, mas acho que os meus braços não são longos o bastante para que eu possa sentar atrás de você e fazer isso.

— Com certeza não são. Mas você pode sentar no meu colo.

— Com licença. Quem manda aqui sou eu. Todo mundo sabe que a pessoa sentada no colo é a amadora.

— Então você quer que eu sente no seu colo — brinca Wyn.

— Não tenho a menor vontade de morrer — retruco.

— Fico feliz em saber disso.

Ele volta os olhos novamente para a argila. De alguma forma, estamos conseguindo evitar que tudo desmorone ou tombe. A peça se alarga, se estreita e se alarga mais uma vez, vacilante, mas de pé.

Eu me pego olhando para Wyn, sem nenhuma intenção de falar nada. Quando ele ergue o olhar, meu coração dispara.

Wyn sorri.

— O que foi?

— Tenho que te dizer uma coisa — sussurro.

Ele tira o pé do pedal, e seu sorriso se apaga.

— Tudo bem.

Respiro fundo para ganhar coragem. Eu me sinto como uma gelatina. Gostaria que estivéssemos no escuro, em lados opostos do quarto das crianças. É muito mais difícil dizer as coisas à luz do dia.

Fecho os olhos para não ter que ver a reação dele, para não ver se o mundo se parte ao meio de repente quando digo as palavras:

— Acho que eu odeio o meu trabalho.

Espero.

Nada.

Nenhum gemido de destruir os tímpanos enquanto a terra se abre. Meus pais e colegas não invadem a sala com forcados. Meu celular não toca com ligações de todos os professores, monitores e orientadores que já me escreveram uma carta de recomendação, ou me deram um cargo de pesquisa, ou enviaram um e-mail de parabéns.

Mas todas essas coisas com certeza eram improváveis. A única coisa que importa agora, a única coisa de que tenho medo, é a reação de Wyn.

Todas as sensações que costumam preceder um ataque de pânico borbulham em mim: calor e coceira, garganta apertada, um frio súbito no estômago.

— Harriet — diz Wyn baixinho. — Pode olhar pra mim?

Respiro fundo e abro os olhos.

Ele está com o cenho franzido, com uma expressão gentil nos olhos e na boca. *Areia movediça.*

— Aconteceu alguma coisa no hospital? — pergunta.

Meu estômago afunda um pouco mais. Eu gostaria que fosse tão simples, um momento concreto em que tudo tivesse dado errado. Balanço a cabeça.

As mãos cobertas de argila de Wyn seguram os meus pulsos com cuidado.

— Então o que foi?

— É difícil explicar.

— Quer tentar? — pergunta ele.

Engulo em seco.

— Isso não devia ser sobre mim. Eu devia estar ajudando as pessoas.

— É sobre você — diz Wyn.

Como faço para resumir? Não há nada que eu mudaria. É que, por alguma razão, passo noventa por cento do tempo terrivelmente infeliz, e, quanto mais tento reprimir essa infelicidade, mais ela cresce, incha, parece prestes a transbordar.

É que, quando eu não estou aqui, me sinto um fantasma. Como se a minha pele não fosse sólida o bastante para reter a luz do sol e o meu cabelo não estivesse disponível para dançar na brisa.

— Eu não sou boa em medicina, Wyn — digo, a voz embargada.

Ele balança as minhas mãos.

— Você é brilhante.

— Mas e se eu não for? E se eu der tudo o que tenho para isso, todo o meu tempo e energia... e dinheiro. *Deus*, o dinheiro. Centenas de milhares de dólares em empréstimos estudantis, e para alguns desses os meus pais tiveram que ser fiadores, porque eu não tenho um bom histórico de crédito, e eu... eu construí uma vida em que só faço esperar. Aguardar que a cirurgia termine. Que o dia acabe. Esperar para voltar para *cá*, onde me sinto...

Wyn entreabre os lábios, e a expressão em seus olhos é dolorosamente suave.

— Eu mesma. Como se estivesse no lugar certo.

Na ramificação certa do multiverso, penso. *Onde você ainda está tão perto que posso tocar, saborear você, sentir o seu cheiro.*

— Eu adorei a faculdade de medicina — digo. — Mas detesto estar em hospitais. Odeio o cheiro de antisséptico. A iluminação me dá dor de cabeça, e meus ombros doem porque não consigo relaxar, porque tudo parece tão... tão *desesperador*. E todo dia, quando eu volto pra casa, nem chego a me sentir aliviada, porque sei que vou ter que voltar para o hospital. E eu... fico esperando que a situação mude, que algo se *encaixe* e as coisas passem a ser como achei que seriam, mas não acontece. Eu me torno melhor no que estou fazendo, mas o jeito como me *sinto* em relação a isso não muda.

As mãos de Wyn ficam tensas, e seus olhos se fecham enquanto ele me pergunta em um fio de voz:

— Por que você não me contou isso?

— *Estou* te contando.

— Não — insiste Wyn, a voz rouca. — Quando eu estava lá. Quando você precisou de mim e eu não conseguia te acessar, por mais que eu tentasse. Por que você não me deixou entrar?

— Porque eu estava com *vergonha* — respondo. — Você foi comigo para o outro lado do país, e as coisas estavam tão difíceis, pra você e pra gente. Tive medo de tornar tudo pior. Eu queria ser quem você... e todo mundo... pensa que eu sou, mas não consigo. Eu não sou essa pessoa. Nunca quis te decepcionar.

Wyn me encara por três segundos, então solta uma risada rouca e frustrada.

— Eu não estou brincando, Wyn.

Ele se inclina para a frente e meus joelhos se encaixam entre os dele, enquanto meus pulsos ainda estão aninhados nas suas mãos enlameadas, seus polegares se mexendo para a frente e para trás, com um leve tremor.

— Não estou rindo de você. Só estou me sentindo um idiota.

— Você? Fui *eu* que dediquei os últimos dez anos da minha vida e muito dinheiro imaginário a uma carreira que eu detesto.

— Eu... — Ele olha de relance para as nossas mãos. — Você estava sofrendo e eu nem me dei conta, Harriet. Ou me dei, mas achei que tinha a ver comigo. Eu estraguei tudo e perdi você por causa disso.

Balanço a cabeça com força.

— Coisas mais importantes estavam acontecendo na sua vida.

— Não tinha nada mais importante que você — afirma ele, a voz rouca. — Não pra mim. Nunca.

Sinto o rosto, o pescoço e o peito ficarem vermelhos. É doloroso engolir.

LUGAR FELIZ

— Talvez tenha sido isso que tornou tudo tão difícil. Você construiu toda a sua vida em torno dos meus planos. Deixou os nossos amigos para trás e teve menos tempo com a sua família... com o *Hank*... e agora eu não consigo dar conta disso. Você fez tudo isso por mim, Wyn, e eu nem sou a pessoa que você achou que eu fosse.

— Harriet. — A ternura em sua voz, em suas mãos, abre todas as suturas feitas às pressas no meu coração. — Eu sei exatamente quem você é.

Ergo os olhos e falo bem baixinho:

— É mesmo? Porque eu não sei.

— Eu sabia quem você era antes de a gente se conhecer — diz ele. — Porque tudo o que os nossos amigos me disseram a seu respeito era verdade.

— Você quer dizer que viu um desenho em que eu estava nua — retruco.

Wyn sorri e leva as mãos ao meu queixo — nenhum de nós se incomoda nem um pouco com a argila.

— Quero dizer que você tem a risada mais estranha que eu já ouvi, Harriet — diz ele baixinho. — Toda vez que escuto é como se eu tomasse uma dose de tequila. Como se eu pudesse ficar bêbado só com o som que você faz. Ou de ressaca quando fico muito tempo sem você.

Wyn faz uma pausa, então continua:

— Você vê o que há de melhor em todo mundo e faz as pessoas que ama terem a sensação de que até os defeitos delas têm valor. Você adora aprender. Adora compartilhar o que aprende. Você tenta ser justa, ver as coisas do ponto de vista das outras pessoas, e às vezes isso torna difícil que consiga vê-las do seu próprio ponto de vista, mas você tem um. Mesmo quando está com raiva de mim, eu quero estar perto de você. Nada disso... nenhuma das minhas coisas favoritas sobre você, nada do que te torna *você* tem a ver com trabalho. Não é por isso que eu te amo. Não é por isso que qualquer pessoa te ama.

— Talvez não — digo com dificuldade —, mas é por isso que as pessoas têm orgulho de mim. É a parte de mim que deixa elas mais felizes.

Wyn me examina com atenção.

— Seus pais?

Abaixo a cabeça.

— Vem cá — diz Wyn.

— Por quê? — pergunto.

— Porque eu quero que você venha — responde ele.

— O que aconteceu com os seus bons modos de Montana?

— Vem cá, *por favor* — pede Wyn.

Deixo que ele me acomode em seu colo, um dos braços passado ao redor das minhas costas, enquanto a outra mão descansa no meu joelho, a argila manchando o meu jeans.

— Seus pais te amam — ele volta a falar. — E tudo o que eles fazem, tudo o que pressionam você a fazer, é porque querem que você seja feliz. Mas isso não significa que estão automaticamente certos em relação ao que acham que é melhor pra sua vida. Ainda mais se a gente levar em consideração que você não disse a eles como se sente.

— Eu me sinto tão egoísta só de falar sobre isso — admito. — Como se tudo o que eles fizeram por mim não tivesse importância.

— Não é egoísmo querer ser feliz, Harriet.

— Quando, em vez disso, eu poderia ser uma cirurgiã? Sim, Wyn, acho que isso talvez seja egoísmo.

— *Foda-se* — diz ele. — Uma ceramista feliz é melhor para este mundo do que uma cirurgiã que se sente miserável.

Sinto que até o meu nariz está vermelho agora.

— Não sou uma ceramista, Wyn. Não ganho dinheiro com isso.

— Talvez não. E não precisa ser, se não quiser — afirma ele. — Mas esse é o ponto. O seu trabalho não precisa ser a sua identidade. Pode ser só um lugar para onde você vai, que não te define nem te deixa infeliz.

Você merece ser feliz, Harriet. — Ele afasta uma mecha de cabelo da curva do meu maxilar. — Tudo fica melhor quando você está feliz.

— Tudo fica melhor pra *mim* — aponto.

— E pra mim — diz Wyn, com veemência. — E pra Cleo, pra Sabrina, pro Parth, pra Kimmy e pros seus pais. Pra qualquer um que goste de você. O mundo sempre vai precisar de cirurgiãs, mas também vai precisar de tigelas. Esquece o que você acha que os outros querem. O que *você* quer?

Tento rir. Mas a parte de trás do meu nariz arde demais para eu bufar direito.

— Você não pode simplesmente me dizer o que fazer?

Os braços dele se fecham ao meu redor. Enfio o rosto em seu peito, respiro fundo e sinto o meu corpo se acalmar.

— E se... — Eu me preparo, me agarro a cada resquício de coragem que ainda me resta, que, para ser sincera, não é muito. Então me afasto o necessário para olhar para o rosto dele, e minha voz sai em um fio. — E se eu fosse para Montana?

Wyn baixa os olhos e seus cílios encostam no rosto.

— Harriet — diz ele, a voz muito rouca, como se doesse dizer o meu nome, enquanto o meu coração palpita dolorosamente. Porque eu conheço Wyn.

Eu sei como soa um pedido de desculpas na voz de Wyn Connor.

Ele volta a erguer os olhos, o verde agora quente, da cor do musgo. O peso que pressiona meu peito ameaça quebrar minhas costelas, perfurar meu coração. Meus olhos se enchem de lágrimas, mas ainda assim encontro forças para perguntar em um sussurro:

— Por que não?

— Porque você não pode continuar fazendo o que as outras pessoas querem — diz ele, sério. — Você não pode me seguir, como eu te segui. Eu não vou ser o bastante.

— Mas eu te amo — digo, com a voz sufocada.

— Eu também te amo — murmura Wyn, as mãos se movendo inquietas pelo meu corpo. — Te amo muito. — Ele beija uma lágrima no meu rosto, então deixa as nossas testas se encostarem. — Mas você não pode me seguir. Foi o que eu fiz, e isso nos destruiu, Harriet. Não posso deixar você construir a sua vida ao meu redor. Isso nos destruiria de novo, e eu não *consigo* aguentar isso. Você tem que descobrir o que realmente quer.

Meu coração parece estar sendo esticado em um instrumento de tortura medieval, se desfazendo pouco a pouco.

— E se tudo o que eu realmente quiser for você?

— Você pensa assim agora — murmura ele. — E depois? Quando você acordar e se der conta de que eu deixei que você desistisse de tudo por mim. Não posso fazer isso.

Aqueles meses vendo Wyn se afogar, lutando contra uma vida que não se encaixava nele, voltam à minha mente. Ele construiu a vida ao meu redor, e aquilo quase nos destruiu. Levou o nosso amor à inanição, até deixá-lo irreconhecível.

Passo os braços ao redor do pescoço de Wyn e respiro seu cheiro, um último gole daquele aroma para me ajudar nos próximos anos.

— Não quero continuar me sentindo assim.

— Vai ficar mais fácil — promete ele, a voz rouca, enquanto coloca o meu cabelo atrás da orelha. — Um dia você nem vai lembrar mais disso.

A ideia me queima por dentro. Não quero isso. Quero qualquer universo, menos esse. Todo o resto, onde somos ele e eu dispersos no tempo e no espaço, sempre encontrando o caminho um para o outro, a única constante, a única essência.

Ainda não consigo suportar a ideia de deixá-lo ir. Mas é como Wyn disse.

Não temos mais tempo.

— Precisamos voltar — sussurro.

Wyn indica o vaso com o queixo e pergunta, timidamente:

— A gente tem que descartar isso?

Balanço a cabeça.

— Talvez eles possam enviar pra gente depois que a cerâmica for queimada.

— Você realmente quer? — diz ele.

Examino a peça, em toda a sua glória ondulante e instável, e sinto o peito tão apertado que não consigo respirar direito. Meu coração parece não conseguir bater com firmeza.

— Desesperadamente.

35

Vida real

SÁBADO

A SSIM QUE ENTRAMOS na casa, percebo que há algo errado. Está tudo quieto demais. Wyn e eu vamos até a cozinha e não vemos nem ouvimos ninguém.

— Onde você acha que eles estão? — pergunta ele, checando a hora no relógio do forno. — Já deviam estar de volta a essa altura.

— Vou ver se a Kimmy e a Cleo estão na casa de hóspedes — digo. — Quer ver se o Parth e a Sabrina estão lá em cima?

Wyn assente e eu saio para o pátio e passo pelo portão na lateral. Não há sinal de vida na casa de hóspedes, mas bato na porta mesmo assim. **Cadê todo mundo?**, pergunto em uma mensagem no nosso grupo, enquanto volto para o pátio. Em um impulso, decido ir até o topo da escada que leva à praia.

Parth está sentado nas rochas abaixo, o sol cintilando em seu cabelo escuro e o vento levantando seu casaco. Desço com cuidado e chamo por ele no caminho. Parth olha para mim por cima do ombro, então volta os olhos novamente na direção da água.

— Onde está a Sabrina? — pergunto.

Ele encolhe os ombros em resposta. E sinto um aperto no peito. Eu me abaixo na rocha ao lado dele e estico as pernas sujas de barro em direção à água.

— Se serve de alguma coisa — digo —, o Wyn e eu sentimos muito por não termos contado a vocês.

Parth ergue os olhos.

— É bom mesmo. Mas eu também devia ter falado logo com vocês quando vi a mensagem do Wyn.

Acompanho o olhar dele até um barco branco flutuando em direção a uma das pequenas ilhas ao largo da costa.

— Espero que você possa nos perdoar.

Ele me encara, surpreso.

— Perdoar? Harriet, você já está perdoada. Você é como uma irmã pra mim, sabia? Eu sempre vou te perdoar. Você é família.

Sinto o coração mais apertado.

— Achei que ser família significava só ter tempo ilimitado para guardar rancor.

Parth dá uma risadinha e passa um braço ao redor dos meus ombros.

— Talvez para algumas pessoas. Não pra gente.

— Se você não está aqui pensando em como nós te decepcionamos — falo —, então por que esse olhar perdido e desamparado para o mar?

Ele arrisca um sorriso, que logo se apaga.

— Eu e a Sabrina brigamos. Ela saiu.

— Ah, meu Deus, Parth. Sinto muito. A culpa é minha. Vou ligar pra ela e...

Parth tira o braço dos meus ombros e se inclina na minha direção.

— Não é — garante ele. — Pra ser sincero, uma parte de mim estava esperando que ela recuasse desde que a gente ficou noivo. A verdade é que a Sab só concordou em se casar porque o mundo dela estava desmoronando. Não importa o que ela disse, eu sabia que ela queria uma âncora. E uma parte de mim estava sempre esperando que ela fugisse. Nós discutimos ontem à noite, e a Sab desceu para se acalmar. Quando acordei, ela tinha sumido. Não atendeu o celular o dia todo.

— Ela está com medo, Parth — afirmo.

Ele dá uma risadinha irônica.

— Estamos falando da Sabrina. Ela não tem medo de nada.

Penso por um instante em como explicar isso.

— Sabe o que você acabou de me dizer? Que somos família?

Ele assente.

— Bom, pra você, a Cleo, o Wyn e a Kimmy isso significa uma coisa — explico. — Pra Sabrina e pra mim, é diferente. Nas nossas famílias, não havia retorno das brigas. O pai dela preferia se divorciar a se desculpar, e na minha casa as discussões sempre terminavam com todo mundo saindo da sala, cada um para um canto. As coisas nunca eram resolvidas, só ficavam em segundo plano.

— O que você está querendo dizer? — pergunta Parth.

— A Sabrina não fugiu porque não te quer. Ela fugiu porque tem medo de que, no fim, não valha a pena ir atrás dela.

Os olhos de Parth encontram os meus, e seu rosto relaxa enquanto ele absorve a informação.

— Merda. — Ele fica de pé. — A gente precisa encontrar ela.

— A gente vai encontrar — prometo.

Quando entramos no chalé, vemos Cleo e Kimmy, que acabaram de voltar da massagem. Elas também não tiveram notícias de Sabrina, e, depois de nos revezarmos ligando e enviando mensagens sem sucesso, aceitamos que vamos ter que sair para procurá-la.

— Vocês dois deviam passar a manhã juntos — aponta Cleo. — O que iam fazer?

— Não sei — diz Parth. — Foi ela que planejou tudo e não havia detalhes no roteiro.

— Nenhum endereço? — pergunta Wyn.

Parth o encara.

— Ah, sim, é claro que tinha um *endereço*, mas como isso iria nos ajudar, não é mesmo? — retruca ele, o tom frio e irônico. — Não, não tinha nada! Até onde eu sei, ela saiu no meio da noite. Até onde eu sei, pode estar em uma cama de hospital neste momento!

— A gente vai encontrar a Sabrina — garante Wyn. — Não presume o pior.

— A culpa é minha — diz Parth. — Eu fiquei chateado com o jeito como as coisas aconteceram ontem e culpei a Sab. Como se eu não estivesse nem um pouco envolvido. Eu estava, completamente, e quando a coisa explodiu agi como se não tivesse nada a ver com a história, e agora ela foi embora.

Os olhos da Cleo ficam distantes enquanto ela se refugia em seus pensamentos.

— Precisamos ser lógicos aqui.

— Você vai odiar isso — diz Wyn, encarando Parth —, mas e se a gente ligasse pra família dela?

— Não tem a menor chance de ela ter procurado por eles — diz Parth. — A Sab não conta quase nada pra eles. Pra vocês terem uma ideia, a minha família já está planejando um casamento arrasador, e a dela ainda nem sabe que estamos noivos.

— Então vamos dar uma olhada no centro da cidade — diz Cleo.

— A gente vai encontrar a Sab — promete Kimmy, esfregando o ombro de Parth.

— É melhor nos separarmos — digo.

Wyn e Parth pegam o Land Rover. Cleo e eu usamos a perua dela. Kimmy fica na casa, para o caso de Sabrina voltar.

A maior parte dos lugares que a gente frequenta nas viagens para cá fica no centro, mas há também praias e parques que vale a pena conferir, além de algumas outras cidades que visitamos de vez em quando.

Quando chegamos ao Bernie's — que está lotado, graças ao sol e ao fato de ser o fim de semana do Festival da Lagosta —, percebo que uma parte de mim estava apostando em encontrar Sabrina aqui, tomando café e observando as gaivotas brigarem por batatas fritas no pátio.

— Vamos perguntar na recepção — diz Cleo —, pro caso de terem visto a Sab.

Mas eles não viram. Embora, para ser justa, as ruas estejam tão cheias de turistas com o rosto pintado tomando sorvete de casquinha que, pela primeira vez, é realmente possível que Sabrina tenha se misturado à multidão.

Checamos no cinema, o Roxy, perguntamos ao bilheteiro (que hoje está usando um chapéu pork pie) se ele a viu, e, quando ele se recusa a responder de qualquer outra forma que não seja um dar de ombros, cada uma de nós compra um ingresso, então nos separamos para procurar nas duas salas de exibição. Nada.

Vamos à Crime, Leu Ela, ao cais e à Casa da Lagosta, e também aos banheiros pesadamente grafitados da Casa da Lagosta. Checamos até no estúdio de tatuagem, para o caso de ela ter se decidido por uma breve rebelião e estar fazendo sua própria tatuagem de *Bom demais*. Mas Sabrina não está em lugar nenhum, e, quando tentamos novamente o celular dela, a ligação cai direto na caixa postal.

— Deve ter acabado a bateria — diz Cleo.

— Isso não é típico da Sabrina — comento.

— Você acha que ela estava mentindo quando falou sobre os hotéis estarem lotados? Será que se hospedou em algum?

Faço uma busca por quartos disponíveis na área. Não encontro nada em nenhum hotel, motel, pousada ou albergue.

O alerta de mensagem de texto no nosso grupo soa e nós duas nos sobressaltamos. É só Wyn — voltei a desbloquear o número dele.

Conseguiram alguma coisa?, escreve ele.

Nada. E vocês?, pergunto.

O Parth está preocupado de verdade, responde Wyn. **Ele vai ligar pros hospitais. Só pra garantir.**

Sinto um aperto no peito. **Mantenham a gente informada.**

Vocês também, pede ele.

Cleo franze o nariz enquanto examina a nossa lista.

— Já passamos por todos os points de sempre. A Sab não iria... ela não seria imprudente a ponto de sair de barco sozinha, né?

Sinto o sangue fugir do meu rosto.

— Ela é uma velejadora bem autoconfiante — digo. — E acho que velejar é meio que o lugar feliz da Sab. Faz ela se lembrar da mãe e de quando...

— Harry? — diz Cleo. — O que foi?

— A mãe dela — digo.

— O que tem a mãe dela?

— Pode não ser nada. Mas tenho mais um lugar pra gente checar.

— PARA O CARRO! — grito com tanta convicção que Cleo obedece na mesma hora e freia bem no meio da estrada.

Embora *estrada* seja um título bastante ambicioso para a pista arborizada para onde o GPS nos direcionou. É de imaginar que haja um estacionamento em algum lugar à frente, mas estacionar não importa mais, porque (1) a pequena capela ao ar livre é visível por entre as árvores à nossa direita e (2) há um Jaguar vermelho-cereja estacionado no acostamento de terra batida.

Cleo coloca o carro em movimento de novo e encosta. Checamos primeiro o carro de Sabrina — vazio —, então escalamos o pequeno muro de contenção de pedra para chegar à encosta que leva à capela.

O bosque verde e úmido dá lugar a um jardim bem cuidado. No centro dele se ergue uma pequena construção de pedra cinza, com hera subindo pelo lado esquerdo. Borboletas voam em espirais vertiginosas pelos arbustos floridos nos degraus, e o barulho distante das ondas é o único som que ouvimos.

Não foi à toa que o casamento dos pais da Sabrina a impressionou tanto. Este lugar é lindo. Dá a sensação de que nada pode dar errado aqui, de que nada de ruim pode acontecer.

Começo a avançar, mas Cleo fica para trás. Ela abre e fecha a boca algumas vezes.

— E se a Sab quiser ficar sozinha?

Ela tem razão. É possível. Mas as pessoas não correm ou se escondem apenas quando querem ficar sozinhas.

— E se — digo — ela precisar saber que não está sozinha?

Cleo pega a minha mão, e subimos os degraus até os fundos da construção.

Vemos alguns bancos gastos pelo tempo, um piso de cerâmica e algumas arcadas de madeira de cada lado. Logo à frente, um arco de pedra emoldura uma faixa de água do mais puro azul do Maine ao longe. Sabrina está sentada de pernas cruzadas diante dele, olhando para fora. Toda a cena é muito serena, até o leve chilrear dos pássaros acima. Então, ela olha por cima do ombro ao ouvir nossos passos.

Eu me preparei para um pouco de constrangimento depois de tudo, mas, no instante em que vemos seu rosto cansado, os olhos inchados e vermelhos, a briga da noite passada deixa de importar.

Cleo e eu corremos até ela, ajoelhamos no chão e a abraçamos.

— Você assustou a gente — diz Cleo.

— Não era a minha intenção — sussurra Sabrina.

Nós nos afastamos e nos sentamos em um triângulo, da mesma forma que fizemos tantas noites no nosso dormitório de calouras cheirando a mofo.

— Meu celular morreu faz algumas horas — diz Sabrina depois de algum tempo. — E... acho que eu queria adiar o inevitável.

— O inevitável? — repete Cleo.

Sabrina puxa os joelhos contra o peito e passa os braços esguios ao redor deles.

— O fim da viagem? A despedida? Está tudo mudando e eu não estou pronta pra isso.

Tenho a sensação de que alguém arrancou um pedaço do meu peito com uma colher de sorvete, me deixando oca.

— Eu quis adiar, mas a Cleo está certa — continua Sabrina. — A gente já vem se distanciando há anos.

— Sabrina — digo. — Você não tem ideia de como eu lamento não ter contado o que estava acontecendo.

— Não é só isso. — Ela levanta o queixo. — Quando eu descobri sobre a separação de vocês, primeiro fiquei magoada e depois de um tempo fiquei brava, mas aí... sei lá. Percebi que somos nós seis há tanto tempo... E nós cinco por mais tempo ainda, e nós três antes disso. E o problema não foi só você ter escondido essa coisa enorme da gente. É que... parecia que, se você e o Wyn não estavam mais juntos, então você também não queria mais a gente. Como se você estivesse nos eliminando da sua vida.

— Sabrina, *não* — digo. — Eu juro que não. Não fiz nada disso.

— Talvez não de forma consciente — insiste ela. — Mas foi por isso que você não contou pra gente, né? Porque nós somos amigos do Wyn. Porque toda a nossa amizade está emaranhada com o seu relacionamento, e se vocês dois foram se afastando...

— Eu e o Wyn não fomos nos afastando. — Não consigo falar mais alto que um sussurro. — Eu afastei o Wyn, do mesmo jeito que afastei o resto de vocês. E o problema sempre fui eu, nunca teve a ver com você nem com qualquer outra pessoa.

— Mas *não é* só você, Harriet — argumenta Sabrina.

Cleo toca a mão dela.

— As coisas têm sido... complicadas pra mim, Sabrina. É só isso.

— Sabe — diz Sabrina, os olhos fixos em uma borboleta que faz piruetas de passagem —, eu era muito, muito feliz quando criança. Meus pais eram felizes. Aí deixaram de ser. E, quando eles se separaram e cada um seguiu o seu caminho... demorou, mas os dois conseguiram ser felizes de novo. Ou, sabem como é, as versões meio distorcidas deles de felicidade.

Ela faz uma pausa.

— Eles arranjaram novos parceiros e novos filhos. Tanto o meu pai quanto a minha mãe tiveram esse novo começo. Mas eu não fazia parte da nova vida de nenhum dos dois. Eu fazia parte do relacionamento *deles*. E, depois que esse relacionamento acabou, fiquei quicando de um lado para o outro como... como uma lembrança ou algo assim. A única coisa que parecia permanente para mim, como se pertencesse a mim, era este lugar. — A voz dela fica mais aguda. — Até que eu conheci vocês duas.

Sabrina sempre foi tão durona, e me parte o coração ouvir a vulnerabilidade em sua voz.

— Conheci vocês — continua ela — e finalmente me vi pertencendo a algum lugar de novo.

— Eu também me senti assim, Sab. — Eu me aproximo dela.

— Eu também — diz Cleo. — O ensino médio foi um *inferno* pra mim. Entendam, eu escolhi a Mattingly porque ninguém que eu conhecia estava indo pra lá, e a melhor situação social que eu podia imaginar pra mim era o anonimato total. Aquelas primeiras semanas da gente saindo juntas foram, sei lá... como uma estranha experiência fora do corpo. Eu nunca tinha tido amigos daquele jeito, do tipo com quem a gente faz tudo e conversa sobre tudo. Pra ser sincera, fiquei esperando que vocês duas encontrassem novas pessoas e me deixassem pra trás.

Cleo para por um instante, respira fundo e continua.

— Então, um dia... foi pouco antes das férias de outono, a gente estava se despedindo com um abraço e eu me dei conta de que tinha parado de esperar que vocês não me quisessem mais. Mesmo sem perceber. Passei a ter certeza de que vocês eram as minhas parceiras de vida. É assim que os meus pais se chamam. Porque, não importa o que aconteça, os dois sempre vão ser família. Assim como vocês duas. O relacionamento pode mudar de forma mil vezes, mas vocês sempre vão estar na minha vida. Ou pelo menos é isso que eu quero.

— Eu também — digo. — Não importa o que aconteça com o Wyn, sempre vou pertencer a vocês. E não vou a lugar nenhum. Eu te amo, Sabrina, e sinto muito por ter feito você se ver como apenas uma parte do meu relacionamento com o Wyn. Você é uma parte de *mim*. Está plantada tão fundo no meu coração que eu não conseguiria te tirar de lá nem se tentasse, e não quero tentar. Eu sei a sorte que tenho por ter vocês. Por ter pessoas que me amam tanto que estão dispostas a se agarrar a mim mesmo quando tenho medo de deixar que se aproximem.

Cleo e Sabrina me dão a mão e entrelaçam os dedos aos meus.

— Deus, eu chorei muito esta semana — diz Sabrina, com lágrimas nos olhos.

— Eu também — falo. — Acho que é a magia do chalé.

— Digo o mesmo. — É a vez de Cleo. — Só que, no meu caso, acho que também tem a ver com os hormônios da gravidez ou...

— O QUÊ?! — Sabrina gira o corpo e solta as nossas mãos para levar as suas ao rosto, em uma imitação perfeita do grande momento de Macaulay Culkin em *Esqueceram de mim*.

— Merda! — diz Cleo. — Eu ia fazer todo um discurso pra te contar!

— Você está falando sério? — grita Sabrina.

— Nós estamos em uma capela — lembra Cleo.

— Ah, por favor. Deus ouve tudo. Mas eu? Eu só ouvi uma vez uma das minhas melhores amigas dizer que está grávida, porra!

— Bom — confirma Cleo —, estou grávida, porra. Surpresa.

Sabrina dá uma risada estridente e bate com os pés no chão.

— E, antes que você pergunte — continua Cleo —, sim, eu contei primeiro pra Harry, mas não foi de propósito. Ela me emboscou hoje de manhã e acabou acontecendo.

— Bom, desde que a Harry tenha mesmo emboscado você — fala Sabrina, em meio a mais risadas ofegantes. — Sinceramente, qualquer outra coisa que vocês duas queiram desabafar, agora é a hora! Acho que sou incapaz de sentir raiva neste momento.

— Eu quebrei a sua chapinha de cabelo na faculdade — digo a ela.

— Uma vez, uma garota com quem eu estava saindo passou a noite na nossa casa e acabou usando a sua escova de dentes, achando que era minha. — É a vez da Cleo.

— Tá, isso foi nojento — diz Sabrina. — Eu poderia ter ido para o túmulo sem saber dessa informação.

— Fui eu que perdi aquele Ray-Ban antigo que a gente costumava emprestar uma pra outra — admito. — Meu Deus, que maravilha me livrar do peso desse segredo.

— Ah! — grita Cleo. — Eu disse para aquele poeta de merda que você namorou que eu era uma bruxa e que, se ele te procurasse de novo, eu ia fazer um feitiço pro pau dele cair.

Sabrina leva a mão ao peito, claramente comovida.

— Tá vendo? É por isso que você vai ser uma ótima mãe.

— Eu não sabia que você tinha feito isso — digo a Cleo. — Se soubesse, provavelmente não teria dito ao mesmo cara que o meu pai era da máfia.

Sabrina ri.

— Eu tenho as melhores amigas.

— A melhor *família* — diz Cleo.

O aperto no meu peito é quase agradável. Ele se espalha pelos meus membros, descendo pelas mãos e pelos pés como um peso, como se o amor tivesse a sua própria massa.

— Sabe — digo —, o Parth também não vai a lugar nenhum.

Sabrina desvia os olhos.

— Se você e o Wyn não conseguiram fazer funcionar...

Seguro seu rosto entre as mãos.

— Você e o Parth não são o Wyn e eu — digo. — Você é tão, tão, tão mais corajosa do que eu, Sabrina.

Ela revira os olhos.

— Estou falando sério — continuo. — Você pode fazer dar certo, se quiser.

— Eu quero — diz ela em um fio de voz. — O Parth é o amor da minha vida. Eu quero me casar com ele.

— Então, vamos levar você pra casa — diz Cleo.

Sabrina enxuga as lágrimas.

— Vamos pra casa — concorda ela, com uma expressão de alívio. Como se, agora que tomou a decisão, não tivesse mais medo.

A caminho do carro, Sabrina lança um último olhar para a capela, para as árvores abaixo, para o mar à frente.

Ela sorri. Como se, quando olhasse para trás, tudo o que visse fosse a felicidade daquele dia que passou ali com os pais, em vez da dor do que veio depois.

Como se, mesmo quando algo bonito se quebra, o modo como foi feito ainda importasse.

36

Lugar feliz

PORTO DE KNOTT, MAINE

Uma tarde de sábado. Um casamento, apenas nos termos mais técnicos. Há buquês de girassóis para todos nós, entregues na porta da frente, e um bolo que diz *Feliz aniversário, bom demais*, cercado de flores comestíveis de verdade. Diante das expressões de Sabrina e Parth, encolho os ombros.

— Muitos lugares não aceitam encomendas de bolo para casamento.

— Sim, mas quem permitiu que vocês usassem *bom demais* desse jeito? — pergunta ela.

— Esse é o melhor aniversário que eu já tive — declara Parth.

Ele está usando um terno que o deixa parecido com James Bond de férias. Sabrina exibe seu look chique para velejar. O resto de nós optou pelas nossas roupas da Casa da Lagosta, amarrotadas de tanto uso e apertadas por termos comido muito bem.

O fotógrafo chega às três e meia para nos clicar fazendo pouca coisa além de ficar sentados à beira da piscina nas nossas roupas semiformais, sugerindo nomes cada vez mais absurdos para o bebê da Cleo e da Kimmy.

Quando elas contaram a Parth e Wyn sobre a gravidez, Parth piscou, atordoado e sem palavras, e Wyn se levantou e começou a rir, os olhos se movendo ao redor de todos nós, como se estivesse esperando que alguém dissesse que era uma pegadinha.

— Vocês estão falando sério? — perguntou Parth. — Tem um bebê dentro do seu corpo neste momento?

Cleo riu.

— Sim, está dentro do meu corpo.

— Isso é... Ai, meu *Deus* — berrou Wyn. — Vocês vão ter um bebê!

— Alguém pegue o sofá dos desmaios — disse Kimmy. — O Wynnie vai precisar.

Ele deu a volta pela cozinha para abraçar as duas, então se voltou para mim, os olhos claros e cintilantes, sem neblina. Como se o seu primeiro instinto quando sentisse alegria fosse checar para ver se eu estava sentindo a mesma coisa, para compartilhar a emoção.

Aquilo fez meu coração disparar no peito, pulsando e ardendo de esperança.

Agora estamos todos tomando champanhe e sidra espumante ao sol e insistindo que as nossas amigas batizem o bebê de Kardashian Kimberly Cleopatra Carmichael-James enquanto um profissional tira fotos de nós.

O celebrante do casamento chega às quatro. Às cinco, Parth e Sabrina estão parados na beira do cais, a luz refletindo em seus cabelos, os olhos cintilando de emoção, prometendo amar um ao outro para sempre. Cleo e eu nos abraçamos, nossos buquês de girassóis presos entre nós, e tentamos não soluçar alto.

Por volta das cinco e meia, estamos nos atirando no mar, da ponta do cais, gritando de tanto rir e falhando terrivelmente no NÃO GRITA, porra, depois saindo da água gelada e correndo para o conforto morno da piscina.

Pedimos pizza — ninguém quer sair de casa, e o porto de Knott não é grande coisa em entregas —, que comemos acompanhada de champanhe Veuve Clicquot. Não falamos do amanhã, quando vamos dizer adeus — uns para os outros, para esta casa, para uma era da vida que gostaríamos que durasse para sempre.

Neste exato momento, nós estamos aqui. Quando o sol começa a baixar no céu, descemos novamente até a base das rochas para ver a noite cair. Acendemos uma fogueira, assamos marshmallows. Sabrina torra o dela até ficar crocante, enquanto Parth assa pacientemente o dele até dourar.

Quando Wyn me vê tremendo, tira o moletom desbotado da Mattingly — ele está sempre aquecido — e veste pela minha cabeça, sorrindo enquanto amarra a cordinha do capuz embaixo do meu queixo. O agasalho tem cheiro de fumaça, de água do mar e dele. Não quero tirar nunca mais.

Acendemos as velas estrelinhas que Parth encontrou na garagem e escrevemos nossos nomes no escuro, impermanentes, mas ainda mais brilhantes e resplandecentes por causa disso.

Era assim que eu costumava pensar no amor. Como algo tão delicado que não poderia ser capturado sem ser extinto. Agora sei que não é bem assim. Sei que a chama pode diminuir e oscilar com o vento, mas sempre estará lá.

Falamos do céu noturno, do fantasma no nosso antigo alojamento na universidade, das flores muito roxas que sempre brotavam ao longo do caminho que levava até a Mattingly, do beiral quebrado acima do apartamento em Nova York que permitia que os pingentes de gelo se transformassem em adagas de um metro. Falamos das coisas de que nos lembramos, das coisas de que vamos sentir falta.

— A gente vai voltar — declara Kimmy. — O bebê precisa conhecer a magia do Maine.

— Não sei — diz Sabrina. — Talvez no ano que vem a gente possa ir para algum lugar novo.

A mão de Wyn aperta a minha, como se a mera menção ao ano que vem pudesse nos transformar em fumaça.

E mesmo essa dor é uma espécie de prazer... me sentir tão amada, amar tão profundamente.

Ficamos acordados até Cleo cochilar no ombro da Kimmy e Sabrina não conseguir parar de bocejar, então falamos boa-noite, como se aquela fosse uma noite qualquer. Como se amanhã pudéssemos acordar e recomeçar a semana inteira.

Quando nos fechamos no nosso quarto para dormir, Wyn e eu ficamos paralisados um diante do outro, no escuro, as minhas mãos na sua nuca, a cabeça dele apoiada no meu ombro, um respirando o outro.

Meu corpo sempre amou Wyn sem reservas e sem cautela. Sempre teve consciência desse amor, muito antes do meu cérebro, e isso continua a ser verdade.

O pescoço de Wyn, os ombros, a cintura, os pelos macios que descem abaixo da cintura, a saliência dos ossos do quadril. As curvas suaves das costas dele e os músculos tensos do abdome. Cada pedaço que eu desejei, em que pensei, com que sonhei.

— Os seus dedos estão frios — sussurra ele e leva a minha mão aos lábios.

— A sua pele é tão quente — sussurro de volta.

Nos despimos lentamente, encontrando nosso caminho um para o outro. Não fingimos que o amanhã não vai chegar, mas nos entregamos totalmente a esta noite.

Um emaranhado de membros e cobertas. Pele deslizando contra pele. Dedos envolvendo nucas, as partes macias dos quadris, os músculos rígidos das coxas.

— Eu te amo — diz Wyn dentro da minha boca, e eu gostaria de poder engoli-lo, como se isso fosse me permitir guardar este som, este momento, para sempre.

Meu nariz arde. Minha voz falha.

— Não diga isso.

— Por que não? — pergunta Wyn em um sussurro.

— Porque essas palavras não me pertencem mais.

— É claro que pertencem — retruca ele. — Essas palavras pertenciam a você antes mesmo de eu te ver. Elas pertencem a você em todos os universos em que a gente estiver, Harriet.

Fecho os olhos. Tento agarrar as palavras. Elas queimam nas minhas mãos.

Antes de conhecer Wyn, eu poderia ter ficado bem sem ele. Agora, sempre vou sentir o lugar onde ele não está.

O *querer* é uma espécie de ladrão. É como uma porta no coração da gente, e, depois que a gente sabe que ela está ali, passa a vida toda desejando o que quer que esteja atrás dela.

Wyn entrelaça as mãos às minhas e diz que me ama de todas as maneiras que pode.

Só quando já estou quase dormindo, cochilando com a cabeça apoiada no peito dele, é que o ouço sussurrar uma última vez:

— Eu te amo.

Através das camadas transparentes do sono, eu me escuto murmurar:

— *Você.*

37

Vida real

DOMINGO

ACORDO PRIMEIRO QUE o despertador e desligo antes que ele soe. Wyn está dormindo profundamente, nu e lindo no azul profundo do início da manhã.

Ele iria querer que eu o acordasse.

Mas não suporto a ideia de que o nosso último momento juntos seja uma despedida. Quero me lembrar dele assim, enquanto ele ainda é meu e eu ainda sou dele.

Termino de fazer as malas em silêncio e desço a escada na ponta dos pés.

Cleo e Sabrina já estão tomando chá e café, respectivamente, na cozinha.

— Eu disse a vocês que poderia pegar um táxi para o aeroporto — sussurro, me juntando a elas, enquanto Sabrina me serve uma xícara.

— Não há a menor possibilidade de que os seus últimos minutos no porto de Knott sejam passados com um estranho — declara ela.

— Na verdade — digo —, os meus últimos minutos no porto de Knott vão ser passados com o Ray.

— Mais uma razão para eu te levar. Esses podem ser os últimos minutos da sua vida — diz Sabrina.

Cleo cospe um gole de chá na caneca.

— Sabrina!

— É brincadeira! — diz ela. — O Wyn está descendo?

— Deixei ele dormir — digo.

Ela e Cleo trocam um olhar.

— Eu sei — falo, antes que elas digam alguma coisa. — Mas é o que eu preciso.

Sabrina passa o braço pelo meu ombro.

— Então é isso que você vai ter, minha garota.

Vamos para o aeroporto no Land Rover, e Sabrina e Cleo insistem em estacionar e me acompanhar até lá dentro. Ficamos um tempo perto do portão de segurança — chegamos *muito* cedo para um aeroporto tão pequeno —, mas não suporto despedidas longas. Cada segundo vai ficando mais difícil.

Consigo passar pelo nosso abraço apertado em grupo sem chorar. Mantenho o lábio superior rígido enquanto nos revezamos nas promessas de que vamos nos ver em breve. E quando Sabrina me lembra que tem um lugar para mim no sofá da casa dela em Nova York a qualquer hora.

Ainda não sei o que vou fazer ao voltar para San Francisco, e, quando fui sincera com elas sobre como eu estava me sentindo no trabalho, as duas foram inflexíveis em relação a também não poderem me dizer o que fazer. Preciso descobrir o que *eu* quero.

Cleo toca o meu cotovelo, como se estivesse lendo a minha mente, e diz:

— Não tem resposta errada.

Um último abraço em cada uma, então juntamos os nossos indicadores, com as pequenas cicatrizes de queimadura feitas na nossa primeira viagem ao chalé, em uma promessa silenciosa. Não falo mais nem uma palavra e me junto às duas outras pessoas que já estão na fila da segurança.

Digo a mim mesma que não vou olhar para trás. Mas olho. Minhas melhores amigas estão chorando, o que me faz começar a chorar, o que faz nós três começarmos a rir.

— Senhora — diz o agente da segurança, acenando para que eu siga em frente. E ainda estou rindo e chorando enquanto passo pelo raio X e sigo pelo corredor além dele, olhando para trás a cada poucos metros para ver Cleo e Sabrina acenando do outro lado do aeroporto, até que o saguão finalmente faz uma curva para a direita e sou forçada a dar um último aceno de despedida antes de perder as duas de vista.

Quando chego ao meu portão de embarque, já estou recomposta. A área de espera está vazia. Qualquer pessoa razoável teria aparecido neste aeroporto em particular apenas vinte minutos antes da decolagem, mas optei pelo tempo padrão de duas horas de antecedência, e agora tenho um tempão para ficar sentada aqui com os meus pensamentos.

Pego o livro que comprei na Crime, Leu Ela e fico olhando para a primeira página por uns vinte minutos, sem entender nada além da palavra *sanca*.

Enfio o livro na bolsa e pego o celular.

Meu coração engasga com a imagem na tela. O site cujo endereço eu pedi para Wyn digitar ali para mim ontem à noite ainda está aberto. Uma mesa de carvalho em um campo verde-dourado, flores silvestres serpenteando pelas pernas da mesa e uma cadeia irregular de montanhas roxas atrás dela.

Aquilo me tira o fôlego. Não a imagem em si, mas o desejo, a ânsia que brota do meu âmago. *Isso*, penso. *É isso que eu quero.*

Um jorro de adrenalina desce pela minha coluna.

Minha pulsação acelera. Arrepios se espalham rapidamente pela minha pele.

Fico de pé, quase rindo da força contundente da constatação. Wyn pode estar mais feliz e saudável do que há seis meses, e eu talvez seja um pouco mais honesta sobre os meus sentimentos, mas eu *conheço* cada centímetro dele. Memorizei o ritmo da sua respiração quando ele dorme e o cheiro da sua pele quando está no sol, e sei quando ele está com medo.

Talvez eu não tenha percebido imediatamente porque não estou acostumada a confiar em mim mesma. Passei muito tempo seguindo o exemplo de todo mundo, colocando o julgamento de todo mundo acima do meu. Mas *agora* estou vendo.

Wyn está com *medo*.

Ele ainda não acredita que eu possa amá-lo para sempre. Uma parte dele está esperando que eu escolha outra coisa e acredita que, se eu tivesse todas as opções, ele não seria a minha escolha. Ele talvez pense que está me protegendo, mas também está *se* protegendo.

Wyn estava certo sobre uma coisa, no entanto. Ele não pode me dizer o que eu quero.

Durante toda a minha vida, deixei outras vozes se insinuarem e abafarem a minha.

Agora, a minha mente está estranhamente quieta. Pela primeira vez em muito tempo, eu me ouço com clareza.

Uma palavra. É o que basta para responder à única pergunta que não pode esperar.

Você.

Eu me levanto, pego a minha mala e volto pelo caminho por onde vim. Mas não parece que estou retrocedendo.

Parece que estou dando o primeiro passo em direção a um lugar novo.

38

Vida real

DOMINGO

N ÃO SEI POR que estou correndo pelo aeroporto. Não há avião para pegar nem prazo para cumprir.

Essa não é a minha *última chance* de dizer a Wyn como me sinto.

Mas é o mais cedo que posso chegar até ele. Não quero perder nem mais um minuto. Por isso, saio correndo pela área de embarque e passo pela saída de segurança, arrastando a minha mala atrás de mim. Quase dou de cara nas portas de correr de vidro, enquanto elas estão abrindo, então tropeço no meio-fio, piscando contra o sol, tremendo de frio.

Não há um único táxi parado na faixa de embarque/desembarque. Pego o celular e faço uma busca por serviços de transporte no porto de Knott. O primeiro número para o qual ligo dá sinal de ocupado.

Eu nem sabia que ainda existia sinal de ocupado. Solto um grunhido de raiva, encerro a ligação e olho para o estacionamento com uma sensação de impotência, como se pegar carona pudesse ser uma opção viável.

Então eu vejo. Um lampejo de vermelho que faz o meu coração parar.

Um carro estacionando em uma vaga. Um homem saindo rapidamente de dentro, o vento agitando seu cabelo com mechas mais claras de sol.

Meus pulmões se contraem com o choque de vê-lo, com a sua presença sempre um pouco mais sólida que qualquer outra coisa ao meu redor. Quando nossos olhos se encontram, ele fica paralisado, a porta do carro ainda entreaberta atrás. Tenho a sensação de flutuar pela pista até que um carro buzina, me avisando de que quase esbarrei nele.

Começo a correr. Wyn também se adianta. Nos encontramos em uma vaga vazia no terreno pedregoso.

— Você está aqui — diz ele, sem fôlego.

Ainda estou me esforçando para recuperar o poder da fala.

— Você não se despediu — aponta Wyn.

O máximo que consigo dizer neste momento é:

— Não consegui.

Ele franze o cenho. O momento se estende.

— É só isso? — pergunto.

— O quê?

— Você dirigiu até aqui só para se despedir?

Ele coça a nuca, desvia os olhos por um instante para as árvores na beira do terreno, então volta a olhar para mim. Wyn torce os lábios, e meu coração imita o movimento, torcendo até a última gota de amor nas minhas veias.

— Por que você não está no avião? — pergunta ele.

— O voo ia pra direção errada.

Ele assente brevemente, a testa tensa.

— Você disse que eu preciso descobrir o que quero — falo. — Que eu não posso continuar fazendo o que os outros acham que é certo para mim.

— Eu estava falando sério. — A voz dele sai trêmula.

— Isso inclui você? — pergunto.

— O que você quer dizer?

— Quero dizer... — Eu me aproximo o bastante para sentir o perfume dele, e meus ombros parecem derreter de alívio com a proximidade. — Você pode me dizer o que *vai* ou *não* me fazer feliz?

Wyn franze o cenho.

— Eu não estava tentando fazer isso.

— Estava, sim — digo. — E eu entendo por quê. Eu posso ir para Montana e talvez algum dia acabe percebendo que eu quero... sei lá... me tornar *palhaça* ou algo assim.

Um lado de sua boca se contorce.

— Palhaça?

— Ou bióloga marinha — digo. — E vou ter que viajar para estudar baleias ou polvos.

— Mais provável — admite ele.

— E tudo poderia implodir de novo. Pior que da última vez. A tal ponto que nem conseguiríamos encontrar o caminho de volta um para o outro.

Ele assente uma vez, a voz rouca.

— Poderia.

— Você está certo quando diz que eu não sei o que quero fazer agora — admito. — Vou ter que encontrar algum outro trabalho que deteste um pouco menos e abater os meus empréstimos enquanto resolvo isso. Mas eu sei o que não quero.

Faço uma pausa.

— Não quero ficar cansada o tempo todo. Não quero ter horários opostos aos de todo mundo que eu amo, nem quero estar de plantão quando saio à noite. Não quero ficar de pé por oito horas seguidas e ter os nós dos dedos sangrando no inverno de tanto lavar as mãos. Não quero ter a sensação de que não tenho tempo ou energia pra experimentar alguma coisa nova, porque estou desperdiçando tudo em um trabalho do qual nem *gosto*. Não quero viver como se a minha vida fosse um triatlo e tudo o que importa fosse alcançar uma linha de chegada imaginária.

Quero que a minha vida seja como... como fazer *cerâmica*. Quero ter prazer no processo, não só na ideia de para onde aquilo vai acabar me levando mais pra frente.

Outra pausa.

— E não quero estar do outro lado do país de onde você está. *Ou* de onde a sua família está. Não quero perder um único feriado com vocês. Não quero ir dormir sem ter como encostar os pés nas suas panturrilhas pra esquentá-los, e não quero me despedir da sua camiseta de rodeio. Também não quero deixar você sair daqui sem entender que eu *acredito* no que estou dizendo. E você pode me dizer pra ir embora agora, e eu vou, mas não pode achar que é um ato de nobreza. Não pode pensar que você está certo.

Wyn arregala os olhos.

— Certo sobre *o quê*?

— Sobre tudo isso! — exclamo. — Achando que eu não quero você! Que você não pode me fazer feliz! Que, se eu voltar para a Califórnia agora, isso teria *alguma coisa* a ver com o que eu quero. Que foi *você* que teve sorte nesse relacionamento, quando obviamente sempre fui eu. Que Gladiadores da Mercearia é um jogo de verdade, e que faz *algum* sentido colocar os copos na parte de baixo da máquina de lavar louça. Você pode me dizer não, Wyn, mas não pode dizer a si mesmo que é isso que *eu* quero. Se está com medo demais, se não consegue ter fé em mim, então me mande embora, mas não se convença de que era isso que eu queria.

— *Harriet* — diz Wyn, a voz ainda mais rouca.

Meu coração vacila no peito, se preparando para disparar em direção ao céu ou para despencar.

Ele segura o meu rosto entre as mãos.

— Eu *estou* assustado.

Ficamos em silêncio por um momento. Não escuto nada além da nossa respiração e do vento gelado que bate no meu rosto.

— Ah — solto o ar.

LUGAR FELIZ

O leve sorriso dele me destrava, vértebra por vértebra. Wyn desliza novamente os dedos pelo meu cabelo. E engole em seco.

— Quando eu acordei hoje de manhã, a cama já estava fria onde você devia estar.

Ele ergue os olhos, muito cintilantes e claros, quase sem neblina.

— Eu teria feito qualquer coisa para trazer você de volta pra mim por um último minuto — continua Wyn. — Mas não tinha como, então eu vim atrás de você. E, se você não tivesse voltado, eu teria comprado uma passagem. Porque, se eu chegasse e você já tivesse embarcado, eu teria entrado no avião. E teria esperado até a gente pousar em Boston pra falar com você. E, se por algum motivo eu não te visse no desembarque, teria encontrado o seu próximo portão pra gente conversar. Enquanto estava dirigindo pra cá, eu analisei esse plano idiota de como iria até você pra me despedir pessoalmente e percebi por que a gente pode fazer dar certo.

Meu coração vibra e se eleva em direção a ele, como se puxado por um ímã.

— Por quê?

Ele sorri para mim, e é como um punho no meu coração, um abraço apertado que beira um ataque cardíaco.

— Porque não tem nenhum lugar aonde eu não iria por você. E, se você for para Montana e achar que precisa ir pra outro lugar, não há nada que eu não esteja disposto a fazer pra que dê certo. Prefiro ter você cinco dias por ano a ter qualquer outra pessoa o tempo todo. Prefiro discutir com você a não falar com você, e, quer a gente esteja junto ou não, eu sou seu, então vamos ficar juntos, Harriet. O máximo que a gente for capaz. Enquanto a gente puder. Assim que a gente puder. O resto a gente descobre mais tarde.

— Wyn. — A minha voz sai em um sussurro trêmulo. Ele enrola os dedos nos meus cachos. — Você está dizendo que eu posso voltar pra casa?

— Estou dizendo — ele murmura baixinho — que nenhuma casa em que eu more é um lar se você não estiver nela.

Passo os braços ao redor dele, e meu coração acelera descontrolado enquanto o vento nos castiga.

— Eu te amo — digo a ele.

— Em todos os universos.

Wyn me beija, então, e um cacho do meu cabelo soprado pelo vento se prende entre os nossos lábios. Como se fosse o primeiro e o último beijo. O fim de uma era e o início de outra.

Aqui, eu sei, *é exatamente onde eu quero estar.*

39

Vida real

UMA SEGUNDA-FEIRA

No dia em que desisto oficialmente da residência, ligo para os meus pais para dar a notícia.

Os dois ficam compreensivelmente chocados. E querem pegar um voo para San Francisco na mesma hora.

— Vamos conversar sobre isso — diz o meu pai.

— Podemos ajudar você a descobrir o que está acontecendo — fala a minha mãe.

— Não tome nenhuma decisão até chegarmos — pede o meu pai.

Eles nunca me visitaram.

Eu me dou conta da ironia da situação, então: me esforcei tanto para conquistar o amor deles, para deixar os dois orgulhosos de mim, e isso não me tornou mais próxima de nenhum dos dois. Na verdade, acho que talvez os tenha mantido a distância.

— Eu já tomei a decisão — digo a eles. — Já desisti. Mas eu mesma vou pagar o resto dos empréstimos estudantis. Não quero que vocês se preocupem com isso.

Minha mãe começa a chorar.

— Não entendo de onde veio isso.

— Veio do nada — concorda o meu pai.

— Não foi do nada — digo. — Levei anos para tomar essa decisão. E já arrumei outro emprego.

— Emprego? Que emprego? — pergunta a minha mãe.

— Em um estúdio de cerâmica — respondo.

— *Cerâmica?* — Pelo tom do meu pai, parece que acabei de apresentar a ele um plano de marketing multinível para vender metanfetamina para cães.

— Você nem faz cerâmica — diz a minha mãe.

— Faço, sim — respondo. — Mas não sou boa. E sei que não vai parecer muito impressionante para contar aos amigos e vizinhos, mas é a isso que estou me dedicando agora.

— Então *por que* você está perdendo tempo com isso? — pergunta o meu pai.

— Porque me deixa feliz — respondo. — E não considero perda de tempo nada que me deixe feliz.

— Talvez você só precise de uma pausa — sugere a minha mãe.

— Eu quero uma *vida* — falo. — Não amo a cirurgia o bastante para fazer dela a minha vida. Quero dormir de vez em quando. Quero poder ficar acordada até tarde e viajar com os meus amigos, e quero ter energia para decorar o meu apartamento e experimentar coisas novas. Não posso fazer nada disso se estou sempre exausta. Sei que é uma decepção pra vocês, mas é a minha escolha.

— Harriet — volta a falar minha mãe. — Isso é um erro. E um erro de que você vai se arrepender pelo resto da vida.

— Talvez — admito. — Mas, se for o caso, eu me responsabilizo. E juro que não vou deixar afetar vocês.

— Calma — diz o meu pai. — Nós já vamos chegar aí e podemos resolver tudo.

— Vocês não podem vir aqui.

— Somos seus pais! — exclama a minha mãe.

— Eu sei — respondo. — E, se quiserem me visitar daqui a algumas semanas, vou adorar ver os dois. Mas não vou mudar de ideia, e não faz sentido vocês irem para San Francisco agora, porque eu nem estou lá.

— Como assim não está lá? Onde você está?

Um anúncio soa pelos alto-falantes. Meu portão de embarque mudou.

— No aeroporto de Denver — falo. — Tenho que ir, mas ligo pra vocês quando chegar.

— Chegar *aonde*? — pergunta a minha mãe, erguendo a voz de um jeito que nunca acontece, não comigo.

— Em casa — respondo, então esclareço: — Em Montana.

Outro momento de silêncio.

— Eu amo vocês. — Não soa natural, o que não quer dizer que não seja verdade; significa apenas que passei tempo demais sem dizer isso. — Ligo pra vocês à noite.

Desligo o celular e arrasto a bagagem até o novo portão, parando no caminho para comprar um rolinho de canela e um café gelado. Quando afundo o corpo em uma das cadeiras de couro falso rasgadas, meu telefone vibra com uma mensagem e me preparo para um sermão apaixonado, ou para uma longa mensagem persuasiva.

Em vez disso, vejo uma mensagem de Eloise. Nunca fomos uma dupla de irmãs que conversam por mensagem.

A mamãe me ligou surtando, escreve ela.

Estremeço. Sinto muito, respondo. Espero que não tenha sido estressante demais.

Vejo que Eloise está digitando, mas então ela para. Volto a desembrulhar sistematicamente meu rolinho de canela.

Então, o celular vibra com a nova mensagem dela: Vc não é responsável pelos sentimentos da mamãe. Pelo menos é o que o meu terapeuta diz. Eu só quis te falar pq ela está convencida de que vc está tendo algum tipo de colapso. Está?

Eloise é a única pessoa que conheço que escreve mensagens em frases completas, com a pontuação perfeitamente correta, mas ainda assim se recusa a digitar *você* e *porque* por extenso. Mas essa é a única parte da mensagem dela que não me choca.

Eu não tinha ideia de que a minha irmã fazia terapia. Mas o fato é que não sei muito sobre Eloise e ponto-final. Nós nunca conversamos tão abertamente assim, e me sinto estranhamente comovida.

Talvez seja algum tipo de colapso, escrevo. Mas a verdade é que eu acho que nunca quis ser cirurgiã. Só gostava de deixar as pessoas orgulhosas. E da ideia do dinheiro.

Merda!, ela escreve de volta, e por um minuto não surge mais nenhuma mensagem. Talvez esse seja o fim do nosso vínculo tardio de irmãs. Dez minutos se passam antes que apareça a próxima mensagem dela.

Eu provavelmente devia te contar que me ressentia de vc, pq achava que vc era igualzinha a eles e que por isso eles sempre gostaram mais de vc. Agora estou percebendo quanta pressão vc deve ter sentido, e talvez, se tivéssemos agido mais como irmãs antes, as coisas pudessem ter sido diferentes. Portanto isso talvez não signifique grande coisa, mas, seja como for, estou orgulhosa de vc. E a mamãe com certeza vai superar em algum momento. Ela superou o meu piercing no umbigo.

De verdade?, digo.

Bom, ela nunca reconheceu abertamente, responde Eloise, mas pelo menos PAROU de olhar pra minha barriga e soltar um suspiro. Com vc vai ser melhor do que isso. Estou do seu lado.

Eu me recosto na poltrona enquanto assimilo o prazer que isso me causa.

Obrigada, digo a ela. Desculpa por não ter estado mais do seu lado. Queria ter feito isso.

Não se preocupa, afirma Eloise. Vc era só uma criança. Nenhuma de nós tinha muito poder de decisão sobre a própria vida, mas agora temos. Vc está fazendo o que é certo pra vc. Não dá pra pedir mais do que isso.

Nunca chorei por causa de uma mensagem com tantas abreviações, mas estou pensando em imprimir esse texto e colar na geladeira da família Connor para garantir. Podemos não ter fotos nossas usando fantasias iguais no Halloween, mas nos amamos. Há esperança. Se eu quiser ficar mais próxima da Eloise, posso trabalhar nisso.

O MEU PAI se conforma primeiro. Ele começa a me enviar artigos sobre os benefícios mentais de fazer cerâmica e textos sobre uma nova competição de ceramistas na TV.

Minha mãe é mais difícil de se deixar convencer.

Quando eles finalmente vêm nos visitar em Montana, ela fica em silêncio durante quase todo o primeiro dia.

Levo os dois a antiquários e para fazerem um passeio a cavalo para iniciantes. Chegamos para o happy hour em um bar cujo tema parece ser "caçada elegante", um desses novos lugares que atendem o público do verão fingindo ser informais.

— O Hank detestava esse lugar! — comenta Gloria, animada, depois que o garçom anota os nossos pedidos e se afasta. — Como ele nunca vinha comigo, eu precisava chamar a nossa vizinha, a Beth Anne.

Meus pais acompanham as aulas de cerâmica para iniciantes em que estou trabalhando como assistente, na Gallatin Clay Co. Meu pai faz o possível para parecer interessado, enquanto a minha mãe se esforça apenas para não chorar.

Depois, mostro a eles os meus projetos mais recentes. Minha mãe pega uma tigela esmaltada em vários tons de azul e a examina por um longo tempo antes de dizer:

— Essa é bonita.

— Obrigada — digo. — Fiz para a Sabrina e o Parth.

— Os seus amigos que acabaram de se casar? — pergunta o meu pai.

— Isso — confirma a minha mãe —, os advogados.

Eu me pergunto mais uma vez se os meus amigos foram os únicos que afastei. Se, toda vez que voltei o foco para a parte de mim que eu *sabia* que os meus pais amavam, não acabei perdendo a chance de eles saberem de todo o resto na minha vida.

Nós nos divertimos às vezes. Em outras é incrivelmente constrangedor. Então acaba, e um táxi amarelo já está parando na garagem dos Connor, e Wyn pede licença e se afasta, para que eu e eles possamos ter privacidade para nos despedir.

Eu me inclino para abraçá-los, antes que me ocorra que a minha família nunca foi muito de abraços. Como vai ficar ainda mais constrangedor recuar, o meu pai e eu trocamos um abraço rígido por um instante. Então a mesma coisa se repete com a minha mãe.

Meu pai entra no carro e a minha mãe começa a segui-lo, mas então se vira, os pés fazendo barulho no cascalho.

— Nunca foi para *contar aos amigos e vizinhos*, Harriet — diz ela. — Você precisa entender.

Sinto o nariz arder. Algum instinto latente em mim acredita que essa onda de emoção representa perigo. Meu sistema nervoso diz à minha glote para ficar aberta para deixar mais oxigênio entrar para que eu possa correr. Mas não faço isso.

— Eu abri mão de tudo — diz a minha mãe em um fio de voz.

— Eu sei. Você abriu mão de tudo por nós, e eu compreendo quanto isso te custou, e sinto muito...

— *Harriet*. Não. — Ela segura o meu cotovelo com força. — Não é isso que eu quero dizer. Eu abri mão de tudo pelo seu *pai*. Ele quis continuar trabalhando. Ele quis se mudar para Indiana. E eu pensei que, se ele estivesse feliz, isso me bastaria. Não é que eu não tenha orgulho de você. Estou *apavorada* por você, meu bem. Morrendo de medo de você acordar um dia e perceber que construiu a sua vida ao redor de outra pessoa e que não tem espaço nela para você. Nunca foi sobre a opinião das outras pessoas. Eu quero que *você* seja feliz.

— Eu *estou* feliz — prometo a ela. — Eu não vim pra cá pelo Wyn. Vim por mim. E não sei como tudo isso vai acabar, mas sei o que eu quero.

Os olhos da minha mãe estão marejados. Ela força um sorriso enquanto coloca o meu cabelo atrás da orelha.

— Eu nunca vou deixar de me preocupar com você — diz.

— Talvez você possa limitar a preocupação a um tempo determinado — sugiro. — Tipo... vinte minutos por dia de preocupação. Porque eu estou bem. E, se não estiver, eu conto pra você.

Ela toca meu cabelo.

— Conta mesmo?

— Se você quiser — respondo.

Ela assente.

— Eu te amo.

— Eu sei — digo. — Eu também te amo.

Minha mãe assente mais uma vez, então se junta ao meu pai no banco de trás do táxi.

Quando aceno enquanto eles se afastam, a porta de tela se abre com um rangido. O perfume de pinho de Wyn me envolve antes dos seus braços, e eu afundo de volta nele. Wyn cortou o cabelo curto e tirou a barba, mas já se passaram cinco horas desde que se barbeou, e sua pele arranha a minha têmpora, em contraste com a suavidade da sua boca logo depois.

Ficamos parados, ouvindo o pio de alguma coruja distante, observando as lanternas traseiras do táxi se afastarem.

— Com fome? — pergunta ele depois de um tempo.

— Morrendo — respondo.

40

Lugar feliz
VIDA REAL

Nosso lar. Uma mesa de madeira, um vaso transbordando de flores silvestres, um campo de um verde-dourado. Longas caminhadas com Wyn e outras, mais curtas, com Gloria.

Sentar na varanda dos fundos, fumando um baseado com o amor da minha vida e a mãe dele. Ficar rindo à toa e com uma larica terrível, e fazer brownies em uma cozinha quente demais. Dormir em um quarto cheio de troféus de futebol que Wyn ganhou no ensino médio, para não precisar dirigir de volta até o nosso apartamento acima da papelaria caríssima no centro da cidade.

Nosso novo convite de casamento bem visível na porta da geladeira da Gloria.

Memorizo todas as tábuas do assoalho que rangem ou gemem, para que eu possa descer na ponta dos pés de manhã sem acordar ninguém e ir com o jipe até o centro da cidade comprar um café com leite bem doce para mim e café puro para eles, além de pãezinhos de laranja e canela para todos nós. Ou pelo menos para Wyn dar uma mordida em um deles, enquanto eu como o resto.

Caminho um pouco, apreciando o aroma agridoce dos pinheiros e de uma árvore chamada álamo-trêmulo.

Há uma loja na cidade especializada em molhos, caldas e óleos. Na semana passada, depois de provar pelo menos duas dúzias deles, Wyn e eu compramos um xarope de bordo defumado, envelhecido em barris tostados de bourbon. Para o aniversário da Gloria, preparamos panquecas e, quando ela provou o xarope, disse:

— Tem gosto de fogueira de acampamento.

E ficou emocionada, porque acampar era algo que ela e Hank costumavam fazer.

— Quando a gente estava namorando e não tinha muito dinheiro — explicou ela. Então, depois de uma risada chorosa, acrescentou: — E uma vez, quando a gente já estava casado fazia décadas e *ainda* não tinha dinheiro.

Wyn se levantou e passou os braços ao redor dos ombros dela, que deu uma palmadinha carinhosa no braço dele enquanto se recompunha. Compreendi, então, a imensa honra que é sentir a tristeza que ela sente. Ter amado tanto alguém que o sabor do xarope de bordo pode fazer você chorar e rir ao mesmo tempo.

E eu sei que, se não tiver nada mais na vida, isso eu vou ter. Sei que escolhi o universo certo.

Pensar nisso me deixa triste pelos meus pais. Pelo meu pai, que trabalhou de segunda a sexta quase todos os dias da vida adulta dele, em um trabalho do qual não gostava o bastante para sequer comentar a respeito, e compreendo que algo foi roubado dele e ele aceitou. Porque nós precisávamos dele, ou porque ele acreditava que precisávamos. E pela minha mãe, que deixou um lar para trás para segui-lo e nunca mais encontrou outro.

Entro na loja e compro quatro vidros de xarope de bordo com gosto de fogueira de acampamento. Um para Parth e Sabrina, um para Cleo e Kimmy, um para o meu pai e outro para a minha mãe. Quero que os dois aproveitem cada gota.

Quero que eles tenham tudo o que sempre desejaram.

Há momentos em que ainda fico ansiosa com a decisão que tomei, preocupada se os meus pais vão entender, *me* entender, ou se um dia vou encontrar alguma coisa que seja a *minha* coisa.

E, sempre que preciso de um lugar feliz, ainda penso no chalé. Ou talvez não tanto na casa e mais em uma reentrância embaixo da escada que cheira a Wyn, em um cais banhado pelo sol e em Cleo perguntando sobre as nossas outras vidas, em Sabrina e Parth furiosos com um jogo de cartas e em Kimmy cantando a música do Crash Test Dummies usando uma colher de pau como microfone.

Lembro de nós três sentadas em fila em uma cama de solteiro extralonga, em um alojamento com cheiro de mofo, com echarpes de seda enfiadas nos buracos dos ladrilhos caídos para suavizar a luz forte das lâmpadas fluorescentes, assistindo a *As patricinhas de Beverly Hills*.

Vejo uma fazenda em situação cada vez melhor no extremo norte de Nova York, e lembro da primeira vez que segurei a minha afilhada, Zora, no colo, sem conseguir parar de olhar para os dedinhos dela, para os olhos castanhos dourados iguais aos da mãe observando tudo ao redor, e de como o meu coração não parava de dizer: *Milagre, milagre, milagre*.

Revisito a viagem de carro de San Francisco para Montana com a minha mãe, quando finalmente colocamos o resto das minhas coisas em um caminhão e trouxemos para cá. Os motéis decadentes em que nos hospedamos, os episódios de *Assassinato por escrito* a que assistimos enquanto nos empanturrávamos de doces que compramos nas máquinas de venda automática. Grande parte da viagem foi bem constrangedora ou estressante, mas, na minha memória, não são esses momentos que parecem importantes.

Importante é a mamãe me contando que ela e a irmã costumavam fingir serem bruxas em um bosque no Kentucky, onde moravam quando pequenas, esmagando amoras e misturando com lama e cebola silvestre para passar na testa, fingindo que aquilo as tornava invisíveis.

Ou quando ela me pede para contar toda a história sobre o encontro com Wyn e, depois, o jeito como me diz em meio às lágrimas: *Tudo o que eu quero é que você seja feliz.*

E eu pergunto: *E você? Você não quer ser feliz?*, e ela parece perplexa, como se a ideia nunca tivesse lhe ocorrido. Todo aquele tempo, todas aquelas noites que passei acordada no meu quartinho amarelo, fazendo barganhas com o céu, gastando desejos para que ela ficasse alegre, e agora eu entendo.

Não é obrigação sua garantir a felicidade de ninguém, mãe, digo a ela. *Você precisa encontrar a sua felicidade.*

Eloise e eu trocamos mensagens de vez em quando, principalmente sobre assuntos superficiais, mas estou tentando. Tenho esperança.

Às vezes a minha mente também se adianta no tempo. Penso no rancho rústico transformado em casa de eventos pelo qual Wyn e eu já fizemos um depósito, e imagino um dia de outono meio frio, o cheiro forte de feno-doce e folhas secas. Imagino os nossos amigos e as nossas famílias sentados diante de uma das mesas de Wyn, coberta por uma toalha de renda antiga, com mantas esperando em cima de cada cadeira, para que os convidados se aqueçam enquanto o sol se põe. (Ou a viagem de despedida de solteira em Las Vegas que Sabrina já começou a organizar.)

Mais que pensar em qualquer um desses lugares, quando preciso me sentir segura e feliz, eu vou para casa.

E, não importa o clima — metros de neve ou sol castigando os campos sedentos —, quando subo os degraus e coloco a minha chave na fechadura, sinto o coração inchar no peito e uma certeza:

Ele vai estar esperando do outro lado da porta, ainda coberto de serragem e cheirando a pinho. Antes mesmo de vê-lo, meu coração já começa a cantar a sua música favorita.

Você, você, você.

Agradecimentos

Antes de mais nada, preciso agradecer à equipe que esteve ao meu lado em cada etapa disso aqui: Amanda Bergeron, Dache' Rogers, Danielle Keir, Jess Mangicaro, Sareer Khader e Taylor Haggerty. Este livro, assim como os últimos três, realmente não teria sido possível sem vocês, e sou grata todos os dias. Obrigada, obrigada, obrigada.

Um imenso agradecimento também a Alison Cnockaert, Anthony Ramondo e Sanny Chiu, pela linda capa e pelo projeto gráfico do miolo, e ainda às minhas incríveis copidesque e revisora, Angelina Krahn e Jamie Thaman.

Agradecimentos sem fim a Cindy Hwang, Christine Ball, Christine Legon, Claire Zion, Craig Burke, Ivan Held, Jeanne-Marie Hudson, Lindsey Tulloch e a toda a equipe da Berkley.

Também preciso agradecer à minha equipe do outro lado do lago, na Viking, especialmente a Vikki, Ellie, Lydia, Georgia, Rosie e à minha fantástica designer de capa, Holly Ovenden.

Muita gratidão também a Holly Root, Jasmine Brown, Stacy Jenson e ao restante do pessoal da Root Literary, além da minha agente de direitos internacionais, Heather Baror-Shapiro, e à sua equipe na Baror International.

O meio editorial pode ser uma indústria muito transitória, com pessoas sempre indo e vindo, mas alguém que está comigo desde o início é a minha incomparável paladina e agente de direitos audiovisuais, Mary Pender, com a sua equipe da UTA. Sou muito grata por ter vocês ao meu lado durante tudo isso.

Muitos amigos escritores me apoiaram ao longo deste (e de outros) livros, mas preciso agradecer especialmente às pessoas com quem *sempre* posso contar para uma leitura rápida, para conversar sobre pontos difíceis da trama e para entender melhor a lógica emocional dos meus personagens. Brittany Cavallaro, Isabel Ibañez, Jeff Zentner e Parker Peevyhouse: nunca vou conseguir agradecer o bastante pelo tempo, energia, bondade e amor que vocês me dedicam tanto como amigos quanto como colegas de profissão. Como Jeff gosta de dizer: "Vocês são a minha banda".

Aqui é onde fica complicado, porque, ao longo dos anos, muitas outras pessoas me apoiaram, e aos meus livros, de várias maneiras. Por isso, quero apenas dizer a cada jornalista, podcaster, resenhista, a cada clube do livro, programa na web, revista, programa de rádio, a cada livreiro, bibliotecário e amigo escritor que já se envolveu com um dos meus livros: obrigada. Eu amo demais o meu trabalho e sou infinitamente grata a todos que contribuem de alguma forma para que eu possa continuar fazendo o que faço.

E, de um ponto de vista mais técnico, só sou capaz de escrever livros sobre amizade, família e amor por causa das pessoas que tenho a grande sorte de chamar de amigos, família e amor. Obrigada por me amarem e por serem vocês.

Por último, mas não menos importante, obrigada aos meus leitores. Por tudo. Tudo mesmo. Sou muito grata por nossos caminhos terem se cruzado dessa maneira verdadeiramente bizarra e maravilhosa.

Obrigada.

Impresso no Brasil pelo Sistema Cameron da Divisão Gráfica da
DISTRIBUIDORA RECORD DE SERVIÇOS DE IMPRENSA S.A.